Inhalt

Prolog

Obwohl die Zweige an den Bäumen wieder grünten, trugen die Nächte noch den frostigen Atem des Winters in sich. Der Mann ohne Namen schlang den Mantel fester um sich und stemmte sich gegen den Wind, der ihm entgegenblies.

Aus den Augenwinkeln sah er, wie ein Pärchen aus dem Nobelrestaurant trat. Der Mann war groß und breitschultrig, die Frau schlank und viel zu dünn angezogen.

Der Namenlose bemerkte, dass der Mann ihn beobachtete. Das war nicht ungewöhnlich. Schon gar nicht um diese Uhrzeit. Die Leute versuchten einzuschätzen, ob er eine Gefahr darstellte. Bewusst ließ er die Schultern hängen und schlurfte weiter. Er war nur ein Obdachloser, harmlos und unbedeutend, niemand, den man eines zweiten Blickes würdigte. Das war sein Schutz und sein Schicksal.

Er spürte den Blick des Mannes in seinem Nacken, dann bog er ab. Nach zwei Dutzend Schritten erreichte er das vergitterte Eisentor, das die Einfahrt zu einem aufwendig restaurierten Hinterhof versperrte. Er blickte sich vorsichtig um. Niemand war zu sehen. Rasch überkletterte er das Tor und verschwand im Dunkel des unbeleuchteten Durchgangs. Obwohl er sich bemühte, leise zu sein, hallten die Schritte seiner abgewetzten Ledersohlen unangenehm laut von den gemauerten Wänden wider.

Im Hinterhof angelangt, kletterte er auf eine Altpapiertonne und schwang sich über die schmale Mauer in den nächsten

Hof. Geduckt schlich er unter einem Fenster im Parterre entlang und kauerte sich auf das Gitter eines Lichtschachts.

Dort wartete er. Durch eine Lüftungsklappe drangen Geräusche zu ihm heraus, ein Klirren und Klappern und müde Stimmen. Wie von selbst glitten seine Finger unter den alten Wollmantel und ertasteten die dickbauchige Flasche. Und noch ehe es ihm bewusst war, hatte er sie an die Lippen gesetzt. Er trank schnell und in großen Schlucken. Die Flüssigkeit brannte in seiner Kehle, und für einen kurzen Moment fühlte er sich behaglich warm. Dann war die Flasche leer. Er bemühte sich, sie leise abzustellen. Aber seine Hände zitterten zu stark, es klirrte, als die Flasche gegen einen stählernen Container stieß. Bevor er reagieren konnte, fiel sie um und rollte über das Pflaster gegen eine Mülltonne. Dort lag sie still und dumpf glänzend im Licht des Mondes.

Wütend starrte der Mann ohne Namen auf seine Hände. Die Finger zitterten leicht, und die blassblau verfärbte Haut war rissig. Irgendwann musste er etwas anderes mit diesen Händen getan haben, als Mülleimer zu durchwühlen und gleichgültige Passanten anzubetteln. Vielleicht waren diese steifen Finger geschickt gewesen, und er war einem Handwerk nachgegangen? Vielleicht hatte er auch, einen teuren Kugelschreiber haltend, das Schicksal vieler Menschen mitbestimmt? Er wusste es nicht. Er wusste nur, wie man überlebt.

Schritte waren zu hören, und er duckte sich tiefer in sein Versteck. Sie waren zu zweit, schwer atmend unter der Last, die sie trugen. Ein Deckel wurde geöffnet und prallte mit einem dumpfen Laut gegen eine halb gefüllte Plastiktonne. „Na lecker!", knurrte einer der beiden.

Der andere kicherte. „Warte ab, bis es Sommer ist, dann tummeln sich da drin so viele Maden, dass du glaubst, die Tonne robbt gleich über den Hof."

„Hör auf, Mann, mir wird schlecht."

Der andere lachte.

Ein plätscherndes Geräusch war zu vernehmen. Dann wurde der Deckel zugeklappt.

„Endlich Feierabend."

Die Schritte entfernten sich wieder. „Wie oft wird das Ding eigentlich geleert?"

„Zweimal die Woche."

„Ist das nicht ein bisschen wenig?"

„Alles eine Frage des Geldes."

Der Mann im Schatten wartete, bis er die Tür ins Schloss fallen hörte. Dann kroch er aus seiner Deckung und schlich über den Hof. Er musste schnell sein. Sehr rasch nahmen die Reste den Geschmack der Tonne an – und nicht nur das ... Einmal war er zu spät gewesen. Trotz des säuerlichen Geschmacks hatte er das Fleisch gegessen. Zwei Tage lang hatte er keinen Bissen Brot und keinen Schluck Wasser bei sich behalten, und anschließend war er über eine Woche lang so geschwächt gewesen, dass er sich kaum auf den Beinen hatte halten können.

Er klappte den Deckel auf. Es dampfte, das Geschnetzelte war noch warm. Er ignorierte die dunklen Verkrustungen an den Wänden und griff in die Mitte der Tonne. Hungrig stopfte er die Fleischbrocken in sich hinein. Es störte ihn nicht, dass die braune Soße seinen Ärmel beschmutzte und in seinen Bart rann. Es war warm und sättigte ihn.

„Hey!"

Er fuhr herum. Eine hohe, breitschultrige Gestalt trat in den Hof. Wo kam der Typ auf einmal her?

Der Unbekannte machte einen Schritt vorwärts – es war der Mann, der aus dem Nobelrestaurant herausgekommen war.

„Was wollen Sie hier?"

Der Fremde kam näher. Er trug einen teuren Kaschmirmantel, an seinem Finger schimmerte ein goldener Ehering. „Peter, bist du das?" Die Augen des Mannes weiteten sich.

Der Namenlose starrte ihn an. Kannte der Typ ihn wirklich? Oder verwechselte er ihn? In ihm jedenfalls regte sich keine Erinnerung. Seine Vergangenheit blieb hinter grauen Nebeln verborgen. „Hören Sie, ich kenne Sie nicht...", setzte er an. Erst da bemerkte er den Schlagstock in der Hand seines Gegenübers. Seine Muskeln zuckten, wollten eine Abwehrhaltung einnehmen, doch es war zu spät.

Helle Lichter flammten auf, dann wurde es schwarze Nacht.

Nacht

Theo schlug die Augen auf. Unwillkürlich lauschte er. Etwas hatte ihn geweckt – etwas Beunruhigendes. Ein leises Brummen lag in der Luft, doch sonst war alles still. Mit der Benommenheit des gerade Erwachten versuchte er zu begreifen, was ihn aufgeschreckt hatte. Doch die Erinnerung verblasste so rasch wie ein Traumbild in den ersten Strahlen der aufgehenden Sonne.

Wo bin ich hier überhaupt? Theo blinzelte ein paarmal und starrte in das verschwommene Zwielicht des Raums. Ohne Brille war er aufgeschmissen. Gedämpftes orangerotes Licht zeichnete bizarre Muster an die weiße Decke. Ein Schweißtropfen rann ihm über die Stirn. Es war warm, und er hatte seine Atemmaske nicht auf. Irgendetwas stimmte hier nicht.

Theo tastete nach seiner Brille. Zu dumm, dass sein Bewegungsradius mittlerweile auf einen knappen halben Meter eingeschränkt war. Anstelle seines Nachttisches ertastete er nur weiche Kissen. Mühsam drehte er den Kopf. Die Matratze unter ihm bewegte sich und blubberte leise. Neben ihm lag etwas, das verdächtig nach einem Plüschherz aussah.

Das ist nicht mein Bett, ging es ihm durch den Kopf. *Ich muss auf dem Wasserbett im Snoezelenraum eingeschlafen sein.*

Er versuchte, seine trägen Synapsen in Bewegung zu bringen. Gestern Abend hatten die Mitglieder seiner WG ihren monatlichen Karaoke-Abend zelebriert. Theo mochte seine Mitbewohner, er mochte sie sogar sehr. Aber Singen, im Sinne der korrekten Wiedergabe einer vorgegebenen Melodie, zählte nicht zu ihren Begabungen. Im Snoezelenraum war man vor den akustischen Konsequenzen dieses Events einigermaßen sicher. Deshalb hatte er sich aufs Wasserbett legen lassen. Wie spät es wohl war? Er linste in Richtung Uhr. Es war drei Uhr – mitten in der Nacht. *Die haben mich hier vergessen.*

Ungünstigerweise hatte das Blubbern des Wasserbetts eine inspirierende Wirkung. Er spürte seine volle Blase.

„Hallo?", rief er. Seine Kehle fühlte sich trocken an. Wahrscheinlich hatte er geschnarcht wie ein komatöser Seeelefant. „Hallo!"

Waren da Schritte im Flur zu hören? Er war sich nicht sicher.

Angestrengt lauschte er – nichts. Er musste sich getäuscht haben.

Auch auf die Gefahr hin, seine Mitbewohner zu wecken, holte er tief Luft und rief: „Ich bin hier im Snoezelenraum!"

Er hörte eine Tür knarren.

Na endlich, fuhr es ihm durch den Sinn. Dann geschah zwei Minuten lang nichts.

Theo seufzte. Dann brüllte er: „Sorry, aber meine Blase platzt gleich!"

Stille. Theo tastete nach dem Notruf und fand ihn schließlich unter dem Plüschkissen. Im Grunde war es kein richtiger Notruf, eher ein Funkgong, wie er in einer Gartenlaube Verwendung findet. Aber er erfüllte seinen Zweck genauso gut und war erheblich preiswerter. Theo drückte den Knopf.

Stille.

Mist! Vielleicht war die Batterie leer? Er drückte noch mal.

Eine gefühlte Ewigkeit später hörte er erneut eine Tür knarren. Diesmal waren die Schritte im Flur deutlich zu vernehmen. „Was ist los?", fragte eine Stimme mit osteuropäischem Akzent, sie wirkte nervös.

„Ich bin hier im Snoezelenraum!"

„Wo?"

„Gleich neben dem Büro!"

Das Licht wurde eingeschaltet. Theo kniff die Augen zusammen. In der Tür stand ein junger Mann, den er noch nie zuvor gesehen hatte. Doch das war nicht das Merkwürdigste. Der Unbekannte schien einen Schatten zu haben, der sich bewegte, obwohl der Mann selbst still dastand. Theo kniff die Augen zusammen. Als er sie erneut öffnete, blieb der Typ ein Fremder, aber zumindest war sein Schatten verschwunden.

„Wer... bist du?", fragte ihn der Mann und kam näher. Theo konnte sein junges, blasses Gesicht erkennen, aus dem ihn große Augen anstarrten. Schweiß stand ihm auf der Stirn, und ein Headset lag um seinen Hals wie ein spätmittelalterlicher Sklavenring.

„Ich bin Theo."

Der junge Mann schien noch blasser zu werden. „Du... bist Theo?" Er blickte sich nervös um, als erwarte er, jeden Moment mächtig Ärger zu bekommen.

„Ja." Theo lächelte nachsichtig. Der Mann war nicht ohne Grund besorgt. Wenn herauskam, dass er einen seiner Schützlinge schlicht vergessen hatte, würde ihm das eine Abmahnung einbringen. Zumal dieses Vergessen in Theos Fall nicht ganz ungefährlich war. „Ich nehme an, du bist die Nachtwache?", fragte Theo freundlich.

Der junge Mann starrte ihn an. Irgendwo klapperte eine Tür. Er zuckte zusammen und stammelte: „Mein... mein Name ist Marek. Ich komme von der Leasingfirma. Meine Kollegin ist krank, und ich bin spontan eingesprungen."

„Herzlich willkommen, Marek. Es tut mir leid, aber ich muss mal pinkeln. Dringend!"

„Okay..." Der Mann schien durch Theo hindurchzublicken.

„Wäre schön, wenn du mir die Ente reichen könntest. Die ist im Pflegebad, zwei Türen weiter."

„Ach so. Warte hier."

Theo nickte und lächelte müde. Ihm blieb nichts anderes übrig, als hier zu warten. Der Grund dafür nannte sich kongenitale Muskeldystrophie. Eine Mutation in Theos Genen verursachte eine mangelhafte Produktion von Proteinen, was eine gravierende und stetig zunehmende Muskelschwäche zur Folge hatte. Erst mit dreieinhalb Jahren hatte Theo mühsam das Laufen erlernt. Ab dem fünften Lebensjahr benötigte er Krücken, um von einem Ort zum anderen zu kommen. Zwei Jahre später konnte er sich nur noch mithilfe eines Rollators fortbewegen. Seit dem achten Lebensjahr saß er im Rollstuhl. Und seit seinem zwanzigsten Geburtstag vor drei Monaten benötigte er einen Elektrorollstuhl, weil das Antreiben der Räder für ihn zu schwer geworden war.

Theo war bei allen Verrichtungen des täglichen Lebens auf Hilfe angewiesen. Nachts litt er unter Schlafapnoe. Bedingt durch seine Erkrankung erschlaffte die obere Ringmuskulatur seiner Atemwege so stark, dass sie die Luftröhre verschloss. Es kam kein Sauerstoff mehr in seine Lunge, und der CO_2-Partialdruck im Blut stieg deutlich an. Theo drohte in Ohnmacht zu fallen, was dazu führte, dass sein Körper unbewusst eine Weckreaktion auslöste. Er schreckte auf, schnappte nach Luft, schlief wieder ein und der ganze Spaß begann von vorn. Am nächsten Morgen wachte er dann völlig erschöpft auf und fühlte sich müder als am Abend zuvor. Nacht für Nacht bestand die Gefahr, dass sein eigener Körper ihn erstickte. Deshalb musste er eine Atemmaske tragen. Sie erhöhte den Luftdruck und verhinderte, dass sich seine Atemwege schlossen. Das war nur bedingt bequem und sah auch nicht besonders elegant aus. Aber es rettete ihm das Leben.

Marek kam wieder herein. Er hatte ungewöhnlich lange gebraucht, war nun aber etwas weniger blass. Theo erleichterte sich in die Urinflasche, die wegen ihrer Form umgangssprachlich Ente genannt wird. Er war es gewohnt, dass weitgehend fremde Personen ihn bei seinen intimsten Verrichtungen unterstützen mussten.

„Ich will auf keinen Fall vorwurfsvoll rüberkommen, aber ist dir nicht aufgefallen, dass mein Zimmer leer ist?", erkundigte sich Theo.

Marek zuckte mit den Achseln und murmelte: „Ich –" Er verstummte.

„Ja?"

„Ich ... wollte dich nicht stören."

Theo riss die Augen auf. War das sein Ernst? Schließlich räusperte er sich und erwiderte: „Das ist im Grunde genommen sehr nett von dir. Allerdings brauche ich nachts eine Atemmaske. Ich leide unter Schlafapnoe."

„Ich dachte, der andere ...", Marek wedelte mit der Hand Richtung Flur, „... braucht so'n Ding."

„Ja, Mike auch, allerdings erst seit Kurzem. Wir haben beide eine ähnliche Erkrankung."

Der Mann nickte geistesabwesend und wollte sich abwenden.

„Warte." Theo hasste es, anderen zur Last zu fallen. Aber er hatte keine andere Wahl. „Es wäre nett, wenn du mich noch in mein Zimmer bringen könntest. Vielleicht kann ich dann noch ein bisschen schlafen." Er verkniff es sich zu ergänzen: *Außerdem beruhigt es mich irgendwie, wenn ich weiß, dass ich nicht im Schlaf ersticken werde.* Stattdessen fügte er hinzu: „Wir haben einen mobilen Lifter im Pflegebad, damit geht das ganz gut."

„Okay." Marek nickte und schien schon wieder mit den Gedanken woanders zu sein. „Warte hier."

„Ich verspreche, dass ich nicht weglaufen werde."

Marek schien nicht allzu viel Erfahrung mit dieser Art von Liftersystem zu haben. Theo erklärte ihm geduldig jeden einzelnen Handgriff. Er hatte sich daran gewöhnt, seine Helfer einweisen zu müssen. In letzter Zeit wurden immer mehr Leasingkräfte eingesetzt, die nur für ein paar Wochen, manchmal sogar nur tageweise im Einsatz waren und dann wieder verschwanden.

Es dauerte weit über eine halbe Stunde, bis Theo endlich in seinem eigenen Bett lag und seine Atemmaske trug. Nicht ganz unschuldig daran war der Umstand, dass Marek wirkte, als wäre er nur mit halbem Gehirn bei der Sache.

Mit einem gemurmelten „Nacht" verließ der junge Mann schließlich das Zimmer, und Theo blieb allein zurück.

Das vertraute Schnaufen des Atemgeräts hatte etwas Beruhigendes an sich.

Theo schloss die Augen. *Alles wieder im Lot,* dachte er zufrieden.

Er musste schließlich eingeschlafen sein. Denn als die Tür gegen die Wand knallte und eine Hand ihn grob an der Schulter rüttelte, drang bereits die Morgensonne durch die dünnen Vorhänge.

„Theo! Theo, wach auf!" Ein verschwommenes rundliches Gesicht schob sich in sein Blickfeld. „Theo! Es is wat janz Schlimmet passiert. Der Miky is tot."

Am Morgen

„Was hast du gesagt?", stammelte Theo.

„Der Miky is tot", schluchzte Lene. Er konnte ihren schnaufenden Atem hören, als sie näher kam. Bei einer Körpergröße von 1,57 Meter und einem Gewicht von 120 Kilo geschah es nicht selten, dass sie nach Luft rang. Doch dieses Mal lag es daran, dass sie weinte.

Lene stand neben seinem Bett und griff nach seiner Hand. Er konnte ihr gutmütiges Gesicht dicht neben sich sehen. Helene Schmidt war die älteste Mitbewohnerin der WG. Vermutlich war das der Grund, warum sie mit Vorliebe die mütterliche Rolle übernahm.

„Miky liegt in sein Bett und atmet nich mehr. Die Martha hat ihn heute früh jefunden. Sie hat gleich jesehn, dassa tot is, und hat jarnich mehr versucht, ihn zu remarmorieren."

„Reanimieren", verbesserte Theo instinktiv. Im nächsten Moment schämte er sich für seine Besserwisserei. Helene war ein herzensguter Mensch. Dass Fremdwörter nicht zu ihrem Spezialgebiet gehörten, war ganz gewiss nicht ihr Fehler.

Aber sie war ohnehin zu verstört, um auf seine Reaktion zu achten. „Ick glaub, dit war 'n Anfall."

„Ein Anfall?" Theo schüttelte den Kopf. Mike war kein Epileptiker. Er litt unter Amyotropher Lateralsklerose, kurz ALS, der gleichen Nervenerkrankung, an der auch der berühmte Physiker Stephen Hawking gestorben war. Manchmal bekam Mike schwere Muskelkrämpfe. Sie mochten einem epileptischen

Anfall ähneln, waren aber mit Sicherheit nicht tödlich. Noch während Theo das dachte, ärgerte er sich über sich selbst. Was spielte es für eine Rolle, woran Mike gestorben war? Er war tot, und das war schrecklich.

„Martha glaubt, dass der Miky schon vor ein paar Stunden jestorben is, weil der schon so doll starrt", bemerkte Helene kummervoll.

„Er starrt?"

„Ja, am janzen Körper", bestätigte sie.

„Du meinst: Die Totenstarre hat eingesetzt."

„Jenau." Helene nickte. „Der arme Mike."

„Ja." Eine Zeit lang lag Theo schweigend da und starrte an die Decke. Er fühlte sich leer und schrecklich hilflos. Schließlich sagte er leise: „Danke, Lene, dass du zu mir gekommen bist."

„Is doch klar." Sie tätschelte seine Wange. „Is ja nich fair, wenn du nischt weißt, nur weil du nich loofen kannst." Sie nickte, wie um sich selbst zu bestätigen. „Ick jeh mal den andern Bescheid sagen. Die wissen dit ja noch nich."

Sie wandte sich ab und schlurfte schnaufend aus dem Zimmer.

Theo sah ihr nach. Ihre kleine runde Gestalt verschwamm zu einem blassen Fleck, und das lag nicht nur an Theos Kurzsichtigkeit. Er spürte, wie ihm Tränen in die Augen stiegen.

Mike war tot. Wie war das möglich? Gestern hatten sie noch zusammen gelacht. Es war ihm gut gegangen. Die ganze Wohngemeinschaft hatte zusammen auf der Terrasse gesessen und gegrillt. Mike hatte es sogar geschafft, seine Bratwurst ohne Hilfe zu essen. Zumindest nachdem Paul sie ihm geschnitten und auf den Therapietisch gestellt hatte, der an Mikes Rollstuhl befestigt war und über die Armstützen geklappt werden konnte.

Während Theo mühsam seinen gegrillten Maiskolben abgeknabbert hatte, waren Lene in derselben Zeit dreizehn Bratwürste, fünf marinierte Schweinerückensteaks und unzählige Portionen Kartoffelsalat zum Opfer gefallen. Für den Rest der Gruppe war nicht mehr allzu viel übrig geblieben. Sie hatte es nicht böse gemeint – das tat sie nie. Im Grunde war Lene einer der liebenswertesten Menschen, die Theo kannte, aber wenn man sich zwischen sie und eine Bratwurst stellte, wurde es gefährlich.

Mike hatte es mit Humor genommen und Theo von seinen Plänen berichtet, sein Chemiestudium wieder aufzunehmen. Nichts hatte darauf hingedeutet, dass es ihm schlechter gegangen war – und nun war er tot ... einfach so.

„Theo?", die Stimme von Martha, der korpulenten Pflegekraft, riss ihn aus seinen Gedanken.

„Ja?"

„Ich weiß nicht, was mit Keno los ist. Er reagiert überhaupt nicht auf mich, und in einer halben Stunde kommt doch schon der Fahrdienst. Kannst du mal mit ihm reden?"

„Natürlich."

Nach einer hastigen Katzenwäsche kleidete Martha ihn an und setzte ihn mithilfe des Lifters in seinen Rollstuhl.

Sie warf einen Blick auf die Uhr. „Ach du meine Güte, in zehn Minuten kommt der Bus, und Keno hat mit seinen Morgenritualen noch nicht mal angefangen. Du weißt, dass er es hasst, wenn wir davon abweichen."

Theo nickte. Er durchquerte den Flur und fuhr auf Kenos geschlossene Zimmertür zu. Fast alle Betreuer waren der Ansicht, dass Theo einen besonders guten Draht zu ihm hatte. Nicht selten wurde er deshalb vorgeschickt, wenn Keno „Probleme machte", wie sie es nannten. Theo gefiel das nicht besonders. Er war äußerst ungern die Geheimwaffe, die gezückt wurde, wenn das Betreuungspersonal nicht weiterkam. Und im Grunde tat er auch gar nichts Besonderes, er versuchte einfach nur, Kenos Verhalten zu verstehen, ihm zuzuhören.

Keno war in Thailand geboren, lebte aber seit fast zwanzig Jahren in Deutschland. Die ersten sechs Lebensjahre hatte er bei seiner Großmutter verbracht, zwei davon in einem winzigen Bambusverschlag – weggesperrt wie ein wildes Tier, weil seine Großmutter mit ihm überfordert gewesen war. Dann hatte Kenos Mutter ihren Sohn zu sich nach Berlin geholt. Erst hier war die Diagnose Autismus gestellt worden. Lange hatte die Wiedervereinigung von Mutter und Sohn allerdings nicht gedauert. Sein deutscher Stiefvater hatte das Zusammenleben mit Keno nicht mehr ausgehalten und darauf gedrungen, dass er in einer Wohneinrichtung untergebracht wurde. Seitdem war er hier.

Theo klopfte vorsichtig an. Niemand reagierte. „Keno, ich komme rein, okay?" Behutsam öffnete er die Tür.

Die Wände waren weiß gestrichen und vollkommen kahl. Ein Schrank, ein Bett und ein Schreibtisch, das war alles, was Keno akzeptierte. Langsam fuhr Theo in den Raum hinein. Die Reifen seines Rollstuhls quietschten auf dem Linoleumboden. Auf dem Bett lag ein zerrissenes T-Shirt. Keno stand zwischen Bett und Schrank, das Gesicht zur Wand gerichtet. Er hatte beide Hände an die Ohren gepresst und wippte mit dem Oberkörper vor und zurück. Dabei bewegten sich seine Lippen, ohne dass ein Laut zu hören war.

„Keno, nicht erschrecken. Ich bin's, Theo. Sag mir Bescheid, falls ich wieder verschwinden soll."

Keno reagierte nicht. Zumindest konnte Theo keine Reaktion erkennen. „Ich komme ein bisschen näher." Er fuhr bis auf etwa einen Meter an Keno heran und wartete ab. Als er das Gefühl hatte, dass sein Mitbewohner ihn registrierte, fragte er: „Hat Lene dir erzählt, was passiert ist?"

Schweigen.

„Mike ist letzte Nacht gestorben."

Keno gab ein leises Stöhnen von sich. Doch er hörte weder mit dem Schaukeln auf noch nahm er die Hände von den Ohren. Dennoch war Theo sich sicher, dass sein Mitbewohner ihn verstanden hatte. Es gab Leute, die behaupteten, Keno würde sich nur um sich selbst drehen und er habe gar nicht die Fähigkeit, Gefühle für andere Menschen zu entwickeln. Nach Theos Erfahrung war das ausgemachter Blödsinn.

„Es tut mir so leid", sagte er. „Mike ist... *war* mein Freund, und ich kann mir vorstellen –"

Keno fuhr herum. Erschrocken hielt Theo inne. Das Gesicht des jungen Mannes war aschfahl, und seine Augen waren weit aufgerissen. Seine Lippen bewegten sich immer schneller. Diesmal konnte Theo etwas verstehen. Leise flüsternd sagte Keno immerzu die gleichen Worte. „Der Taucher, der Taucher, der Taucher, der Taucher..."

„Der Taucher?" Theo schüttelte nachdenklich den Kopf. „Das verstehe ich nicht. Was meinst du damit?"

„Der Taucher, der Taucher, der Taucher, der Taucher...!" Immer hektischer wurden Kenos Worte. Schweiß perlte von seiner Stirn.

„Was für ein Taucher?"

„Der Taucher, der Taucher, der Taucher...", wiederholte Keno immer lauter und dringlicher. „DER TAUCHER, DER TAUCHER!"

Die Tür wurde aufgestoßen. Martha warf Theo einen vorwurfsvollen Blick zu. „Der Fahrdienst ist da."

Theo schaute in Kenos verzweifeltes Gesicht und dann hinüber zur Tür, in der nun auch der graubärtige Fahrer stand.

„Na ja", Theo räusperte sich, „ich glaube nicht, dass Keno heute arbeiten kann."

Martha nickte knapp und wandte sich dann an den Fahrer. „Tut mir leid. Keno bleibt heute zu Hause."

„Och nee", murrte der Fahrer. „Immer das Gleiche! Könnt ihr nicht vorher Bescheid sagen? Jetzt hab ich die Tour wieder umsonst gemacht. Ne Leerfahrt krieg ich nicht bezahlt!"

„Tut mir leid." Martha geleitete den Fahrer zur Tür. „Wir hatten hier einen Todesfall."

„Beileid", brummte der Mann. „Aber nächstes Mal vorher Bescheid sagen, ja? Nicht vergessen!"

„Auf Wiedersehen."

Die Tür fiel ins Schloss.

Keno hatte sich wieder in seine Ecke zurückgezogen. Noch immer konnte Theo ihn flüstern hören. „Der Taucher, der Taucher, der Taucher..."

Theos Blick fiel auf das zerrissene T-Shirt. Es war schwarz und trug die Aufschrift *Navy Seals*. Eigentlich war es eines von Kenos Lieblingsshirts.

Ratlos und traurig verließ Theo den Raum.

Vandalismus und ein Todesfall

„Das Haus da drüben ist es." Lina deutete auf einen Altbau.

„Bist du sicher?", fragte Ben. „Ich kann keine Hausnummer erkennen."

Lina seufzte. „Ganz sicher. Mein Bruder wohnt in dieser Straße."

„Echt, in der noblen Gegend?"

„Ja, echt."

„Na dann ..." Ben lenkte den Wagen schwungvoll ins Halteverbot und schaltete den Motor aus.

Lina hob die Brauen.

„Hey, wir dürfen das. Irgendeine Entschädigung muss es ja dafür geben, dass wir diese spießigen Uniformen tragen." Er nahm die Mütze vom Armaturenbrett, drückte sie auf seine Locken und zwinkerte ihr verwegen zu. Sie arbeiteten seit knapp zwei Monaten zusammen, und Ben hatte es immer noch nicht aufgegeben, sie beeindrucken zu wollen.

Lina verdrehte die Augen und ergriff das Protokoll.

„Was ist los? Bist du heute früh aus dem Bett gefallen? Gab's Schweinskopfsülze zum Frühstück? Bewirbst du dich für die Wahl zur grimmigsten Oberwachtmeisterin der Hauptstadt?"

Lina blickte in sein jungenhaft grinsendes Gesicht und hob die Brauen.

„Nun komm schon, Lina, sei nicht so grummelig. Freundlich zu gucken, ist gar nicht so schwer. Man muss nur ein paar Muskeln bewegen. Guck mal, so!" Er grinste sie so übertrieben enthusiastisch an, dass Lina ein leichtes Schmunzeln nicht unterdrücken konnte.

„Yes!" Ben ballte triumphierend die Faust. „Sie hat mich angelächelt. Meine Woche ist gerettet!"

Lina schüttelte den Kopf. „Können wir jetzt bitte unseren Job machen, Herr Kollege?" Sie konnte nicht leugnen, dass Ben ein attraktiver Mann war. Er hatte einen durchtrainierten Körper und ein spitzbübisches Lächeln. Lina war sich sicher, dass er sich seines guten Aussehens durchaus bewusst war.

Sie stieg aus und las den knappen Protokolleintrag. Dies war einer jener typischen Fälle, die mit hoher Wahrscheinlichkeit niemals aufgeklärt werden würden. Ein Dachboden war verwüstet worden.

Ben war ebenfalls ausgestiegen und linste über ihre Schulter. „Also, ich tippe auf eine etwas aus dem Ruder gelaufene Party."

„Ist am wahrscheinlichsten", bestätigte Lina.

In der Gegensprechanlage rauschte und knackte es, als sich nach mehrmaligem Klingeln schließlich eine heisere Stimme meldete. „Ja?"

„Guten Tag, hier sind Polizeimeister Schmidt und Polizeiobermeisterin Marquardt. Sie haben Anzeige wegen Vandalismus erstattet?"

„Warten Se, ick komme gleich!"

Der Hausmeister war ein hagerer, kahlköpfiger Mann Mitte sechzig. Er lächelte freundlich und kam ihnen mit dem Habitus eines Hürdensprinters und dem Tempo einer herzkranken Weinbergschnecke entgegen. Eine qualmende Pfeife klemmte zwischen seinen Zähnen.

„Mac Barren Vanilla Flake", entfuhr es Lina, als der Mann bei ihnen angekommen war.

Ben warf ihr einen verblüfften Blick zu.

„Treffer", erwiderte der Hausmeister mit schiefem Grinsen. „Roochen Se ooch Pfeife?"

„Nein." Die Erinnerung war vage und schmerzhaft zugleich. *Er steht am Fenster. Wie ein Riese ragt er vor ihr auf. Rauch umwabert ihn wie Morgennebel. Sie zieht an seinem Hosenbein. Er senkt den Blick, und ein sanftes Lächeln legt sich auf sein bärtiges Gesicht.*

Eine Hand auf ihrer Schulter holte Lina zurück in die Gegenwart. „Hey, alles in Ordnung?", fragte Ben.

Lina nickte.

„Du siehst ein bisschen blass aus."

„Alles okay!" Barsch schüttelte Lina die Hand ihres Kollegen ab und wandte sich an den Hausmeister. „Haben Sie die Anzeige erstattet?"

„So isset." Der Mann nickte bedächtig. „Komm Se, am besten, ick zeig Ihnen mal dit Malheur." Bedächtig machte er kehrt und schlurfte zurück ins Treppenhaus. „Wir müssen janz ruff uff'n Dachboden. Leider jibt's keen Fahrstuhl. Aber loofen hält ja fit."

Lina hatte Zweifel bezüglich der Fitness des Mannes, denn ab dem dritten Stock blieb der Hausmeister auf jedem Absatz stehen und rang asthmatisch pfeifend nach Luft. Ben verdrehte heimlich die Augen.

Endlich erreichten sie den Dachboden.

„Da, sehn Se sich dit mal an!"

Die Tür war aufgebrochen und hing schief in den Angeln. Stickige Luft schlug Lina entgegen, als der Hausmeister sie aufzog.

Jemand hatte – vermutlich mit dem Schemel, der noch auf dem Boden lag – das Dachfenster eingeschlagen. Der Boden war übersät mit Glassplittern. Stirnrunzelnd sah Lina sich um. Nirgendwo waren Graffiti zu sehen, es lagen auch keine leeren Flaschen herum. „Nach Party sieht das nicht aus."

„Ick hab ja ooch nich Anzeige wegen 'ner Party erstattet, sondern weil hier randaliert wurde", bemerkte der Hausmeister.

„Das ist schon klar", bemerkte Ben. „Wir fragen uns nur, welches Motiv dahinterstecken könnte."

„Blödheit vielleicht?", mutmaßte der Alte und nahm einen tiefen Zug aus seiner Pfeife. „Zum Zerstören is nich allzu viel Jehirn notwendig."

Ben stellte den Schemel auf und kletterte vorsichtig hinaus aufs Dach.

„Nich übermütig werden, Herr Wachtmeister. Ick würd Se unjern im Hof wieder zusammenkehrn", bemerkte der Hausmeister.

„Kannst du irgendetwas erkennen?"

„Nicht wirklich."

Linas Funkgerät gab ein Knacken von sich. „Ja, was gibt's?"

„Seid ihr noch in der Mohrenstraße?"

„Ja."

„Wenn ihr gerade nicht wisst, was ihr sonst machen sollt, schaut doch mal in der Vierzehn vorbei. Da hat's einen Toten gegeben."

Lina spürte, wie ihr das Blut aus dem Gesicht wich. „Wisst ... ihr Genaueres?"

„Nicht viel, wahrscheinlich handelt es sich um eine natürliche Todesursache. In einer Behinderten-WG ist in der Nacht ein Rollstuhlfahrer gestorben."

Lina glaubte, das Wummern ihres Herzschlags zu hören. „Wie heißt er?"

„Was ...?"

„Haben wir einen Namen?"

Ben lugte durch das Dachfenster herein. „Lina, alles in Ordnung?"

Sie winkte ab.

„Äh, nein, wir haben keinen Namen. Die Betreuerin war ein bisschen durcheinander und hat uns angerufen, obwohl noch gar kein Arzt da war. Es sieht allerdings nach einer natürlichen Todesursache aus. Ich habe sie gebeten, einen Arzt zu rufen. Bevor die Leichenschau stattgefunden hat, müsst ihr eigentlich noch gar nicht –"

„Bin unterwegs." Lina schaltete das Funkgerät aus.

Ben und der Hausmeister sahen sie mit großen Augen an. Am liebsten hätte Lina den beiden ein *Was glotzt ihr so?* an den Kopf geworfen. Stattdessen sagte sie, um einen neutralen Tonfall bemüht: „Ben, du machst hier weiter. Ich kümmere mich schon mal um den nächsten Fall." Sie nickte dem Hausmeister zu. „Auf Wiedersehen." Ehe einer der beiden reagieren konnte, war sie bereits durch die Tür geschlüpft und eilte die Treppe hinunter.

„Lina?" Ben folgte ihr. „Lina, nun warte doch." Auf halber Strecke holte er sie ein.

„Hatte ich dich nicht gebeten hierzubleiben?"

„Nicht ganz", erwiderte Ben. „Du hast mir einen Befehl an den Kopf geknallt und bist abgezischt."

„Ist doch Wurst. Du kannst unseren Zeugen nicht einfach so stehen lassen."

„Hab ich nicht, ich habe mich freundlich verabschiedet. Also, was ist so dringend, dass du plötzlich davonstürmst?"

„Im Nachbarhaus gab es einen Todesfall." Lina sprang die letzten Treppenstufen hinunter und stieß die Haustür auf.

„Echt?" Ben hetzte ihr hinterher. „Warum hast du das nicht gleich gesagt? Besteht Mordverdacht?"

„Nein!" Lina presste die Lippen zusammen und eilte hinüber zum Nachbarhaus. Ihre Finger zitterten, als sie die Klingel der Wohngemeinschaft Lebenslust e.V. drückte.

„Irgendwie unpassend, der Name, oder?", schnaufte Ben.

Lina antwortete nicht. Als der Türsummer erklang, stieß sie hektisch die Tür auf. Immer zwei Stufen auf einmal nehmend, eilte sie die Treppe hinauf.

Ben folgte ihr.

Die WG befand sich im ersten Stock, eine mollige Frau mittleren Alters öffnete ihnen die Tür. Es war Martha Nowak, eine der Betreuerinnen. Sie hielt sich ein Telefon ans Ohr und wirkte sehr aufgeregt. „Jetzt warten Sie doch einen Moment!", sagte sie. „Ich muss kurz die Polizei... Aber wieso denn nicht...? Sie stehen doch schon vor der Tür..."

„Entschuldigung." Lina zwängte sich an der Frau vorbei in den lang gestreckten Flur. Am Ende des Ganges kam ein junger Mann in einem E-Rollstuhl um die Ecke gefahren. „Theo!" Sie rannte zu ihm und schloss ihn in die Arme. „Gott sei Dank!", entfuhr es ihr.

„Lina", nuschelte der junge Mann in den Stoff ihrer Uniformjacke. „Findest du nicht, dass du ein bisschen übertreibst?"

Geschwister

Lina trat einen Schritt zurück und betrachtete das Gesicht ihres Bruders. Theo lachte gern und viel, doch heute lag ein kummervoller Zug um seine Augen. *Er ist noch so jung,* ging es ihr durch den Kopf. „Ich habe mir solche Sorgen gemacht."

„Du machst dir immer Sorgen", erwiderte Theo.

„Dieses Mal hatte ich ja auch allen Grund dazu", verteidigte sich Lina.

Theo senkte den Blick. „Mike ist tot."

Lina nickte. In dem Moment, in dem sie Theo gesehen hatte, war ihr das klar gewesen. Mike war der einzige weitere Rollstuhlfahrer in dieser WG gewesen, ein kluger junger Mann mit einem ernsten Lächeln.

Sie hörte, wie im Hintergrund die Betreuerin ihr Telefonat beendete. „Es ist alles so furchtbar!", stieß sie dann hervor.

„Jetzt beruhigen Sie sich erst mal", hörte sie Bens Stimme. „Was genau ist denn passiert?"

Lina blendete das Gespräch aus. Behutsam legte sie eine Hand auf die schmale Schulter ihres Bruders. Durch sein Shirt konnte sie sein Schlüsselbein spüren, dünn und zerbrechlich wie ein Vogelknochen. „Es tut mir so leid."

Theos Versuch zu lächeln scheiterte. „Wir haben gestern noch zusammen gelacht. Es ging ihm gut. Er...", Theo schluckte, „... er hätte noch mehr Zeit haben müssen."

Das vertraute Gefühl der Bitterkeit stieg in Lina auf. *Siehst du?,* wollte sie ihrem Bruder ins Gesicht schreien. *Es ergibt*

*keinen Sinn! Das Leben hält sich nicht an Regeln. Es gibt nie-
manden, der die Zügel in der Hand hält. Das namenlose Schicksal herrscht über alles, mächtig, aber hirnlos. Es schlägt blind um
sich, wie ein trotziges Kind, und wer getroffen wird, der stirbt, ob
er nun Gutes oder Böses getan hat, ob er hehre Ziele hatte oder
nicht. Hör auf, dich selbst zu täuschen. Schmeiß deinen Kinder-
glauben über Bord und stell dich der Realität!*

All diese Worte hatten sich in ihr angestaut und wollten heraus, doch ein Blick in Theos Augen hielt sie zurück.
Du darfst ihm nicht seinen letzten Halt nehmen, sagte sie sich
stumm.

Doch wenn sie ganz ehrlich war, musste sie sich eingestehen, dass dies nicht der wahre Grund für ihr Schweigen war.
Sie hatte schon so manches Mal mit Theo darüber gesprochen, und es war ihr nicht gelungen, seine Gedanken einfach
beiseitezuschieben. *Wir lassen uns in unseren Zweifeln oft von
dem wenig reflektierten Gefühl leiten, dass es das Böse nicht geben
darf, wenn Gott wirklich existiert,* hatte er gesagt. *Mit der gleichen
Logik könnten wir allerdings auch behaupten, dass Mathematik
ein Lügenkonstrukt ist, weil es so etwas wie Rechenfehler gibt, oder
dass Liebeskummer ein untrüglicher Beweis dafür ist, dass es echte
Liebe nicht geben kann. Unser Problem ist, dass wir nur einen winzigen Bruchteil der Wirklichkeit sehen können, und diesen auch
noch gefärbt durch die Brille unserer subjektiven Wahrnehmung
und unseres momentanen emotionalen Zustands – ein ziemlich
wackliges Fundament, um Gottes Existenz infrage zu stellen.* Sie
presste die Lippen zusammen und schwieg.

„Ich verstehe das nicht", fuhr Theo leise fort.

„Niemand kann das verstehen", sagte sie. „Das Leben ist
einfach ungerecht."

Er schüttelte den Kopf. „So meine ich das nicht." Mit unge-
wohntem Ernst im Blick sah er zu ihr auf. „ALS ist eine tödliche

Krankheit, aber sie tötet nicht... so. Irgendetwas stimmt da nicht."

Lina hob die Brauen. „Was willst du damit sagen?"

Er zuckte kaum sichtbar die Achseln. „Wenn ich das wüsste. Irgendetwas muss komisch gewesen sein in dieser Nacht. Keno war völlig aufgelöst."

„Nun ja, Keno ist Autist." Sie lächelte. „Soweit ich mich erinnere, ist er fast täglich völlig aufgelöst. Das letzte Mal zum Beispiel, weil jemand aus *seinem* Müslischälchen gegessen hatte. Und davor lag es daran, dass er seine Uhr nicht finden konnte."

„Lina, ich weiß, dass ihm kleine Veränderungen eine panische Angst einjagen können, wenn es ihm gerade nicht gut geht, aber diesmal ist es... etwas anderes."

„Okay... Und was genau?"

„Der Taucher", murmelte Theo.

„Wie bitte? Der Taucher?"

„Ja."

„Und wer soll das sein?"

„Ich habe nicht die leiseste Ahnung", seufzte er. „Aber bitte versprich mir, dass du Mikes Tod nicht einfach auf sich beruhen lässt. Ihr müsst da genauer hinschauen."

Lina sah ihrem Bruder in die Augen. Sie konnte seine Trauer und Wut darin sehen. Es war ihm äußerst ernst. Langsam nickte sie. „Okay. Ist dir sonst noch etwas aufgefallen?"

„Eine neue Nachtwache, ein Typ namens Marek. Er war ziemlich durcheinander und ein bisschen nachlässig."

„Nachlässig?"

„Er... hat mich im Snoezelenraum vergessen."

„Und was hat das mit Mikes Tod zu tun?"

„Nichts, aber... mit dem Typen stimmte etwas nicht."

„Gut." Lina nickte. „Ich werde auch mit ihm sprechen."

„Danke. Ich muss jetzt in mein Zimmer... Hab 'ne Vorlesung."

„Klar. Das lenkt dich vielleicht ein bisschen ab."

Lina sah Theo hinterher. Ihr kleiner Bruder studierte im Fernstudium Psychologie, aber die Wahrscheinlichkeit, dass er jemals in diesem Beruf arbeiten würde, war nicht besonders hoch.

Es klingelte an der Tür.

Als sie sich umwandte, ließ Martha gerade einen hochgewachsenen, schlanken Mann herein. Er trug einen schwarzen Koffer in der Hand. „Dr. Behrends, guten Tag", stellte er sich knapp vor. „Was macht denn die Polizei hier?"

„Ich... na ja, ich war so geschockt, und da dachte ich...", stammelte die Betreuerin.

„Wahrscheinlich haben Sie die Herrschaften umsonst bemüht." Der Arzt wandte sich Lina und Ben zu. „Mike Lörke war mein Patient, er hatte eine chronisch degenerative Muskelerkrankung. In letzter Zeit ging es ihm zunehmend schlechter." Er kniff die Lippen zusammen und nickte ernst. „Natürlich muss ich erst eine Leichenschau abhalten, aber ich bin mir sicher, dass hier eine natürliche Todesursache vorliegt. Sie können sich also wieder der Verbrecherjagd widmen." Er lächelte.

„Danke, aber wir entscheiden selbst, was wir zu tun haben", erwiderte Lina barsch. „Es stört Sie doch nicht, wenn wir die Ergebnisse Ihrer Untersuchung abwarten?"

Der Arzt zuckte die Achseln. „Wenn Sie sonst nichts zu tun haben." Er wandte sich ab, ging den Flur hinab zu Mikes Zimmer, trat ein und schloss die Tür hinter sich.

„Was für ein arroganter Mistkerl!", brummte Ben.

„Er hat die Sozialkompetenz eines Blutegels, aber er ist ein äußerst erfolgreicher Arzt, der jede Menge wichtiger Leute kennt", bemerkte Martha. Sie lächelte Lina müde zu. „Tut mir leid, dass ich dich nicht gleich erkannt habe. In der Uniform siehst du ganz anders aus."

Lina winkte ab. „Kein Problem."

„Setzt euch." Martha führte die beiden zu einer Sitzecke. „Ich würde euch ja einen Kaffee anbieten, aber ich muss mich jetzt um Keno kümmern."

„Natürlich. Mach dir keine Umstände."

Martha wandte sich ab und eilte in eines der WG-Zimmer.

Ben nickte Richtung Flur. „War das vorhin ... dein Bruder?"

„Ja."

„Hm ... Tut mir leid", brummte er.

„Kleiner Bruder halt." Sie zuckte die Achseln. „Manchmal ein bisschen nervig. Hast du auch Geschwister?"

„Zwei jüngere Schwestern."

„Dann weißt du ja, wie das ist", sagte Lina.

„Na ja." Er runzelte die Stirn. „Das ist wohl nicht ganz das Gleiche."

„Weil Jungs schlimmer sind? Da habe ich Zweifel!"

„Eigentlich wollte ich damit sagen –"

„Ich weiß, was du damit sagen wolltest", unterbrach Lina ihn. „Nimm's mir nicht übel, aber du hast keine Ahnung. Weißt du, was richtig hart war? So richtig hart?"

„Äh, nein ..."

„Als er mir einmal heimlich eine Nacktschnecke ins Bett gelegt hat und ich das erst am nächsten Morgen bemerkte. Dieser Schleim überall, das war so widerlich!" Sie schüttelte sich.

Ben schüttelte ungläubig den Kopf. „Er hat *was* getan?"

„Das war die Rache dafür, dass ich seinen Klassenkameraden verprügelt habe."

„Was?!"

„Ich gebe zu, es war nicht ganz fair, schließlich war ich älter. Aber der Typ war ein Sitzenbleiber und genauso groß wie ich.

Er und seine Gang haben Theo richtiggehend gemobbt, sie nannten ihn Spasti, äfften ihn nach und schikanierten ihn heimlich. Da sind meine Beschützerinstinkte ein bisschen mit mir durchgegangen."

Ben kratzte sich verwirrt am Kinn. „Du hast ihn beschützt, und zum Dank legt er dir eine Nacktschnecke ins Bett?"

„Charmant, nicht wahr?" Lina schmunzelte. „Er sagte mir, dass sie ihn jetzt umso mehr hassen würden und dass ich ihm jede Chance genommen hätte, das Problem selbst zu lösen."

„Oh, ganz schön tough, dein Bruder."

Lina lächelte. Eine solche Erkenntnis hätte sie Ben gar nicht zugetraut. Vielleicht steckte doch mehr in ihm, als es den Anschein hatte. „Was hältst du von der ganzen Sache?"

„Keine Ahnung." Er zuckte mit den Achseln. „Ich habe vorhin kurz mit der Betreuerin ...", er warf einen Blick in sein Notizbuch, „... Martha Nowak gesprochen."

„Und?"

„Sie schätzt das ähnlich ein wie der Arzt. Die Erkrankung des Verstorbenen war fortgeschritten. Besonders in den letzten Monaten hatte es heftige Schübe gegeben. Übrigens war sie es auch, die die Leiche gefunden hat. Die Übergabe mit der Nachtwache sei sehr kurz gewesen, weil Keno – ich zitiere – komplett ausgerastet sei. Etwa gegen 6.40 Uhr, als es an der Zeit gewesen sei, die Bewohner zu wecken, habe sie Mike Lörke leblos in seinem Bett vorgefunden. Sie habe erst die Polizei angerufen und dann die Eltern des Verstorbenen benachrichtigt."

„Ist ihr sonst noch etwas aufgefallen?", hakte Lina nach. „Irgendetwas Außergewöhnliches?"

Ben schürzte die Lippen. „Eigentlich nicht. Warum fragst du?"

„Theo glaubt, dass hier irgendetwas nicht stimmt."

„Und du?", fragte Ben.

Die Tür von Mikes Zimmer öffnete sich und Dr. Behrends trat in den Flur hinaus. Lina stand auf und fragte: „Nun, was haben Sie herausgefunden?"

„Atemstillstand infolge einer geschwächten Atemmuskulatur", erwiderte der Arzt. „Eine der häufigsten Todesursachen bei Menschen mit amyotropher Lateralsklerose. Ich werde den Totenschein entsprechend ausstellen. Seien Sie doch so freundlich und geben Sie der Mitarbeiterin Bescheid, ja? Ich habe leider einen dringenden Patiententermin." Er rauschte an den beiden vorbei. An der Tür drehte er sich noch einmal um. „Es tut mir leid, dass Sie Ihre Zeit hier vergeudet haben. Auf Wiedersehen."

„Tschüss", erwiderten die Polizisten.

Die Tür schloss sich.

„Tja, das war's dann wohl", meinte Ben.

„Sieht ganz danach aus." Lina nagte an der Unterlippe.

„Das nimmt dich ganz schön mit, oder?" Sanft legte er seine Hand auf ihre Schulter.

Es war ihr nicht unangenehm. „Mike ... war ein netter Kerl."

„Brauchst du 'ne Auszeit? Ich kann die Schicht auch allein beenden."

Lina warf ihm einen irritierten Blick zu.

„Sorry", murmelte Ben. Der Druck seiner warmen Hand verschwand.

Vergangenheit

Es fühlte sich an, als wäre nicht nur sein ganzer Körper, sondern auch sein Gehirn in Watte gepackt. Er hörte etwas, konnte die Geräusche aber nicht zuordnen. Er blinzelte. Seine Augenlider waren verklebt und juckten. Doch als er darüberreiben wollte, stellte er fest, dass er seine Hände nicht bewegen konnte. Irgendetwas hielt sie fest. Wie durch dichten Nebel hindurch drang ein Schmerz in sein Bewusstsein. Instinktiv wollte er gegen die Umklammerung ankämpfen, doch eine Stimme in seinem Inneren mahnte ihn: *Warte! Bleib ruhig.*

Die Stimme war alt. Sie stammte aus der Zeit, als er noch einen Namen gehabt hatte. In all den Jahren hatte er sie nur sehr selten und undeutlich vernommen. Irgendetwas musste sie wachgerufen haben. Er erinnerte sich an Schmerz, Todesangst und daran, dass jemand ihm immer und immer wieder die gleiche Frage stellte. „Wo ist es? Wo ist es?"

Der Mann ohne Namen versuchte, sich aufzurichten – vergeblich. *Warte,* mahnte die Stimme in ihm. *Erst beobachten, dann analysieren, dann handeln.*

Er kniff die Augenlider zusammen, bis Tränenflüssigkeit die verklebten Stellen löste. Blinzelnd blickte er sich um. Er lag in einem alten Krankenhausbett. Seine Handgelenke waren mit Kabelbindern an die Stahlrohre des Bettgestells gefesselt. In seinem Arm steckte eine Kanüle, die mit einem Infusionsbeutel verbunden war. Ihm war kalt. Unter der alten Wolldecke, die jemand achtlos über ihn geworfen hatte, war er offenbar nackt.

Neben dem Bett stand ein mit beigebraunem Kunstleder bezogener Drehstuhl. Etwas abseits sah er einen abgenutzten Schrank aus grau lackiertem Blech und einen Metalltisch, der auch in einem Operationssaal hätte stehen können, wären da nicht die massiven Befestigungsschnallen für Arm- und Fußgelenke.

Der Namenlose schluckte trocken. Sein Herz begann, schneller zu schlagen. Furcht schnürte ihm die Kehle zu.

Atme ruhig, befahl ihm die Stimme. *Denk daran: Beobachten, analysieren, handeln.* Er ließ seinen Blick weiterwandern. Die Wände waren grau und trugen ein seltsames Muster. Es dauerte einen Moment, bis er erkannte, dass sie mit Schaumstoff verkleidet waren. *Schallisolierung*, ging es ihm durch den Kopf. Im Gesamtkontext war das kein ermutigendes Detail.

Die Tür war mit dem gleichen Material verkleidet und wäre nicht zu erkennen gewesen, hätte sie nicht einen Spalt offen gestanden. Draußen sprach jemand. Hin und wieder waren Schritte zu hören. Da lief jemand auf und ab – nervös, wütend, angespannt. „... warum meldest du dich erst jetzt?!", vernahm er undeutlich eine Stimme. Erneut Schritte. Die Stimme sprach wieder, war aber zu leise für ihn, um sie verstehen zu können.

Was soll das alles?, ging es ihm durch den Kopf. *Warum bin ich hier?*

Der Namenlose versuchte, seine letzten Erinnerungen hervorzukramen. Er war im Hinterhof des Restaurants gewesen. Ein Mann war plötzlich aufgetaucht: groß, breitschultrig, schütteres Haar. Er hatte ihn Peter genannt. Und dann? War da nur noch grauer Nebel ...

Der Breitschultrige hatte geglaubt, ihn erkannt zu haben. Hatte ihn seine verschüttete Vergangenheit mit diesem Typen eingeholt oder war es eine Verwechslung gewesen?

Peter. Er versuchte, der Wirkung dieses Namens nachzuspüren. Doch er löste keinen Widerhall in ihm aus.

Hör auf damit!, blaffte die Stimme in seinem Inneren. *Konzentrier dich auf das Wesentliche!* Sein Hirn arbeitete fieberhaft, während seine Augen durch den Raum huschten und versuchten, jedes Detail wahrzunehmen. Eine Kamera war nirgends zu sehen, kein Laptop, kein Smartphone, keine Uhr. Nirgendwo war Technik zu erkennen. Die Einrichtung des Raums war alt, aber der Stil war ihm nicht unvertraut. Diese Gegenstände entstammten einer Zeit, in der er noch jung gewesen war.

Bilder blitzten vor seinem inneren Auge auf: ein Schlafsaal, junge Gesichter, rasierte Schädel und graue Uniformen ... *Unwichtig!,* bellte die Stimme in ihm. *Konzentrier dich! Stell die wesentlichen Fragen.*

Er betrachtete die Kanüle und die Infusionsnadel. *Warum bin ich wach?* Sein Blick wanderte den Infusionsschlauch entlang nach oben. Der Beutel war voll. Aber keine Flüssigkeit rann durch den durchsichtigen Plastikschlauch. Die Stellschraube war nicht gelöst worden. Mit Absicht? Er blickte wieder zur leicht geöffneten Tür. Oder jemand war bei seiner Arbeit unterbrochen worden. Wie auch immer – einfach abzuwarten, war die schlechteste aller Optionen.

Versuchsweise zog er an seinen Fesseln. Das alte Bettgestell klapperte. Sofort hielt er inne. Es wäre fatal, wenn seine Bewacher mitbekämen, dass er bei Bewusstsein war. Sein Blick fiel auf die Kanüle. Rohe Gewalt war nicht die einzige Möglichkeit, die Fesseln loszuwerden.

Er ignorierte die Frage, woher er wusste, was genau zu tun war, und richtete sich auf. Es bot sich ihm eine winzige Chance, und die musste er nutzen. Sein ganzer Körper schmerzte, und er stellte fest, dass man ihn katheterisiert hatte. *Unbedeutend!* Mühsam kämpfte er sich so weit hoch, dass er die

Infusionsnadel mit den Zähnen zu packen bekam. Es gab einen kleinen stechenden Schmerz, als er sie herauszog. Er spürte ihn kaum. Sein Körper hatte schon weit Schlimmeres erlebt.

Blutstropfen rannen seinen Arm hinab und perlten auf die gummierte Matratze. Er beugte sich tief über seinen gefesselten Arm und schielte über seine Nasenspitze hinweg auf den Kopf des Kabelbinders. Es brauchte seine ganze Konzentration und ein Dutzend vergeblicher Versuche, ehe es ihm endlich gelang, die Nadelspitze unter die Kunststoffzunge zu drücken, mit der die Zähne des Zugbandes fixiert wurden. Vorsichtig drückte er die Zunge hoch und übte dann mit dem Handgelenk Druck aus. Zahn um Zahn löste sich der Kabelbinder, schließlich fiel er mit einem leisen Klacken zu Boden.

Der Namenlose unterdrückte ein erleichtertes Aufseufzen. Er schüttelte seine Hand, um die stockende Durchblutung wieder in Gang zu bringen, und griff nach der Nadel, sobald er wieder genügend Gefühl in den Fingerspitzen hatte. Nach wenigen Sekunden hatte er sich auch vom zweiten Kabelbinder befreit.

Er schlug die Decke beiseite. Man hatte ihn tatsächlich vollkommen entkleidet.

Während er den Katheter zog, lauschte er. Ein leises Murmeln war zu hören. Der Unbekannte hatte sein ruheloses Auf-und-ab-Gehen vor der Tür wieder aufgenommen, und von Zeit zu Zeit waren einzelne Sätze zu verstehen. „... bin schon seit zwölf Stunden im Einsatz. Ich brauch 'ne Pause.“

Unendlich behutsam glitt der Namenlose aus dem Bett. Das leise Quietschen der Bettfedern ließ ihn erschaudern. Alle seine Muskeln spannten sich an, da er erwartete, gleich seinen Entführer durch die Tür stürmen zu sehen.

Doch alles blieb ruhig. Er schlich näher an die Tür heran.

„Was? Natürlich habe ich das!", empörte sich der Mann.

Die Stimme kam ihm nicht bekannt vor.

Leise schlich er vorwärts und spähte durch den Türspalt in den Vorraum. Der Typ war untersetzt und ziemlich korpulent. Sein fettiges dunkles Haar hatte er zu einem Zopf gebunden.

„Ja, es ist alles normal... Vor zehn Minuten. Ich war nur kurz pinkeln und dann hast du angerufen... Selbstverständlich sehe ich sofort nach." Der Typ salutierte spöttisch und beendete das Gespräch. „Was für ein Scheißjob", schnaufte er und stopfte das Handy in seine Hosentasche. Dann wandte er sich um und ging direkt auf die Tür zu.

Der Namenlose reagierte, ohne nachzudenken. Als der Typ die Tür aufstieß, sprang er vor und verpasste dem Mann einen gezielten Schlag auf das Karotisdreieck unterhalb des Kiefers. Der Getroffene sackte lautlos zusammen.

Er zog dem ohnmächtig Daliegenden Hose, Hemd und Schuhe aus, dann wuchtete er ihn auf das Krankenhausbett und fesselte ihn mit den Kabelbindern. Der Mann war ganz offensichtlich nur ein Handlanger; es hätte wenig Zweck, ihn zu befragen.

Zuerst musste er von hier verschwinden, alles Weitere würde sich zeigen. Er schlüpfte in die Kleidung des Dicken. Die Hose war zu kurz und das Hemd wirkte an seinem drahtigen Körper wie ein Kartoffelsack. In der Hosentasche fand er ein Smartphone und einen Schlüsselbund mit einem programmierbaren Schlüssel. Ein sicheres System, da der Besitzer des Masterkeys per App steuern konnte, welche Schlösser mit dem Schlüssel geöffnet werden konnten. Außerdem konnte er den Schlüssel jederzeit sperren, sollte er verloren gehen. Das bedeutete, dass der Namenlose nur ein enges Zeitfenster hatte. Sollte der Strippenzieher im Hintergrund Verdacht schöpfen, würde ihm der Schlüssel nichts mehr nützen.

Er erwog, das Handy hierzulassen, entschied dann aber, dass die Informationen, die er möglicherweise dadurch gewinnen konnte, wichtiger waren als die Gefahr der Überwachung. In der schallisolierten Zelle schien es keine Kamera zu geben. Ob das auch für den Vorraum galt, war zweifelhaft.

Der Namenlose polsterte das Hemd mithilfe der Decke aus, um zumindest eine ähnliche Statur wie der Dicke zu haben, und ging mit gesenktem Kopf durch den zweiten Raum direkt auf die dicke Stahltür zu, die ihm den Weg nach draußen versperrte. Seine Verkleidung war mehr als improvisiert, aber vielleicht hatte er ja Glück.

Das Handy in seiner Hosentasche klingelte im selben Moment, in dem er den Schlüssel ins Schloss steckte. Hastig schloss er auf. Mit einem leisen Klacken glitt der Riegel zurück. Die Tür ließ sich öffnen, stieß jedoch auf festen Widerstand. Er lugte durch den schmalen Spalt von ungefähr fünf Zentimetern.

Spätestens jetzt musste seinem unbekannten Beobachter klar geworden sein, dass er nicht der Dicke war. Das Klingeln des Handys verstummte und setzte wenig später erneut ein. Er ignorierte es. Schemenhaft erkannte er eine Bretterwand. Hatte man den Ausgang versperrt? Das erschien ihm reichlich unlogisch. Eine schwer gesicherte Stahltür, die man nicht verwenden konnte, war ziemlich sinnfrei. Es musste eine Möglichkeit geben, das Hindernis von hier drinnen aus zu beseitigen.

Sein Blick fiel auf einen altmodischen Doppelschalter neben der Tür. Doch ehe er danach greifen konnte, ging das Licht aus, und das leise Summen der Belüftungsanlage verstummte. Er betätigte dennoch die Schalter. Erwartungsgemäß geschah nichts. Dem Klingeln des Handys in seiner Hosentasche schien etwas Spöttisches anzuhaften. Nach kurzem Zögern fischte er das Gerät heraus und nahm das Gespräch an. „Ja?"

„Gefällt es dir nicht mehr bei mir, Peter?", fragte eine tiefe Stimme. Ihr Klang jagte ihm einen Schauer über den Rücken. Bilder huschten schlaglichtartig an seinem inneren Auge vorbei. *Ein jungenhaftes Gesicht grinst über die Kante eines Doppelstockbetts hinweg auf ihn herunter ... Der Mann neben ihm raunt: „Lass los", während eiskalte Gischt in sein Gesicht peitscht und um ihn herum die nachtschwarzen Wogen des Meeres brausen ... Zornig blitzen die Augen im bärtigen Gesicht des Mannes, während bleiches Mondlicht seine Haut so fahl wie das Fleisch eines toten Fischs erscheinen lässt. „Wo ist es?", knurrt er mit heiserer Stimme.*

Der Namenlose schüttelte die Bilder von sich ab. „Vielen Dank für deine Gastfreundschaft", erwiderte er der Stimme, die fremd und vertraut zugleich klang. „Aber ich brauche meinen Freiraum." Er stellte das Handy auf Lautsprecher und steckte es in die Hemdtasche. Anschließend rammte er die Schulter gegen die Tür. Sie stieß mit einem dumpfen Laut gegen den Widerstand. Täuschte er sich oder hatte dieser für einen Moment nachgegeben?

„Das verstehe ich natürlich", erwiderte die Stimme sanft. Das Knallen einer Autotür war zu vernehmen, und ein Motor wurde angelassen. „Ich hoffe, du verstehst auch, dass ich dich erst ziehen lassen kann, wenn du mir wiedergegeben hast, was mir gehört!"

Den Namenlosen überlief eine Gänsehaut. „Ich habe nicht die leiseste Ahnung, wovon du redest", erwiderte er. „Ich besitze gar nichts!" Er ging ein paar Schritte zurück, nahm Anlauf und warf sich mit aller Kraft gegen die Tür. Auf der anderen Seite krachte und schepperte es.

„Wenn du weiter solchen Lärm machst, bekommst du noch Ärger mit den Nachbarn", bemerkte die Stimme. „Und glaub nicht, dass du mich durch dein Obdachlosengehabe hinters Licht führen kannst. Du warst schon immer ein Meister der

Tarnung. Aber mich kannst du nicht täuschen. Ich kenne deine Abgründe."

Der Namenlose rieb sich die schmerzende Schulter. *Abgründe?* Wovon redete der Kerl? Der einzige Abgrund, der sich in ihm auftat, war das klaffende schwarze Loch in seiner Erinnerung. Er versuchte, sich nicht ablenken zu lassen, und lugte durch den größer gewordenen Spalt. Die Bretterwand war umgestürzt, und wenn ihn nicht alles täuschte, handelte es sich dabei um die Rückseite eines Schranks. Nun konnte er auch sehen, dass im Boden Metallschienen eingelassen waren. Offenbar konnte man die Schrankwand verschieben, zumindest wenn man Strom hatte.

„Du redest im Schlaf, wusstest du das schon?"

Der Namenlose zuckte mit den Achseln. „Wen interessiert's?" Die Schrankwand war groß und schwer, aber wenn er den richtigen Winkel fand, müsste es möglich sein ...

Er umfasste den Türrahmen mit den Händen und presste die Füße gegen das Türblatt. Dann spannte er die Muskeln an und drückte mit aller Kraft. Es knirschte und quietschte, als die Schrankwand Zentimeter um Zentimeter über den Boden rutschte. Seine Muskeln waren fast bis zum Zerreißen gespannt, und sein Herz pochte schnell.

„Du hast mir seinen Namen verraten, Peter", sagte der Fremde. „Dabei solltest du doch wissen, wie gefährlich Namen sind."

Erschöpft hielt der Namenlose inne. Die Anstrengung hatte ihn seine ganze Kraft gekostet. Einen Moment lang wurde ihm schwarz vor Augen. Er lehnte sich an den Türrahmen und rang keuchend nach Atem.

„Ich habe ihn gefunden!", sagte die Stimme. „Wer hätte gedacht, dass du ihn so nah bei unserem alten Hauptquartier verstecken würdest."

Der Namenlose stutzte. Hauptquartier? Dieses Wort brachte eine Saite in ihm zum Schwingen. Bilder huschten an seinem inneren Auge vorbei. *Berlin.* Er quetschte sich durch den Türspalt und kletterte über den umgestoßenen Schrank hinweg in einen düsteren Wohnraum, der vollgestopft war mit Bücherregalen und Bildern. In einer Ecke stand eine mit dunkelbraunem Kunstleder bezogene Couchgarnitur. Nichts in diesem Raum war jünger als dreißig Jahre. Es war fast so, als befände er sich in einem Museum. Ein Museum mit einem versteckten, schallisolierten Verhörraum aus den Achtzigerjahren des letzten Jahrhunderts.

„Wen hast du gefunden?", fragte er, während er die Tür zum Flur öffnete.

„Das weißt du ganz genau!", sagte die Stimme.

Im Gegensatz zum Wohnzimmer war der Flur nahezu leer. Das einzig Auffällige war die stahlverstärkte, mehrfach verriegelte Tür. Der Schlüssel passte, aber er ließ sich nicht herumdrehen. Wie erwartet, hatte der Fremde ihn mittlerweile gesperrt. „Tut mir leid, wenn ich dich enttäuschen muss", sagte der Namenlose. „Ich habe nicht die leiseste Ahnung, wovon du sprichst."

Er öffnete die Tür zum nächsten Raum. Es war ein Schlafzimmer. Eine staubige Tagesdecke lag auf dem altmodischen Doppelbett. Er trat ans Fenster, dessen Griff entfernt worden war, und sah hinab auf einen verwahrlosten Innenhof. Die Wohnung, in der er sich befand, lag im zweiten Stock eines Plattenbaus. Im Hof stand ein verrosteter Lkw. Die Räder waren abmontiert, die Scheiben eingeschlagen.

„Immer noch der alte Taktierer", sagte die Stimme. Es war zu hören, dass der Mann lächelte. Das Motorengeräusch, das während ihres ganzen Gesprächs zu hören gewesen war, verstummte.

Der Namenlose schluckte trocken, eilte zurück ins Wohnzimmer und warf einen Blick aus dem Fenster. Ein schwarzer SUV hatte vor dem Haus geparkt. Zwei Männer stiegen aus. Einer davon telefonierte. Der andere starrte zu ihm hoch. Es war derselbe Mann, den er im Hinterhof des Restaurants gesehen hatte.

Hastig trat er vom Fenster zurück.

„Sei vernünftig, Peter. Sag mir, was du weißt, und ich lass dich gehen."

Der Namenlose eilte zurück ins Schlafzimmer und sah sich um.

„Wenn du es mir nicht sagst, wird er es uns verraten. Wir erfahren immer, was wir wissen wollen. Niemand weiß das besser als du!"

Er lügt, schoss es ihm durch den Kopf. Zwar konnte er nicht sagen, an welcher Stelle der Fremde gelogen hatte. Aber irgendwie spürte er, dass der Mann selbst nicht glaubte, was er da gerade gesagt hatte.

Er schaltete das Handy aus, dann ergriff er ein mit Eichenfurnier verkleidetes Nachtschränkchen und schleuderte es durch die Fensterscheibe. Anschließend trat er die Scheibenreste aus dem Rahmen und kletterte hinaus auf das Fensterbrett. Er glaubte, hinter einer der Scheiben ein Gesicht erkennen zu können, ansonsten schien niemand auf den Lärm zu reagieren. Er holte Schwung und sprang.

Obwohl er sich mit aller Kraft abgestoßen hatte, verfehlte er beinahe das Dach des Lkw. Ein scharfer Schmerz schoss in seinen Knöchel, als er aufkam. Ungeschickt rollte er über einen Arm ab, schoss über das Dach hinaus und landete unsanft auf der Motorhaube. *Das konnte ich mal besser,* kam es ihm in den Sinn, während er sich aufrappelte und über den Hof zum Haus auf der gegenüberliegenden Straßenseite humpelte.

Im Laufen zog er das Handy aus der Tasche und warf es über eine kleine Mauer auf den benachbarten Hof.

Er hastete die Treppe zum Keller hinab. Ein kräftiger Stoß, und die Tür sprang auf. Eilig lehnte er sie wieder an und warf einen Blick zurück durch die schmierige Scheibe. Zwei Gestalten rannten auf den Hof. Einer sah sich um, der andere starrte auf das Display seines Handys.

Der Namenlose wartete nicht ab, wo sie nach ihm suchen würden. So rasch es sein malträtierter Fuß zuließ, hetzte er das Treppenhaus hinauf und gelangte durch die Haustür wieder hinaus auf die Straße. Ein Mann mit einem *Amazon*-Paket unter dem Arm sprang hastig beiseite und schnaufte: „Ey Alter, bist du irre?"

„Tut mir leid." Der Namenlose nickte dem Mann zu und ging weiter. Als der Paketbote im Hausflur verschwunden war, machte er kehrt, stieg in den Lieferwagen, der mit laufendem Motor am Straßenrand stand, und brauste davon.

Während er um die Ecke bog und im Rückspiegel den fluchenden Mann aus dem Haus spurten sah, fragte er sich, warum sich bei ihm kein Triumphgefühl einstellte. Anstatt sich über seine gelungene Flucht zu freuen, verspürte er ein nagendes Gefühl der Unruhe. *Hier stimmt was nicht,* ging es ihm durch den Kopf. *Das war zu leicht!*

Er musste vorsichtig sein, verdammt vorsichtig. Er würde über einige Umwege nach Berlin reisen. Wenn er herausfinden wollte, wer er war, musste er dort beginnen.

Der Stich

Die Tür schloss sich, und die Erinnerung überfiel Theo wie ein Flashback. Sie war so plötzlich da und so intensiv, dass er sich nicht gegen sie wehren konnte.

Die Frühlingssonne scheint warm auf die Terrasse. Eine Biene kommt herbeigeflogen und macht sich eifrig an den Bellis zu schaffen, die in einer gemeinsamen Aktion in die Blumenkübel gepflanzt wurden. Theo spürt Mikes Blick auf sich ruhen. Wegen der ungewohnten Helligkeit hat er die Augen zu engen Schlitzen zusammengekniffen. „Was glaubst du – wie viele hast du noch?", fragt sein Mitbewohner.

„Was?"

Offenbar spiegelt sich Theos Verblüffung deutlich in seinem Gesicht wider, denn Mike schmunzelt leise. „Wie viele Frühlinge?"

Theo runzelt die Stirn. „Darüber habe ich noch nie nachgedacht."

„Ich schon", erwidert Mike. „Ziemlich oft sogar." Er lässt seinen Blick zum Horizont schweifen. „Ich glaube nicht, dass ich noch viele haben werde."

„Wie kommst du darauf?", fragt Theo.

Mike zuckt mit den Achseln – eine langsame, schwerfällig anmutende Bewegung. Dann legt er seine bleichen Arme auf den Tisch seines Rollstuhls. „Ah", seufzt er. „Ich liebe den Frühling."

„He, alles in Ordnung?", drang plötzlich eine weibliche Stimme an Theos Ohr. Er zuckte erschrocken zusammen. „Was?"

Marthas gutmütiges Gesicht blickte sorgenvoll auf ihn hinab. „Seit deine Schwester und ihr Kollege gegangen sind, sitzt du einfach da und starrst die Tür an."

„Entschuldige... Ich war in Gedanken", erwiderte Theo.

Martha legte eine Hand auf seine Schulter und seufzte leise.

„Das kommt alles so unerwartet, so plötzlich..." Er verstummte.

„So ist es immer", sagte Martha.

„Aber er war noch nicht so weit!", entfuhr es Theo.

Die erfahrene Betreuerin lächelte mitleidig.

„Ich... ich würde ihn gerne noch mal sehen. Meinst du, das wäre möglich?"

Martha zögerte einen Moment, dann nickte sie. „Natürlich, Theo. Nimm Abschied von ihm." Sie öffnete die Tür für ihn.

„Danke."

„Gib mir Bescheid, wenn du fertig bist."

„Mach ich."

Es war still in Mikes Zimmer. Totenstill! Theo lief ein Schauer über den Rücken. Sonnenstrahlen stahlen sich durch die halb geöffnete Jalousie und erhellten den Raum. Winzige Staubteilchen tanzten wie Glühwürmchen im flirrenden Licht.

Er fuhr auf Mikes Bett zu. Das Surren des Motors erschien ihm unnatürlich laut. Eine Entschuldigung lag ihm auf den Lippen. Dann machte er sich bewusst, dass niemand da war, der sich an dem Geräusch stören konnte.

Mike lag im Bett, fast so, als würde er schlafen. Theo fuhr näher heran, bis sein Rollstuhl gegen das Bett stieß. Es roch ein wenig seltsam. War das der Geruch des Todes?

Theo zwang sich, den leblosen Körper seines Mitbewohners anzusehen. Seine Haut war weiß und wächsern. Der Mund stand offen, die Augäpfel lagen wie bemalte Kiesel in den Höhlen. Er erinnerte sich, dass Lene davon gesprochen hatte, Mikes Körper sei ganz starr gewesen. Die Totenstarre hatte demnach bereits eingesetzt, bevor man ihm Mund und Augen hatte schließen können.

Es war noch nicht lange her, kaum mehr als ein paar Stunden, da hatte dieser Mund gelächelt, geredet und gelacht, und in den Augen hatte eine wache Intelligenz gelegen.

Ungerufen schwappten erneut die Erinnerungen in Theos Bewusstsein.

Mike und er sitzen auf der Dachterrasse des Hauses und lassen den Blick über die Skyline der Hauptstadt schweifen. Die Sonne glüht ein letztes Mal auf, bevor der Horizont ihre Strahlen verschluckt. Lichter flammen in den Häusern auf.

„Siehst du das?", fragt Mike. „Manchmal stelle ich mir vor, dass jedes Licht, das am Abend aufflammt, für eine Seele steht. Hinter jedem dieser Fenster hockt irgendein Mensch. Er schaltet die Glotze ein, starrt auf sein Smartphone, unterhält sich, ärgert sich, fühlt sich einsam oder feiert einen Triumph. Jeder von ihnen ist der Mittelpunkt seiner eigenen kleinen Welt." Melancholie stiehlt sich in sein Gesicht. „Aber was ist der Sinn dahinter? Millionen von Seelen in einer riesigen Stadt, und jede von ihnen glaubt, dass sie von Bedeutung ist. Aber nichts bleibt für immer. Die meisten von uns bewirken rein gar nichts. Jetzt in diesem Moment sterben Menschen und andere werden geboren. Es ist ein Kommen und Gehen. Wofür? Was bringt das alles?"

Theo starrt in die beginnende Nacht. „Das war eine rhetorische Frage, oder?"

Mike schmunzelt. „Nee, so einfach kommst du mir nicht davon, Theo. Ich will wissen, was du denkst. Hat das Leben einen Sinn?"

„Das ist eine ziemlich große Frage für ein ziemlich kleines Gehirn", erwidert Theo.

„Hör auf, dich herauszuwinden."

„Manche sagen, der Sinn des Lebens sei das Leben selbst."

„Eine elegante Formulierung." Mike nickt anerkennend. „Aber was heißt das konkret?"

„Ich denke, damit ist im Grunde gemeint, dass wir das Leben wertschätzen sollen und dass wir selbst ihm einen Sinn verleihen müssen."

„Klingt nicht schlecht." Mike schürzt nachdenklich die Lippen. „Aber verliert das Wort Sinn dadurch nicht jede Bedeutung?"

„Was meinst du damit?", hakt Theo nach.

„Na ja, eine Kompassnadel, die in jede beliebige Richtung ausschlägt, bietet keinerlei Orientierung mehr. Für den Hedonisten ist der Sinn des Lebens, so viel Spaß wie möglich zu haben, der Asket sieht im Verzicht das höchste Ziel, der Kapitalist sucht Reichtum, der Instagram-Star Follower, der Dschihadist will alle Ungläubigen massakrieren, der Nazi... Ach, weiter will ich mir diesen Mist gar nicht ausmalen. Wenn jeder den Sinn des Lebens für sich selbst bestimmt, kommt vielleicht manchmal etwas heraus, das ehrenwert ist, manchmal etwas Banales, manchmal Blödsinn und nur allzu oft etwas abgrundtief Schreckliches. Wenn alles irgendwie Sinn ergibt, auch die Dinge, die sich absolut widersprechen, wenn die Frage nach dem Sinn im Grunde zu einer Frage des persönlichen Geschmacks wird, hat dieses Wort dann überhaupt noch irgendeine Bedeutung?"

Theo nickt nachdenklich. „Gute Frage. Wahrscheinlich wirst du so viele unterschiedliche Antworten darauf bekommen, wie es Menschen gibt."

„Ganz bestimmt", erwidert Mike. „Mich würde interessieren, was du dazu sagst. Findet der Mensch den Sinn des Lebens in sich selbst oder außerhalb von sich?"

„Na ja", erwidert Theo, „wenn du mich so fragst, würde ich sagen: In gewissem Sinn gehört beides zusammen."

„Hä?"

„Ich sagte doch, es ist nicht leicht."

„Versuch's trotzdem!"

„Ich glaube, dieses Paradox begegnet uns immer wieder. Es gibt Milliarden von Menschen auf der Welt. Jeder ist einzigartig, vollkommen individuell, und doch sind wir alle Menschen. Wir haben unterschiedliche Geschmäcker, aber die gleichen Grundbedürfnisse, und damit meine ich nicht nur die körperlichen Aspekte. Jeder Mensch trägt das Bedürfnis in sich, etwas zu schaffen, ursächlich zu sein in einem tieferen Sinne. Jeder will geliebt werden und zurücklieben. Jeder trägt tief in sich das Bewusstsein für das, was wir Schönheit nennen, und jeder hat eine Ahnung von Recht und Unrecht, und sei sie noch so rudimentär."

„Ich habe den Eindruck, dass dieses Bewusstsein manchmal sehr rudimentär ist", bemerkt Mike. „Aber gut. Lassen wir das mal so stehen. Was hat das nun mit dem Sinn des Lebens zu tun?"

„Alles, was ich eben aufgezählt habe, kann ich nicht für mich allein tun. Ich kann mich nicht selbst essen und trinken. Wenn mein Empfinden für Schönheit sich auf mein eigenes Spiegelbild beschränkt, habe ich ein ernsthaftes Problem. Sich selbst zu lieben, ist zu wenig, und Recht und Unrecht ist per Definition ein Aspekt von Beziehung. Manchmal sind wir selbst die Frage, manchmal die Antwort. Aber wir sind nie beides zugleich, verstehst du, was ich meine?"

„Ich denke, schon. Worauf willst du hinaus?"

„Ich glaube, dass es bei der Frage nach dem Sinn des Lebens nicht anders ist. Wenn wir den Sinn unseres Lebens allein in uns selbst suchen, werden wir letztendlich enttäuscht werden. Er existiert aber auch nicht unabhängig von uns, wie ein vergrabener Schatz, den wir ausbuddeln müssen. Er ist unsere Antwort auf eine Frage..."

Das Telefon klingelte und riss Theo aus seinen Gedanken. Im Hintergrund konnte er hören, wie Martha den Flur entlangeilte und an den Apparat ging.

„Theo?", drang Marthas Stimme durch die geschlossene Tür. „In WG 2 gibt es ein Problem. Sie brauchen meine Hilfe. Ich nehme Keno mit. Du bist dann allein hier!"

„Okay."

„In dringenden Fällen kannst du mich dort erreichen."

„Alles klar!"

Marthas Schritte eilten den Flur entlang. Theo hörte, wie die Tür ins Schloss gezogen wurde.

Sein Blick wanderte zurück zu dem Leichnam. Es war nicht Mike, der dort regungslos im Bett lag, es war nur eine leere Hülle, die nach und nach vergehen würde. Und dennoch erinnerte so schmerzlich viel an den Menschen, der sein Freund gewesen war.

Mike trug einen altmodischen Schlafanzug mit Knopfleiste und Kragen. Wahrscheinlich war er der einzige unter Siebzigjährige in der Stadt, der das tat... *getan hatte*, korrigierte sich Theo. Auch tagsüber hatte Mike stets Hemden getragen, langärmlige Hemden, die er vom Frühjahr bis zum Spätsommer akkurat hochgekrempelt hatte, so wie Jogi Löw und Jürgen Klinsmann beim Sommermärchen 2006.

Theos Blick fiel auf Mikes rechten Arm, der Ärmelsaum hing ihm irgendwo zwischen Ellenbogen und Handgelenk. Das war merkwürdig. Als ob jemand versucht hätte, den Ärmel herunterzukrempeln, um dann auf halber Strecke aufzuhören. Ob das bei der Untersuchung des Leichnams passiert war? Aber warum sollte ein Arzt das tun? Ohnehin sah es nicht so aus, als hätte Dr. Behrends allzu viele Anstrengungen unternommen, um die Todesursache festzustellen. So wie Mike dalag, hatte sich der Mann nicht mal die Mühe gemacht, ihn zu entkleiden.

Theo nahm seinen Greifer und ließ ihn um den Ärmelsaum schnappen. Es war mühsam, den Stoff nach oben zu schieben. Theo musste seine ganze Kraft aufwenden. *Was machst du da, du Trottel?*, beschimpfte er sich selbst. *Mike ist nicht mehr hier. Ihm ist es völlig schnuppe, wo sein Ärmel hängt.*

„Aber mir nicht", stieß Theo zwischen zusammengebissenen Zähnen hervor. „Wenigstens etwas, was ich für ihn tun kann."

Endlich hatte er es geschafft. Es sah nicht so ordentlich aus, wie Mike es sich gewünscht hätte, aber besser bekam er es nicht hin.

Theo legte den Greifer zurück auf den Rollstuhltisch. Ein kleiner Schweißtropfen rann ihm von der Stirn in die rechte Augenbraue. „So ist es besser", schnaufte er zufrieden.

Sein Blick fiel auf den bleichen Arm des Toten. Da war etwas Seltsames. Eine winzige, leicht bläuliche Wölbung in der Armbeuge. Theo beugte sich vor und kniff die Augen zusammen. In der Mitte der Wölbung befand sich ein rötlicher Punkt.

„Seltsam", murmelte er. Das sah ganz danach aus, als habe man Mike Blut abgenommen oder ihm etwas in die Vene gespritzt. Theo biss sich auf die Unterlippe. Woher kam das? War Mike in den letzten Tagen beim Arzt gewesen?

Eine seltsame Unruhe erfasste ihn. Nach einem letzten Blick auf den Toten schaltete er den Motor wieder ein und verließ den Raum. Die Zimmertür ließ sich per Taster schließen.

Theos Gummireifen quietschten auf dem Linoleumbelag des Flurs. Er ertappte sich dabei, wie er unbewusst den Atem anhielt, als fürchte er, beobachtet zu werden. Dabei tat er doch gar nichts Verbotenes – bis jetzt.

Das Büro war nicht abgeschlossen. Er atmete tief durch und fuhr zum Schreibtisch. Der Bildschirmschoner zeigte Bilder von Marthas sechs Monate alter Enkelin – kleine Wurstfingerchen und ein breites zahnloses Grinsen.

Es dauerte einen Moment, bis es Theo gelang, die Tastatur mithilfe des Greifers auf den Rollstuhltisch zu ziehen.

Er drückte Strg-Alt-Entf.

Der Computer verlangte das Passwort. Theo tippte *daria* ein. Falsch.

Er kniff die Lippen zusammen und versuchte, sich an die Vorgaben der IT zu erinnern, die vor einiger Zeit die Runde gemacht hatten. Dann tippte er *Daria2020*.

Die Festplatte fing an zu rattern. Ein Schmunzeln huschte über seine Lippen. Das war leicht gewesen. Als Marthas Account hochgefahren war, öffnete er die Pflegedokumentation und klickte auf „Mike Lörke". Es dauerte eine Weile, bis er sich durch die Eintragungen gescrollt hatte. Der letzte Arztbesuch von Mike lag über vier Wochen zurück. Der Einstich im Arm konnte unmöglich so alt sein.

Theo öffnete den Medikationsbogen. Wie er selbst hatte auch Mike eine ganze Reihe von Medikamenten erhalten. Keines der regelmäßig verabreichten Medikamente wurde intravenös injiziert, aber wie war es mit der Notfallmedikation? Da es im Zuge seiner Erkrankung zu Atemnot und damit auch zu Angstzuständen kommen konnte, hatte der Arzt Mike Lorazepam verordnet. Laut Beschreibung in der Dokumentation sollte es oral eingenommen werden – Theo scrollte sich weiter durch den Medikationsbogen –, und zwar in Form von Tabletten. Damit schied eine intravenöse Verabreichung aus.

Es dauerte einen Moment, bis das Geräusch, das sein Unterbewusstsein längst registriert hatte, auch in seinem Bewusstsein ankam. Er griff gerade nach dem Joystick, um den Rollstuhl zu wenden, als eine Stimme ihn erschrocken zusammenzucken ließ.

„Was machst du da?"

Martha stand hinter ihm.

Hastig klickte Theo auf „Abmelden". „Sorry... Ich hab nur was gecheckt. Alles okay in der Zweiten?"

Der Rechner warnte, dass noch Programme geöffnet seien und Daten verloren gehen könnten. Hastig bestätigte Theo seinen Befehl. „Das Büro ist nur für die Mitarbeiter, das weißt du doch!"

„Ja, ich weiß." Erleichtert registrierte Theo, dass auf dem Bildschirm nur noch das Anmeldefenster zu sehen war. Er wandte sich Martha zu, vermied es aber, ihr in die Augen zu sehen. „Aber hier im Büro habt ihr eine LAN-Verbindung, und bei uns spinnt das W-LAN ständig." Das war zwar nicht falsch, hatte aber herzlich wenig mit dem eigentlichen Grund für Theos Anwesenheit in diesem Raum zu tun.

„Theo, bitte halte dich an die Regeln!"

„Okay, okay."

„Mist!" Martha stand inzwischen am Schreibtisch und wühlte in einem altmodischen Karteikasten. „Du weißt nicht zufällig, wo die Notfallnummer vom Chef ist?"

„Seine Karte hängt an der Pinnwand."

„Danke!" Sie ergriff hastig das Telefon und wählte.

Theos Gedanken kreisten. Woher kam dieser Einstich in Mikes Arm? War ihm vielleicht das falsche Medikament verabreicht worden? Oder das richtige Medikament auf die falsche Art und Weise?

Vom Flur her drang Kenos aufgeregte Stimme herein. „Der Taucher, der Taucher, der Taucher!"

„Oh Keno. Jetzt nicht", rief Martha, während sie das Telefon zwischen Ohr und Schulter klemmte.

Theo fuhr zur Tür. Er musste irgendwo in Ruhe nachdenken.

„Hallo, Herr Teriete", sagte Martha. Zeitgleich stieß Keno draußen im Flur einen unartikulierten Schrei aus. Es wummerte, als würde er gegen die Wand schlagen. „Einen Moment!", bat Martha, zwängte sich an Theo vorbei und eilte in den Flur. „Keno, was soll denn das?"

Ein schriller Schrei war die Antwort.

„Geh bitte in dein Zimmer. Nein, nicht beißen, Keno, geh in dein Zimmer und beruhige dich."

Eine Tür wurde zugeschlagen.

Theo fuhr ebenfalls in den Flur, Martha kam ihm mit eiligen Schritten entgegen und sprach in den Hörer: „Nein, nicht wegen Keno. Die kleine Hanna aus der Zweiten hatte schon wieder einen epileptischen Anfall. Wir haben ihr schon zum zweiten Mal Diazepam gegeben, aber sie ist immer noch so unruhig..."

Martha verschwand wieder im Büro. In Kenos Zimmer krachte es. Er schrie, dann sprach er halblaut vor sich hin: „Weg, er ist weg, weggegangen... WEG..."

Theo wusste aus Erfahrung, dass jeder noch so gut gemeinte Versuch, jetzt mit Keno zu sprechen, nach hinten losgehen würde.

„Aber was sollen wir denn machen? Wir sind komplett unterbesetzt!", rief Martha gerade aufgebracht ins Telefon.

Theo hatte das Gefühl, sein Kopf würde gleich platzen. Er musste raus hier! Kurzentschlossen verließ er die Wohnung.

Im Aufzug schickte er mit dem Handy eine kurze Nachricht an Martha. Damit sie sich keine Sorgen machte.

Zum Glück war der Stadtpark nicht weit entfernt. Während er seine Runden auf dem Spazierweg drehte und sich alle Mühe gab, den vorbeihastenden Joggern nicht in die Quere zu kommen, wanderten seine Gedanken zurück zu Mikes Leichnam.

Dieser Einstich ließ ihn nicht los. War er dem Arzt nicht aufgefallen? Dr. Behrends war ja nur ein paar Minuten im Zimmer gewesen. Vielleicht hatte er einfach das Naheliegendste diagnostiziert, um schnell zu seinem nächsten Termin zu kommen. Mike hatte ALS gehabt und nun war er gestorben. Das Unvermeidliche war eingetreten, vielleicht ein wenig früher als erwartet. Aber so etwas geschah nun mal. Warum also kostbare Zeit auf jemanden verschwenden, dem ohnehin nicht mehr zu helfen war?

Theo spürte, wie Wut in ihm hochkochte, und gleichzeitig wurde ihm bewusst, dass er gerade vorschnell urteilte. Er war nicht dabei gewesen. Weder hatte er dem Arzt über die Schulter geschaut noch konnte er Gedanken lesen. Bislang hatte er nichts außer Unterstellungen vorzuweisen. Zumindest würde eine neutrale Person das so beurteilen.

Im Grunde war klar, was als Nächstes zu tun war. Er musste dafür sorgen, dass Mikes Leichnam noch einmal untersucht wurde.

Theo wendete und fuhr zurück zu seiner Wohnung. Aus der Ferne sah er einen schwarzen Lieferwagen, der in zweiter Spur parkte. Vielleicht eine Paketlieferung oder ein Handwerker? Obwohl diese Leute eigentlich eher weiße Wagen fuhren – warum auch immer.

Als er noch etwa sechzig Meter entfernt war, konnte er die Aufschrift entziffern: Sargdiscount-Berlin.de stand in weißen Buchstaben auf dem schwarzen Lack.

Einen Moment lang reagierte nichts in ihm. Dann sah er zwei Männer, die einen länglichen Kasten aus dem Haus trugen und in den Wagen schoben.

„Was?", entfuhr es ihm. „Jetzt schon? Aber –" Er drückte den Joystick nach vorn und sein E-Rollstuhl beschleunigte auf fünfzehn Stundenkilometer. „Halt!", rief er.

Bedauerlicherweise war seine Stimme nicht besonders laut, was unter anderem an seinem geschwächten Zwerchfell lag. „Warten Sie!", rief Theo, während er über das Kopfsteinpflaster einer Hofeinfahrt holperte. Er brauste weiter.

Plötzlich schoss ein Lieferwagen aus einer Einfahrt und bildete vor ihm eine schmutzig-weiße Wand aus Blech. Theo bremste abrupt ab, sein Kopf knallte gegen die Handyhalterung seines Rollstuhls. Das Handy polterte zu Boden und Theos Oberkörper touchierte den Joystick. Der Rollstuhl machte einen Satz nach vorn und kam nur wenige Zentimeter vom Lieferwagen entfernt zum Stehen.

Benommen richtete Theo sich auf. Der Lieferwagen gab Gas und fuhr auf die Straße, ohne ihn weiter zu beachten. Vermutlich hatte der Fahrer ihn gar nicht bemerkt.

„Hier!", meldete sich eine schüchterne Stimme. Eine junge Frau mit Kopftuch stand neben ihm, hatte sein Handy aufgehoben und legte es auf den Rollstuhltisch.

„Danke." Theo versuchte zu lächeln.

„Du gut?", fragte die Frau besorgt und in gebrochenem Deutsch.

„Ja, alles okay. Danke", erwiderte Theo.

Sie nickte freundlich und ging weiter.

Als Theo den Blick wieder zur Straße wandte, war der schwarze Lieferwagen verschwunden.

Zeugenvernehmung

Offiziell war Linas Dienst beendet, als sie ein paar Stunden später in der WG-Küche stand und eine beeindruckende Kontraktion ihrer Lungen verspürte, als Lene sie an ihren Busen drückte.

„Is echt lieb, dass de noch mal vorbeijekomm bist."

„Gerne", krächzte Lina.

„Du bist eene von die wenigen Leute, die uns ma besuchen kommt."

„Aber nicht mehr lange, wenn du mich weiter so quetschst", presste Lina hervor. „Ich würde gerne wieder ... atmen."

„Tut ma leid." Lene löste ihre Umarmung. „Ick bin doch immer noch so jeschockt, weil der Mike jestorben is."

„Das verstehe ich. Wir alle stehen unter Schock."

„Ja." Lene nickte eifrig. „Heut auf Arbeit hab ick nischt Vernünftiget zustande jekricht. Schließlich hat der Uwe mich inne Mensa jesetzt und jesagt, ick soll Mandalas ausmalen."

Lina nickte. Dass Theo ihr von der Einstichwunde erzählt hatte, gab dieser etwas ungewöhnlichen Zeugenbefragung eine neue Dringlichkeit. Behutsam versuchte sie, das Gespräch in die richtigen Bahnen zu lenken. „Weißt du, Lene, ich würde gerne besser verstehen, warum der Mike gestorben ist. Ist es okay, wenn ich dir ein paar Fragen stelle?"

„Klar."

„Wollen wir uns setzen?"

Lene nickte. „Ick brauch jetzt 'n Kaffe. Willste och eenen?"

„Gerne."

Lina setzte sich und startete ihr Tablet.

Indessen schob Lene mit beachtlicher Behändigkeit ihre imposanten Hüften durch die Küche und machte sich an der Kaffeemaschine zu schaffen.

Lina gab ein paar Basisdaten ein. Helene Schmidt, Prader-Willi-Syndrom, Lernbehinderung, in einer Werkstatt für Menschen mit Behinderung tätig, Alter ...?

„Mit Milch?", fragte Lene.

Lina hob den Kopf und lächelte. „Nein, danke."

Wenig später saßen beide am Tisch, zwei Pötte mit dampfendem Kaffee und eine Schüssel mit Doppelkeksen vor sich.

„Willste eenen?" Lene wies großzügig auf die Keksschüssel.

„Nein, danke."

„Nich schlimm, dann übernehme ick den Job." Lene zwinkerte ihr zu und griff sich einen Keks.

„Wie alt bist du eigentlich, Lene?", fragte Lina. Es war nicht wirklich wichtig, aber es half ihr, unverfänglich ins Gespräch zu kommen.

„Einundfuffzig. Sieht man mir jar nich an, wa?" Lene fuhr sich mit einer gezierten Bewegung durchs Haar. „Nich eene Falte findste in meene Visage, allet schön mit Fett ausjepolstert."

Lina unterdrückte ein Schmunzeln. Rasch ergänzte sie ihre Notizen. „Und wie lange kennst du Mike schon?"

„Keene Ahnung, schon ewig." Lene winkte ab und nahm sich einen zweiten Keks. „Ick wohn hier ja schon von Anfang an. Der Mike kam erst später, und am Anfang konnta noch loofen. Aber nur mit so 'nem Dingsbums."

„Rollator?", schlug Lina vor.

„Richtich." Sie griff in die Keksschüssel. „Oh Mann, ick bin echt am Verhungern. Willste nich doch einen? Die sind echt jut, die Dinger."

„Nein, danke."

„Uff jeden Fall jings irgendwann nich mehr mit dem Loofen, und Mike musste in 'nen Rollstuhl."

„Hattest du den Eindruck, dass es Mike in letzter Zeit schlechter ging?"

„Nö. Der hat ja sogar bei der Grillparty mitjemacht. Dit kam für uns alle voll überraschend." Lene blickte zur Seite. Eine Träne rann über ihre runde Wange und fiel zu Boden.

Lina reichte der beleibten Frau ein Taschentuch. Diese schnäuzte sich geräuschvoll und griff dann erneut in die Keksschüssel.

„Ist dir letzte Nacht irgendetwas Besonderes aufgefallen?", fragte Lina.

„Nö, allet wie immer." Sie wischte sich einen Kekskrümel vom Kinn und blickte ihr Gegenüber ernst an. „Ick schlafe ja nachts meistens. Da krieg ick nich so viel mit."

„Verstehe."

„Moment!" Lene hob einen Finger. „Einmal war ick uffm Klo – musste mal pieseln. Irgendjemand hat jeschnarcht, als wollte er den janzen Grunewald absägen, und unsere Nachtwache saß inne Küche und hat uffs Handy jeglotzt. Aber dit is nischt Besonderet, dit machen die alle." Ein weiterer Keks verschwand zwischen ihren runden Wangen. Sie deutete auf die Schüssel. „Greif lieber zu. Wennde dich nich beeilst, musste mir den Magen auspumpen, wenn du doch noch eenen haben willst."

Lina verzog das Gesicht. „Danke, Lene, jetzt habe ich garantiert keinen Hunger mehr."

„Alter Trick von mir." Lene zwinkerte. „Funktioniert imma." Sie griff erneut zu. Die Schüssel war bereits halb leer.

„Ist dir noch etwas aufgefallen?"

„Der Keno ist durch die Jänge jeschlichen."

Lina horchte auf. „Er war wach?"

„Ja, aber dit is eijentlich nischt Besonderet. Der is ständig wach."

„Hast du mal mitbekommen, dass Mike eine Spritze bekommen hat?"

„Wie bei so 'ne Impfung meinste?"

„Genau."

Lene erschauerte. „Nee. Zum Glück nich. Wir sind ja ooch 'ne WG und keen Krankenhaus."

„Okay, danke. Wenn dir noch etwas einfällt, sag mir Bescheid."

„Mach ick. Willste och mit Scotti reden?"

„Ja, gerne."

„Ick schick ihn dir rein, okay?"

„Ja, bitte."

„Keen Problem. Sie erhob sich behände, griff sich zwei Kekse und ging in Richtung Tür. Nach zwei Schritten machte sie kehrt und griff sich mit der anderen Hand noch zwei Kekse. „Reiseproviant", erklärte sie mit vollem Mund.

Eine halbe Minute später kam Scott Schulze um die Ecke geschlichen. Er musste sich bücken, um durch den Türrahmen zu passen. Sein grobschlächtiges, riesenhaftes Gesicht zeigte wenig Regung, nur die wulstigen Lippen waren zu einem winzigen nervösen Lächeln verzogen.

„Hallo, Scott." Linas Hand verschwand fast in der Pranke des Hünen. „Setz dich doch bitte." Sie deutete auf den Stuhl.

Es dauerte einen Moment, bis er seinen 2,19 Meter großen Körper so weit zusammengefaltet hatte, dass er auf dem Küchenstuhl Platz nehmen konnte. Es sah ein bisschen so aus wie ein müder Vater auf dem Elternabend seines frisch eingeschulten Kindes. Scott hatte das Weaver-Syndrom, eine auf einem Gen-Defekt beruhende Erkrankung, die extreme Großwüchsigkeit und geistige Einschränkungen zur Folge hatte. Er arbeitete in derselben Einrichtung wie Helene. Seine Mutter war Britin, sein Vater Deutscher.

Es war nicht ganz einfach, einen Draht zu ihm zu bekommen. Bislang hatte Lina kaum mehr als ein Dutzend Worte mit ihm gewechselt. „Danke, dass du dir Zeit für mich nimmst", eröffnete sie behutsam das Gespräch. „Möchtest du vielleicht einen ... Keks?" Sie wies auf die Schüssel, in der noch zwei kümmerliche Exemplare übrig waren.

Er schüttelte den Kopf.

„Bist du damit einverstanden, wenn wir ein bisschen über Mike reden?"

Scott atmete tief ein und aus, dann nickte er so vorsichtig, als habe er Angst, eine zu hastige Bewegung seinerseits könnte eine Katastrophe auslösen.

Mitleidig sah Lina ihn an. „Es muss ein ziemlicher Schock für dich gewesen sein, als du davon gehört hast."

Die Augen des Hünen wurden groß. Seine Unterlippe zitterte leicht. Lina lächelte beruhigend und legte ihre Finger auf die riesige Pranke des jungen Mannes. Als seine Augen daraufhin noch ein wenig größer wurden, zog sie ihre Hand rasch wieder zurück. „Ist dir in der vergangenen Nacht irgendetwas Besonderes aufgefallen?"

Er starrte an ihr vorbei an die Wand.

„Scott, hast du irgendetwas Besonderes bemerkt? Vielleicht ein Geräusch oder so?"

Langsam schüttelte er den Kopf.

„Verstehe ich das richtig? Du hast nichts mitbekommen, bis Martha dich geweckt und dir von Mikes Tod erzählt hat?"

Seine Augen füllten sich mit Tränen.

Lina schluckte. Es fiel ihr schwer, ihn so leiden zu sehen und nichts tun zu können. „Es tut mir so leid. Wir können auch ein andermal weiterreden."

Scott zog ein Stofftaschentuch aus der Hosentasche, faltete es umständlich auseinander und putzte sich lautstark die Nase. Dann faltete er das Tuch wieder zusammen, steckte es zurück in die Tasche und blickte Lina fragend an. Offenbar war er bereit, das Gespräch fortzuführen.

„Hast du jemals gesehen, wie Mike eine Spritze bekommen hat?"

Scotts Augen wurden groß, dann schüttelte er langsam den Kopf.

„Ist dir sonst noch irgendetwas Besonderes an ihm aufgefallen? War er anders in letzter Zeit? Hat er irgendetwas gesagt?"

Scott senkte den Blick und schwieg.

Lina versuchte, in seiner Miene zu lesen. Wusste er etwas? Wollte er nichts sagen oder konnte er nicht? Schließlich lächelte sie und sagte: „Gut, Scott. Vielen Dank. Das war's. Du kannst jetzt gehen."

Der Hüne nickte bedächtig, dann stemmte er die Hände auf die Knie und schraubte sich wieder zu seiner vollen Größe empor. Als er mit gesenktem Kopf zur Tür ging, sagte er plötzlich: „Mike war mein Freund."

Seine Stimme war so tief, dass der Boden unter Linas Füßen zu vibrieren schien.

„Ich weiß." Lina erhob sich und blieb unschlüssig stehen. Am liebsten hätte sie diesen riesigen Kerl umarmt. Aber sie spürte, dass ihre Berührungen ihn nervös machten. „Mike war wirklich ein ganz besonderer Mensch", sagte sie leise.

Scott nickte bedächtig. Dann bückte er sich unter dem Türrahmen hindurch und verschwand im Flur.

Lina wollte hinausgehen, um die nächste Bewohnerin zum Gespräch zu bitten, doch da stand Paula Huthmann schon in der Tür. Dicke Tränen rannen ihr über die Wangen, und sie streckte beide Arme aus. „Du musst mich trösten!", schluchzte sie.

Lina nahm sie in den Arm und fischte ein Taschentuch aus der Hosentasche. Es war binnen weniger Sekunden durchnässt. „Komm, wir setzen uns", schlug Lina drei Taschentücher später vor.

Paula nickte stumm und setzte sich dann im Schneidersitz auf den Küchenstuhl. Die junge Frau hatte Trisomie 21. Ihr einundzwanzigstes Chromosom war statt doppelt dreifach vorhanden. Diese Veränderung des Genoms bewirkte unter anderem die für die Erkrankung typischen Gesichtszüge, weshalb das Syndrom früher auch Mongolismus genannt worden war. Eine weitere heute noch gebräuchliche Bezeichnung war Down-Syndrom, benannt nach dem Arzt, der die Folgen dieser besonderen Chromosomenkonstellation als Erster beschrieben hatte.

Paula war die jüngste und vermutlich auch berühmteste WG-Bewohnerin. Die Neunzehnjährige war Mitglied im The-MiHa-Ensemble, einer Theatergruppe, in der Menschen mit und ohne Behinderung gemeinsam spielten. Lina hatte einmal eine Vorstellung besucht, dann aber festgestellt, dass ihr die Stücke zu modern und abstrakt waren. Sie hatte sich die ganze Zeit vergeblich gefragt, worum es in dem Stück eigentlich ging.

Paula wischte sich mit dem Handrücken über die rot geweinten Augen und spähte auf die Keksschüssel.

„Du kannst dir gerne einen nehmen."

Die junge Frau griff zu.

„Du weißt sicher, worüber ich mit dir reden möchte?"

Paula nickte. Ihre Unterlippe zitterte.

„Mike ist letzte Nacht gestorben und –"

„Mein Opa ist vor einem Jahr gestorben", unterbrach Paula. „Das war so traurig."

„Ja, das ist nicht leicht." Lina räusperte sich. „Paula, –"

„Lebt dein Opa noch?", fragte die junge Frau.

„Einer meiner Opas ist gestorben, aber der andere lebt noch."

„Das ist gut!" Paula nickte und warf ihr langes Haar über die Schulter zurück.

„Pass auf –", setzte Lina an, doch die junge Frau unterbrach sie ein weiteres Mal.

„Als Carsten gestorben ist, habe ich nur noch geheult, tagelang."

„Carsten?"

„Mein Wellensittich." Erneut schossen ihr Tränen in die Augen. „Das war so schlimm!" Sie schluchzte auf.

Lina räusperte sich. „Paula, ich wollte –"

„Kann ich noch einen Keks?"

„Natürlich, bediene dich."

Paula griff zu. „Wo sind denn die andern abgeblieben?"

„Wer?"

„Na, die Kekse. Bestimmt hat Lene die wieder alle gemampft, stimmt's? Die isst immer alles auf!"

„Paula, es geht im Moment nicht wirklich um die Kekse."

„Ja, ich weiß, ich weiß. Ich bin auch ganz traurig. Bei Menschen ist es auch viel schlimmer."

„Wie bitte?", fragte Lina, vom plötzlichen Themenwechsel überrascht.

„Na, viel schlimmer als bei Wellensittichen."

„Du meinst, wenn sie sterben?"

„Na klar."

„Das stimmt." Lina räusperte sich. „Paula, ist dir letzte Nacht etwas Besonderes aufgefallen?"

Die junge Frau schniefte und schürzte nachdenklich die Lippen. „Hm ... Ich hab Füße gehört."

„Füße?"

Paula nickte. „Im Flur. Aber wahrscheinlich war das nur Keno. Der latscht immer die halbe Nacht durch die Gegend."

„Ja, das habe ich schon öfter gehört…"

„Und es hat gescheppert."

Lina wurde hellhörig. „Tatsächlich?"

„Ja, irgendwo draußen. Wahrscheinlich war das bei den Mülltonnen. Da kloppen sich manchmal die Katzen."

„Verstehe." Lina unterdrückte ihre Enttäuschung. Was hatte sie erwartet?

„Ich könnte jetzt noch einen Keks vertragen."

„Paula, ist dir an Mike irgendetwas Besonderes aufgefallen? Ich meine, war er anders in letzter Zeit, hat er irgendetwas Ungewöhnliches gesagt?"

Ein Lächeln huschte über Paulas verweinte Züge. „Mike war süß. Er hat gesagt, er findet mich hübsch."

Lina betrachtete das Gesicht der jungen Frau. Sie hatte ein niedliches Lächeln. Tat sich da möglicherweise doch noch eine Spur auf?

„War er in dich verliebt?", hakte sie nach.

Paula warf sich schwungvoll die langen Haare über die Schulter. „Ja." Sie nickte ernst.

„Bist du dir sicher?"

„Klar." Ärger blitzte in ihren Augen auf.

„Hat er das gesagt?"

„So was merkt man doch."

„Und, warst du auch in ihn verliebt?"

„Ich?" Paula schniefte, linste in die leere Keksschüssel, presste verärgert die Lippen zusammen und erwiderte dann: „Nee, nicht so richtig. Der Miky war schon süß, aber ich war nicht in den verknallt oder so."

„Und war Mike deshalb traurig?"

Paula nickte. „Bestimmt."

Lina kniff zweifelnd die Augen zusammen.

„Der war bestimmt voll traurig." Paula klang aufrichtig betroffen. „Und jetzt bin ich traurig." Erneut traten Tränen in ihre Augen. Sie schüttelte energisch den Kopf. „Aber das Leben muss ja weitergehen. Wir haben bald Premiere, willst du eine Freikarte?"

„Äh, das ist wirklich lieb von dir, Paula, aber ich muss erst mal arbeiten." Lina räusperte sich. „Sag mal, hast du hier in der WG schon mal eine Spritze gesehen?"

„Du meinst, wie beim Arzt?"

„Ja."

Paula schüttelte den Kopf. „Hier kriegt keiner Spritzen. Zum Glück! Ich hab nämlich Angst vor Spritzen. Mama sagt, ich hab bestimmt 'n Trauma, weil ich als kleines Kind einmal im Krankenhaus wie verrückt geschrien habe, als der Arzt mich gepiekt hat. Wie ein Spieß hab ich geschrien, hat sie gesagt."

„Ich verstehe. Vielen Dank, Paula. Du hast mir sehr geholfen."

„Null Problemo. Soll ich noch mehr Fragen beantworten?"

„Nein, danke, das war's erst mal."

„Dann schick ich dir jetzt den Keno."

„Nein, danke."

„Kann ich ruhig machen. Ich bin nett!"

„Ich weiß." Lina lächelte. „Aber ich glaube, es ist besser, ich besuche ihn."

„Na gut." Die junge Frau huschte aus dem Raum.

Seufzend erhob sich Lina. Keines der Gespräche hatte Theos Verdacht irgendwie bestätigt. Und dass Mike sich aus Liebeskummer selbst etwas angetan hatte, war eine mehr als waghalsige Theorie.

Keno saß an seinem Schreibtisch und zeichnete. Es schien ihn nicht zu stören, dass Lina sein Zimmer betrat. Zumindest zeigte er keinerlei Reaktion.

„Hallo, Keno, ist es okay, wenn ich kurz reinkomme?"

Er sah nicht auf, schaukelte nur sanft mit dem Oberkörper vor und zurück und zeichnete. Sie trat näher und linste über seine Schulter. Ihre Hoffnung, in der Zeichnung irgendeinen Hinweis zu finden, zerstob. Keno zeichnete einen Müllwagen. Das war, wie Theo ihr gesagt hatte, seine Leidenschaft und seine Begabung. Er konnte nahezu perfekte dreidimensionale Zeichnungen von Müllwagen anfertigen.

„Keno", begann Lina, „darf ich dir eine Frage stellen?"

Keine Reaktion.

„Es geht um Mike." Sie beobachtete die Gesichtszüge des jungen Mannes genau. Er schien unberührt, aber sie hatte den Eindruck, dass seine Schaukelbewegungen stärker wurden.

„Theo glaubt, dass dir in der Nacht irgendetwas Besonderes aufgefallen ist. Kannst du mir –"

„Rotes Auto."

„Rotes Auto?" Verwirrt hob Lina die Brauen. „Hast du gestern Nacht ein rotes Auto gesehen?"

Das Schaukeln des jungen Mannes wurde stärker. „Rotes Auto. Tim hat ein rotes Auto."

Mist, dachte Lina. Tims Vorliebe für rote Autos war ihr bereits bekannt. Das war einer von Kenos Standardsätzen. „Ich habe ein blaues Auto", reagierte sie mit ihrer Standardantwort. Normalerweise gab sich Keno damit zufrieden, doch diesmal wiederholte er: „Tim hat ein rotes Auto."

Lina seufzte. „Keno, können wir Tims Auto mal kurz vergessen?"

„Tim hat ein rotes Auto!" Aufgeregt schaukelte Keno vor und zurück.

„Okay, Tim hat ein rotes Auto. Aber kannst du mir sagen, ob du letzte Nacht irgendetwas Besonderes bemerkt hast? War jemand Fremdes hier?"

„Tim hat ein rotes Auto!" Keno schrie die Worte fast, und er schaukelte nun so heftig mit dem Oberkörper, dass Lina befürchtete, er würde gleich vom Stuhl fallen.

„Tim hat ein rotes Auto", wiederholte Lina. Sie lächelte und fragte sanft: „Hast du gestern Nacht vielleicht irgendwo eine Spritze gesehen?"

Keno sprang auf. „DER TAUCHER!", brüllte er so laut, dass Lina erschrocken zusammenzuckte. „WO IST ES?"

„Hey, schon gut." Sie legte ihm die Hand auf die Schulter. Im selben Moment wurde ihr bewusst, dass dies ein Fehler war.

Keno sprang auf und schrie, als hätte sie ihm ein glühendes Eisen in den Leib gebohrt. Instinktiv ging sie in Abwehrhaltung.

Der Autist war völlig außer sich. Er schlug sich mit beiden Handballen heftig gegen die Schläfen und schrie aus Leibeskräften: „WO IST ES?"

Die Tür wurde aufgerissen. Martha starrte erst den tobenden Keno und dann Lina an. „Ich glaube, das reicht jetzt. Es ist besser, du gehst."

Lina nickte. „Es tut mir leid, Keno. Ich wollte dir keine Angst einjagen."

Ihre Worte gingen im Schreien des jungen Mannes unter.

„Bitte verlass den Raum!", sagte die Betreuerin.

Lina schnappte sich ihr Tablet und ging zur Tür. Kurz bevor sie den Raum verließ, hörte sie Keno sagen: „Der Taucher, der Taucher, der Taucher..." Es lag eine solche Furcht und Verzweiflung in seiner Stimme, dass ihr ein eiskalter Schauer über den Rücken lief.

Theory of Mind

Theo starrte auf den Bildschirm. Er hatte das Gefühl, dieselbe Zeile zum zehnten Mal zu lesen, ohne auch nur ansatzweise den Sinn des Ganzen zu begreifen. Es war interessanter, eine Staubfluse auf dem Fensterbrett zu beobachten, als diesen Artikel über verhaltensorientierte Finanzmarkttheorie zu lesen. Er hätte sich in den Hintern beißen können, dass er sich für dieses Seminar angemeldet hatte, um einen Schein nachzuholen.

Theo stützte mit der linken Hand den rechten Ellenbogen, damit er die rechte Hand weit genug anheben konnte, um sich die müden Augen zu reiben. Er seufzte. In den Hintern beißen war illusorisch. Er konnte sich ja noch nicht mal richtig am Kopf kratzen.

Es klopfte. Nur allzu gern ließ Theo sich von seiner Arbeit ablenken.

„Ja?"

Es war Lina. Sie trat ein, zog die schwere Uniformjacke aus, ließ sich aufs Bett plumpsen und versank ächzend in den Lagerungskissen.

„Du siehst ungefähr so fertig aus, wie ich mich fühle", bemerkte Theo.

„Noch so'n Kompliment und ich zieh mir die Stiefel aus."

Theo ließ seinen Blick zu ihren klobigen Polizeistiefeln wandern. „Ich kann mir vorstellen, dass im Inneren dieser Moonboots ein olfaktorisch beeindruckendes Mikroklima herrscht…

Aber ich würde auf ein persönliches Kennenlernen lieber verzichten."

Lina hob die Brauen.

„Hast du etwas herausfinden können?", wechselte Theo rasch das Thema.

„Du hast... wirklich originelle Mitbewohner."

„Das wusste ich vorher schon."

Lina richtete sich auf. „Ich bin keine Expertin, aber so habe ich Keno noch nie erlebt." Sie schüttelte den Kopf. „Er ist völlig von der Rolle."

„Irgendetwas jagt ihm eine schreckliche Angst ein", bestätigte Theo.

„Könnte nicht einfach der Tod von Mike die Ursache sein? Vielleicht war Keno bei ihm, als er starb?"

„Vielleicht... Aber warum spricht er dann ständig von diesem Taucher?"

„Was weiß ich? Vielleicht bedeutet es einfach gar nichts?" Theos Schwester zuckte mit den Achseln. „Als ich mit ihm gesprochen habe, erzählte er mir wieder etwas von Tims rotem Auto. Und zum Schluss brüllte er *Wo ist es?* und *Der Taucher!* Das ist doch völlig sinnlos."

„Das sehe ich anders." Theo nagte nachdenklich an der Unterlippe. „Wie genau lief das Gespräch ab?"

Lina erzählte es ihm.

„Ich weiß natürlich nicht, ob ich richtig liege, aber ich gehe davon aus, dass Keno genauso reagiert wie jeder andere Mensch auch, wenn dieser andere Mensch die Welt genauso erleben würde wie Keno."

„Und was genau willst du damit sagen?", fragte Lina.

Theo schürzte für einen Moment nachdenklich die Lippen. Er hatte sich intensiv mit den unterschiedlichen Diagnosen seiner Mitbewohner beschäftigt, und das nicht nur im

Rahmen seines Studiums. Er wollte seine Freunde verstehen, so wie auch er selbst verstanden werden wollte. Aber er wusste auch, dass Lina ungeduldig werden konnte, wenn sie das Gefühl hatte, er wolle sie belehren. Wahrscheinlich lag das daran, dass sie als ältere Schwester immer noch der Ansicht war, sie müsse ihm die Welt erklären und nicht umgekehrt.

„Ich will damit sagen", fuhr er fort, „dass das, was von außen betrachtet sinnlos erscheint, aus der Perspektive der Innenwahrnehmung ein völlig normales menschliches Verhalten ist. Wir wissen, dass Autisten die Welt häufig viel intensiver und chaotischer wahrnehmen als wir neurotypischen Menschen."

Lina hörte mit unbewegter Miene zu, was ein gutes Zeichen war.

„Außerdem wissen wir, dass es ihnen sehr schwerfällt, Zusammenhänge zu erkennen. Dafür haben sie aber einen erstaunlichen Blick fürs Detail."

„So weit, so klar", unterbrach Lina. „Was hat das mit Tims rotem Auto und dem Taucher zu tun?"

„Gib mir ein bisschen Zeit", bat Theo. „Ein weiterer wesentlicher Unterschied zwischen den Denkprozessen von autistischen und neurotypischen Menschen ist die Theory of Mind."

Lina verkniff sich den Kommentar, der ihr auf der Zunge lag, und sah ihn auffordernd an.

„Theory of Mind ist die Fähigkeit, eine Annahme darüber zu treffen, welche Bewusstseinsvorgänge in einem anderen Menschen vorgehen. Sie ist unabhängig von der Intelligenz und entwickelt sich bei neurotypischen Menschen im Alter von drei bis fünf Jahren. Autisten hingegen befinden sich diesbezüglich meist auf einer sehr frühen Entwicklungsstufe."

„Das bedeutet, es fällt Autisten schwer, sich in andere hineinzuversetzen. Das wusste selbst ich vorher schon."

„Es ist viel komplexer, als es den Anschein hat. Lass mich das bitte an einem Beispiel verdeutlichen." Er nickte in Richtung Regal. „Was befindet sich deiner Ansicht nach in dieser Kaffeedose?"

Lina verdrehte die Augen. „Kaffee?"

„Wirf bitte einen Blick hinein."

Seufzend erhob sich seine Schwester, nahm die Dose vom Regal und öffnete sie. „Legosteine? Wieso bewahrst du Legosteine in einer Kaffeedose auf?"

„Das spielt doch jetzt keine Rolle ..."

Lina schüttete ein paar der bunten Bausteinchen in ihre Hand. „Sag mal, sind das etwa unsere alten Star-Wars-Figuren?" Sie verzog missbilligend die Lippen. „Du weißt schon, dass Luke Skywalker mir gehört, oder?"

„Lina, bitte, es geht nicht um die Legosteine. Entscheidend ist, dass sich etwas anderes in der Dose befindet, als man erwarten würde. Können wir jetzt bitte weitermachen?"

Sie nickte.

„Gut, dann stell dir jetzt vor, Lene käme herein. Was würde sie wohl in der Dose vermuten?"

„Kaffee, genau wie ich."

„Aber du weißt doch jetzt, dass Legosteine darin sind."

„Ich schon, aber Lene nicht."

„Ha!", stieß Theo aus.

„Was ist?", fragte Lina.

„Diese Unterscheidung kannst du nur treffen, weil du eine ausgeprägte Theory of Mind hast. Stell dir vor, du wärst zweieinhalb Jahre alt und ich hätte dir den Inhalt der Büchse gezeigt, sie dann wieder zugemacht und dich gefragt, was Lene wohl darin vermuten würde. Was hättest du geantwortet?"

„Luke Skywalker", erwiderte Lina.

Theo schmunzelte.

Seine Schwester nickte langsam. „Ich glaube, ich verstehe. Ohne die Theory of Mind können wir nicht zwischen unserem eigenen Wissen und dem anderer Menschen unterscheiden."

„Was jede Menge Missverständnisse und Frustration hervorrufen kann", ergänzte Theo.

„Okay, Autisten haben's wirklich nicht leicht", resümierte Lina. „Aber das hilft mir leider immer noch nicht, Kenos seltsame Sätze zu verstehen."

„Kannst du dich noch an deinen ersten Silvester-Einsatz kurz nach dem Ende deiner Ausbildung erinnern?", fragte Theo.

„Natürlich." Ein Schatten huschte über Linas Gesicht. Ihr Einsatzwagen war zu einem angeblichen Notfall gerufen und in eine Sackgasse gelockt worden. Dort hatte sie eine Horde Betrunkener mit Raketen und illegalen Böllern attackiert. Ihr Kollege war im Gesicht getroffen worden. Seine Schreie hatten sie monatelang in ihren Träumen verfolgt.

„Und weißt du noch, dass Tante Claudia dich auf Mamas Geburtstagsfeier ständig darauf angesprochen hat und dich ausfragen wollte?"

„Oh ja." Lina nickte ernst. Die Erinnerungen waren augenblicklich wieder da. Ihre Tante hatte sich an diesem Abend von ihrer unangenehmsten Seite gezeigt. Zuerst hatte Lina die penetranten Fragen ihrer neugierigen Verwandten ignoriert. Als das nicht fruchtete, hatte sie versucht, vom Thema abzulenken, und als Tante Claudia nicht aufhörte, nachzubohren, war sie ausgerastet. Es hatte einen kleinen Eklat gegeben, und Theos Schwester hatte mit Tränen der Wut in den Augen die Party verlassen.

Lina runzelte nachdenklich die Stirn. „Willst du damit sagen, ich hätte mich genauso danebenbenommen wie Tante Claudia?"

„Nein." Theo schüttelte den Kopf. „Aber ich glaube, Keno muss sich ganz ähnlich gefühlt haben wie du damals. Aus seiner Sicht muss dir klar gewesen sein, wie er sich fühlte. Er wollte nicht über *das Schlimme* reden. Im Gegenteil, um keinen Preis wollte er an diese traumatische Erfahrung, wie auch immer sie ausgesehen haben mag, erinnert werden. Also hat er versucht, das Gespräch in andere Bahnen zu lenken. Aber das hat nicht funktioniert, du warst zu hartnäckig, und irgendwann hat er es nicht mehr ausgehalten."

Lina betrachtete ihn mit einem seltsamen Blick, den er nicht deuten konnte.

„Was?" Theo hob die Brauen.

Sie nickte langsam.

„Was ist?", fragte er verunsichert. „Sag mir einfach, wenn du das für Blödsinn hältst."

„Manchmal", sagte sie schließlich, „überraschst du mich wirklich, kleiner Bruder. Vielleicht hättest lieber du das Gespräch führen sollen."

„Auf keinen Fall", erwiderte er. „Ich bin nur ein Klugscheißer. Wenn es darauf ankommt, weiß ich nie, was ich sagen soll."

Lina grinste und wuschelte in seinem Haar.

Theo konnte es nicht leiden, wenn sie seine Frisur verwuschelte, wusste aber, dass es eine Geste der Zuneigung war, also ließ er es über sich ergehen. Bei dem Stichwort „verwuschelte Frisur" kam ihm plötzlich eine Idee. „Vielleicht solltest du mal mit Bastian sprechen."

„Klar, warum nicht?", erwiderte Lina. „Und wer zum Henker ist das?"

„Der Einzelfallhelfer von Keno."

„Er hat einen Einzelfallhelfer?"

„Ja."

„Warum hast du das nicht gleich gesagt?"

„Ist mir gerade erst eingefallen."

„Okay, hast du seine Nummer?"

„Nein, aber die kriegen wir raus." Theo bediente den Joystick seines E-Rollstuhls. „Folge mir unauffällig."

Recherche

Lina folgte ihrem Bruder durch den Flur in ein kleines Büro. Martha saß am Schreibtisch und telefonierte. „Ich wollte Ihnen noch einmal mein herzliches Beileid aussprechen. Wenn wir irgendetwas für Sie tun können, sagen Sie es uns." Als sie Lina und Theo sah, wedelte sie unbestimmt mit der Hand und wandte sich ab.

„Klar, wir warten", erwiderte Theo auf ihre nonverbale Anweisung.

„Welche Sachen? ... Im Prinzip schon, momentan ist eigentlich immer jemand im Dienst. Aber mir wäre lieber, Sie würden das zuvor mit meinem Chef absprechen ... Nein, natürlich nicht ... Es ist nur so: Ich kenne mich da nicht so gut aus und ... Rufen Sie doch bitte unseren Bereichsleiter an." Sie wurde eine Spur blasser. „Verstehe ... Natürlich ... Auf Wiederhören." Die Betreuerin legte auf.

„Gibt's schlechte Neuigkeiten, Martha?", meldete sich Theo zu Wort.

„Ich hatte Mikes Eltern am Apparat." Sie winkte ab. „Du weißt ja, wie die sind. Sie haben mir Vorwürfe gemacht, weil niemand bei Mike war, als er starb." Sie schnaufte. „Ausgerechnet die. Haben sich selbst nur zwei- oder dreimal im Jahr blicken lassen. Die haben sich doch einen Furz für Mike interessiert ... 'tschuldigung." Sie warf den Geschwistern einen verlegenen Blick zu. „Auf jeden Fall haben sie dann plötzlich das Thema gewechselt und wollten irgendwelche Papiere abholen."

„Was für Papiere?", hakte Lina nach.

„Keine Ahnung. Soll sich mein Chef doch darum kümmern."
Martha zuckte mit den Achseln. „Was wolltest du eigentlich
von mir, Theo?"

„Er wollte gerne wissen, ob Mikes Medikamente manchmal
auch intravenös verabreicht wurden", mischte sich Lina ein.

„Intravenös? Wie kommst du denn darauf?"

„Als Theo noch mal in Mikes Zimmer war, um sich zu verab-
schieden, hat er zufällig eine Einstichstelle entdeckt."

Martha hob die Brauen und blickte Theo streng an. „Du hast
Mikes Leichnam untersucht?"

„Nein", erwiderte Theo hastig. „Ich hab nur zufällig diesen
Einstich gesehen –"

„Unsinn, da war ganz sicher keine Einstichstelle!", unterbrach ihn Martha.

„Aber –", wollte Theo widersprechen, doch nun unterbrach
ihn Lina. „Woher weißt du das so genau?", wandte sie sich an
Martha.

„Weil Mike bei uns keine Spritzen bekam. Wir haben so
etwas gar nicht im Haus. Es gibt auch niemand im Team, der
einen Spritzenschein hat." Sie wandte sich Theo zu. „Wahrscheinlich war es ein Insektenstich."

Lina sah, wie ihr Bruder die Lippen zusammenpresste und
den Kopf schüttelte. Aber sie wusste, dass eine Diskussion an
dieser Stelle sinnlos wäre. Martha strahlte der Stress aus allen
Poren. Eine Diskussion mit ihr wäre zum jetzigen Zeitpunkt
nicht zielführend. „Also gibt es gar keine Spritzen in der WG?"

„Im ganzen Haus nicht", sagte Martha. „Wir machen keine
medizinische Pflege."

„Alles klar", sagte Lina rasch, ehe Theo antworten konnte.
„Mein Bruder wollte ohnehin etwas ganz anderes fragen."

Müde blickte Martha zu Theo hinüber.

„Äh, ja. Hast du zufällig Bastians Telefonnummer?"

Martha seufzte. „Hab ich." Sie wandte sich um und ergriff ihren Schlüsselbund. Doch bevor sie den Aktenschrank aufschloss, hielt sie inne. „Tut mir leid, Theo. Wir hatten gerade noch mal eine interne Schulung. Ich darf die Nummer nicht herausgeben, aus Datenschutzgründen."

„Glaubst du ernsthaft, dass Bastian etwas dagegen hätte?"

„Darum geht's nicht. Neulich gab es einen Vorfall in einer anderen WG, da hat ein Bewohner über einen unbedarften Kollegen die private Nummer einer Einzelfallhelferin herausbekommen. Die arme junge Frau wurde monatelang von dem Bewohner gestalkt. Es gab einen Riesenärger deswegen."

„Ich werde mich beherrschen. Versprochen."

„Darum geht's doch gar nicht", schnaufte Martha.

„Ach so." Theo runzelte die Stirn. „Und worum geht's dann?"

„Bitte, Theo, ich habe wirklich genug um die Ohren. Ich will nicht noch Ärger mit dem Datenschutzbeauftragten kriegen, okay?"

„Natürlich. Bitte entschuldige."

Theo machte kehrt. Ein wenig überrascht, wie rasch ihr Bruder aufgegeben hatte, folgte Lina ihm, und Martha schloss die Bürotür hinter den Geschwistern.

„Das war ja nicht so erfolgreich", bemerkte Lina, als sie wieder in Theos Zimmer waren.

„In mehrerlei Hinsicht", brummte Theo.

„Vielleicht war es wirklich nur ein Insektenstich."

Theo schüttelte den Kopf. „Ich habe so etwas oft genug bei mir selbst gesehen. Das war bestimmt kein Insekt."

„Wie sicher bist du dir?"

„Zweifelst du jetzt etwa auch an mir?", schnaufte Theo.

„Wie sicher?", wiederholte Lina.

Theo seufzte. „Na ja, ich bin kein Arzt, aber ich würde sagen ... zu neunzig Prozent."

Lina betrachtete ihren Bruder. Er war ein wahrheitsliebender Mensch. Er würde nie etwas behaupten, nur um aus einer Diskussion als Sieger hervorzugehen. Sie nickte langsam. „Okay, das reicht mir. Wir bleiben am Ball."

Ein Lächeln huschte über Theos Gesicht. „Schade, dass du nicht offiziell ermittelst, dann könntest du die Herausgabe von Bastians Nummer verlangen."

Lina seufzte. „Wenn sich dein Verdacht bestätigen sollte, würde ohnehin die Mordkommission übernehmen und nicht ich."

„Ich weiß, dass da etwas nicht stimmt", erwiderte Theo und fuhr zu seiner Spielekonsole hinüber. „Auch wenn ich mir wünschte, es wäre nicht so." Er angelte mithilfe eines bereitgelegten Greifers den Controller vom Regalbrett. „Auf jeden Fall wäre es nicht fair, wenn wir Martha noch mehr unter Druck setzten."

Lina stemmte die Hände in die Hüfte. „Sag mal, willst du jetzt ernsthaft zocken?"

„Es ist zwar noch ein bisschen früh, aber vielleicht haben wir Glück." Er schaltete die Spielekonsole ein und öffnete Battle of Doom.

„Wenn du jetzt anfängst zu spielen, gehe ich."

„Ah, wir haben Glück", sagte Theo ungerührt, nachdem er sich durchs Menü geklickt hatte. „Er ist online."

„Wer?"

„Bastian natürlich."

„Du willst über dieses Spiel Kontakt zu Kenos Einzelfallhelfer aufnehmen?"

„Klar, was hast du denn gedacht?" Vorwurfsvoll sah er zu seiner Schwester auf. „Hast du überhaupt kein Vertrauen zu mir?"

Lina verdrehte die Augen. „Warum hast du das nicht gleich gesagt? Du musst immer ein bisschen provozieren, nicht wahr, kleiner Bruder?"

„Kann ja gar nicht sein", widersprach Theo. „Hilfst du mir mit dem Headset?"

Lina zog ihren Bruder am Ohr.

„Aua", bemerkte Theo, ohne eine Miene zu verziehen.

Sie stülpte ihm unsanft das Headset über.

Theo kontaktierte einen Player mit dem Spielernamen „Wutwurst".

Lina seufzte innerlich. *Werden Männer denn nie erwachsen?*

„Hi, Basti", sprach Theo in sein Headset.

„Hey, Theo, schön, von dir zu hören." Die Stimme des Einzelfallhelfers war tief und ein wenig rau. „Warte kurz, ich muss nur die Mission beend-... Mist! Wo hat sich der Typ denn versteckt?"

„Hat's dich erwischt?"

„Heute ist nicht mein Tag. Warum bist du schon so früh online, hast du nichts zu tun?"

„Das Gleiche könnte ich dich fragen", erwiderte Theo.

„Ich habe mich gerade auf meine erste Soziologie-Klausur vorbereitet und musste mir jetzt ganz dringend die Synapsen freipusten."

„Verstehe. Ich will dich auch gar nicht lange aufhalten. Hast du heute Abend schon was vor?"

„Äh, ich wollte zum Skatepark, warum?"

„Meine Schwester würde dich gerne kennenlernen."

„Deine Schwester?" Bastian klang irritiert.

„Spinnst du?", zischte Lina und gab Theo einen Knuff. „Wie klingt das denn?"

„Jetzt schlägt sie mich, weil es ihr peinlich ist", informierte Theo Kenos Einzelfallhelfer ungerührt.

„Gib her, du Giftzwerg." Lina riss ihrem Bruder das Headset vom Kopf und setzte es sich auf.

„Hi, Bastian, hier ist Lina. Ich muss mich für meinen kleinen Bruder entschuldigen. Manchmal kann er es nicht lassen, sich wie ein Dreijähriger zu benehmen."

„Schon okay... Äh, worum geht's denn?"

„Ich... ich hatte eine Begegnung mit Keno, und es lief, sagen wir mal, suboptimal. Ich würde gerne mit dir darüber reden, wenn es für dich okay ist."

„Klar. Ich treffe mich heute Abend gegen halb acht mit ein paar Jungs im Skatepark Hasenheide. Wenn du magst, komm doch dazu, dann können wir ein wenig quatschen."

„Einverstanden. Wie erkenne ich dich?"

„Ich erkenne dich", erwiderte Bastian. „Dein Bruder hat mir mal ein Foto von dir gezeigt."

„Ach?" Lina warf Theo einen finsteren Blick zu, den dieser mit einem unschuldigen Lächeln erwiderte.

„Ich... muss noch ein bisschen für die Uni lernen", sagte Bastian rasch. „Bis später."

„Ja, bis dann."

Die Verbindung wurde beendet und Lina legte das Headset zurück ins Regal. „Wie kommst du dazu, wildfremden Menschen Fotos von mir zu zeigen?", fuhr sie ihren Bruder an.

„Bastian ist doch nicht wildfremd", verteidigte sich Theo. „Außerdem habe ich ihm Bilder von *mir* gezeigt. Du warst nur zufällig mit drauf."

„Welche Bilder?"

„Urlaubsfotos."

Lina verschränkte die Arme vor der Brust und wartete.

„Wir haben ein bisschen geplaudert, und dabei erwähnte er, dass er unbedingt mal an die Westküste Portugals reisen wolle, um dort zu surfen. Da erwähnte ich, dass wir da schon mal waren, und hab ihm ein paar Bilder gezeigt."

„Welche Bilder?", hakte Lina nach.

„Erinnerst du dich, als du mich an diesem ganz flachen Strand mit dem Rolli ins Wasser geschoben hast? Eigentlich sollte ich nur nasse Füße bekommen, aber dann hätte uns diese Monsterwelle beinahe mit aufs Meer hinausgezogen. Wir waren beide klitschnass und hatten einen Riesenspaß."

„Die Bilder hast du ihm gezeigt?"

„Ja."

„Aber da hatte ich nur einen Bikini an."

„Natürlich, wir waren ja auch am Meer. Ich trug übrigens eine Badehose."

Linas Wangen röteten sich. Zornig blitzte sie ihren Bruder an. „Weißt du, wie bescheuert sich das anfühlt, im Rahmen einer polizeilichen Ermittlung mit jemandem zu sprechen, der dich schon mal im Bikini gesehen hat?"

„Nein", erwiderte Theo ungerührt, „und es ist auch relativ unwahrscheinlich, dass ich diese Erfahrung jemals machen werde. Abgesehen davon hast du selbst gerade gesagt, dass du gar keine polizeiliche Ermittlung führst. Du willst doch nur mal mit ihm reden. Er kennt Keno wirklich gut. Vielleicht kann er etwas mit diesem Taucher anfangen."

Lina presste die Lippen zusammen. „Du zeigst niemandem jemals wieder ein Foto von mir! Ist das klar?"

„Natürlich." Theo nickte ernst. „Ich werde dich auf allen Fotos durch Miss Piggy ersetzen."

Lina atmete tief durch und wechselte das Thema. „Und wie sieht Bastian aus?"

Theo lieferte ihr eine leidlich brauchbare Beschreibung.

Als Lina aus dem Haus trat, vibrierte ihr Handy. Ben hatte ihr eine Nachricht geschickt. *Und, wie lief's?*

Überrascht hob sie die Brauen. Sie hätte nicht gedacht, dass er sich überhaupt noch daran erinnerte. *Lieb von dir, dass du nachfragst,* schrieb sie zurück. *Leider keine neuen Hinweise.*

Kurz darauf vibrierte ihr Handy erneut. *Schade. Hast du heute Abend schon was vor?*

„Oh", entfuhr es Lina. Das hörte sich ja fast so an, als wolle er sie um ein Date bitten. Damit hatte sie nicht gerechnet. Mit einer Mischung aus Enttäuschung und Erleichterung schrieb sie: *Ja, ich bin im Skatepark Hasenheide.* Kaum hatte sie auf „Senden" gedrückt, bereute sie es auch schon. Was ging Ben das an?

Du SKATEST?, kam prompt die Antwort.

Lina hatte noch nie in ihrem Leben ein Skateboard unter den Füßen gehabt, aber es ärgerte sie, dass er ihr das offensichtlich nicht zutraute. *Ist das verboten?,* schrieb sie zurück.

Natürlich nicht. Ich wollte dich fragen, ob du Lust hast, Segway zu fahren.

Ein andermal vielleicht, schrieb Lina. *Heute treffe ich mich mit einem Typen, der mir vielleicht in dem Fall weiterhelfen kann.*

Sie rechnete fest damit, dass Ben schreiben würde: *Was für ein Fall? Es gibt keinen Fall.* Stattdessen las sie: *Was für ein Typ?*

Ein Einzelfallhelfer. Ciao, bis morgen.

Verhör im Skatepark

Einige Stunden später verließ Lina den U-Bahnhof Boddinstraße und schlenderte den Columbiadamm entlang. Sie hatte ihr Outfit dreimal umgestellt, ehe sie sich schließlich für eine zerschlissene Skinny Jeans, Sneaker und ein lässiges Oversize-Shirt entschieden hatte.

Die Hasenheide war neben dem Görlitzer Park einer der Drogenhotspots Berlins. Hier konnte man an jeder Ecke Cannabis bekommen und auch einige härtere Drogen. Lina vermutete, dass es im Park in etwa so viele im Fachjargon als „Bunker" bezeichnete Drogenverstecke gab wie liegen gelassene Hundehaufen. Sie hatte vor ein paar Monaten an einer Großrazzia teilgenommen, eine durchaus sportliche Veranstaltung, denn die Dealer waren jung und ausgesprochen flink auf den Beinen gewesen.

Der Skatepark Hasenheide lag am Rande des Parks, auf halber Strecke zwischen dem U-Bahnhof Boddinstraße und der Sehitlik-Moschee. Einige Skater übten ihre Tricks, andere standen in Gruppen beisammen und plauderten. Lina hielt Ausschau nach einem schlanken jungen Mann mit blonden Haaren und Dreitagebart, konnte ihn aber nirgends entdecken.

Eine Gruppe junger Mädchen sah zu ihr herüber. Sie tuschelten miteinander und kamen dann näher.

„Hey", begrüßte sie ein Mädchen mit grün gefärbtem Pony und einem Stacheldrahttattoo am Oberarm – offensichtlich die Anführerin der kleinen Gruppe.

„Hey", erwiderte Lina.

„Zum ersten Mal hier?"

„Ja."

„Wo ist dein Board?"

„Hab keins."

Das Mädchen lächelte und wirkte dabei nur ein klein wenig überheblich.

Lina lächelte zurück und war sich nicht sicher, ob sie sich geschmeichelt fühlen sollte, da die Mädchen sie offensichtlich für ungefähr gleichaltrig hielten.

„Ich borg dir meins", sagte die Grünhaarige und schob mit einer lässigen Bewegung ihr Board zu Lina.

Sie stoppte es mit dem Fuß. „Ich kann nicht fahren."

Die Mädchen kicherten, und die Grünhaarige meinte: „Ist ganz einfach." Sie schnappte sich das Board einer Freundin. „Du stellst den rechten Fuß vorne auf das Board und stößt dich mit dem linken ab. Das nennt man Goofy." Sie fuhr entspannt ein paar Meter.

„Ach so", sagte Lina. Sie stellte sich auf das Board und tat es dem Mädchen nach. „Ist wirklich nicht schwer."

„Siehst du?", sagte die Grünhaarige. „Man lenkt, indem man das Gewicht verlagert." Sie fuhr in eleganten Bögen wieder zurück.

Lina verlagerte das Gewicht, und es gelang ihr, das Board ein wenig zu lenken. Sie musste zwar mit den Armen rudern, um das Gleichgewicht zu halten, war aber durchaus zufrieden mit ihrer Leistung.

„Cool", kommentierte die Grünhaarige. Sie holte Schwung und fuhr auf das Board eines anderen Mädchens zu. Dann verlagerte sie plötzlich das Gewicht nach hinten, der vordere Teil des Boards schnellte nach oben. Mit dem anderen Fuß drückte sie ihn wieder nach unten, sodass sie mitsamt dem

Board das Hindernis übersprang. „Und das nennt man Olli." Es war ein einziger flüssiger Bewegungsablauf. „Ist ganz easy. Probier du mal."

„Okay." Lina holte Schwung, verlagerte das Gewicht nach hinten, verlor den Halt, ruderte wild mit den Armen und konnte doch nicht verhindern, dass ihr Board nach vorn schoss und es ihr förmlich den Boden unter den Füßen wegriss. *Das wird gleich wehtun,* schoss es ihr durch den Kopf, als sie ihre Kehrseite mit einem Mal der Schwerkraft ausgesetzt sah. Doch bevor sie auf dem Pflaster aufschlagen konnte, wurde ihr Sturz gebremst. Kräftige Arme umklammerten sie. „Und das nennt man einen Mr Wilson", sagte eine männliche Stimme.

Lina reagierte instinktiv. Sie drehte sich blitzschnell um, packte den Arm des Mannes und hebelte ihn über die Schulter. Er hatte kaum den Boden berührt, als sie ihn mit einem Handbeugehebel in den Sicherheitsgriff nahm.

„Beeindruckend", keuchte der Mann und schielte durch seine blonden Haarsträhnen zu ihr hinauf. „Wenn ich gewusst hätte, dass du lieber auf den Boden fällst, hätte ich dich nicht aufgefangen."

„Oh, sorry." Lina ließ ihn los. „Tut mir leid."

Stöhnend rappelte sich der junge Mann wieder auf. „Was war das denn?"

„Das nennt man Ju Waza." Sie reichte ihm die Hand.

Er ergriff sie und ließ sich aufhelfen. „Interessant", ächzte er. „Und was heißt das?"

„Das ist Japanisch und heißt ‚sanfte Techniken'."

„Komisch, fühlt sich gar nicht so sanft an." Er klopfte sich die Hose ab. Dann grinste er schief und reichte ihr die Hand. „Ich bin übrigens Bastian, wir sind verabredet."

„Entschuldige, das war ein Reflex." Lina ergriff seine Hand. Sein Händedruck war warm und fest. „Das ist mir jetzt echt ein bisschen peinlich." Hinter ihrem Rücken konnte sie die Mädchen kichern und tuscheln hören.

„Muss es nicht." Bastian streckte seinen Rücken. „War meine Schuld. Ich hätte früher eingreifen sollen. Wo hast du das gelernt?"

„Jiu-Jitsu-Training seit der ersten Klasse. Ich war mal Berliner Juniorenmeisterin."

„Krass!" Er nickte anerkennend.

Bastian ist etwa 1,80 Meter groß und sportlich. Er hat blonde Haare und eine Narbe neben dem linken Auge, erinnerte Lina sich an Theos Beschreibung. *Und er sieht gut aus,* ergänzte sie in Gedanken. „Alles okay?", fragte sie schuldbewusst. Die Mädchen hinter ihr kicherten noch lauter.

„Klar, alles bestens." Er wandte sich an die kichernde Meute und fixierte die Grünhaarige mit seinem Blick. „Irgendwann wirst du an den Punkt kommen, an dem du deine Gemeinheiten bereust, Lara."

„Was ich mache, geht dich einen Scheiß an." Das Mädchen zeigte ihm den Mittelfinger und wandte sich ab.

„Wie schön, dass wir das so sachlich klären konnten", brummte Bastian. Dann wandte er sich wieder Lina zu und lächelte.

Sag jetzt nicht: Du siehst genauso aus wie auf dem Foto, ging es ihr durch den Kopf.

„Schön, dich kennenzulernen", fuhr er fort. Er hatte ein entwaffnend sympathisches Lächeln. Aber Lina hatte auch schon mal einen üblen Schläger verhaftet, der sie mit einem gutmütigen Großvaterlächeln angestrahlt hatte, so, als freue er sich, seine lang vermisste Enkelin wiederzusehen. Dabei hatte er gerade erst seine Frau zum dritten Mal in Folge krankenhausreif geprügelt. Auf den äußeren Eindruck durfte man nichts geben.

Bevor eine peinliche Stille entstehen konnte, sagte er: „Ich hol mal eben mein Board."

„Klar." Lina folgte ihm.

„Lara ist von der ganzen Truppe am ärmsten dran", meinte er unvermittelt.

„Warum das?"

„Es macht ihr zu viel Spaß, andere zu manipulieren und zu demütigen. Das drängt ihre konstruktiveren Begabungen in den Hintergrund."

„Du scheinst sie ja ziemlich gut zu kennen?"

„Wie man's nimmt." Er zuckte mit den Achseln. „Ich habe früher hier in der Gegend gewohnt." Er ließ sein Board hochschnellen und fing es auf. „Du hast dich übrigens ziemlich geschickt angestellt."

„So? Wie lange hast du mich denn schon beobachtet?", fragte Lina.

„Lange genug, um dein Talent zu erkennen." Er grinste, aber in seinem Blick lag keinerlei Spott. „Hast du Lust, noch ein paar Tricks zu lernen?"

Nein danke, wollte Lina sagen, zu ihrer eigenen Überraschung kam allerdings ein „Klar! Warum nicht?" über ihre Lippen.

Er zeigte ihr, wie man vorwärts und rückwärts fährt, wie man lenkt, bremst und eine Bordsteinkante überwindet, ohne sich den Hals zu brechen. Hin und wieder nahm er ihre Hand, damit sie das Gleichgewicht halten konnte. Als Lina ihren ersten Flip versuchte, stürzte sie beinahe, doch Bastian war sofort zur Stelle und fing sie auf.

„Es tut mir leid, es tut mir leid!", sagte er hastig. „Bitte nicht erwürgen!" Er verzog in gespielter Angst das Gesicht, und Lina musste lachen.

Er stellte sie behutsam zurück auf ihre Füße.

„Okay", sagte Lina. „Ich glaube, ich hab erst mal genug."

Er nickte. „Komm, wir machen es uns gemütlich." Er deutete auf eine schmale Betonstufe.

Sie quetschten sich nebeneinander.

„Echt gemütlich", brummte Lina.

Bastian grinste. Dann sah er ihr ins Gesicht und meinte: „Man sieht sofort, dass du Theos Schwester bist."

„Tatsächlich?"

Bastian nickte. „Ihr habt die gleichen dunklen Augen."

„Ach so", murmelte Lina. *Flirtet er oder ist das Small Talk?*, fragte sie sich. „Übrigens, vielen Dank, dass du dir Zeit für mich nimmst."

„Kein Problem."

„Wie lange bist du schon Kenos Einzelfallhelfer?"

„Seit zwei Jahren. Aber wir kennen uns schon ein Jahr länger. Ich habe ein Freiwilliges Soziales Jahr in Kenos Werkstatt gemacht."

Lina musterte ihn überrascht. Normalerweise absolvierte man solch ein Freiwilligenjahr gleich nach der Schule. Bastian musste zu diesem Zeitpunkt schon Mitte zwanzig gewesen sein. „Berufliche Neuorientierung?", fragte sie.

„So etwas Ähnliches."

Lina warf ihm einen neugierigen Blick zu.

Er zuckte die Achseln. „Ich wollte einfach mal ausprobieren, wie es ist, wenn man sich um andere Menschen kümmert statt nur um sich selbst."

„Und?"

„Es ist großartig. Ich habe noch nie so viel Authentizität und Ehrlichkeit erlebt wie in dieser Werkstatt." Er grinste. „Und ich habe jede Menge origineller Typen kennengelernt."

Lina stellte fest, dass sie sein Grinsen mochte. Es hatte etwas Unbekümmertes, und seine Augen schienen vor Vergnügen zu funkeln.

„Sag mal, bist du Instagram-Model oder so?", platzte es aus ihm heraus.

Lina spürte, wie ihre Gesichtszüge entgleisten. Sollte das ein Anmachspruch sein? „Was? Wie kommst du darauf?"

„Ist dir das noch nicht aufgefallen? Du bist hier der heimliche Star. Alle starren dich an. Und ein paar der Jungs scheinen dich irgendwoher zu kennen." Er nickte in Richtung einer Gruppe von jungen Männern.

Linas Augen folgten seinem Blick und sie erkannte mindestens einen der Dealer wieder, mit denen sie sich eine wilde Verfolgungsjagd durch den Park geliefert hatte. Natürlich hätte sie Bastian einfach sagen können, woher die Typen sie kannten, aber irgendetwas sagte ihr, dass dies momentan nicht hilfreich wäre. Also erwiderte sie nach kurzem Zögern: „Äh, das muss eine Verwechslung sein. Ich, äh, wollte mit dir über Keno sprechen, weil … Vermutlich hast du es noch nicht mitbekommen …" Sie zögerte einen Moment und platzte dann heraus: „Mike ist letzte Nacht gestorben."

„Was?" Bastian wirkte erst überrascht und dann regelrecht schockiert. „Mike?" Er starrte an ihr vorbei. Eine halbe Minute lang schwieg er und betrachtete gedankenverloren seine Schuhe. Dann fragte er leise: „Was ist passiert?"

Lina dachte daran, die Einstichstelle zu erwähnen, ließ es dann aber bleiben. Zu viele Informationen konnten für eine Zeugenbefragung schädlich sein. „Wir wissen es nicht", erwiderte sie. „Theo ist der Ansicht, dass irgendetwas Merkwürdiges vor sich gegangen sein muss."

„Was sagt denn der Nachtdienst?"

„Mikes Tod wurde offenbar erst vom Frühdienst festgestellt. Auf jeden Fall war Keno völlig aufgelöst."

„Ihr glaubt, er war dabei, als Mike starb?" Bastian machte große Augen.

„Das weiß keiner so genau. Ich habe heute Nachmittag versucht, mit ihm zu reden. Aber als ich ihn ganz konkret auf Mike ansprach, sagte er immer wieder: *Tim hat ein rotes Auto.*"

Bastian lächelte. „Tim war sein erster Einzelfallhelfer."

„Theo meinte, es wäre ein Versuch gewesen, Small Talk zu machen und von meinen unangenehmen Fragen abzulenken."

Bastian nickte nachdenklich. „Das könnte sehr gut sein."

„Tja, und dann begann er, sich selbst zu schlagen, und dabei schrie er: Der Taucher! Der Taucher! Und: Wo ist es?"

Bastian wirkte überrascht. „Der Taucher? Bist du dir sicher?"

„Ja. Sagt dir das irgendetwas?", fragte Lina.

„Nein, überhaupt nicht." Langsam schüttelte er den Kopf. „Das habe ich noch nie aus seinem Mund gehört."

„Und: Wo ist es? Was könnte das bedeuten?"

Bastian zupfte nachdenklich an seiner Unterlippe. „Vielleicht hat er etwas wiederholt, was er gehört hat?"

„Könnte ‚der Taucher' eine Art Chiffre sein?", hakte Lina nach.

Bastian runzelte die Stirn. „Ist nicht auszuschließen. Aber ich hab nicht die leiseste Ahnung, wofür es stehen könnte."

„Mist." Lina starrte nachdenklich auf Bastians Board. Es war alt und abgenutzt. Auf die Rückseite hatte er ein paar Buchstaben geschrieben. Zwei W waren zu erkennen, vielleicht irgendeine Webadresse?

„Eines solltest du allerdings wissen", sagte Bastian. „Es hat definitiv etwas zu bedeuten. Keno sagt nichts ohne Grund, und wenn er dabei so aufgeregt ist, muss ihn etwas regelrecht in Panik versetzt haben."

„Aber was?"

„Irgendetwas, was in seinen Augen Furcht einflößend war", erwiderte Bastian. „Das muss allerdings nicht zwangsläufig mit unserer Wahrnehmung übereinstimmen."

Lina schürzte nachdenklich die Lippen. „Und wenn er wirklich dabei war, als Mike starb? Laut Arzt ist er erstickt. Das muss ein ziemlich beängstigender Anblick gewesen sein. Vielleicht hat das Keno irgendwie an einen Ertrinkenden erinnert."

„Und daher der Taucher?", fragte Bastian zweifelnd.

„Es wäre doch möglich, dass er irgendwann einmal einen ertrinkenden Taucher in einem Film gesehen hat, und das mit Mike hat ihn irgendwie daran erinnert."

Bastian nickte nachdenklich. „Autisten haben meist einen hervorragenden Blick für Details. Aber die größeren Zusammenhänge können sie oft nicht erkennen. Wenn der ertrinkende Taucher sich im Todeskampf auf ähnliche Weise bewegt hat wie Mike, könnte die Assoziation theoretisch passen." Er schauderte. „Eine echt üble Vorstellung."

Lina starrte nachdenklich ins Leere. Irgendwie überzeugte sie ihr eigener Erklärungsversuch nicht. Er war ihr zu weit hergeholt. Es musste noch etwas anderes dahinterstecken. „Kanntest du Mike näher?", fragte sie.

„Ich habe ab und zu mit ihm geplaudert."

„Und ist dir in letzter Zeit irgendetwas Besonderes an ihm aufgefallen?"

„Nein, aber ich hatte auch nicht viel Kontakt zu ihm."

„Und diesen Marek von der Nachtwache, kennst du den?"

Bastian schüttelte langsam den Kopf. „Ich dachte, du wolltest mit mir über Keno sprechen."

„Das tu ich doch auch."

„Komisch, warum fühlt es sich dann so an, als wäre ich gerade zum Verhör auf einem Polizeirevier?"

„Woher weißt du, wie sich das anfühlt?", fragte Lina. Sie biss sich innerlich auf die Zunge. Das war eine blöde Frage. „Tut mir leid", sagte sie rasch. „Ich will wirklich nur herausfinden, was in der Nacht passiert ist. Vielleicht hat irgendjemand eine Andeutung gemacht, irgendetwas, was uns weiterhelfen kann."

„Eine Andeutung...", murmelte Bastian. Nachdenklich starrte auch er ins Leere.

„Ja?", hakte Lina nach.

Bastian sagte nichts, aber er erschauerte, als plage ihn eine unangenehme Erinnerung.

Behutsam legte sie ihm die Hand auf die Schulter. „Was ist dir eingefallen?"

Das Signal einer eingehenden Nachricht erklang. Bastian zog sein Smartphone aus der Hosentasche. Gedankenverloren warf er einen Blick darauf. Dann runzelte er die Stirn und las erneut.

„Schlechte Nachrichten?"

Bastian antwortete nicht. Er sah sich suchend um. Sein Blick blieb schließlich an einer Gruppe südländisch aussehender junger Männer hängen. In einem davon erkannte Lina einen der Dealer wieder. Abrupt stand Bastian auf. „Es tut mir leid, Lina. Ich muss los."

„Was ist denn?", fragte Lina. Im selben Moment meldete sich auch ihr Smartphone. Sie fischte es aus der Hosentasche. Die Nachricht war von Ben, der Inhalt einigermaßen überraschend. *Du musst weg da! SOFORT!*

Lina runzelte die Stirn.

„Mach's gut." Bastian lächelte ihr kurz zu. „War schön, dich kennenzulernen." Er wandte sich ab.

„Warte!", rief Lina.

Überrascht und, wie ihr schien, auch ein wenig nervös, wandte er sich noch mal um.

„Hast du Lust auf ein zweites Treffen?"

„Äh..." Er schien ein wenig überrumpelt, aber erfreut. „Klar."

Erneut meldete sich Linas Handy. *VERSCHWINDE!!!*, schrieb Ben.

„Vielleicht nicht unbedingt hier?"

„Okay." Ein Grinsen huschte über sein Gesicht. „Samstag, sieben Uhr, Berta Block!"

„Abgemacht", rief Lina.

Bastian winkte ihr zu und ging dann zu der Gruppe hinüber. „Marhaban", sagte er.

Lina blickte sich um und entdeckte schließlich Ben in seinem weißen BMW am Columbiadamm.

Wütend stapfte sie auf ihn zu und riss die Tür auf. „Was soll der Mist –"

„Steig ein!", herrschte Ben sie an und startete den Motor.

Verblüfft ließ sie sich auf den Beifahrersitz sinken.

Er gab Gas, noch bevor sie die Tür geschlossen hatte.

Ben brauste den Columbiadamm entlang, während Linas Blicke ihn durchbohrten. „Kannst du mir verraten, was das eben sollte? Was machst du überhaupt hier? Spionierst du mir etwa nach?"

„Das waren jetzt drei Fragen auf einmal."

„Ja, und ich hätte gerne alle drei beantwortet!", schnaufte Lina.

„Da waren Leute vom Awad-Clan!"

„Na und?"

„Hast du die Limousine nicht gesehen? Die Typen darin waren vom Hadad-Clan. Ich dachte, jeden Moment geht die Schießerei los, und du warst da mittendrin!"

„Nun bleib mal locker, wir sind hier nicht in Mexiko. Hier gibt es nicht an jeder Ecke Schießereien."

„Sag das nicht. Spätsommer 2018, schon vergessen?"

Ben hatte nicht gänzlich unrecht, wie Lina zugeben musste. Nur ein paar Hundert Meter von hier entfernt war damals ein Mann erschossen worden, und Berlin hatte kurz vor dem

Ausbruch eines Clankriegs gestanden. „Hast du irgendwelche Anzeichen für einen Konflikt bemerkt?", fragte sie.

Ben konzentrierte sich auf die Straße. „Man kann nicht vorsichtig genug sein", brummte er. „Außerdem waren da Dealer, vielleicht hat dich einer erkannt?"

„Ich bin mir sogar ziemlich sicher, dass mich der eine oder andere erkannt hat. Aber wo ist das Problem? Dann dealt er wenigstens nicht vor meinen Augen. Also, was hattest du am Skatepark zu suchen?"

„Du wirst es nicht glauben, aber ich war zufällig dort. Ich hatte mich nämlich mit ein paar Freunden zum Segwayfahren auf dem Tempelhofer Feld verabredet."

„Du hast recht", knurrte Lina. „Ich glaube dir nicht. Also, raus mit der Sprache!"

„Jetzt reicht's aber!", fuhr er auf. „Wird das hier ein Verhör oder was? Willst du vielleicht die Quittung vom Segway-Verleih sehen?"

Lina presste die Lippen zusammen. Nun warf ihr schon der zweite Mann an diesem Abend Verhörmethoden vor. Möglicherweise sollte sie ihren Kommunikationsstil überdenken.

„Wir sind Partner, Lina. Ist es so schlimm, dass ich mir Sorgen um dich mache?"

„Natürlich nicht ..."

„Warum behandelst du mich dann wie einen irren Stalker?"

„Jetzt übertreibst du aber."

„Eigentlich nicht."

„Okay, es tut mir leid. Ich habe möglicherweise ein klein wenig überreagiert."

Ben warf ihr einen skeptischen Blick zu.

Lina setzte ihren besten Hundeblick auf. „Sorry!"

Er seufzte. „Okay, Schwamm drüber."

„Hättest du denn eine Quittung dabei?", fragte sie unvermittelt. „Vom Segwayfahren, meine ich."

„Was?" Ben verriss das Steuer und touchierte beinahe den Bordstein.

„Entspann dich. War nur ein Scherz!"

Ben schnaufte und nickte einem empört hupenden Audi-Fahrer entschuldigend zu. „Du solltest dringend an deinem Humor arbeiten!" Er schüttelte den Kopf. „Ganz dringend!"

Lina schmunzelte und betrachtete ihn von der Seite. Ben war ein netter Kerl ... und durchaus attraktiv. Sie arbeitete gern mit ihm zusammen. Aber mehr war da nicht ... oder?

Er bemerkte ihren Blick. „Was ist?"

„Nichts. Wo fährst du uns überhaupt hin?"

„Ich dachte, ich bring dich nach Hause. Oder hättest du Lust, noch eine Kleinigkeit zu essen? Ich kenne da einen guten Italiener –"

„Danke, ich habe keinen Hunger", sagte Lina rasch. „Du musst mich nicht fahren. Lass mich einfach an der nächsten U-Bahnstation raus."

„Quatsch, ich fahr dich, ist doch klar", sagte Ben. Falls er enttäuscht war, ließ er es sich nicht anmerken.

Lina seufzte innerlich. Irgendwie war das Leben kompliziert.

Ben hielt im Parkverbot. „Gute Nacht, Lina, und bis morgen."

„Gute Nacht, Ben." Lina umarmte ihn. „Und vielen Dank fürs Herbringen."

Als sie ausstieg, umgab sie noch immer der Duft seines Aftershaves. Sie mochte es.

Lina blickte dem weißen BMW hinterher, bis er um die Ecke verschwand. Dann seufzte sie leise und schloss die Tür zu ihrer Altbauwohnung auf.

Überraschungsbesuch

Mechanisch scrollte sich Theo durch den Text. Seine Augen folgten den Buchstaben, in seinem Kopf bildeten sich Wörter und Sätze, aber der Sinn des Artikels glitt an ihm vorbei. Es wollte ihm einfach nicht gelingen, sich zu konzentrieren. Seine Gedanken wanderten wild umher.

Kenos Reden vom Taucher ging ihm nicht aus dem Kopf. Was konnte er nur gemeint haben?

Das Läuten an der Tür riss ihn aus seinen Gedanken. Der Frühdienst war schon fort. Der reguläre Spätdienst hatte sich krankgemeldet. Nun würde wohl eine Leasingkraft einspringen. Natürlich entsprach es nicht den gesetzlichen Vorschriften, Leasingkräfte ohne Einarbeitung einzusetzen. Aber angesichts der eklatanten Personalnot, die momentan herrschte, geschah das nicht zum ersten Mal.

Theo fuhr zur Tür. Auf dem Weg klingelte es weitere Male. Offenbar konnte die Aushilfe es kaum erwarten loszulegen.

„Jaja, ich komme doch schon." Er öffnete die Tür.

Ein elegant gekleidetes Paar stand vor der Tür. Sie mochten beide um die fünfzig sein. Er hatte sie schon ein paarmal gesehen. Das letzte Mal kurz vor Weihnachten.

Der Blick des Mannes ruckte zu Theo herunter. Seine Augen weiteten sich einen Moment vor Verblüffung, dann blickte er über Theo hinweg in den Flur. „Hallo! Ist da jemand?"

Theo räusperte sich. „Jemand gibt's hier nicht. Vielleicht kann ich –"

„Wo sind denn die Erzieher?", unterbrach ihn der Mann.

Theo seufzte innerlich. „Möglicherweise zwei Häuser weiter in der Kindertagesstätte."

„Das gibt's doch nicht!", fauchte der Mann. Er sah seine Frau an. „Hier ist niemand. Wenn das Personal die Behinderten allein lässt, ist es ja kein Wunder, dass so etwas passiert! Was sind denn das für Zustände?!"

„Sie sind Herr und Frau Lörke, nicht wahr?", meldete sich Theo erneut zu Wort.

Frau Lörke warf ihm einen kurzen Blick zu und nickte. Herr Lörke zog sein Smartphone aus der Tasche, um irgendetwas einzutippen.

„Es tut mir sehr leid, was mit Mike passiert ist", sagte Theo. „Er war ein toller Mensch, und er wird uns allen sehr fehlen."

Frau Lörkes Mund verzog sich für einen kurzen Moment zu einem schmallippigen Lächeln.

„Äh, danke", sagte Herr Lörke. „Wann erscheint denn der nächste Erzieher zum Dienst?"

„Der Spätdienst hat sich krankgemeldet. Ich denke, eine Aushilfe wird in der nächsten halben Stunde hier eintreffen. Vielleicht kann ich Ihnen weiterhelfen?"

Die beiden sahen sich unschlüssig an. Es war nicht zu übersehen, dass es nicht in ihr Konzept passte, sich mit einem Mitbewohner ihres verstorbenen Sohnes zu unterhalten.

„Möchten Sie reinkommen?", fragte Theo. „Soll ich Ihnen einen Kaffee machen?"

„Äh, nein, danke." Herr Lörke sah seine Frau an. „Es scheint ja kein Verantwortlicher da zu sein, mit dem wir reden können. Dann holen wir die Sachen und klären den Rest telefonisch." Er schob sich an Theo vorbei in den Flur. „Komm, Schatz."

„Moment", sagte Theo. „Ich denke nicht, dass Sie Mikes Sachen einfach so mitnehmen können."

Herr Lörke ging weiter. „Welches Zimmer war das noch mal?", wandte er sich an seine Frau.

„Gegenüber der Küche", erwiderte sie.

„Hallo?" Theo fuhr ihnen hinterher. „Sie können doch nicht einfach hier auftauchen und Sachen mitnehmen."

Herr Lörke öffnete Mikes Zimmertür. „Wir sind die Eltern. Ich glaube nicht, dass wir uns rechtfertigen müssen, wenn wir das Zimmer unseres verstorbenen Sohnes betreten. Schon gar nicht gegenüber einem..." Er verstummte, warf Theo einen finsteren Blick zu und schloss die Tür, nachdem auch seine Frau eingetreten war.

„He, das ist ein Tatort!", rief Theo in Richtung der geschlossenen Tür. „Die Polizei hat ihn noch nicht freigegeben."

Niemand antwortete. Aber Theo hörte, wie drinnen der Schlüssel im Schloss gedreht wurde. Er fuhr dichter heran und lauschte.

„Unerhört, wie distanzlos der Behinderte ist", hörte er Herrn Lörke murmeln.

„Denkst du, dass die Polizei...?", fragte Frau Lörke.

„Blödsinn! Das spinnt der sich zurecht. Guck du da drüben nach."

Schritte waren zu vernehmen, und Theo konnte hören, wie Schränke und Schubladen geöffnet wurden.

„Glaubst du wirklich, dass er eins hat?", fragte Frau Lörke.

„Glauben tut man in der Kirche", erwiderte ihr Mann barsch. „Wir sind es Vanessa schuldig, ganz sicherzugehen."

Weitere Schubladen wurden geöffnet. „Hier, sieh mal...", sagte Frau Lörke.

„Unglaublich", brummte ihr Mann. Papier raschelte.

„Ist das echt?"

Die Antwort von Herrn Lörke war nicht zu verstehen. Im gleichen Moment waren Schritte im Flur zu hören.

„Hi, was machst du denn da?", fragte eine weibliche Stimme.

Theo zuckte erschrocken zusammen und blickte auf.

Eine junge Frau mit blauen Haaren und Nasenpiercing kam auf ihn zu. „Hi, ich bin Sarah und soll heute aushelfen." Sie streckte ihm die Hand entgegen.

Theo ergriff sie, so gut es ging. „Hallo, ich bin Theo."

„Warum steht eigentlich die Wohnungstür offen, und warum stehst du hier und –"

Der Schlüssel wurde herumgedreht und Mikes Zimmertür wurde aufgestoßen, sodass sie gegen den Reifen von Theos Rollstuhl prallte.

„Huch!", entfuhr es Sarah.

„Was soll denn das?", knurrte Herr Lörke und versuchte die Tür aufzudrücken.

„Einen Moment." Theo fuhr zur Seite.

Herr und Frau Lörke stürmten heraus. Frau Lörke hatte sich etwas unter den Arm geklemmt.

„Sie sind also die Erzieherin", fuhr Herr Lörke die verdutzte Sarah an. „Es ist eine Unverschämtheit, wie man hier mit uns umgeht. Ich werde mich bei Ihrem Vorgesetzten beschweren!"

„Äh", war alles, was die junge Frau über die Lippen brachte.

Das Ehepaar ging energischen Schrittes zum Ausgang.

„Warten Sie!", rief Theo. Aber genauso gut hätte er auch mit der Tapete sprechen können.

Er versuchte zu erkennen, was Frau Lörke mitgenommen hatte. Es schien eine grüne Mappe zu sein. Dann fiel die Tür ins Schloss.

Sarah schob sich eine blaue Locke aus der Stirn und sah Theo fragend an. „Wer war das denn?"

Der Kosmonautensprung

Die Schaukel ist alt und steht gemeinsam mit einer rostigen Rutsche und einem von halb vermoderten Brettern umsäumten Sandkasten auf einer Waldlichtung. Kienäpfel bedecken den Boden. Doch all das stört sie nicht. Sie lehnt sich weit zurück, mit aller Kraft holt sie Schwung. Ihr helles Sommerkleid flattert im Wind. Eine Strähne ihres langen Haares hat sich aus dem Zopf gelöst und kitzelt sie am Ohr. In ihrem Bauch kribbelt es, als die Schaukel nach oben schießt. So hoch, dass über ihr nur noch der blaue Himmel zu sehen ist. Und dann geht es wieder hinab, raketenschnell. Der sandige Boden verschwimmt fast vor ihren Augen, so schnell ist sie. „Guck mal, Papa, ich fliege!"

„Das sehe ich!" Papa lacht. Um seine Augen haben sich kleine Fältchen gebildet. Er ist groß und stark wie ein Bär. „Wollen wir Kosmonaut spielen, Prinzessin?"

Wieder holt sie Schwung. „Au ja!"

„Dann musst du aber sehr mutig sein."

„Ich bin supermutig."

Papa lächelt. „Ja, das bist du. Pass auf: Du musst ganz viel Schwung holen und dann, wenn du ganz oben bist, am allerhöchsten Punkt, dann lässt du los."

„Loslassen?" Das Kribbeln breitet sich in ihrem ganzen Körper aus, bis in die Fingerspitzen. „Aber Papa, dann falle ich ja runter!"

„Nein, Prinzessin", Papas Augen strahlen sie an, „dann fliegst du bis zum Mond, und wenn du wieder herunterkommst, dann fange ich dich auf."

Sie spürt, wie ihre Finger sich fester um die Ketten der Schaukel schließen. „Aber was ist, wenn ich vorbeifliege?"

„Ich bin flink wie ein Wiesel. Wo du hinfliegst, bin ich längst da."

„Und wenn du mich fallen lässt?"

„Prinzessin", Papas Stimme wird ganz sanft, „ich hab dich mehr lieb als mein Leben. Ich lass dich nicht fallen! Niemals!"

„Okay", sagt sie mit piepsiger Stimme.

„Das ist mein Mädchen!", ruft Papa. „Linni, die Kosmonautin. Hol Schwung, mit aller Kraft!"

Sie beißt sich auf die Lippen und holt Schwung. Ihr Herz klopft so stark, dass sie glaubt, es müsse ihr jeden Moment aus der Brust springen. Der Wind zerrt an ihren Haaren, und das morsche Gestell ächzt, als wäre die Last des kleinen Mädchens auf einmal zu schwer. Zweimal holt sie Schwung. Als sie beim dritten Mal nach oben saust, presst sie die Augenlider fest zusammen. Dann lässt sie los.

Sie fliegt höher und höher, der Wind reißt an ihr, immer stärker und stärker. Abrupt öffnet sie die Augen wieder. Über ihr ist nur der Himmel, aber er ist nicht mehr blau und freundlich, sondern grau und kalt. Eisiger Wind peitscht ihr ins Gesicht, als sie auf hoch aufgetürmte Wolken zurast, die sich zu schwarzer Düsternis ballen. Ein Wimmern entringt sich ihrer Kehle. „Papa?"

Keine Antwort, nur das Brausen des Windes in ihren Ohren. Dann umfängt sie vollkommene Finsternis. „Papa! PAPA!"

Niemand antwortet.

Plötzlich durchbricht sie die Wolken und über ihr wölbt sich der nachtschwarze Himmel. Kein Mond ist zu sehen und auch keine Sonne, nur fern, ganz fern flimmern die Sterne.

Das Brausen verstummt. Stille ist um sie herum und unendliche Einsamkeit.

Ein Schrei erklingt, laut, gellend, verzweifelt...

Lina riss die Augen auf. Ihr Herz hämmerte gegen ihre Rippen, das schweißnasse Shirt klebte auf ihrer Haut. Ein Albtraum! *Der* Albtraum! Mit zitternder Hand befreite sie sich aus der völlig zerwühlten Bettdecke. Er war zurückgekehrt.

Sie schob die Beine über die Bettkante und versuchte, ihren hektischen Atem unter Kontrolle zu bringen. Die Leuchtanzeige ihres Radioweckers zeigte 4.53 Uhr.

Sie hatte gedacht, diesen Traum für immer hinter sich gelassen zu haben. Seit Jahren hatte er sie verschont. Warum war er ausgerechnet jetzt zurückgekehrt?

Sie stand auf und ging zum Fenster. Die Dielen knarrten leise unter ihren nackten Füßen. Sie schob die Gardinen beiseite und öffnete das Fenster. Tief sog sie die kühle Nachtluft ein. Hinter den Dächern der Stadt verwandelte sich das Schwarz des Himmels allmählich in ein Grau. Die Morgendämmerung war nicht mehr fern.

Die Bilder ihres Traums waren erschreckend real und zugleich völlig wirr. Es hatte jenen Tag auf dem Waldspielplatz tatsächlich gegeben. Papa war oft mit ihr dort hingegangen, während Mama sich um Theo gekümmert hatte, aber jener Tag war etwas Besonderes gewesen – ein wunderschöner Spätsommertag im September. Dort hatten sie den Kosmonautensprung erfunden. Aber anders als in ihrem Traum hatte Papa sie aufgefangen, und das nicht nur einmal. Lina hatte nicht genug bekommen können. Immer und immer wieder war sie gesprungen, und Papa hatte sie aufgefangen – jedes Mal.

Es waren ganz besondere Momente gewesen. Noch nie hatte sie sich ihrem Vater so nahe gefühlt.

Nach einem ganz besonders gewagten Sprung hatten sie sich ganz erschrocken angesehen, dann mussten sie losprusten.

„Das war echt knapp, Papa."

„Weißt du was, Prinzessin? Der Kosmonautensprung bleibt unser Geheimnis. Wir dürfen Mama nichts davon erzählen."

„Ja." Lina hatte ernst genickt. „Die rastet sonst aus!"

Papa hatte ebenfalls ernst genickt. „Und zwar komplett!"

Lina musste kichern, und Papa hatte sie fest an sich gedrückt. Und dann hatte er etwas Seltsames gemacht. Er hatte seine Stirn an ihre gelegt und sehr leise, aber eindringlich, gesagt: „Du bist die beste Tochter der Welt, und ich hab dich sehr, sehr lieb. Vergiss das niemals, hörst du?"

„Natürlich nicht", hatte Lina mit der Nonchalance einer Sechsjährigen erwidert.

„Versprich es mir!", hatte Papa gesagt und sie ganz fest an sich gedrückt, so fest, dass es beinahe wehtat.

„Ich versprech's", hatte Lina geantwortet. „Aber nur, wenn du mich nicht zerquetschst."

Lachend hatte Papa sie freigegeben.

Erst viel später war Lina bewusst geworden, dass in all der Zuneigung ihres Vaters etwas Verzweifeltes gelegen hatte. Hatte er es geahnt – oder schlimmer noch, hatte er zu dieser Stunde schon alles geplant gehabt?

Lina seufzte und schloss das Fenster. Einen Tag nach der Erfindung des Kosmonautensprungs war Papa verschwunden und nie mehr aufgetaucht.

Lina ging ins Bad, zog ihr Schlafshirt aus und drehte die Dusche auf. Heute würde sie ohnehin keinen Schlaf mehr finden.

Während das Wasser auf ihren verschwitzten Körper prasselte, ließ sie ihre Gedanken abermals in die Vergangenheit wandern.

Theo hatte Mama mit seiner piepsigen Kleinkindstimme gefragt: „Wo ist Papa?"

„Auf einer Baustelle in Cottbus", hatte sie erwidert. „Das ist zu weit, um hin- und herzufahren. Aber er verdient gutes Geld, und am Wochenende kommt er heim."

Es wurde Samstag, aber Papa kam nicht; auch am Sonntag nicht. Er rief auch nicht an. Mama begann, sich Sorgen zu machen. Sie kontaktierte seine Freunde, seine ehemaligen Arbeitskollegen, sogar ihre Schwiegereltern. Niemand wusste etwas von dieser Baustelle, niemand hatte Papa in dieser Zeit gesprochen oder gesehen.

Als er auch am darauffolgenden Wochenende nicht nach Hause kam, ging Mama zur Polizei. Vermisstenfälle bei Erwachsenen wurden nicht sonderlich engagiert bearbeitet. Aber Mama lag den Beamten so lange in den Ohren, bis sie die Baustellen in Cottbus und Umgebung überprüfen ließen. Nirgendwo hatte man von Robert Marquardt gehört. Mama konnte es nicht glauben. Vielleicht, so sagte sie sich, arbeitete er schwarz und unter falschem Namen. Es war zwar nicht seine Art, so etwas zu tun, aber möglicherweise hatte man ihm keine Wahl gelassen. Er war Berufssoldat bei der Nationalen Volksarmee gewesen und hatte in einer Eliteeinheit gedient. Nur ein Jahr vor dem Mauerfall war er aufgrund einer Verletzung entlassen worden. Ohne Studium und ohne Ausbildung stolperte er in die schwierige Zeit nach der Wende. Selbst für qualifizierte Leute war es schwer, einen Job zu finden. Als Hilfsarbeiter musste man nehmen, was man bekommen konnte.

Mechthild Marquardt gab ihre Kinder in die Obhut ihrer Eltern und fuhr selbst nach Cottbus, mit einem Foto ihres Mannes und allem Geld, das sie zusammenkratzen konnte.

Als sie zwei Wochen später wieder nach Hause kam, war sie ein anderer Mensch. Vorher hatte sie oft gelacht, und trotz der Sorge um Theo und der Tatsache, dass sie jeden Pfennig zweimal umdrehen mussten, hatte sie stets eine heitere Gelassenheit und Zuversicht ausgestrahlt. Sie lächelte auch dieses Mal, hatte sogar kleine Geschenke für Lina und Theo mitgebracht.

Doch irgendetwas in ihr war zerbrochen. Lina bemerkte es sofort.

Mama hatte nicht die kleinste Spur gefunden. Ganz offensichtlich hatte Papa gelogen. Es hatte nie einen Job in Cottbus gegeben. Von einem Tag auf den anderen war Robert Marquardt aus dem Leben seiner Familie verschwunden, fast so, als hätte er nie existiert. Alle Nachforschungen waren ins Leere gelaufen.

Die Polizei hatte schon bald eine Erklärung zur Hand. Nur drei Tage vor Papas Verschwinden hatten die Ärzte endlich eine Diagnose geliefert, eine Erklärung für die seltsame Entwicklungsverzögerung, an der Theo litt. Sie lautete: Kongenitale Muskeldystrophie. Theo würde vielleicht eine Zeit lang laufen können, aber seine Muskeln würden immer schwächer werden. Er würde im Rollstuhl landen und irgendwann zu fast völliger Bewegungsunfähigkeit verurteilt sein. Es gab kein Heilmittel.

Robert Marquardt wäre nicht der erste Mann, der von einer solchen Situation überfordert war, der seine Verantwortung nicht ertrug und floh.

Nein!, dachte Lina, *Papa ist nicht so!*

Doch als die Jahre ins Land gingen und er nicht zurückkam, wandelte sich ihr Trotz allmählich in Verzweiflung und dann in Wut. Papa hatte gelogen! Er hatte seine Familie im Stich gelassen.

Nie wieder, hatte sich Lina damals geschworen, nie wieder würde sie so naiv sein!

Sie stellte das warme Wasser ab und drehte den Kaltwasserhahn voll auf. Das eisige Wasser strömte über ihren Körper, sie prustete und zählte langsam bis zehn. Dann stellte sie das Wasser ab. Nun war sie wach und bereit, sich den Herausforderungen des Tages zu stellen.

Während sie sich abtrocknete, schoss ihr die peinliche Episode vom Skatepark durch den Kopf, als sie ihren Helfer mit einem Jiu-Jitsu-Griff aufs Kreuz gelegt hatte. Was hatte Bastian noch gesagt? *Wenn ich gewusst hätte, dass du lieber auf den Boden fällst, hätte ich dich nicht aufgefangen.*

Vielleicht hatte er damit gar nicht so unrecht. Lina hatte gelernt, wieder aufzustehen, wenn sie hinfiel. Das war zwar manchmal schmerzhaft, aber es ersparte ihr auch allzu große Enttäuschungen.

Fertig angezogen, ging sie in die Küche und bereitete sich einen grünen Smoothie zu. Das Heulen des Mixers war vermutlich noch ein Stockwerk höher zu vernehmen, aber sie betrachtete es als gerechten Ausgleich für die lauten Techno-Beats, mit denen ihr Nachbar sie selbst spätabends quälte.

Als sie nach dem Frühstück ihr Smartphone einschaltete, hatte sie eine Nachricht von Theo erhalten. Ihr Bruder berichtete von einem skurrilen Besuch von Mikes Eltern und bat um Rückruf.

Lina blickte auf die Uhr. Es war 6.30 Uhr. Sie beschloss, ihm zwei weitere Stunden Schlaf zu gönnen, bevor sie anrief.

„... Ja?", meldete sich Theos verschlafene Stimme.

„Hi, ich bin's."

„Lina?"

Sie verdrehte die Augen. „Wer sonst?"

„Es ist mitten in der Nacht!"

„Quatsch, es ist halb neun Uhr morgens."

„Hallo?! Es ist Wochenende", schnaufte Theo. „Schon mal davon gehört? Am Wochenende ist es um diese Zeit noch mitten in der Nacht."

„Hör auf zu motzen und erzähl mir, was gestern passiert ist!"

Nach einigem Maulen begann Theo zu berichten.

Lina hörte ihm aufmerksam zu. Als er von dem Gespräch der beiden berichtete, das er belauscht hatte, wurde sie hellhörig. „Wer ist Vanessa?"

„Mikes Schwester", erwiderte Theo. „Sie war nie hier, aber er hat mir mal von ihr erzählt. Auf jeden Fall haben sie dann irgendetwas gefunden, und Mikes Mutter fragte: *Ist das echt?"*

„Okay, und dann?"

„Dann kam Sarah herein", sagte Theo mit Bedauern in der Stimme. „Mehr habe ich nicht mitbekommen. Nur dass sie Unterlagen mitgenommen haben." Er machte eine kurze Pause, bevor er Lina fragte: „Was hältst du von der Sache?"

„Ich gehe davon aus, dass die Eltern seine gesetzlichen Betreuer waren?"

„Ich glaube, schon."

„Tja, dann ist das absolut wasserdicht. Als gesetzliche Betreuer und als seine potenziellen Erben haben sie das Recht, in seinen Sachen herumzuwühlen."

„Mag ja sein", erwiderte Theo. „Aber es fühlt sich dennoch nicht richtig an. Irgendetwas an der Sache ist faul."

Lina fuhr sich durch die Haare. „Solange es keinen hinreichenden Verdacht gibt, dass Mike eines unnatürlichen Todes gestorben ist, können wir nichts machen."

„Genau das ist der springende Punkt! Wir müssen dafür sorgen, dass Mikes Leichnam obduziert wird."

„Und wie willst du das anstellen? Auf dem offiziellen Totenschein steht eine natürliche Todesursache."

„Aber das ist falsch."

„Das weißt du nicht, Theo. Bislang sind das nichts als Mutmaßungen. Letztlich steht dein Wort gegen das offizielle Dokument eines anerkannten Arztes."

„Aber –"

„Vergiss es!", sagte Lina streng. Manchmal war es einfach notwendig, dass sie die Autorität der älteren Schwester zum Einsatz brachte.

Theo seufzte. Ein paar Sekunden herrschte Stille, dann wechselte er das Thema. „Was hat denn dein Gespräch mit Bastian ergeben?"

Lina war sich nicht sicher, was sie von dem plötzlichen Themenwechsel halten sollte. „Nicht viel, wir wurden ... unterbrochen. Aber ich treffe mich heute Abend noch mal mit ihm."

„Interessant. Erzählst du mir mehr davon?"

„Da gibt's nichts zu erzählen."

Theo schnaufte. „Übrigens, Oma Iris feiert am Sonntag ihren Geburtstag."

„Nee."

„Doch. Und sie hat dich schon vor einem Monat eingeladen, schon vergessen?"

„Offensichtlich ja", brummte Lina.

„Dann gehe ich recht in der Annahme, dass du kein Geschenk hast?"

„Ich bring Blumen mit."

„Vergiss es. Das kannst du nicht schon wieder bringen."

„Warum nicht? Alte Schachteln wie sie lieben Blumen."

„‚Alte Schachtel' ist respektlos, und Oma Iris ist gegen fast alles, was blüht, allergisch. Also lass die Blumen im Laden. Zum Glück hast du ja mich."

„Ich glaube nicht, dass sie dich geschenkt haben möchte", erwiderte Lina mürrisch. *Und genau das ist der Grund, warum ich sie nicht ausstehen kann,* fügte sie in Gedanken hinzu. *Sie verachtet dich, Theo. Kannst du das nicht sehen?*

„Ich hab Konzertkarten besorgt", erklärte Theo. „Die Dinger waren schweineteuer, also lass mich nicht hängen."

„Mach ich nicht, Kleiner."

„Ich bin einen Zentimeter größer als du, du Zwergbulle. Viel Spaß bei deinem Date heute Abend."

„Das ist kein Date, Blödmann."

„Ich hab dich auch lieb, Schwesterlein. Ciao."

„Tschüss."

Lina lächelte, als sie auflegte. Theo brachte sie so gut wie immer zum Lächeln. Das war eine seiner Begabungen.

Der Verstecker

„Das ist jetzt nicht dein Ernst, oder?" Linas Muskeln verkrampften sich.

„Sehe ich aus, als ob ich scherze?", erklang Bastians ruhige Stimme hinter ihr.

„Woher soll ich das wissen?", fauchte Lina. „Ich hab keine Augen am Hintern." Ihre Finger schmerzten und ihr linkes Bein fing an zu zittern. Inzwischen war sie sich sicher, dass Bastian die schwerste Route der Boulderhalle für sie ausgesucht hatte.

„Du musst springen."

„Ich bin doch nicht bekloppt!"

„Lina, es gibt keine andere Möglichkeit. Niemand schafft diese Stelle ohne Sprung."

Sie biss die Zähne zusammen. Rechts von ihr, etwa eine Armlänge entfernt, gab es einen winzigen Vorsprung. *Okay,* sagte sie sich stumm. *Ich schaff das. Als Erstes einen Fußwechsel.* Sie verlagerte das Gewicht, löste den linken Fuß von der Wand und lockerte ihre verkrampften Beinmuskeln. Anschließend setzte sie die linke Fußspitze auf die rechte und zog dann den rechten Fuß weg. Ihr linker Fuß fand sicheren Halt. *Jetzt das Gewicht verlagern...* Sie lehnte sich so weit wie möglich nach links und schob den rechten Fuß Stück für Stück höher, bis sie ihn auf den Vorsprung setzen konnte.

„Äh, Lina? Was soll das werden?"

„Ich spring nicht!", schnaufte sie. „Ich geh da anders hoch." Nun musste sie es schaffen, sich so weit hochzudrücken, dass ihr Gewicht auf dem rechten Fuß ruhte. Stück für Stück schob sie sich höher. Ihre Muskeln waren zum Zerreißen gespannt.

„Ich glaube", meldete sich Bastian zu Wort, „was du da machst, ist anatomisch unmöglich."

„Quatsch nicht", presste Lina hervor. „Du studierst Sozialpädagogik, du hast doch gar keine Ahnung von Anatomie!" Sie drückte sich noch ein Stück höher. „Gleich ... hab ... ich's." Mit den Augen fixierte sie den Griff über sich. Es war ein Prachtexemplar! Ein riesiger Henkel, groß genug für zwei Hände.

„Unglaublich!", hörte sie Bastian murmeln. „Hast du irgendwelche Zusatzgelenke? Wie kannst du deinen Fuß auf Ohrläppchenhöhe absetzen und dich dann noch höher drücken?"

Lina löste ihre rechte Hand und streckte sie nach dem Henkel aus. „Ich ... bin ... zu klein!" Sie streckte ihren Arm so weit, dass sie glaubte, das Gelenk müsse gleich aus der Pfanne rutschen. Ihre Fingerspritzen berührten den Griff und ... im selben Moment rutschte ihr rechter Fuß ab und sie fiel von der Wand. Erschrocken schrie sie auf.

Einen Wimpernschlag später spürte sie, wie sie an den Schultern gepackt wurde und mit den Füßen zuerst auf der Bodenmatte aufkam. Warme Hände hielten sie, bis sie sicher stand.

„Krass", sagte Bastian. „Du hast es echt drauf, weißt du das? Ich habe noch niemanden gesehen, der die Strecke so klettert wie du."

„Na ja", sie wischte sich mit dem Unterarm den Schweiß von der Stirn und wandte sich um, „ich hab's nicht geschafft."

„Aber du warst ganz dicht dran." Bastian lächelte.

Lina konnte nicht anders, sie musste zurücklächeln. Eine Pause entstand. Keiner der beiden sagte etwas. Lina bemerkte, dass sich Bastians Blick veränderte. Er wurde weicher und intensiver. Sie verspürte ein leichtes Ziehen in der Magengegend.

Ein schwer definierbares Gefühl der Anspannung erwachte in ihr. „Und jetzt du!", sagte sie rasch.

Er zog die Nase kraus. „Muss das sein?"

„Klar! Du glaubst doch nicht, dass du mich da hochscheuchen und dich selbst drücken kannst?"

„Schon gut, ich versuch's." Er zog seine Trainingsjacke aus und dehnte sich. „Ich habe mich bestimmt schon zwanzigmal an dieser Stelle versucht und es erst einmal geschafft."

„Auf geht's." Sie hob die Arme, um ihn im Fall des Abrutschens so zu stützen, dass er mit den Füßen zuerst aufkam.

Bastian begann zu klettern. Seine Bewegungen waren sicher und geschmeidig. Mühelos bewältigte er die ersten Züge. Als er zur Schlüsselstelle kam, wurde er langsamer. Seine Finger suchten Halt an einer schmalen Leiste. Lina konnte sehen, wie sich Muskeln und Sehnen unter seiner gebräunten Haut bewegten. Er hatte keine im Fitnessstudio aufgepumpten Muskelberge, aber es war deutlich zu erkennen, dass er regelmäßig Sport trieb.

Lina stellte fest, dass sie ihm gern zusah.

„Okay", murmelte Bastian. „Zeit zu springen." Er lehnte sich ein wenig zurück, entspannte sich, so gut das in der hockenden Position ging, und sammelte Kraft. Dann schnellte er plötzlich nach oben und streckte sich, im Scheitelpunkt seines Sprungs schoss seine rechte Hand vor und umfasste den Henkel. Er stieß einen zischenden Laut aus, als das ganze Gewicht seines Körpers seinen Arm belastete.

„Alles okay?", fragte Lina.

„Nicht ganz." Er griff hastig mit der linken Hand nach oben, umklammerte den Griff und schüttelte den rechten Arm aus. „Ich glaube, ich habe mir 'nen Muskel gezerrt."

„Mist. Dann komm runter."

Er hing weiterhin an einem Arm und versuchte, mit den Füßen an der Wand Halt zu finden.

„Was soll das werden?", fuhr Lina ihn an. „Lass los!"

Seine Füße rutschten ab.

„Lass den Blödsinn."

Er blickte zu ihr herab. Ein seltsamer Ausdruck stand in seinen Augen. „Geh lieber einen Schritt zur Seite."

„Jetzt spring endlich!"

Sie sah, dass er widersprechen wollte, doch im selben Moment rutschte seine Hand ab und er fiel unkontrolliert herunter. Zwar kam er mit den Füßen zuerst auf, doch er hatte sich in der Luft so gedreht, dass er mit dem Hinterkopf gegen die Wand zu krachen drohte. Lina packte ihn am T-Shirt. Stoff riss. Er plumpste mit dem Hinterteil auf die Matte. Lina wurde mitgerissen und landete mit dem Gesicht voran auf seiner Brust.

„Sorry", murmelte sie in sein T-Shirt.

„Tut mir leid", sagte Bastian gleichzeitig.

Lina rückte von ihm ab. „Alles in Ordnung?"

„Geht so", erwiderte Bastian. Er massierte seine Schulter.

„Warum hast du nicht losgelassen? Du wärst beinahe mit dem Kopf gegen die Wand geknallt!"

„Ich weiß." Er lächelte etwas gequält. „Danke!"

Sie stand auf und reichte ihm die Hand.

Er ergriff sie mit der linken und ließ sich ächzend aufhelfen.

„Ich glaube, ich brauch 'ne Pause." Er schnappte sich seinen Rucksack. Sie liefen über die weichen Matten und ließen sich in einer ruhigen Ecke nieder.

Bastian zog eine Flasche Wasser aus der Tasche und reichte sie Lina.

„Danke!" Sie trank in kräftigen Zügen. Erst jetzt merkte sie, wie durstig sie war. Sie gab ihm die Flasche zurück und sah zu, wie er trank. „Du weißt schon, dass das eben eine knappe Angelegenheit war?"

Bastian antwortete nicht. Stattdessen verstaute er sorgsam seine Flasche im Rucksack, als fordere dies seine gesamte Aufmerksamkeit.

Lina hob die Brauen. „Du warst wohl zu stolz zum Loslassen, was?" Sie wusste selbst nicht genau, warum sie so nachbohrte. Aber irgendetwas an seinem Verhalten reizte sie.

Er schüttelte langsam den Kopf. „Das hat nichts mit dir zu tun. War ein ... alter Reflex."

Lina blickte ihn fragend an. Aber er reagierte nicht.

„Hat Spaß gemacht, mit dir zu klettern." Er grinste sie an.

Automatisch hoben sich auch Linas Mundwinkel. „Mir auch."

Sie wandte den Blick ab und wechselte das Thema. „Hast du inzwischen mit Keno gesprochen?"

„Wir waren zusammen im Park."

„Und?"

„Du willst wissen, ob ich mehr über den Taucher herausgefunden habe."

Sie nickte.

„Ich fürchte, nicht. Keno erwähnte ihn kurz, als ich mit ihm über Mike sprechen wollte. Aber das war auch alles. Er wollte partout nicht darüber reden."

Lina versuchte, sich ihre Enttäuschung nicht anmerken zu lassen. „Und dieser zweite Satz: *Wo ist es?* Was könnte Keno damit gemeint haben? Wollte er vielleicht *Wo ist er?* sagen? Also: *Wo ist der Taucher?* Oder vielleicht sogar: *Wo ist Mike?*"

Bastian schüttelte langsam den Kopf. „Nein, das glaube ich nicht. Keno drückt sich zwar spartanisch aus, macht dabei aber keine Grammatikfehler. Hätte er nach dem Taucher gefragt, hätte er *Wo ist er?* gesagt." Er zupfte sich nachdenklich an der Unterlippe. „Aber ich glaube ohnehin nicht, dass Keno eine Frage formuliert hat."

„Nicht?", Lina hob die Brauen.

„Ich glaube, es ist ein Zitat."

„Wie meinst du das?"

„Keno wiederholt etwas, was er gehört hat."

„Bist du sicher?"

Er nickte. „Ich erkenne das an der Art, wie er spricht. Er hat dann irgendwie einen anderen Tonfall. Eine Zeit lang sagte er zum Beispiel immer und immer wieder: *Verschwinde hier!* Es dauerte Wochen, bis ich herausfand, dass er damit einen Kollegen zitierte, der ihm diese Worte an den Kopf geworfen hatte, weil Keno seinen Arbeitsplatz auf seine ganz spezielle Art und Weise neu sortiert hatte. Ein anderes Mal rief er ständig: *Wo ist der Schlüssel?* Wie sich später herausstellte, hatte der Fahrer, der ihn immer zur Werkstatt bringt, nach einer Pinkelpause seinen Schlüssel nicht wiedergefunden und einen jugendlichen Mitfahrer verdächtigt, ihn versteckt zu haben."

Das war interessant. „Du meinst also, in der Nacht, in der Mike starb, hat irgendjemand auf sehr eindrückliche Art und Weise *Wo ist es?* gesagt, und Keno hat es entweder mit angehört oder wurde selbst gefragt?"

„Richtig."

„Merkwürdig, oder?"

Bastian zuckte die Achseln. „Hängt vom Kontext ab. Vielleicht hat die Nachtwache doch etwas mitbekommen und ein Notfallmedikament gesucht? Das wäre in jedem Fall eine eindrückliche Erfahrung für Keno gewesen."

Lina nickte nachdenklich. Ja, mit diesem Marek musste sie unbedingt ein Wörtchen wechseln. Doch zunächst hatte sie noch eine ganz andere Frage. „Bei unserem letzten Treffen habe ich dich gefragt, ob irgendjemand eine Andeutung gemacht hat, irgendetwas, was uns weiterhelfen könnte, und ich hatte das Gefühl, als würdest du dich an etwas erinnern."

Bastian nickte nachdenklich. „Du bist eine gute Beobachterin."

„Das gehört zu meinem Job." Die Worte waren ihr einfach so herausgerutscht.

„Tatsächlich?" Bastian sah sie interessiert an. „Was ist denn dein Job?"

Lina seufzte innerlich. Es hatte wohl wenig Zweck, um den heißen Brei herumzureden. „Ich bin Polizistin."

„Oh." Bastian sah sie mit großen Augen an.

„Ist das ein Problem für dich?", fragte Lina.

„Ein Problem? Nein." Er schüttelte den Kopf. „Warum sollte es?" Er blieb sitzen, wo er war, aber Lina konnte spüren, dass er innerlich auf Distanz ging.

„Weißt du, was mich echt nervt?", fragte Lina. Sie war sich sicher, dass er den Zorn in ihrem Blick bemerkte.

Doch Bastian wich ihr nicht aus. „Ich habe das als rhetorische Frage interpretiert", erwiderte er mit sanftem Lächeln.

Sie schnaufte. „Ich hab ständig das Gefühl, dass eine riesige Welle aus Vorurteilen über mir zusammenschwappt, sobald ich meinen Beruf nenne. Als wäre ich in den Augen der Menschen auf einmal nicht mehr Lina, sondern nur noch ein Bulle."

„Also grammatikalisch geht das eigentlich nicht. Ein Bulle ist immer männlich."

„Worauf willst du hinaus?"

Er schwieg einen Moment, und es schien, als würden seine Wangen sich eine Spur röten. Offenbar wurde ihm erst jetzt die Implikation seiner grammatikalischen Intervention bewusst. „Schon gut." Bastian winkte hastig ab. „Das war nicht lustig."

„In der Tat", knurrte Lina.

„Also, was ich sagen will ..." Er zögerte und platzte dann heraus: „Tut mir leid. Du hast mich überrascht und ... ich habe nicht nur gute Erfahrungen mit Polizisten gemacht. Aber natürlich hat das nichts mit dir zu tun. Tut mir wirklich leid."

Lina suchte seinen Blick. Er wirkte aufrichtig. Ihre Neugier drängte sie, Bastian zu fragen, welche Erfahrungen das gewesen waren. Aber sie widerstand diesem Impuls. Stattdessen fragte sie: „Also, woran hast du dich erinnert?"

Er zögerte kurz, dann sagte er: „Ich weiß gar nicht mehr so genau, wie wir eigentlich darauf kamen. Irgendwann erzählte mir Mike, dass er sich nicht besonders gut mit seiner Familie versteht. Er sagte, sie würden in ihm kein produktives Mitglied der Gesellschaft sehen – oder so ähnlich. Und alles, was ihm gegeben wurde, sei ihrer Meinung nach verschwendet."

„Was ihm gegeben wurde? Was soll das sein?"

Er zuckte mit den Achseln. „Keine Ahnung. Aber er sagte dann noch etwas wie: *Ich habe vor, sie über meinen Tod hinaus zu ärgern.*"

„Was meinte er damit?"

Wieder zuckte Bastian die Achseln. „Ich habe ihn nicht gefragt. Damals erschien es mir nicht wichtig."

„Meinst du, er hat geahnt, dass er bald sterben wird?"

„Er hat es gewusst", erwiderte Bastian. „Bei seinem Krankheitsverlauf haben ihm die Ärzte nur noch wenige Jahre prognostiziert."

Lina seufzte leise. Etwas konkretere Hinweise wären hilfreich gewesen. „Du sagst, es erschien dir nicht wichtig?"

„Ja. Ich hatte den Eindruck, dass er in diesem Moment vor allem Verständnis brauchte, das Gefühl, nicht allein zu sein. Also erzählte ich ihm, dass ich genau weiß, wie es sich anfühlt, im Stich gelassen zu werden."

Lina bemerkte, dass Bastians Blick durch sie hindurchglitt, als betrachte er einen Ort, den nur er sehen konnte. Sie spürte, dass dies kein guter Ort war, und schwieg.

„Weißt du", sagte Bastian leise, „Mike hatte das Problem, dass er die Erwartungen seiner Familie enttäuscht hat. Mein Problem war, dass meine Familie nie etwas von mir erwartet hat. Ich war nicht wichtig genug. Meine Mutter war vollauf damit beschäftigt, endlich glücklich zu werden. Da war für mich nur wenig Platz. Und meinen leiblichen Vater habe ich nie kennengelernt. Er verschwand aus meinem Leben, bevor ich geboren wurde. Ich hatte keinen Vater", ein schmallippiges Lächeln huschte über sein Gesicht, „aber ich hatte viele Stiefväter. Manche waren nett, manche nicht. Einige versprachen mir, ein guter Ersatzpapa zu sein und sich um mich zu kümmern. Ich vermute, dass sie damit meine Mutter beeindrucken wollten. Sie merkten sehr schnell, dass dies keine Rolle spielte. Keiner, nicht ein Einziger, hielt sein Wort." Er setzte ein Grinsen auf, als hätte er einen großartigen Witz erzählt.

„Das ist traurig", sagte Lina.

Er zuckte die Achseln. „Es ist, wie es ist. Und wie ist deine Familiengeschichte, bist du glücklich aufgewachsen?"

„Ja, tatsächlich würde ich sagen, dass ich eigentlich eine glückliche Kindheit hatte", erwiderte Lina. „Obwohl mein Vater verschwand, als ich sechs Jahre alt war."

„Er verschwand? Du meinst, er hat die Familie verlassen?"

„Ich weiß nicht, ob er uns verlassen hat. Er verschwand einfach – von einem Tag auf den anderen."

„Das... ist krass", erwiderte Bastian. „Gibt es überhaupt keine Hinweise, wo er abgeblieben sein könnte?"

„Keine. Es war, als hätte er sich in Luft aufgelöst."

Bastian schwieg einen Moment, dann fragte er: „Bist du deshalb Polizistin geworden?"

Sie schüttelte den Kopf. „Nein. Ich glaube, Polizistin bin ich geworden, weil ich Ungerechtigkeit nicht ertragen kann. Ich habe mich schon immer berufen gefühlt, Schwächere zu beschützen. Ich habe Jiu Jitsu gelernt, weil drei Jungs aus der dritten ständig meine beste Freundin in der ersten Klasse geärgert haben."

„Und, hat es etwas genützt?"

„Das erste Mal kam ich mit einem blauen Auge nach Hause. Also trainierte ich härter und beschloss, mir nicht alle drei auf einmal vorzunehmen. Zwei Monate später erwischte ich einen von ihnen, als er ein paar Kindergartenkinder mit Steinen bewarf. Ich hatte ihn ein wenig zu lang im Würgegriff. Für ein paar Sekunden war er weggetreten. Aber als er wieder zu sich kam, schwor er mir, sich nie wieder an Schwächeren zu vergreifen. Nummer zwei traf ich auf dem Schulweg, als er gerade das Fahrrad eines Zweitklässlers über einen Zaun schmeißen wollte. Er hat es sich dann anders überlegt. Nummer drei war über einen Kopf größer und etliche Kilos schwerer als ich. Ich hielt ihn eine Schulpause lang mit einem Armhebel in Schach, vor den Augen seiner Klassenkameraden. Es war ihm so peinlich, dass er nie wieder durch Bosheiten auffiel."

„Warum hast du nicht einfach die Lehrer um Hilfe gebeten?"

„Er war der Sohn des Direktors."

„Verstehe. Um ehrlich zu sein, hast du eine Seite an dir, die mir ein bisschen Angst macht."

„Warum? Ärgerst du gern kleine Kinder?"

Bastian blickte sie verblüfft an, dann prustete er los und begann so herzhaft zu lachen, dass Lina mit einstimmen musste.

„Okay", sagte sie schließlich, als sie sich beruhigt hatte. „Jetzt bist du dran. Was hat dich dazu bewogen, Sozialpädagogik zu studieren?"

Bastian senkte nachdenklich den Blick. „Ich glaube, Carsten ist daran schuld. Ich traf ihn in einem Freizeitklub für ganz besondere Menschen. Ich sollte eine Runde *Mensch ärgere Dich nicht* mit ihm spielen. Carsten hatte ein vollkommen durchschnittliches Aussehen. Damals muss er ungefähr Anfang fünfzig gewesen sein. Er war kein Mann großer Worte, und ich hatte eigentlich gar keinen Bock auf diesen Job. Also spielten wir schweigend. Er warf meine Figur mehrmals raus und ich wurde etwas säuerlich. Denn jedes Mal, bevor es meine Figur erwischte, fuhr er sich grinsend mit dem Finger über die Kehle. Schließlich fuhr ich ihn an: *Was soll der Scheiß? Lass das!*

Er erwiderte meinen Blick, grinste mich an und antwortete in einem seltsamen Singsang: *Du bist der Ärgerer, du bist der Ärgerer.*

Ich fuhr ihn nicht gerade einfühlsam an: *Bist du ein bisschen irre?* Er setzte seinen Singsang fort und begann, mit den Figuren rhythmisch auf den Tisch zu klopfen. Schließlich sprang er auf, klopfte an die Fensterscheibe. *Du bist der Ärgerer, du bist der Ärgerer!*

Ich saß zuerst nur völlig verdutzt auf meinem Stuhl. Aber als sein Klopfen immer stärker wurde und ich Sorge hatte, dass er die Scheibe einschlägt, sprang ich auf und hielt ihn fest. *Spinnst du? Hör auf damit!*

Er sah mich mit großen Augen an, blickte dann auf seine Hände und sagte: *Aua!*

Als ich ihn losließ, verschränkte er die Arme auf dem Rücken und verließ entspannt vor sich hin summend den Raum. Als er um die Ecke bog, hörte ich ihn leise sagen: *Ich hab gewonnen.*

Ab diesem Moment mochte ich Carsten. Ich hätte nicht sagen können, warum, aber der Typ war mir irgendwie sympathisch.

Später erfuhr ich, dass er nicht mit einer Behinderung geboren worden war. Er war ein begabter Musiker und kurz davor gewesen, mit seiner Band Karriere zu machen. Die erste Tournee war bereits bis ins letzte Detail geplant. Drei Tage vor dem ersten Konzert wurde ihm plötzlich schlecht und er klagte über Kopfschmerzen. Erst tippte man auf eine Kombination aus Koks und Alkohol. Als er Fieber bekam, schwenkte man um auf einen Magen-Darm-Virus. Sein Hausarzt schickte ihn mit ein paar Aspirin ins Bett. Einen Tag vor Tourneebeginn fiel Carsten ins Koma. Wie sich herausstellte, hatte er eine schwere Meningitis, die viel zu spät erkannt wurde. Er bekam hochdosierte Antibiotika und überlebte. Aber als er wieder aufwachte, war er nicht mehr derselbe. Laufen und Sprechen musste er mühsam wiedererlernen. Die Ärzte diagnostizierten zudem eine schwere geistige Behinderung."

„Wie schrecklich!", entfuhr es Lina.

„Ja." Bastian nickte nachdenklich. „Aber ich habe ihn nie unglücklich gesehen – interessant, oder? Man erkannte, dass Carsten und ich einen guten Draht zueinander hatten, und trug mir auf, mich besonders um ihn zu kümmern. Das tat ich gerne. Manchmal machten wir einen Spaziergang zu einem nahe gelegenen Park. Die Straßen mied ich, nachdem Carsten einmal vorausgerannt war, um dann laut pfeifend auf einen Jaguar einzutrommeln. Bei einem dieser Spaziergänge sah ich aus der Ferne jemanden, dem ich – aus welchen Gründen, spielt jetzt keine Rolle – lieber nicht begegnen wollte. Ich versuchte, Carsten unauffällig in eine andere Richtung zu dirigieren. Erst weigerte er sich. Dann blieb er stehen und sah mich mit großen Augen an.

Kannst du jetzt bitte mitkommen?, zischte ich.

Carsten kam nicht mit. Er klopfte rhythmisch gegen einen blechernen Mülleimer und verkündete in seinem seltsamen Singsang: *Du bist der Verstecker.*

Hör auf damit!, fuhr ich ihn an.

Er ließ sich nicht beirren. *Du bist der Verstecker. Du bist der Verstecker. Du versteckst dich immer!*

Ich wollte ihn anbrüllen. Aber meine Worte blieben mir im Hals stecken, denn in diesem Moment erkannte ich: Er hatte recht! Er hatte absolut recht, und zwar in einem Ausmaß, das mir nicht ansatzweise klar gewesen war. Es war eine Erkenntnis, die ich weder gesucht noch erbeten hatte, aber in diesem Moment wurde mir bewusst, wie kaputt mein Leben bis dahin gewesen war. Mir schossen die Tränen in die Augen. Carsten war der erste Mensch, der mir offen und ehrlich begegnete – zwar auf eine absolut verquere, aber authentische Art." Bastian lächelte. „Tja, und so beschloss ich, dass ich mehr davon wollte."

Lina betrachtete ihn nachdenklich. „Krasse Geschichte."

„Ja." Er nickte. „Und normalerweise erzähle ich diese Geschichte auch gar nicht. Außer dir gibt es nur zwei Menschen, die davon wissen."

Ihre Blicke trafen sich. Lina schluckte. Aus irgendeinem Grund beschleunigte sich ihr Puls. Sie spürte ihren Herzschlag in ihrer Brust.

Kleine Lachfältchen bildeten sich um Bastians Augen, als er sagte: „Wahrscheinlich hast du mir mit deinen Prügelgeschichten zu viel Angst eingejagt!"

Lina kicherte, dankbar und enttäuscht zugleich, dass er die seltsame Spannung zwischen ihnen auf diese Weise auflöste.

Ihr Smartphone meldete sich. Sie sah nach. Eine Nachricht von Theo. Sie las. Ihre Augen wurden groß. War der Kerl jetzt vollkommen durchgeknallt?

Bastian sagte etwas, aber sie hörte nicht richtig zu. „Wie bitte?", fragte sie nach.

„Wollen wir noch etwas trinken gehen?", fragte Bastian.

„Äh." Lina warf einen zweiten Blick auf die Kurznachricht und tippte eine Antwort. *Auf keinen Fall!*

Bastian sah sie fragend an. „Und?"

„Äh, tut mir leid. Ich muss morgen früh raus." Die Antwort kam reflexartig, noch ehe Lina recht darüber nachgedacht hatte. „Ein andermal vielleicht", fügte sie etwas lahm hinzu.

„Klar", sagte Bastian. Irrte sie sich oder lag da Enttäuschung in seinem Blick?

Warum habe ich Nein gesagt?, schoss es Lina durch den Kopf. Sie wusste es selbst nicht so genau.

„Hat Spaß gemacht." Er trat auf sie zu, offensichtlich unschlüssig, ob er sie umarmen oder ihr die Hand geben sollte.

Einem spontanen Impuls folgend stellte Lina sich auf die Zehenspitzen und drückte ihm einen Kuss auf die Wange. „Find ich auch."

Bastian lächelte überrascht, aber nicht unglücklich, wie sie feststellte.

Auf dem Heimweg musste sie ständig an ihren Vater denken. Manchmal war sie selbst sich das größte Rätsel.

Recht haben genügt nicht

„Und dann hat dieser Kerl doch tatsächlich gesagt: *Interessiert mich nicht!* Na, dem habe ich aber was erzählt!" Oma Iris ließ ihren Blick über die Kaffeetafel wandern und holte tief Luft.

„Kann ich mir vorstellen", warf Onkel Rolf hastig ein. „Dein Apfelkuchen ist dir übrigens wieder hervorragend gelungen." Es war ein tapferer Versuch, die Empörungswelle aufzuhalten, bevor sie sich zu einer alles verschlingenden Monsterwoge emportürmen konnte. Genauso gut hätte er versuchen können, die Gletscherschmelze aufzuhalten, indem er Eiswürfel auf Grönland warf.

„Es ist kein Wunder, dass in diesem Land alles den Bach heruntergeht, wenn jeder tun und lassen kann, was er will, hab ich ihm gesagt. Jeder, der den öffentlichen Personennahverkehr nutzt, braucht eine gültige Fahrkarte. Und es ist die Pflicht eines Busfahrers, das zu kontrollieren! Und wisst ihr, was dieser unverschämte Kerl mir in seinem gebrochenen Deutsch geantwortet hat? Ich solle mich endlich hinsetzen, es sei nämlich auch sein Job, pünktlich loszufahren. Könnt ihr euch das vorstellen?"

Ja, dachte Theo. Es erschien ihm sogar eine recht passende Reaktion zu sein. Aber er hütete sich, das laut zu äußern. Stattdessen schob er sich noch eine Gabel voll Apfelkuchen in den Mund, der in der Tat ausgesprochen lecker schmeckte.

Die Empörung seiner Großmutter hatte sich an der Tatsache entzündet, dass einige Jugendliche hinten in den Bus eingestiegen waren, ohne ihre Fahrkarten vorzuzeigen. Der Busfahrer, ein bärtiger Mann ausländischer Herkunft, hatte dies mit unangemessener Gelassenheit registriert, wie Oma Iris fand.

„Früher gab es so etwas einfach nicht, die Leute haben ganz selbstverständlich ihre Fahrkarte vorgezeigt, wenn sie in den Bus oder die Tram eingestiegen sind."

„Oma, in Berlin ist das Ticket für Schüler kostenlos", entfuhr es Theo.

„Na und? Was spielt das für eine Rolle? Ich kann doch nicht behaupten, nur weil ich eine Fahrkarte geschenkt bekomme, bräuchte ich sie nicht vorzuzeigen. Die Schüler heutzutage glauben wohl, sie können sich alles erlauben? Sie gehen freitags einfach nicht mehr zur Schule, weil sie angeblich für das Klima demonstrieren. Ha! Wer's glaubt! Die Leute brechen Regeln, wann und wo sie wollen. Irgendwelche selbst ernannten Retter steuern illegal – ich wiederhole: illegal – Häfen an, um dort Flüchtlinge abzuladen. Diese Gutmenschen sind die schlimmsten Schlepper von allen!"

Obwohl er wusste, wie ihre Reaktion ausfallen würde, wollte Theo das so nicht stehen lassen. „Oma, –", setzte er an, wurde jedoch von Tante Claudia unterbrochen.

„Theo, stimmt es eigentlich, dass einer deiner Mitbewohner gestorben ist?"

Verdutzt starrte Theo sie an. „Woher –?"

„Woher ich das weiß?" Sie lächelte. „Die Gabi, du weißt schon, die Nachbarin ein Stockwerk über mir, hat gegenüber von deiner Wohngruppe ihren Stammfrisör. Kennst du sicher: *Salon Schnitt-Fest, jede Dauerwelle vierzig Euro.*"

Theo runzelte die Stirn. Zugegebenermaßen achtete er nicht sonderlich auf Frisörläden.

„Auf jeden Fall hat sie gesehen, wie ein Wagen von Sargdiscount direkt vor eurer Tür hielt. Da wollte sie natürlich von mir wissen, ob ich was weiß. Also? War das einer von euch?"

Theo nickte widerwillig.

„Ach du meine Güte. Das ist ja schrecklich! Und? Was ist passiert? Woran ist er oder sie gestorben?"

Theo zuckte unverbindlich die Achseln.

„Oder sagt man euch so etwas gar nicht, weil man nicht will, dass die anderen Patienten sich Sorgen machen?"

„Claudia, wir sind keine Patienten. Das ist eine WG und kein Krankenhaus." Theo schielte zur Wohnungstür. Er fühlte sich etwas alleingelassen und vermisste Lina schmerzlich. Ihre Angewohnheit, zu spät zu Familienfeiern zu erscheinen, war ausgesprochen lästig. Vor allem, wenn es die Familienfeiern ihrer Verwandten väterlicherseits waren.

„Na ja, du weißt doch, was ich meine. War's ein Junge oder ein Mädchen?"

Theo seufzte innerlich. „Keins von beiden! Wir sind eine WG für Erwachsene!"

„Und, was hatte er für eine Krankheit? Oder war's vielleicht ein Unfall?"

„Bitte sei mir nicht böse, aber ich möchte nicht darüber reden."

Tante Claudias Augen weiteten sich. „Oh, dann war es ein Freund von dir? Oder gar eine Freundin ..." Unwillkürlich wanderte ihr Blick zu seinem Rollstuhl. „Entschuldige, das geht ja gar nicht." Sie stieß ein verlegenes Kichern aus. „Ich meine, nicht so richtig."

Theo wurde selten wütend, aber in diesem Moment spürte er, wie sein Herz schneller zu schlagen begann und Adrenalin durch seine Adern pumpte. Er setzte zu einer barschen Erwiderung an, hielt dann aber inne, als sein Blick auf ein Foto an der Wand fiel. Oma Iris und Opa Dieter waren keine Freunde von Veränderungen. Das Foto war auch nicht neu, es musste schon einige Jahrzehnte alt sein. Dennoch sah Theo es zum ersten Mal.

Tante Claudia hatte eine weitere Frage gestellt, aber er hatte nicht zugehört. Eine Entschuldigung murmelnd, manövrierte er seinen E-Rollstuhl an den Stühlen der Gäste vorbei bis zu der Kommode, über der das Foto hing. Es war eine Schwarz-Weiß-Aufnahme. Sie zeigte eine Gruppe junger, muskulöser Männer in seltsamen Taucheranzügen. Einige trugen Tarnfarben im Gesicht. Im Hintergrund war das Meer zu erkennen. Der Strand sah komisch aus. War das etwa Schnee? Theo betrachtete die Gesichter.

„Robert ist der zweite von links", erklang die Stimme von Opa Dieter hinter ihm.

Theo betrachtete den jungen Mann. Er hatte die Lippen zu einem Lächeln verzogen, doch seine Augen waren in die Ferne gerichtet, als wäre er nicht ganz bei der Sache. „Wer... sind diese Leute?", fragte Theo.

„KSK 18", erwiderte sein Großvater. In seiner Stimme lag unverkennbar Stolz. „Eine geheime Eliteeinheit der Volksmarine. Nur hundert Mann stark, aber hervorragend ausgebildet."

„Papa war Kampftaucher?", entfuhr es Theo.

„Ja. Diese Jungs waren in der Lage, sich hinter die feindlichen Linien zu begeben, entweder per Fallschirm oder mit Schnellbooten, um dann Beobachtungs- oder Überfallkommandos auszuführen. Ich sage dir, das KSK 18 hätte auch die Amis das Fürchten gelehrt. Ausgestattet mit Kompass und Spezialsonar, konnten die mitten in der Nacht, bei schwerem Seegang und vier Grad Wassertemperatur jeden beliebigen Landungspunkt finden und unerkannt zuschlagen. Damals gab es noch kein GPS und diesen ganzen modernen Krempel."

„Davon hat Papa nie etwas erzählt."

„Tja, du weißt so manches nicht, mein Junge."

„Sieht ganz danach aus." Nachdenklich betrachtete Theo das Bild. Dieser junge Mann hatte tatsächlich die Gesichtszüge seines Vaters. Aber ansonsten war er ihm merkwürdig fremd. Da war nichts von der wilden Unbekümmertheit, der Zärtlichkeit und dem Humor, den sein Vater – so wusste Theo aufgrund weniger Erinnerungen und einiger Filmaufnahmen, die Mama ihm gezeigt hatte – an den Tag gelegt hatte.

„Wir waren so stolz auf Robert!", sagte Großvater. „So stolz..."

Theo blickte zu seinem Großvater hinauf, sah die bitteren Linien um den Mund und den enttäuschten Blick. Die Worte, die er nicht aussprach, waren ihm deutlich anzusehen. *Bis deine Mutter ihn uns weggenommen hat.*

Er seufzte innerlich. Für dieses Thema fehlte ihm momentan die Energie. „Von wann ist das Bild?", fragte er stattdessen.

„Januar 1987, aufgenommen in Kühlungsborn. Dort war die Truppe stationiert."

„Warum habt ihr es erst jetzt aufgehängt?"

„Weil wir es erst seit ein paar Wochen besitzen", entgegnete Großvater.

Theos Verblüffung stand ihm offenbar ins Gesicht geschrieben.

„Ein ehemaliger Kamerad von Robert besuchte uns und schenkte uns das Foto."

„Jetzt, nach all den Jahren?"

„Ja, wir waren auch überrascht." Großvater zuckte mit den Achseln. „Offenbar plant er ein Ehemaligentreffen und versucht, die alte Truppe ausfindig zu machen." Er seufzte. „Natürlich mussten wir ihn enttäuschen. Er konnte kaum glauben, dass Robert einfach so verschwunden ist. Immer wieder fragte er nach, ob es seit 2004 wirklich keinerlei Lebenszeichen mehr von ihm gegeben habe. Er meinte, Robert sei niemand, der einfach so verschwinden würde." Der bittere Zug in Opa Dieters Gesicht vertiefte sich.

„Wie hieß der Mann?", fragte Theo rasch.

„Jan-Christian Petersen. Er war Unteroffizier."

Theo wandte sich dem Bild zu. „Und wer von denen ist das?"

„Keiner. Petersen hat das Foto geschossen."

„Verstehe."

„Schade, dass deine Mutter nicht da ist", sagte Großvater in einem Tonfall, der Gegenteiliges ausdrückte. „Das Foto wäre interessant für sie gewesen."

„Du weißt doch, dass sie Schichtdienst hat und deshalb nicht kommen kann", verteidigte Theo seine Mutter.

„Wenn einem etwas wirklich wichtig ist ..." Opa Dieter ließ den Satz unbeendet und winkte ab.

Theo ignorierte die wenig subtile Andeutung, öffnete die Kamera-App seines Smartphones und fotografierte das Bild ab.

„Wo bleibt eigentlich deine Schwester?"

Theo zuckte die Achseln. *Das wüsste ich selbst gerne.*

„Hat die etwa auch Dienst und kann nicht kommen?"

In diesem Moment klingelte es an der Tür.

„Das wird sie sein", sagte Theo rasch.

Als Oma Iris die Tür öffnete, wurde als Erstes ein riesiger Strauß Blumen sichtbar.

„Herzlichen Glückwunsch zum Geburtstag, Oma."

„Danke, meine Liebe. Das wäre wirklich nicht nötig gewesen." Oma Iris nahm die Blumen mit angestrengtem Lächeln entgegen und reichte sie rasch an ihren Gatten weiter.

„Aber natürlich", widersprach Lina. „Das mach ich doch gerne."

Theo seufzte. Er hätte sich denken können, dass Lina sich diese Provokation nicht nehmen lassen würde.

Opa eilte in die Küche.

„Schön, dass du es noch einrichten konntest", sagte Oma Iris. „Wir haben natürlich schon angefangen. Beginn war ja bereits um sechzehn Uhr."

„Kein Problem", erwiderte Lina unbekümmert. „Ich bin euch nicht böse." Sie war ungeschminkt und trug Jeans und T-Shirt. Theo war sich sicher, dass Lina sonst, selbst wenn sie nur zum Bäcker ging, mehr Wert auf ihr Äußeres legte. „Hallo, allerseits", begrüßte sie die restlichen Gäste.

Oma Iris nieste, und Theo konnte ein zartes Lächeln auf den Lippen seiner Schwester erkennen. Sie schnappte sich ein Stück Apfelkuchen und kam forschen Schrittes zu ihm herüber.

„Hi, Lina. Warum habe ich das Gefühl, dass du jedes Mal in die Pubertät zurückkatapultiert wirst, wenn du diese Wohnung betrittst?"

Seine Schwester nahm sich einen Stuhl und setzte sich ihm gegenüber. „Woher soll ich das wissen? Mit deinen Gefühlen musst du schon selbst klarkommen."

Theo verdrehte die Augen, doch ehe er etwas erwidern konnte, zischte seine Schwester: „Das schlägst du dir bitte sofort aus dem Kopf!"

„Äh, ich würde dir den Gefallen ja gerne tun, wenn du mir verrätst, wovon du eigentlich sprichst!"

„Das weißt du ganz genau!"

Natürlich wusste Theo, wovon sie sprach, und wenn er ehrlich war, hatte er auch keine andere Reaktion erwartet. Aber einen Versuch war es zumindest wert gewesen. „Was hat Bastian dir erzählt?", wechselte er das Thema.

„Mike verstand sich nicht besonders gut mit seiner Familie…"

„Das war kein Geheimnis", kommentierte Theo.

„Und er wollte sein Testament machen", ergänzte Lina.

„Ha!", stieß Theo hervor. „Siehst du, da haben wir es doch!"

„Da haben wir was?"

„Na, das Motiv."

Seine Schwester verdrehte die Augen. „Du guckst eindeutig zu viele Krimis."

„Lina, wir wissen doch beide, dass da irgendetwas nicht stimmt. Wir dürfen nicht zulassen, dass Mikes Tod –"

„Theo, ich kann nicht einfach ins Leichenhaus spazieren und die Herausgabe eines Verstorbenen verlangen!"

„Aber –"

„Ohne Richter oder Staatsanwalt geht das nicht!"

„Wir sind es Mike schuldig!"

Lina seufzte. „Also gut, ich werde noch mal mit meinem Vorgesetzten sprechen, okay? Ich verspreche es!"

Theo sah in das ernste Gesicht seiner Schwester und nickte langsam. Sie wussten beide, wie gering die Aussicht auf Erfolg war. Ihre Argumente würden sich für einen Außenstehenden äußerst dürftig anhören. Ein Autist, der irgendetwas von einem Taucher faselte, ein Rollstuhlfahrer, der glaubte, die Einstichstelle einer Spritze gesehen zu haben, und ein Einzelfallhelfer, der gehört hatte, dass der Verstorbene sich nicht gut mit seiner Familie verstand und ein Testament machen wollte. Diese vagen Indizien standen dem Urteil eines renommierten Arztes gegenüber, der bescheinigt hatte, dass Mikes Tod die natürliche Folge seiner Behinderung war.

Theo zwang ein Lächeln auf seine Lippen. „Du hast recht. Danke, dass du es noch mal versuchst."

Lina betrachtete ihn misstrauisch, und Theo beschloss, das Thema zu wechseln. „Wusstest du eigentlich, dass Papa Kampftaucher war?"

Lina wirkte überrascht. „Nein, hat er nie erwähnt."

„Dort drüben hängt ein Foto von ihm. Offenbar hat sich ein ehemaliger Kamerad vor Kurzem bei Oma und Opa nach ihm erkundigt."

Lina zuckte die Achseln, um Desinteresse zu signalisieren. Dennoch stand sie auf und schlenderte zu dem Bild hinüber. Theo folgte ihr.

Unbewusst vernahm er seinen Namen. „... Theo. Sieh ihn dir an. Wenn es den lieben Gott wirklich gäbe, warum sollte er dann so etwas zulassen?"

Die Antwort der Frau war nur zum Teil zu verstehen. „... darf so etwas ja nicht laut sagen, aber, mal ehrlich, ... damals abgetrieben ... viel Leid erspart ..."

„Erkennst du Papa wieder?", fragte er Lina.

„Ja, und das ist nicht das Einzige, was ich erkenne." Sie drehte sich schwungvoll um und marschierte auf Oma Iris und ihre Freundin zu. Mit aufgesetztem Lächeln stützte sie sich auf die Stuhllehne der alten Dame und bemerkte im Plauderton: „Man darf so etwas ja nicht laut sagen, aber wäre damals ein Ziegelstein in Ihren Kinderwagen gefallen, müsste ich mir jetzt nicht Ihre menschenverachtenden Kommentare anhören."

Die alte Dame blähte empört die Wangen. „Na, hören Sie mal ..."

„Es reicht, Lina. Jetzt gehst du zu weit!"

„Ich?" Lina stieß ein bitteres Lachen aus. „*Ich* gehe zu weit? Du hörst zu, wie diese Frau behauptet, es wäre besser, dein Enkel wäre nie geboren worden, und du widersprichst nicht! Im Gegenteil, du futterst deinen Kuchen, lächelst und nickst. Tut mir leid! Aber *das* geht zu weit – eindeutig zu weit!"

Oma Iris wurde bleich wie ein Laken. „Verlass meine Wohnung. Sofort!"

„Nichts lieber als das!", zischte Lina. „Komm, Theo. Wir gehen."

Theo atmete tief durch, ließ seinen Blick über die betroffenen und empörten Gesichter schweifen und fuhr dann seiner Schwester hinterher. Das Surren des Motors klang unnatürlich laut in der lähmenden Stille.

Schweigend fuhren die beiden Geschwister mit dem Aufzug nach unten.

„Na, fühlst du dich jetzt besser?", fragte Theo, als sie das Gebäude verließen.

„Ein bisschen", sagte Lina.

„Hast du ihre Gesichter gesehen?", fragte Theo.

„Ja." Lina lächelte versonnen.

Theo schwieg einen Moment. Dann knurrte er: „Du hast es schon wieder getan!"

Lina sah ihn irritiert an. „Was?"

„Es ist wirklich bedauerlich, dass ich keine Nacktschnecke dabeihabe."

„Hey, jetzt bleib mal ganz locker. Ich habe niemanden verprügelt!", verteidigte sich Lina.

„Natürlich hast du das", widersprach Theo. „Du hast nur nicht deine Fäuste benutzt. Du warst wütend, du hast deine Wut herausgelassen und jetzt fühlst du dich besser."

„Was ist so schlimm daran?", erwiderte Lina. „Ich hatte ja wohl recht, oder etwa nicht?"

„Recht haben allein genügt nicht. Du hast ein Trümmerfeld hinterlassen, Lina. Das ist alles. Oder glaubst du etwa, dass irgendeine der anwesenden Personen durch deine Wutrede die eigene Position infrage stellen wird? Erwartest du ernsthaft, dass Oma Iris und ihre Freundin mich jetzt mit anderen Augen sehen?"

„Vielleicht?"

Theo hob die Brauen.

„Na gut, wohl eher nicht", gab Lina zu.

„Und was soll das Ganze dann nützen, außer dass du dich für ein paar Minuten besser fühlst?"

Seine Schwester warf ihm einen wütenden Blick zu, den Theo souverän ins Leere laufen ließ. „Lina, es ging gerade eben nicht um dich."

„Mann, Theo." Lina strich sich eine Haarsträhne aus der Stirn. „Was hätte ich denn sonst machen sollen? Diesen Mist etwa unkommentiert stehen lassen?"

„Du hättest darauf vertrauen können, dass ich selbst entscheiden kann, ob und wie ich mich verteidige."

Lina kniff die Lippen zusammen. „Weißt du, dass ich mich in deiner Gegenwart manchmal wie ein kleines Mädchen fühle?"

Theo grinste. „Ich bin eben dein Jungbrunnen. Du darfst dich gerne bei mir bedanken."

„Blödmann!" Lina knuffte ihn sanft an der Schulter.

„Fahren wir zusammen mit dem Bus?", fragte Theo.

„Einverstanden."

„Ausgezeichnet, dann kannst du mir erzählen, wie dein Date mit Bastian war."

Lina verdrehte die Augen. „Das war kein Date."

„Das braucht dir doch nicht peinlich zu sein", erwiderte Theo. „Bastian ist ein netter Kerl."

„Zum letzten Mal: Das war kein Date!"

Der Bus bog um die Ecke.

„Lina, du willst mir doch nicht allen Ernstes erzählen, dass ihr nur über Mike gesprochen habt."

„Wir waren klettern. Nichts weiter."

Mit leisem Schmunzeln beobachtete Theo ihr Gesicht. Ihre Wangen hatten sich leicht gerötet und in ihren Augen funkelte es. *Es war doch ein Date*, ging es ihm durch den Kopf. Aber er hütete sich, das laut auszusprechen.

„Kannst du mir mal erklären, was es da zu grinsen gibt?", fuhr Lina ihn an.

Theo bemühte sich um einen neutralen Gesichtsausdruck und schwieg.

Operation Gerechtigkeit

Das Licht im Flur ging aus und die Wohnungstür wurde leise geschlossen. Theo linste zu seinem Radiowecker. Es war 0.45 Uhr. Zum ersten Mal war er dankbar für die entspannte Arbeitshaltung von Ulrike Bräsecke, der Nachtwache. Wenn alles still blieb, würde sie sich in das Büro in der ersten Etage zurückziehen, ein Nickerchen machen und die nächsten fünf Stunden und fünfzehn Minuten nicht mehr hier auftauchen.

Das musste reichen. Nervös fingerte Theo sein Handy hervor und wählte die eingespeicherte Nummer. Er ließ es wie verabredet dreimal Klingeln. Da der Angerufene nur zwei Türen weiter wohnte, konnte Theo ein gedämpftes Klingeln vernehmen. Gerade als er wieder auflegen wollte, wurde abgenommen.

„Ja?", erklang eine tiefe und etwas verwirrte Stimme.

„Ich bin's, Theo. Du musst nicht rangehen. Ich habe es doch dreimal klingeln lassen, wie verabredet."

Am anderen Ende der Leitung war lediglich ein Atmen zu vernehmen.

„Scott?!"

„Ja?", erklang die tiefe Stimme – nicht weniger verwirrt.

„Du wolltest mir aus dem Bett helfen. Wir haben gestern darüber gesprochen. Operation Gerechtigkeit – erinnerst du dich?"

Leises Atmen und ein tiefes Brummen erklangen. Letzteres konnte entweder als Zustimmung oder auch als Einleitung der nächsten Tiefschlafphase interpretiert werden.

„Scott?", hakte Theo nach.

Die Verbindung wurde unterbrochen. Theo seufzte leise. Der Start war nicht unbedingt ermutigend. Vielleicht sollte er das als Zeichen betrachten und die Sache abblasen. Er war sich ohnehin nicht sicher, ob es richtig gewesen war, die anderen mit hineinzuziehen.

Die Tür öffnete sich leise und ein verschlafener Scott Schulze schob sich in den Raum.

„Hey." Theo hob die Hand. Der Sensor seiner Nachtischlampe reagierte und schaltete das Licht ein. Scott schlurfte näher und gähnte so herzhaft, dass Theo die beiden Plomben in direkter Nachbarschaft der Weisheitszähne problemlos identifizieren konnte. „Du musst das nicht machen...", setzte er an, doch Scott hatte schon die Decke gelüpft. Seine mächtigen Pranken schoben sich unter Theos Kniekehlen und seine Schultern. Mühelos hob er ihn hoch und ließ ihn etwas unsanft in seinen Rollstuhl plumpsen.

„Danke", ächzte Theo. Damit er die ganze Aktion nicht im Schlafanzug durchführen musste, hatte er dem Spätdienst erklärt, dass sein Rücken schmerze und er sich deshalb kurz ins Bett legen wolle. Das war nicht gelogen gewesen. Theos Rücken schmerzte permanent. Er hatte mit dem Spätdienst vereinbart, dass er dem Nachtdienst Bescheid geben würde, damit dieser ihn umzog. Da Theo gern lange aufblieb, war das nichts Ungewöhnliches.

Natürlich hatte Theo dieses Mal nicht Bescheid gesagt. Helene hatte ihn sorgfältig zugedeckt, sodass der Nachtdienst nichts bemerkt hatte. Auf diese Weise war er sofort startklar.

Zumindest mehr oder weniger sofort. Es dauerte fast zehn Minuten, bis es Scott gelungen war, Theos Füße festzuschnallen, ihm den Bauchgurt umzulegen und den Tisch in die richtige Position zu klappen.

Im Flur erwarteten ihn bereits Helene und Paula. Beide hatten sich auf ihre Weise vorbereitet. Die junge Schauspielerin war geschminkt, als würde sie gleich ins grelle Licht der Scheinwerfer treten, und Helene hielt ein riesiges Salamibrötchen in der Faust. „Wo bleibftfu benn?", brummte sie mit vollem Mund.

„Sorry, es hat etwas länger gedauert." Theo sah den dreien nacheinander ernst ins Gesicht. „Seid ihr euch sicher, dass ihr das durchziehen wollt? Noch ist es nicht zu spät, um auszusteigen."

„Klaro", sagte Paula und nickte eifrig.

„Ick hab ma extra 'n Salamibrötchen aufjehobn", erklärte Helene. „Dit mach ick nich, wenn ick's nich ernst meene."

Scott sah ihn mit großen Augen an. „Mike war mein Freund."

Ein Geräusch drang aus Kenos Zimmer herüber. Ihn hatte Theo nicht mit einbezogen. Der Autist hatte schon genug mit den Ereignissen aus Mikes Todesnacht zu kämpfen.

„Gehen wir noch mal alles durch. Paula, hast du die Maulschlüssel?"

„Die Eisendinger? Klaro, in meinem Rucksack." Sie schüttelte ihr Gepäck und es klirrte leise.

„Hast du das Laken und die Handschuhe?", wandte er sich an Helene.

„Allet parat." Theos wohlbeleibte Mitbewohnerin deutete mit beiden Daumen auf ihren prall gefüllten Rucksack. „Und Proviant hab ick ooch dabei."

„Sehr gut. Habt ihr alle eure Winterjacken eingepackt?"

Helene nickte und verzog das Gesicht. „Ganz schön eng jeworden, dit Teil. Is bestimmt bei die Wäsche einjeloofen."

Theo hatte Zweifel an dieser Erklärung, aber er war charmant genug, um sie nicht zu äußern. „Okay, Leute." Er holte tief Luft. Ihm war ein bisschen übel. „Legen wir los. Der Nachtbus kommt in fünf Minuten."

Falls der Busfahrer über die etwas ungewöhnliche Gruppe von Fahrgästen irritiert war, ließ er es sich nicht anmerken. Aber wahrscheinlich achtete er gar nicht darauf. In Berlin waren jede Menge weit ungewöhnlichere Gestalten unterwegs.

Gedankenverloren starrte Theo aus dem Fenster. Leuchtreklamen, Straßenlaternen und dunkle Hausfronten trieben vorbei. Hier und da drang das bläuliche Flimmern von Fernsehern durch die Fensterscheiben.

Noch immer fragte Theo sich, ob er nicht einen Fehler machte. Tagelang hatte er hin und her gegrübelt. Aber er sah einfach keine andere Möglichkeit, Mike doch noch so etwas wie Gerechtigkeit zukommen zu lassen. Natürlich war Linas Gespräch mit ihrem Vorgesetzten ergebnislos geblieben und die Uhr tickte. Mikes Beerdigung sollte bereits in vier Tagen stattfinden – als könne es seiner Familie nicht schnell genug gehen, ihn unter die Erde zu kriegen.

Theo hatte beschlossen zu handeln. Aber allein konnte er es nicht schaffen, und Lina um Hilfe zu bitten, war keine Option gewesen. Abgesehen davon, dass sie sich niemals auf ein solches Abenteuer eingelassen hätte, hatte er nicht riskieren wollen, dass sie ihren Job verlor. Also hatte er seinen Mitbewohnern erklärt, was er vorhatte. Sie hatten seine Mission sofort zu der ihren gemacht.

Obwohl er sie zu nichts gedrängt hatte, fühlte er sich doch schlecht. War es fair gewesen, sie überhaupt damit zu konfrontieren? Hatte er nicht ihre Hilfsbereitschaft und ihr schlichtes Verständnis von Gut und Böse ausgenutzt, allein dadurch, dass er sie an seinen Überlegungen hatte Anteil nehmen lassen?

Verstohlen blickte er zu seinen drei Freunden hinüber. Paula summte vor sich hin. Sie wirkte aufgeregt, aber nicht besonders beunruhigt. Helene knabberte entspannt einige geröstete

Erdnüsse und Scott schien ganz und gar in die Betrachtung seiner Schuhe Größe 56 versunken.

Theo schickte ein leises Gebet zum Himmel. „Bitte mach alles gut und beschütze meine Freunde. Bewahre sie davor, unverschuldet leiden zu müssen, nur weil ich einen Fehler gemacht habe. Lass die Wahrheit ans Licht kommen und lass die Gerechtigkeit siegen –"

„Kann dit sein, dass wa hier raus müssen?", bemerkte Helene.

„Mist, du hast recht. Paula, drück mal schnell den Halteknopf!"

Der Busfahrer fluchte und bremste abrupt ab. „Nächstes Mal 'n bisschen früher, Freunde."

„Jeht klar, Chef!", erwiderte Helene und schob sich eine Handvoll Erdnüsse in den Mund.

Es dauerte eine Weile, ehe der Fahrer sich umständlich aus seinem Sitz befreit und die Rampe für Theo heruntergeklappt hatte.

Zehn Minuten später hatten sie die schmale, nur schwach beleuchtete Seitenstraße erreicht. Hier gab es überwiegend Industriegebäude, einige Handwerksbetriebe und Lagerräume. Dementsprechend war die Gegend jetzt menschenleer.

„Bisschen unheimlich hier", flüsterte Paula. Ihr Blick wanderte nervös die düstere Straße hinab.

„Bleib locker, hier ist keine Menschenseele. Und wo keiner ist, kann einem auch niemand etwas tun", versuchte Theo sie zu beruhigen.

„Das is ja gerade das Unheimliche. Vielleicht gibt's hier Vampire oder Zombies."

Scott zuckte zusammen und warf einen Blick über die Schulter. Helene schluckte geräuschvoll.

„Leute, es gibt weder Zombies noch Vampire", sagte Theo. „Das sind Märchen."

„Aba manchma steckt in sone alten Jeschichten ooch 'n Stück Wahrheit drinne, hab ick mal jehört", erwiderte Helene.

„Aber nicht in diesen!", behauptete Theo. Jegliche Bedenken dieser Art waren ein wenig ungünstig angesichts des Ortes, den sie gerade aufsuchen wollten.

„So, hier müsste es sein." Alles sah genauso aus wie auf *Google Maps Street View*. Nur das vergitterte Eisentor war geschlossen und mit einem Vorhängeschloss gesichert. Anhand der auf dem Hof parkenden Autos erkannte Theo, dass sie am richtigen Ort waren. Er sah sich um, konnte aber nirgends eine Kamera entdecken. „Paula, gibst du Scott bitte die beiden Maulschlüssel?"

„Die Eisendingsbumsis? Klaro!" Paula fischte das Werkzeug aus ihrem Rucksack. „Hier, Scotti."

Scott balancierte die Maulschlüssel auf den flachen Händen und betrachtete sie wie zwei mumifizierte Riesentausendfüßer. Es war nicht ganz einfach, ihm zu erklären, wie die Maulschlüssel angesetzt werden mussten, um das Schloss zu knacken.

Etwa dreißig Minuten später betraten sie den Hof. Theo knabberte nervös an der Unterlippe. Wenn alles andere auch so lange dauerte, würden sie den straffen Zeitplan nicht einhalten können.

Die Tür zum Gebäude war aus schwerem Stahl, doch das Schloss war alt. So wie Theo es gehofft hatte. Auf dem Klingelschild stand in stark verblichener Schrift: Sargdiscount-Berlin.de.

„Und jetzt?", fragte Paula.

„Jetzt wäre es super, wenn mir jemand helfen könnte, die Handschuhe anzuziehen."

„Mach ick", erklärte Helene. „Jib mal her, deine Fingerchen."

Helene schob die Zungenspitze in den Mundwinkel, während sie konzentriert daran arbeitete, Theo die Latexhandschuhe überzustreifen. „Jeschafft", schnaufte sie schließlich.

„Und wie kommen wir jetzt rein?", fragte Paula. „Hast du einen Schlüssel?"

„So etwas Ähnliches", erwiderte Theo.

Er positionierte den Rollstuhl so, dass er an das Schloss herankam. Anschließend sprühte er etwas Silikonöl in den Schlosszylinder und nahm das Werkzeug zur Hand, das er streng nach einer Anleitung aus dem Internet gebaut hatte. Er führte einen schmalen Blechhebel ein und setzte das Schloss unter Spannung. Dann versuchte er, mit einem nadeldünnen Werkzeug die Sicherungsstifte zu finden, um sie zurückzudrücken. Es war schwieriger, als es im Video ausgesehen hatte.

„Das sieht gar nicht aus wie ein Schlüssel!", bemerkte Paula von rechts. Ihr Haar kitzelte an seiner Wange, und ihr großzügig aufgetragenes Parfüm hüllte ihn ein.

„Dit sieht aus wie'n Dieter", merkte Helene von der anderen Seite an. Das Aroma von Salami und gerösteten Erdnüssen drang in Theos Nase.

„Dietrich", korrigierte er instinktiv.

„Hä?", fragte Paula.

„Na, so'n Werkzeug von 'nem Verbrecher", erklärte Helene.

Scott sagte nichts, aber Theo konnte den Atem seines Mitbewohners in seinem Nacken spüren.

„Leute, so geht das nicht! Ich kann nicht arbeiten, wenn ihr mir so dicht auf die Pelle rückt."

„Du arbeitest ja gar nicht!", schmollte Paula. „Du fummelst an 'nem Türschloss herum."

„Das ist Arbeit, glaub mir."

„Sieht eher aus wie'n Verbrechen, find ick", merkte Helene an.

„Leute, wie habt ihr euch das vorgestellt?", entfuhr es Theo. „Natürlich müssen wir ein Schloss knacken, um hier hereinzukommen. Oder dachtet ihr, die lassen alle Türen offen stehen?"

„Woher soll ick dit wissen? Ick war hier noch nie!", erwiderte Helene ungerührt, während sie anfing, in ihrem Rucksack zu wühlen.

„Du darfst uns nicht so anbrüllen", beschwerte sich Paula. „Erstens haben wir gar nix Schlimmes gemacht und zweitens gibt's hier vielleicht Wachmänner. Und die hör'n uns dann, kommen rausgerannt und verhaften uns, und dann weinst du, aber es ist zu spät."

„Schaut euch doch mal um. Hier gibt's weit und breit niemanden, und erst recht keine Wachleute."

„Wer weeß, vielleicht ham die sich irjendwo vasteckt, um uns intriganti zu erwischen."

„Das heißt in flagranti", knurrte Theo.

„Sag ick doch." Helene hatte aus den Tiefen ihres Rucksacks einen Apfel hervorgekramt. Nun biss sie herzhaft hinein.

Apfelsaftspritzer benetzten Theos Wange. „Jetzt reicht's!", schimpfte er.

„Wieso? Ick bin doch schon uff Diät. Dit is schließlich nur 'n Appel."

„Lene, dein Apfel ist mir völlig egal. Ich muss mich konzentrieren, und dafür brauche ich Ruhe! Ihr geht jetzt da rüber zum Hoftor und steht Schmiere."

„Was sollen wir machen?", erkundigte sich Paula.

„Da rüber! Sofort!", fauchte Theo.

„Jetzt brüll doch nicht gleich schon wieder. Wir gehen ja schon."

Die drei stapften davon und Theo wandte sich wieder dem Schloss zu. Im Weggehen hörte er Paula murren: „Ich mag's nicht, wenn man mich anbrüllt. Außerdem ist der nicht der Chef. Wir sind nämlich alle Bestimmer."

„Nich uffrejen, Schätzchen, der Theo is nur nervös, weil er grade 'n Verbrecher wird."

Theo ignorierte das Geflüster der beiden und konzentrierte sich auf das Schloss. Es war weit schwieriger zu knacken als das Vorhängeschloss, an dem er geübt hatte. Ihm rann der Schweiß über die Stirn, und er war kurz davor aufzugeben, als es plötzlich leise klickte. Mit zitternden Fingern drehte er das Blech und das Schloss schnappte auf. Knarrend öffnete sich die Tür. *Geschafft!*

„Die Tür ist offen! Kommt schnell!"

„Ach, jetzt auf einmal, was?", schmollte Paula. Aber sie war die Erste, die an der Tür angelangte.

„Bitte zieht euch die Handschuhe an."

„Wieso, ist das hier so dreckig?", fragte Paula.

„Tu es einfach", seufzte Theo.

Die drei zogen sich die Handschuhe über.

„Okay, gehen wir rein." Unwillkürlich senkte Theo die Stimme.

„Ick wees nich", murmelte Helene. „Dit sieht ja drinnen noch grusliger aus als draußen."

„Gut, ich geh vor." Theo fuhr vorsichtig über die Schwelle in den Flur hinein. Es roch nach Desinfektionsmittel und nach etwas anderem, schwer Definierbarem. „Alles okay", sagte er. „Kann mal jemand das Licht einschalten?"

„Hier gibt's bestimmt Spinnen", bemerkte Paula.

„Falls ja, gibt's die auch, wenn wir es dunkel lassen", bemerkte Theo. „Bitte, Leute, ihr wisst, dass ich meine Arme nicht weit genug hochheben kann."

„Scotti, mach du mal", forderte Paula ihren Mitbewohner auf.

„Ick mach's", bemerkte Helene tapfer. Das Licht flammte auf.

Sie schlossen die Tür. Der Flur war kurz und führte zu einem langen Quergang. Auf der linken Seite fand Theo das Büro. Er ließ sich Maus und Tastatur auf seinen Rollstuhltisch legen und fuhr den Computer hoch.

„Okay, macht's euch 'nen Augenblick gemütlich. Ich muss rasch etwas erledigen." Wer wie er einen Großteil seines Lebens am Rechner verbrachte, verfügte über Mittel und Wege, gewisse Hindernisse zu überwinden. Dankbar registrierte er, dass die Mitarbeiter von Sargdiscount-Berlin.de äußerst nachlässig mit Datenschutzmaßnahmen und Passwörtern umgingen.

Schon nach wenigen Minuten befand er sich im Intranet der Firma. Kurz darauf hatte er gefunden, wonach er gesucht hatte. „Leute", wandte er sich an seine Mitstreiter, „könnt ihr euch mal nach einem Schlüsselkasten umsehen? Das muss so ein grauer Kasten aus Blech sein, der irgendwo an der Wand hängt."

„Klaro", verkündete Paula.

Theo gab noch ein paar Daten ein, um seine digitalen Spuren zu verwischen.

„Ick gloob, der meint dit Ding da", hörte er Lene sagen, während er den Rechner wieder herunterfuhr.

„Los, Scotti, mach du mal", befahl Paula.

Plötzlich erklang ein lautes Scheppern, dann war das leise Rieseln von Putz zu vernehmen.

„Was ..." Theo wendete hastig seinen Rollstuhl und erblickte einen grauen Kasten in Scotts riesigen Pranken. Zwei Schrauben, die noch in den Dübeln steckten, baumelten in den Befestigungslöchern an der blechernen Rückwand.

Scotts Lächeln wirkte sehr zufrieden. „Hier!" sagte er und ließ den Schlüsselkasten auf den Schreibtisch plumpsen. Theo schloss die Augen und atmete tief durch. Dann sagte er: „Danke, Scott. So geht es natürlich auch."

Während sich Theo daranmachte, das einfache Schloss des

Kastens zu knacken, bat er seine Mitbewohner: „Versucht mal herauszufinden, wo der Kühlraum ist. „Davor muss eine Stahltür sein, mit einem großen Griff."

„Machen wa!", verkündete Helene voller Tatendrang.

„Aber bitte nur finden! Versucht nicht, sie zu öffnen, ja?"

Paula schüttelte entrüstet den Kopf. „Was denkst du denn von uns?"

Der Schlüsselkasten ließ sich weitaus leichter knacken als das Türschloss. Dankenswerterweise waren die Schlüssel ordnungsgemäß beschriftet. Theo schnappte sich das Exemplar, das er brauchte, und fuhr in den Flur, wo seine Mitbewohner bereits verkündeten, dass sie die Stahltür gefunden hatten.

Theo schloss sie auf und bat Scott, den schweren Türhebel herunterzudrücken. Ein eisiger Luftzug kam ihnen entgegen, als die Tür aufsprang. Theo sah, wie Helene neben ihm erschauerte.

„Dit is ja arschkalt da drin."

„Dort liegt Mikes Körper. Wir gehen jetzt da rein, okay?"

Paulas Augen wurden groß wie Untertassen, aber sie nickte tapfer. Helene presste entschlossen die Lippen zusammen. Sie trat als Erste ein und betätigte den Lichtschalter.

Theo fuhr in den Raum. „Scott, kommst du auch?" Für einen Moment glaubte er, der groß gewachsene Mann würde nicht reagieren, doch dann folgte er ihnen.

„Am besten, ihr zieht jetzt eure Winterklamotten an."

Die drei folgten seiner Aufforderung kommentarlos. Anschließend legte Scott eine warme Decke über Theos Schultern. Ihm eine Jacke anzuziehen, wäre aufgrund der angepassten Sitzschale ziemlich kompliziert und würde zu lange dauern.

Im Kühlraum gab es ein Stahlregal, das sich über vier Etagen fast bis zur Decke erstreckte. Wenigstens drei Dutzend Leichen lagen darauf, verpackt in schwarze Plastiksäcke.

Mikes Leichnam lag in der dritten Etage. Er war der vierte von rechts. Das war anhand der Nummer, die Theo im firmeninternen Netz gefunden hatte, leicht herauszufinden. Er schluckte, eine seltsame Beklemmung machte sich in ihm breit. Taten sie das Richtige? Die Störung der Totenruhe war in Deutschland ein Straftatbestand, der bis zu drei Jahren Freiheitsstrafe nach sich ziehen konnte. Er hatte das ausgiebig recherchiert. Möglicherweise etwas zu ausgiebig.

Theo presste die Lippen zusammen und verdrängte die Bilder von Gerichtssälen und Gefängnismauern. Es war nicht seine Absicht, die Totenruhe zu stören. Im Gegenteil, er wollte dafür sorgen, dass diesem Toten Gerechtigkeit widerfuhr. Mike war noch nicht so weit gewesen. Da war er sich sicher! Jemand war für seinen verfrühten Tod verantwortlich, und dieser Jemand durfte nicht einfach so davonkommen. „Ihr müsst diese eiserne Liege herausziehen", erklärte er.

Helene zog an dem Griff. „Oh, jeht janz leicht."

Betroffen blickte sie auf den Leichensack. „Mensch, Miki", flüsterte sie leise. Ganz behutsam strich sie über den Leichensack, dort, wo Mikes Kopf sein musste.

Theo bewunderte ihren Mut und ihr Mitgefühl.

„Er liegt leider etwas zu hoch für mich, könnt ihr ihn hier hinbringen?" Theo wies auf ein niedrig gelegenes Schubfach.

Paula zog die metallene Liege heraus. Etwas umständlich, aber mit feierlichem Ernst platzierten Helene und Scott den Toten darauf.

Theo schluckte. „Scott, bist du so freundlich und öffnest den Reißverschluss?"

Einige Atemzüge lang starrte der Hüne den schwarzen Plastiksack an, dann nickte er und öffnete ihn so behutsam, als fürchte er, etwas kaputt zu machen.

Mikes Gesicht war so blass, als wäre es aus weißem Marmor gemeißelt. Es war, als würde Theo eine Wachsfigur seines Freundes betrachten. Da war nichts mehr von dem, was Mike ausgemacht hatte. Ein Blick in die Gesichter seiner Freunde zeigte ihm, dass sie ähnlich empfanden. Mike war fort. Nur eine leere Hülle war geblieben. Die Leiche trug noch immer den Schlafanzug. Niemand hatte sich die Mühe gemacht, sie umzukleiden.

„Paula, könntest du seinen Ärmel hier hochschieben?", bat Theo.

„Helene, jetzt brauchen wir das Laken. Wir müssen es so unter seinen Arm schieben, dass es aussieht, als würde er im Bett liegen."

„Wieso'n ditte?"

„Weil ich zu dumm war, dieses Foto früher zu machen", sagte Theo, während er sein Smartphone zur Hand nahm.

Es war gar nicht so einfach, ein gutes Bild zu machen, zumal Theo allmählich fröstelte und seine Hand zu zittern begann. Aber schließlich war er zufrieden.

Als er seinen Blick noch einmal über den Leichnam schweifen ließ, bemerkte er in Höhe des oberen Brustbeins einen seltsamen Fleck auf der bleichen Haut. Er runzelte die Stirn. „Könnt ihr bitte das Hemd aufknöpfen?"

„Okay." Helene machte sich ans Werk, aber auch ihre Finger wollten ihr offenbar nur widerwillig gehorchen.

„Dauert das noch lange?", fragte Paula und trat unruhig von einem Bein auf das andere.

„Ick hab's gleich", brummte Helene. „Oh", fügte sie wenig später hinzu, als sie den Brustkorb freilegte, „dit sieht übel aus."

Die Haut über Mikes Brustbein war wund. Ein riesiges Hämatom hatte sich gebildet, und es sah so aus, als wäre auch eine Rippe gebrochen.

„Was haben die mit dem armen Mike gemacht?", entfuhr es Paula.

„Ich habe eine Vermutung", sagte Theo. Er zoomte die Verletzungen mit der Handykamera näher heran und machte mehrere Fotos.

„Sind wir jetzt fertig?", fragte Paula.

„Ja, fast", erwiderte Theo. „Wir müssen Mikes Körper genauso hinlegen, wie wir ihn vorgefunden haben."

Mit klammen Fingern machten sich die Freunde ans Werk. Schließlich lag der verschlossene Leichensack wieder in der dritten Etage auf der vierten Bahre von rechts.

„Okay, verschwinden wir", sagte Theo.

„Wat zappelste denn so rum, Paula?", wandte Helene sich an ihre zunehmend nervöse Mitbewohnerin, während Theo den Kühlraum abschloss.

„Weiß irgendjemand, wo die Klos sind?", antwortete sie mit einer Gegenfrage.

„Das ist jetzt nicht dein Ernst", stöhnte Theo.

„Theo, ich mach mir gleich IN DIE HOSE!" Panik schwang in Paulas Stimme mit.

„Schon gut, schon gut."

Die Toiletten befanden sich auf der anderen Seite des Gangs. Während Paula eilig im Damenklo verschwand, begab sich Theo mit den anderen ins Büro. Er hängte den Schlüssel zurück und bat Scott, den Schlüsselkasten wieder an die Wand zu hängen. Erstaunlicherweise gelang es dem Hünen tatsächlich, die Dübel in die ausgefransten Löcher zu stopfen. Der Kasten hing zwar etwas schief, aber im ersten Moment würde man das nicht bemerken.

Als sie zurück auf den Flur kamen, war Paula immer noch auf dem Klo.

„Was machst du da so lange?", fragte Theo.

„Hetz mich nicht!", kam es zischend durch die geschlossene Tür.

Helene nahm eine Packung Kekse aus ihrem Rucksack. „Mag jemand?"

„Nein, danke", sagte Theo.

Scott schüttelte den Kopf.

Achselzuckend riss Helene die Packung auf, fischte sich einen Doppelkeks heraus und schob ihn sich zur Gänze in den Mund.

Ein plötzliches Geräusch ließ sie erschrocken zusammenfahren. Es war das Klappern einer Tür.

„Oh Mift", entfuhr es Helene. „Ick gloob, ba pommt jemamb."

Theo vernahm Schritte im Flur. Die Gesichter seiner Freunde wurden aschfahl.

Friedbert und der feine Ronny

Helene und Scott starrten Theo an. Panik lag in ihren Blicken. Ganz offensichtlich erwarteten sie von ihm, dass er das Problem irgendwie löste. Schritte kamen näher, und er hörte jemand brummen: „Welcher Trottel hat denn schon wieder das Licht angelassen?" Die männliche Stimme kam aus einer anderen Richtung, derjenige musste also durch den Haupteingang hereingekommen sein.

Theos Herz schlug ihm bis zum Hals. Gleich würde der Typ um die Ecke biegen. Er sah sich hektisch um und deutete auf die nächstgelegene Tür. „Rein da! Schnell!"

Es war beeindruckend, mit welcher Geschwindigkeit sich seine Mitbewohner auf einmal bewegen konnten.

Im Gang um die Ecke klapperte eine Tür. Offenbar checkte der Typ noch irgendetwas. Theo fuhr dicht an die Tür zur Damentoilette heran und zischte: „Paula, da kommt jemand, du musst improvisieren!"

Dann sauste er quer über den Gang. Hinter sich hörte er ein Geräusch, als versuche Paula, die Tür zu öffnen.

Kaum war er in dem Raum angekommen, der sich als Lager herausstellte, als Helene auch schon hastig die Tür ins Schloss drückte. „Pst!", zischte Theo.

„Hallo?", war die Stimme des Mannes zu vernehmen. „Ist da jemand?"

„Schnell, das Licht aus!", flüsterte Theo.

Scotts riesige Pranke donnerte auf den Lichtschalter.

„Pst!", zischte Theo erneut. Er wendete und versuchte, durchs Schlüsselloch zu linsen. Schemenhaft konnte er den Rumpf des Mannes sehen. Er trug die blaue Uniform einer Security-Firma; sie spannte an seinem gewaltigen Bauch. „Hallo?", rief der Wachmann.

„Hallo", kam es gedämpft aus dem Damenklo zurück.

Theo stöhnte innerlich auf.

Der Mann zuckte erkennbar zusammen. „Sind Sie von der Reinigungsfirma?", fragte er verdutzt.

„Nee, ich musste pinkeln", war die Antwort.

„Jetzt? Um diese Zeit?", entfuhr es dem Mann, der sich offensichtlich von seiner Verblüffung noch nicht erholt hatte.

Einige Sekunden herrschte Schweigen. Dann sagte Paula: „Nee, jetzt nicht mehr. Bin fertig!"

„Wer zum Kuckuck sind Sie überhaupt?" Er rüttelte an der Tür.

„So geht die nicht auf!", beschwerte sich Paula. Es schien, als mache sie sich ebenfalls an der Tür zu schaffen. Dann herrschte Stille.

Der Mann hämmerte gegen die Tür. „Jetzt kommen Sie endlich raus da!"

„Die klemmt!", erwiderte Paula. Es klackte und knirschte. Offenbar machte sie sich wieder an dem Riegel zu schaffen. Eine weitere Minute ging ins Land, bevor sich die Tür öffnete und Paula heraustrat. „Na endlich!", schnaufte sie.

„Was ... Wer ...?", stammelte der Security-Mann.

„Das Papier ist alle", begrüßte sie ihr Gegenüber und wischte sich die Hände an der Hose ab. Dankbar registrierte Theo, dass sie die Latexhandschuhe ausgezogen hatte. Paula sah sich verwundert um. „Wo sind die denn alle?"

„Wer sind die alle?", polterte der Mann. „Und was machen Sie hier überhaupt?"

Paula hielt sich mit theatralischer Geste die Ohren zu. „Nicht so laut. Ich kann es nicht ertragen, wenn du brüllst."

„Ich brülle doch gar nicht –"

„Doch", unterbrach ihn Paula in weinerlichem Tonfall. „Meine Ohren tun schon weh."

„Okay." Der Wachmann hob beschwichtigend die Arme. „Jetzt beruhigen wir uns mal wieder …"

„Ich bin ruhig", schniefte Paula. „Du brüllst!"

„Aber jetzt spreche ich ganz ruhig!", erwiderte der Mann mühsam beherrscht. „Also, wer sind Sie?"

„Ich bin Paula, und du?"

„Friedbert", erwiderte der Mann überrumpelt.

„Hallo, Friedbert!"

Theo konnte es nicht genau erkennen, aber es sah so aus, als würde Paula dem Wachmann die Hand schütteln. Er war dankbar, dass Friedbert offenbar ein recht geduldiger und freundlicher Vertreter seiner Zunft war.

„Okay, okay, jetzt lassen wir das mal." Er entzog ihr seine Hand. „Raus mit der Sprache: Was machst du hier, Paula?"

„Siehst du das nicht? Ich steh im Flur und quatsche mit dir."

„Jetzt werd mal nicht frech!"

Paula presste sich die Hände auf die Ohren. „Du brüllst schon wieder!"

„Ich brülle nicht!", brüllte Friedbert.

Paula fing an zu kreischen. „Nicht! Hör auf! Hör auf!"

„ICH TU DIR DOCH GAR NICHTS!"

Theo konnte einen Blick auf die sich ängstlich auf den Boden duckende Paula erhaschen. Er war sich nicht sicher, ob die Panik in ihrem Gesicht echt war oder ob es sich dabei um ein Zeugnis ihrer großartigen schauspielerischen Leistung handelte. Vermutlich von beidem etwas.

Theo hielt bang die Luft an. Bislang hatte der Wachmann sich überraschend verständnisvoll und geduldig gezeigt. Nun fluchte er vor sich hin und murmelte: „Dieser Scheißjob bringt mich noch um." Dann hob er in einer Geste der Resignation die Hände. „Beruhige dich, ich tu dir nichts. Ich bin Wachmann. Das ist so was Ähnliches wie ein Polizist."

Seine Worte zeigten wenig Wirkung. Paula blickte zu ihm auf, als wäre er zum Zombie mutiert und wolle sich zähnefletschend auf sie stürzen. Er fischte ein zerknittertes Taschentuch aus der Hosentasche und reichte es ihr. „Hier, wisch dir erst mal die Tränen ab." Ächzend ließ er sich neben ihr auf dem Boden nieder und lehnte sich an die Wand. Nach kurzem Zögern ergriff Paula das Taschentuch und schnäuzte sich. Ihr trompetenartiges Schnauben wollte kein Ende nehmen.

„Brauchst du noch eins?", fragte er.

Paula nickte und ergriff dankbar das zweite Taschentuch.

„Nun erzähl mal ganz in Ruhe. Was ist passiert?"

„Der Mike ist tot. Der liegt hier. Wir haben ihn gesucht, und als wir ihn gefunden hatten, musste ich aufs Klo." Sie blickte geradezu flehend zu ihm auf. „Superdringend!"

„Ich glaub dir", erwiderte Friedbert. „Und was ist dann passiert?"

„Na, dann hat Theo gesagt, ich soll aufs Klo gehen."

„Moment, wer ist Theo?"

„Der wohnt zwei Türen weiter."

„Dein Nachbar?"

„Nee, ich hab eine Nachbarin, die heißt Lene. Die war auch dabei."

„Noch jemand?", unterbrach der Wachmann. „Wie viele wart ihr denn?"

„Na, alle", erwiderte Paula. „Also alle, die nicht gestorben sind, bis auf Keno natürlich. Der ist nämlich Autist, und der war dabei, als Mike gestorben ist. Seitdem ist er ein bisschen durch den Wind, musst du wissen."

„Verstehe", sagte Friedbert verständnislos.

„Na, und dann war ich auf dem Klo. Aber das ist ein Schrottklo. Das Papier ist nämlich alle und die blöde Tür klemmt."

„Du warst auf dem Klo und bist nicht mehr herausgekommen?", hakte Friedbert nach.

„Sag ich doch. Und als ich endlich draußen war, waren alle weg."

„Deine Freunde haben dich einfach zurückgelassen?"

Paula zuckte die Achseln und sah ihn mit großen Augen traurig an.

„Wie lange warst du denn auf dem Klo?", fragte er.

„Sehr lange", erwiderte Paula im Brustton der Überzeugung.

„Mehrere Stunden?"

Paula zuckte die Achseln. „Superlange."

„Okay, ich verstehe." Der Security-Mitarbeiter schüttelte halb amüsiert, halb zweifelnd den Kopf. „Da ist ja wohl einiges schiefgegangen."

Paula nickte.

„Weißt du, was wir jetzt machen?"

„Nee", erwiderte sie wahrheitsgemäß.

„Wir setzen uns ins Büro, ich ruf meinen Chef an, und der soll entscheiden, was als Nächstes passiert."

Oh nein, ging es Theo durch den Kopf. *Keine gute Idee.*

„Was passiert?", fragte Paula beunruhigt.

„Na, wie du nach Hause kommst", sagte der Wachmann rasch.

„Ach so." Geschmeidig erhob sie sich.

Friedbert wuchtete sich ächzend hoch.

„Du musst mehr Sport machen", empfahl Paula.

„Du hörst dich schon an wie meine Ex-Frau", brummte der Mann. Er ging ins Büro und Paula folgte ihm.

„Ist die nett?", fragte Paula.

„Wer?"

„Na, deine Ex-Frau."

Die Tür schloss sich.

„Verflixt, was machen wir jetzt bloß?" Theo nagte nervös an der Unterlippe.

Undeutlich war zu vernehmen, wie der Wachmann telefonierte. „Ich dachte, es ist wieder die Putzfrau und dann..." Seine Stimme wurde lauter. „Halt, wo willst du denn hin?"

„Aufs Klo!", erwiderte Paula.

„Du warst gerade stundenlang auf dem Klo!"

„Aber ich muss mal!" Mit empörtem Gesichtsausdruck trat Paula auf den Gang hinaus und warf die Tür hinter sich ins Schloss.

Ja! Theo ballte innerlich die Faust. *Paula, du bist die Beste.* „Schnell, macht das Licht an. Wir brauchen einen Besen."

Scott schaltete das Licht ein und Helene murmelte mit zusammengekniffenen Augen in die aufflammende Helligkeit zwinkernd: „Watn? Du willst doch jetze nich putzen, oda?"

„Natürlich nicht! Kommt schnell!"

Helene öffnete die Tür. Durch den Spalt konnte Theo erkennen, dass Paula tatsächlich auf der Damentoilette verschwand. „Habt ihr den Besen?", wisperte er.

„Jeht och 'n Schrubber?", fragte Helene.

„Ja, Hauptsache, wir können ihn unter die Klinke klemmen."

Theo fuhr mit dem Rollstuhl quer über den Gang, wendete blitzschnell und fuhr rückwärts gegen die Bürotür.

„He, was ist denn jetzt schon wieder?", kam es von drinnen.

Während Theo mit dem schweren E-Rollstuhl die Tür blockierte, gab er Helene flüsternd Anweisungen, wie sie den Stiel des Schrubbers unter der Klinke platzieren musste, damit sich die Tür nicht mehr öffnen ließ.

„Warte mal, Chef", drang es dumpf aus dem Büro. „Da stimmt was nicht!" Friedbert rüttelte an der Klinke, doch der Schrubber hielt. „He, was soll das? Mach sofort die Tür auf!"

Ein Triumphgefühl durchfuhr Theo. *Geschafft!* In Gedanken fügte er ein *Sorry, Friedbert!* hinzu und fuhr hinüber zum Damenklo. „Du kannst rauskommen, Paula!", wisperte er.

„Theo? Bist du das?"

„Pst! Nicht so laut!" Er wandte sich an Helene und Scott. „Geht schon mal zum Eingang."

„Wo wart ihr denn die ganze Zeit?", kam es von drinnen.

„Paula, wir müssen los! Jetzt komm endlich!"

„Hetz mich nicht. Ich bin ja gleich fertig." Es plätscherte.

Das darf doch nicht wahr sein!

Die Klospülung wurde betätigt. Theo hörte eine Tür klappern und dann das Rauschen eines Wasserhahns. Es ratterte am Schloss. „Blöde Tür!", schimpfte Paula.

Bitte nicht, dachte Theo. Doch dann ging die Tür auf und Paula spazierte hinaus auf den Gang.

Theo lag ein *Na endlich!* auf den Lippen. Doch er beherrschte sich. Stattdessen flüsterte er: „Gut gemacht! Und jetzt lass uns von hier verschwinden."

Als sie am Büro vorbeikamen, telefonierte der Wachmann noch immer. „Ich hab keine Ahnung, wie das passieren konnte. Ich glaub, die Kleine hat mich eingesperrt..."

Die beiden hetzten den Flur entlang und verließen das Gebäude durch den Hinterausgang. Als sie im Hof angekommen waren, vernahm Theo das Heulen einer Polizeisirene.

Er hielt den Atem an und lauschte. Das Geräusch entfernte sich, wurde leiser und verstummte schließlich.

„Puh, dit is allet nich jut für mein Blutdruck", seufzte Helene und zog ihre Handschuhe aus.

„Gehen wir", sagte Theo.

Nachdem Scott das große Eisentor geschlossen hatte, hängte Theo das defekte Schloss so gut es ging wieder in die Kette ein.

Ein bedrohliches Knurren ließ ihn hastig mit dem Rollstuhl herumfahren. *Oh nein, noch jemand vom Sicherheitsdienst!*, schoss es Theo durch den Kopf. Ein riesiger Hund trat aus dem Schatten heraus. Das Vieh schien nur aus Muskeln und Zähnen zu bestehen.

Scott wich zurück bis an den Zaun. Paula schrie auf und sprang hastig hinter Theos Rollstuhl, wodurch er sich nicht unbedingt sicherer fühlte.

„Na, verlaufen?", nuschelte eine heisere Stimme – offensichtlich der Besitzer dieses Monstermischlings, der jede Menge Pitbull und Dobermann in seinem Genpool zu haben schien. Nach Theos Einschätzung musste auch eine gute Portion Kalb dabei sein – der Größe nach zu urteilen.

Der Typ trug eine Glatze und schien vom großen Zeh bis zu den Ohren tätowiert zu sein. *Wohl doch nicht der Sicherheitsdienst*, ging es Theo durch den Kopf. Allerdings trug diese Erkenntnis nicht wesentlich zu seiner Beruhigung bei. Der Typ dünstete neben seiner Schnapsfahne auch jede Menge Adrenalin aus.

„Mein Ronny riecht eure Angst", grinste er und offenbarte dabei eine beeindruckende Zahnlücke. „Das weckt seinen Jagdtrieb."

Das Tier machte einen Schritt nach vorn und bleckte die Zähne. Der Tätowierte ließ die Leine los, die er bis dahin festgehalten hatte. „Ups."

Theo schluckte trocken. Er wusste, dass er jetzt irgendetwas tun musste, irgendetwas Mutiges. Aber er war vor Angst wie gelähmt.

In diesem Moment beugte sich Helene vor und säuselte: „Na, wer bist'n du?" Sie hielt der Bestie die Hand hin, und

Theo rechnete damit, dass diese sogleich von den gewaltigen Kiefern zermalmt werden würde, stattdessen schnüffelte das Tier daran und fing an, mit dem Schwanz zu wedeln.

„Na, du bist ja 'n Feiner." Helene kraulte das Tier hinter den Ohren. „'n janz Feiner."

Einigermaßen verdutzt registrierte der Glatzkopf, dass seine blutrünstige Bestie sich gerade in ein schwanzwedelndes Schoßhündchen verwandelt hatte.

„So'n schöna Hund. Wie heißt der Süße nochma?", erkundigte sich Helene, die inzwischen von dem Tier abgeleckt wurde, als hätte sie sich mit Leberwurst eingecremt.

„Ronny", antwortete der Tätowierte.

„Uff den Ronny kannste wirklich druff stolz sein", sagte Helene und tätschelte die Schulter des Riesenhundes. „Aba nu müssen wa weita. Wir ham ja nich ewich Zeit." Sie drückte dem Hund einen Schmatz aufs haarige Haupt und wuchtete sich hoch. „Tschüsschen."

Helene marschierte voran, und die anderen folgten ihr rasch.

„Tschüss", murmelte der verdutzte Glatzkopf, während der Hund ihm die Hand leckte.

„Lene", sagte Theo einen Häuserblock später voll ehrlicher Bewunderung, „du bist ein Knaller. Ich hätte mir vor Angst beinahe in die Hosen gemacht."

„Wieso'n ditte? Der war doch voll niedlisch."

„Fand ich auch", sagte Paula, ohne rot zu werden.

Theo spürte eine Art Kitzeln im Hals. Sekunden später prustete er los. Er konnte einfach nicht anders.

„Warum lachst du?", fragte Paula misstrauisch.

„Ach, nichts." Theo schniefte, schob die linke Hand unter den rechten Ellenbogen und wischte sich die Tränen aus den Augen.

„Wir sind einfach ... ein super Team." Er kicherte. „Die krasseste Soko der Hauptstadt."

„Klaro", bemerkte Paula und machte ein Gesicht, als hätte Theo gerade verkündet, dass Wasser nass ist.

Scott nickte ernst und Helene fragte: „Sacht mal Leute, hat jemand zufällig 'n Schokoriegel zur Hand? Ick gloob, ick bin völlich unterzuckert."

Arztbesuch

Lina saß auf dem Beifahrersitz und starrte auf ihr Smartphone. „Das gibt's doch nicht!", entfuhr es ihr. „Dieser durchgeknallte kleine ...“

„Alles okay?", fragte Ben und versuchte, auf das Display ihres Handys zu linsen.

„Alles bestens", fauchte Lina. „Konzentrier dich bitte auf die Straße. Ich würde mich ungern mitsamt dem Wagen um einen Laternenpfahl wickeln."

Ben brummte eine Erwiderung, aber Lina achtete nicht darauf. Sie las die E-Mail ihres Bruders noch einmal.

Hi Schwesterchen,

es gibt Neuigkeiten. Im Anhang findest du ein paar Fotos von Mikes Leichnam. Bitte frag nicht, woher ich sie habe. (Und reg dich nicht unnötig auf – auch mit literweise Adrenalin im Blut könntest du nicht in die Vergangenheit reisen und irgendetwas an dem ändern, was geschehen ist.) Viel wichtiger ist ohnehin, was auf den Fotos zu sehen ist. Der Punkt an Mikes Arm ist ohne Zweifel die Einstichstelle einer subkutanen Infusion. Man sieht sogar noch die Pflasterabdrücke von der Befestigung der Kanüle. Und wie wir wissen, hat Mike in der WG keine intravenösen Medikamente verabreicht bekommen. Er war in letzter Zeit weder beim Arzt noch im Krankenhaus. Die Verletzungen am Brustkorb wurden ihm definitiv intravital zugefügt. Jemand hat versucht, eine Herz-Lungen-Wiederbelebung durchzuführen – vergeblich.

Das bedeutet, Mike hat kurz vor seinem Tod ein unbekanntes Medikament erhalten und jemand hat versucht, ihn wiederzubeleben, jedoch weder einen Notarzt gerufen noch irgendeinen Aktenvermerk gemacht.

Lina, das kann die Polizei einfach nicht ignorieren! Mikes Leichnam muss noch mal untersucht werden!

Was hatte ihr dickköpfiger kleiner Bruder da bloß angestellt? Wenn auf diesen Fotos wirklich Mikes Leichnam zu sehen war – und sie konnte sich nicht vorstellen, dass Theo diesbezüglich log –, dann war es nahezu unmöglich, dass Theo auf legale Weise darangekommen war. Sie schickte ihm eine Kurznachricht. *WOHER HAST DU DIE BILDER???*

„Wenn du weiter so auf dein Smartphone einhackst, hast du gleich Löcher im Display", bemerkte Ben.

„Konzentrier dich bitte auf die Straße!"

„Wir stehen an einer Ampel."

Lina blickte auf, atmete tief durch und knurrte: „Es ist grün."

Ein helles Piepen verkündete den Empfang einer Kurznachricht. *Lina, wenn du nicht mit deinem Chef redest, mach ich das.*

Du machst GAR NICHTS!, hackte Lina in ihr Smartphone. Sie atmete einmal tief durch und schrieb: *ICH kümmere mich darum ... versprochen. Jetzt halte einmal die Füße still und vertrau mir!*

Füße stillhalten kann ich ;-), schrieb Theo.

Lina seufzte. *Sorry, Theo. Du weißt, wie es gemeint war.*

Natürlich weiß ich das. Danke für deine Hilfe!, kam es prompt zurück.

Lina stöhnte innerlich auf. Es würde ein anstrengender Nachmittag werden. Sie hatte noch viel zu tun.

Ben parkte den Wagen vor der Dienststelle. Er zog den Zündschlüssel und sah seine Kollegin mit hochgezogenen Brauen an. „Also?"

Lina blickte lächelnd zu ihm auf. „Was steht mir besser, Rot oder Blau?"

„Äh, Rot, würde ich sagen."

„Sicher?"

„Auf jeden Fall Rot." Er schüttelte den Kopf und seufzte. „Du willst mir nicht sagen, was dich bedrückt, oder?"

Lina löste den Sicherheitsgurt. „Mein Bruder ist ein uneinsichtiger, sturer Dickschädel!"

„Nun ja", erwiderte Ben, „er ist halt *dein* Bruder."

Lina verdrehte die Augen. „Danke für das Kompliment." Sie öffnete die Tür. „Schönen Feierabend."

„Wollen wir nicht noch was trinken gehen?"

„Tut mir leid", erwiderte Lina. „Heute geht es nicht. Ich habe... einen Arzttermin." *Und davor noch jede Menge zu recherchieren,* fügte sie in Gedanken hinzu.

Etwa dreieinhalb Stunden später betrat sie das lichtdurchflutete Foyer eines zwanzigstöckigen Gebäudes in der Berliner Innenstadt. Während sie mit dem Aufzug in den achtzehnten Stock hinauffuhr, strich sie ihr blaues Minikleid an der Hüfte glatt und warf einen kritischen Blick in den Spiegel. Es war ein ungewohnter Anblick – sie trug ihr Haar nur selten offen und legte gewöhnlich kaum Make-up auf.

Das Wartezimmer glich eher einer Hotellobby. Die junge Sprechstundenhilfe lächelte höflich. „Sie haben einen Termin?"

„Leider nein."

„Oh, das tut mir leid. Warum haben Sie nicht angerufen? Ohne Termin behandelt Dr. Behrends grundsätzlich nicht."

„Das macht nichts", erwiderte Lina freundlich.

„Oh, äh, dann wollen Sie lediglich einen Termin vereinbaren?"

„Nein, ich möchte von Dr. Behrends nicht behandelt werden."

„Nicht? Warum sind Sie dann hier?"

Lina beugte sich vor und senkte die Stimme. „Es geht nicht um mein Wohlergehen, es geht um seins." Sie legte ihren Dienstausweis auf den Tresen.

Die Augen der jungen Frau weiteten sich.

„Ich persönlich gehe von einem Missverständnis aus", fuhr Lina leise fort und nahm den Dienstausweis wieder an sich. „Aber ich muss leider sagen, dass die Approbation von Dr. Behrends auf dem Spiel steht. Daher bin ich so rasch wie möglich hergekommen, um die Sache zu klären und unnötiges Aufsehen zu vermeiden."

„Ich verstehe", sagte die Sprechstundenhilfe, obwohl ihr anzusehen war, dass sie ganz und gar nicht verstand. „Dann gehe ich besser gleich zu ihm und sage ihm Bescheid."

„Vielen Dank!" Lina setzte sich in einen der Sessel im Wartezimmer und sah zu, wie die junge Frau hastig im Sprechzimmer verschwand. Sie tat ihr ein wenig leid. Aber ohne diese Überrumpelungsstrategie hätte sie Lina möglicherweise abgewimmelt, und damit wäre niemandem geholfen gewesen.

Als die junge Frau wenig später wieder herauskam, war sie eine Spur blasser um die Nase. Sie ging zu Lina hinüber und sagte leise: „Dr. Behrends möchte wissen, wer Sie sind und worum genau es geht. Dürfte ich vielleicht –"

„Es ist besser, wenn ich ihm das persönlich sage, glauben Sie mir", sagte Lina streng.

„Aber –"

„Meine Geduld ist nicht grenzenlos." Lina sprach nun so laut, dass die Sprechstundenhilfe unangenehm berührt zu den anderen Patienten hinüberschaute. „Ich warte noch fünf Minuten. Wenn Dr. Behrends mein Angebot in diesem Zeitraum nicht annimmt, werden wir das Gespräch auf der Wache führen."

„Ich werde es ihm ausrichten", flüsterte die junge Frau unsicher.

Während sie zum Sprechzimmer stakste, beugte sich Lina vor und tat so, als würde sie etwas in ihr Handy eingeben. Dabei achtete sie darauf, dass ihre langen Haare ihr Gesicht so verdeckten, dass es vom Sprechzimmer aus nicht zu sehen war. Es könnte hinderlich sein, wenn er sie zu früh erkannte.

Als sie durch die Haarsträhnen hindurchlinste, sah sie, wie die Tür einen Spalt geöffnet wurde. Offenbar hatte sie die Neugier von Dr. Behrends geweckt.

Wenig später teilte die Sprechstundenhilfe ihr mit: „Dr. Behrends hat Zeit für Sie, sobald er mit der Behandlung seines Patienten fertig ist."

Lina nickte.

Kurz darauf saß sie dem Arzt gegenüber.

Dr. Behrends runzelte die Stirn. Lina konnte fast hören, was er dachte. *Irgendwo habe ich sie schon mal gesehen, aber wo?* Laut sagte er: „Ich wäre Ihnen sehr dankbar, wenn Sie mir verraten würden, wer Sie sind und was diese abenteuerlichen Drohungen zu bedeuten haben."

Lina zog einige ausgedruckte Fotos aus der Handtasche. „Ich hätte gerne Ihre fachliche Einschätzung. Was sehen Sie auf diesen Bildern?"

Das Stirnrunzeln des Mediziners vertiefte sich. „Was soll das?"

„Ich bin dabei, Ihre Frage zu beantworten. Also, sehen Sie sich bitte diese Bilder an."

Misstrauisch griff der Arzt nach den Bildern. Zuerst wirkte er überrascht und dann beinahe erleichtert. Still fragte Lina sich, was der Mann wohl erwartet hatte.

Dr. Behrends räusperte sich. „Zum einen handelt es sich um die typische Verletzung, die bei einer Infusion entsteht. Aufgrund der Pflasterrückstände würde ich vermuten, dem Patienten wurde eine Kanüle gelegt. Die Verletzung auf dem zweiten Bild wurde durch starken Druck auf das Sternum verursacht, was zu Hautblutungen und der Ausbildung eines Hämatoms führte."

„Interessant. Was könnte die Ursache dieser Verletzung sein?"

„Das kann man nicht pauschal sagen, aber solch ein Erscheinungsbild ist nicht selten die Folge einer kardiopulmonalen Reanimation."

Lina hatte sich gut auf das Gespräch vorbereitet und ließ sich durch seine Fachsimpelei nicht beeindrucken. „Einer Herzdruckmassage?"

Er nickte und ließ die Bilder auf seinen Schreibtisch fallen. „Was hat das mit mir zu tun?"

„Warum steht nichts davon auf Mike Lörkes Totenschein?"

„Mike Lörke...", wiederholte Dr. Behrends verblüfft.

„Wie lange haben Sie den Leichnam überhaupt untersucht? Eine Minute, zwei Minuten?"

Plötzlich schien ihn eine Erkenntnis zu durchzucken. „Sie sind die Polizistin!"

Lina nickte. „Und mir liegt sehr viel daran, dass die Wahrheit ans Licht kommt. Das ist so eine Art Berufskrankheit."

Dr. Behrends kniff die Lippen zusammen und schwieg.

Lina wertete das als gutes Zeichen. Er war in der Defensive – eine Position, die ihm offensichtlich nicht besonders vertraut war. „Ich sage Ihnen jetzt mal, wie ich die Sache einschätze: Sie haben letzten Donnerstag kurz vor Beginn ihrer Nachmittagssprechstunde einen Anruf von Herrn und Frau Lörke erhalten. Die beiden sind Privatpatienten von Ihnen, und darüber hinaus sind Sie und Herr Lörke Mitglieder im selben Golf-klub. Die beiden baten Sie, den Totenschein für ihren verstorbenen Sohn auszustellen, der in der Nacht seiner schweren Erkrankung erlegen sei. Um den Lörkes einen Gefallen zu tun, stimmten Sie trotz Ihres straffen Zeitplans zu. Da Sie um die fortgeschrittene ALS von Mike Lörke wussten, vermuteten Sie ohnehin nur eine Routineangelegenheit. Vor Ort gab es, oberflächlich betrachtet, keine Hinweise auf äußere Gewaltanwendung, wie beispielsweise Petechien im Bereich der Augen, die auf einen gewaltsamen Erstickungstod hindeuten könnten."

Dr. Behrends' Augenbraue zuckte ein wenig. Lina war sich ziemlich sicher, dass sie ins Schwarze getroffen hatte. „Die Entkleidung des Leichnams erschien Ihnen daher nicht notwendig", fuhr sie fort, „und deshalb trugen Sie die mit allergrößter Wahrscheinlichkeit zutreffende Todesursache ein." Sie lächelte. „Ein durchaus verzeihlicher Fehler."

Dr. Behrends schwieg.

„Es wäre allerdings möglich, dass meine Kollegen von der Kriminalpolizei die Angelegenheit etwas anders interpretieren. Mike Lörke war der einzige WG-Bewohner, der nicht auf staatliche Unterstützung angewiesen war, denn er hatte von seinem Onkel ein stattliches Vermögen geerbt. Was wäre, wenn die Familie, die dieses Vermögen nun ihrerseits erben wird, gute Gründe dafür hatte, eine allzu genaue Untersuchung der Todesumstände zu verhindern? Würde es da nicht naheliegen, einen alten Freund zu bitten, einen ihnen genehmen Totenschein auszustellen?"

„Was wollen Sie damit andeuten?", brauste der Mediziner auf. „Das ist doch völlig absurd."

„Ich will gar nichts andeuten", erwiderte Lina freundlich. „Ich will Ihnen einen Rat geben. Es gibt da nämlich eine ganz einfache Möglichkeit, diesen Vorwurf aus dem Weg zu räumen.

Gestehen Sie sich ein, dass Sie etwas überhastet vorgegangen sind, begutachten Sie den Leichnam noch einmal und stellen Sie einen korrekten Totenschein aus."

Dr. Behrends starrte sie an und trommelte mit den Fingern auf die Schreibtischplatte. Schließlich nickte er widerwillig.

Lina warf ihm ein strahlendes Lächeln zu. „Es freut mich, dass mein Instinkt mich nicht getäuscht hat." Sie reichte ihm die Hand. „Einen schönen Tag noch, Dr. Behrends."

„Wiedersehen", brummte der Mediziner mit verkniffenem Lächeln.

Gewollt?

Es klingelte an der Tür.

„Ey, was ist denn jetzt schon wieder?" Sichtlich genervt warf die Aushilfe mit den rot gefärbten Haaren den Einmalwaschlappen ins Wasser. Sie trocknete die Hände an Theos Handtuch ab. Als sie die Badezimmertür aufriss, klingelte es erneut.

„Ich komme ja schon!", schnaufte sie und stapfte den Flur entlang.

Die Badezimmertür hatte sie offen gelassen.

„Äh, hallo?", rief Theo ihr hinterher.

Doch sie reagierte nicht. Er hörte, wie sie die Wohnungstür öffnete. Theo lag nackt auf der Pflegeliege. Ein kühler Windhauch strich über seinen Körper. Das Seifenwasser auf seiner Brust kühlte unangenehm schnell ab.

„Wer sind Sie denn?", hörte Theo die rothaarige Aushilfskraft überrascht fragen. Wenn er sich recht erinnerte, hieß sie Sabine, vielleicht auch Sabrina. Er hatte ihren Namen nicht richtig verstanden, was daran liegen mochte, dass er noch im Halbschlaf gewesen war, als sie hereingestürmt war und die Gardinen aufgerissen hatte.

„Umzugsspedition Schulze. Wir sollen hier 'nen Zimmer leer räumen."

Papier raschelte.

„Na, dann kommen Sie doch rein." Etwas an der Stimme der Aushilfe hatte sich verändert. Sie klang tiefer und wärmer. „Möchten Sie einen Kaffee?"

„Gerne. Zeigen Sie uns das Zimmer?"

„Aber sicher. Ihnen zeige ich alles!", erwiderte Sabine, die offenbar beschlossen hatte, völlig enthemmt auf Flirten umzuschalten.

„Hallo?", rief Theo. Seine Stimme klang selbst für seine Ohren dünn und wurde offensichtlich überhört.

Schritte erklangen. Ein breitschultriger Glatzkopf trat in Theos Blickfeld, blieb im Türrahmen stehen und glotzte ihn mit großen Augen an. Er trug Latzhose und T-Shirt und erinnerte irgendwie an Meister Proper.

Theo erwiderte seinen Blick. „Guten Morgen." Mittlerweile hatte er am ganzen Körper eine Gänsehaut.

Der Mann blickte rasch weg. Sabine folgte ihm dichtauf. „Dort ist es!" Sie ging an ihm vorbei und öffnete die Tür zu Mikes Zimmer.

Theo stöhnte innerlich auf. Wenn es dort noch irgendwelche Beweise gab, würden sie nun unwiederbringlich zerstört werden, und es gab nichts, was er dagegen tun konnte.

„Sie haben ja auch keinen einfachen Job", raunte Meister Proper.

„Allerdings", bestätigte Sabine, „und wenn Sie wüssten, wie schlecht er bezahlt wird, würden Sie mich aus Mitleid zum Essen einladen."

Theo hatte volles Verständnis für die Bestrebungen der Aushilfe, ihren Beziehungsstatus zu überarbeiten. Allerdings hatte er den Ehering am Finger von Meister Proper gesehen. Abgesehen davon schien die kleine Seifenwasserpfütze auf seinem Oberbauch inzwischen zu Eis erstarrt zu sein. Seine Zähne klapperten, als er rief: „Sabine! Kommst du bitte mal?"

Die Rothaarige seufzte. „Ich muss wohl wieder."

Wenig später stapfte sie ins Bad. „Ich komme ja schon."

Das erschien Theo zwar wie ein Euphemismus, doch er verkniff sich einen entsprechenden Kommentar und sagte nur: „Danke. Mir ist echt kalt."

Sie nahm den Waschlappen aus dem Wasser und klatschte Theo lauwarme Seifenlauge auf den Körper. „Sorry, aber ich konnte ja nun nichts dafür, dass die Männer hier aufgetaucht sind."

„Natürlich nicht", bestätigte Theo. „Aber vielleicht könntest du das nächste Mal ein Handtuch über mich legen und die Tür hinter dir zumachen?"

Sie verzog das Gesicht. „Ich wusste ja nicht, dass du so'n Sensibelchen bist."

„Würdest du gerne nackt auf der Liege liegen, während dieser Typ hier hereinstarrt?", fragte Theo wütend.

„Och, na ja..." Ihr Gesicht bekam einen versonnenen Ausdruck.

„Vergiss es!", unterbrach Theo sie. „Ich will es gar nicht wissen!"

Etwa eine Stunde später saß er angezogen im Rollstuhl und hatte gefrühstückt. Meister Proper und seine Freunde hatten in der Zwischenzeit Mikes Zimmer leer geräumt und waren, sehr zu Sabines Bedauern, wieder gegangen.

Theo fuhr in den leeren Raum hinein. Das Quietschen der Gummireifen hallte von den kahlen Wänden wider.

Vielleicht war das ungerecht, aber Theo kam es so vor, als könne es Mikes Familie gar nicht schnell genug gehen, alle Erinnerungen an ihn zu beseitigen. Theo fuhr zum Fenster und blickte nach draußen.

Auf einem Spielplatz ganz in der Nähe tobten ein paar Kinder. Ihr fröhliches Jauchzen war durch das geschlossene Fenster zu hören. Die jungen Eltern, meistens die Mütter, saßen auf Bänken und plauderten angeregt. Eine von ihnen kniete sich in den Sand und streckte die Arme aus. Ihr pausbäckiger Sprössling schien gerade laufen zu lernen und taumelte ihr unbeholfen entgegen. Die junge Frau jubelte und applaudierte, als wäre er dabei, den Berlin-Marathon zu gewinnen. Als der Kleine schließlich in ihre Arme plumpste, hob sie ihn hoch und wirbelte ihn herum. Er grinste von einem Ohr zum anderen.

Hatte Mike jemals so etwas Ähnliches erlebt? Theo hoffte es.

Es war noch gar nicht lange her, da hatten Mike und er hier gesessen und gemeinsam aus dem Fenster gestarrt.

Unvermittelt beginnt Mike ein Gespräch. „Manchmal habe ich diesen Traum."

Theo sieht ihn fragend an.

„Ich bin noch recht jung, als meine Mutter mich zum Einkaufen mitnimmt. Auf einmal ist da diese Treppe. Mit meinem Rollstuhl habe ich keine Chance, dort hinaufzukommen. Also sagt sie: ‚Warte hier! Ich bin gleich wieder da.' Aber, na ja ... ‚Gleich' ist eine sehr relative Angelegenheit. Ich warte und warte. Aber meine Mutter kommt nicht zurück. Ab und zu gehen Leute vorbei. Ich spreche eine junge Frau an, doch sie antwortet nicht. Ihr Blick scheint durch mich hindurchzugehen, bleibt an meinem Rollstuhl hängen und wendet sich dann ab. Ein älterer Mann kommt auf mich zu. Ich frage ihn etwas, aber er starrt auf die Räder meines Rollstuhls, bleibt einen Meter vor mir stehen und wechselt dann abrupt die Richtung. Irgendwann sind gar keine Menschen mehr in meiner Nähe. Schließlich verändert sich meine Perspektive. Bestimmt kennst du das. Zuerst ist man eine bestimmte Person und dann ist man außerhalb von ihr. Mein Bewusstsein schwebt also empor, und ich kann mich in diesem Raum von oben sehen. Und dann packt mich jedes Mal das Entsetzen und ich wache auf."

„Warum?"

„Weil…", Mike atmet tief ein und aus, „… weil da nichts ist! Nichts außer meinem leeren Rollstuhl. Verstehst du? Ich bin da, aber eigentlich existiere ich gar nicht."

Nachdenklich starrte Theo in den blauen Berliner Himmel. Er wusste, was Mike empfunden hatte. Dieses Gefühl konnte sehr stark sein. Gerade in jungen Jahren hatte Theo es oft verspürt.

Er kniff die Lippen zusammen und sah Mikes trauriges Gesicht vor sich, den Hunger in seinem Blick. Und er reiste in Gedanken wieder zurück zu jenem Samstagabend vor einigen Monaten.

Theo lässt sich Zeit mit seiner Antwort. Schließlich sagt er: „An dieser Stelle gibt es eigentlich nur eine Frage, die wirklich relevant ist."

Mike runzelt die Stirn. „Und die wäre?"

„Ist dein Traum wahr?"

„Na ja… Es ist ein Traum, oder? Träume sind Schäume, sagt man doch."

„Warum bedrückt er dich dann?"

„Tja, gute Frage. Woher soll ich das wissen? Manchmal fühlt es sich eben so an, als würde er eine Wahrheit transportieren."

„Vielleicht wäre es gut, noch einmal die Perspektive zu wechseln?"

„Wie meinst du das? Welche Perspektive sollte das sein?"

Theo lächelt. „Warte einen Moment, ich will versuchen, es dir zu zeigen."

Er fährt hinüber ins Büro und schnappt sich mithilfe seines Greifers Papier und Stift vom Schreibtisch. Zehn Minuten später kommt er mit einem zusammengefalteten Zettel in der Hand zurück.

Mike grinst. „Ich dachte schon, du hättest die Flucht ergriffen."

„Niemals!" Behutsam platziert Theo den Zettel auf Mikes Rollstuhltisch.

„Was ist das?"

„Deine Perspektive."

„Ein Strich?"

„Ja, metaphorisch gesprochen natürlich. Unsere Sicht auf uns selbst ist eindimensional. Dieser Strich könnte auch für ‚I' stehen, also für ‚Ich'. Jetzt falte ihn einmal auseinander."

„Ah, aus dem Strich wird ein Buchstabe, nein, zwei Buchstaben: DU."

„Das ist die Perspektive, die wir durch andere Menschen gewinnen, die uns begegnen. Wir verstehen, dass wir nicht nur ein Ich sind, sondern auch ein Du. Wenn wir in Beziehung zu anderen treten, denen wir wirklich am Herzen liegen, können wir uns selbst besser begreifen."

„Vielleicht. Und was ist, wenn ich den Zettel komplett auseinanderfalte?"

„Mach's einfach", ermuntert Theo ihn.

Es dauert einen Moment, bis Mike das Papier auseinandergefaltet hat. „DU BIST GEWOLLT!", liest er.

„Das ist die Perspektive Gottes", sagt Theo.

Mikes Blick wirkt nachdenklich. Er sieht in die Ferne, als würde er Theo gar nicht mehr wahrnehmen, dann, ganz abrupt, dreht er sich um und fährt wortlos aus dem Zimmer.

Theo seufzte. Bis heute fragte er sich, was damals in Mike vorgegangen war. Er hatte seinen Mitbewohner ermutigen wollen, aber womöglich hatte er ihn verletzt. Vielleicht hatte Mike diese Worte als zynische Bemerkung aufgefasst? Möglicherweise war es ihm sogar wie eine Zementierung seines Schicksals erschienen.

Für Theo selbst waren diese Worte eine ungeheure Befreiung gewesen. Er erinnerte sich noch genau, wie Oma Lilo, seine Großmutter mütterlicherseits, sein Gesicht ganz sanft in ihre Hände genommen hatte. Er war neun Jahre alt gewesen

und weinend von der Schule nach Hause gekommen, nachdem ein Mitschüler ihn mit seinem Rollstuhl ins Gebüsch geschoben und ihm ins Ohr geraunt hatte: „Du hast hier nichts
zu suchen. Verpiss dich, du Spast!"

„Dein Mitschüler kann einem echt leidtun." Omas Lächeln ist
sanft. „Er hat keine Ahnung von der Wirklichkeit. Du gehörst hier-
her, in diese Welt, in deine Schule und in diese Familie. Du bist
gewollt, Theo, hörst du? Du bist gewollt! Ich bin Gott unendlich
dankbar, dass er mir genau dich als Enkel geschenkt hat!"

Als sie ihm einen Kuss auf die Stirn drückt, verzieht Theo aus
Reflex das Gesicht. „Mann, Oma, das ist eklig." Doch während er
das sagt, fühlt sich sein Herz ganz leicht an, so leicht, als hätte es
Schmetterlingsflügel bekommen.

„Oma Lilo, du bist die Beste", murmelte Theo. Ein Lächeln
huschte über sein Gesicht.

Viele Fragen und heißer Kaffee

Kriminalhauptkommissar Thorsten Seidel war groß gewachsen, breitschultrig und offensichtlich schlecht gelaunt. Wie ein missmutiger Grizzlybär stand er im Flur und ignorierte die Leute, die sich an ihm vorbeiquetschen mussten. Ein wild gelockter graubrauner Haarkranz umwallte seine verärgert gerunzelte Stirn.

„Wiederhören", knurrte er ins Telefon. Er steckte sein Smartphone zurück in sein graukariertes Sakko. „Hirnamputierte Vollidioten!", brummte er. Ein Blick aus eisgrauen Augen traf Lina, die seit etwa einer Minute wartend vor ihm stand. „Polizeimeisterin Marquardt?", fragte er im Tonfall eines Feldwebels. Selbst sein Aftershave hatte eine aggressive Note.

Lina erwiderte seinen Blick, ohne mit der Wimper zu zucken, und zwang sich zu einem breiten Lächeln. „Die bin ich." Sie streckte ihm die Hand entgegen. „Guten Morgen. Sie haben um meine Unterstützung gebeten?"

Heute früh hatte Linas Chef ihr mitgeteilt, dass die Mordkommission um ihre Mithilfe gebeten habe. *Ihre Expertise ist gefragt*, hatte er ihr mit einem seltsamen Lächeln gesagt. *Es geht um einen Toten in einer Behinderten-WG. Sie haben sich doch schon vor einiger Zeit bei der Mordkommission beworben. Das ist Ihre Chance, sich zu beweisen!*

Thorsten Seidel bleckte die Zähne. Linas Hand verschwand fast in seiner haarigen Pranke. „Morgen." Er wandte sich ab und winkte ungeduldig. „Hier entlang." Mit raumgreifenden

Schritten stapfte er voran. Lina musste beinahe joggen, um ihm zu folgen.

Das Büro des Hauptkommissars war klein und düster. Eingekeilt zwischen einem altmodischen Schreibtisch und einem gewaltigen stählernen Ungetüm in Form eines Aktenschranks, wartete Lina darauf, dass Thorsten Seidel sein Anliegen zur Sprache brachte. Dieser blätterte die vollgekritzelten Seiten eines Flipcharts um. „Wissen Sie, wie viele Fälle ich zu bearbeiten habe?" Offenbar erwartete er keine Antwort, denn gleich darauf fuhr er fort: „Seit dem El-Hassan-Mord und den vierundzwanzig toten Senegalesen im Lastwagen geht es hier drunter und drüber. Nächste Woche geht ein Kollege in den Ruhestand, und mein Partner hat sich krankschreiben lassen … wegen Burn-out!" Er stieß ein zynisches Lachen aus, das an das wütende Bellen eines Dobermanns erinnerte. „Wissen Sie, was mir da gerade noch gefehlt hat?"

Lina spürte, wie sie sich innerlich versteifte. Es war ihr vollkommen egal, wie viel der Typ zu tun hatte. Falls er als Nächstes irgendetwas Diskriminierendes gegenüber Mike oder Menschen mit Behinderung im Allgemeinen fallen lassen sollte, konnte er sich auf etwas gefasst machen.

„Jemand, der mir Zeit raubt, weil er von Tuten und Blasen keine Ahnung hat, sich aber um jeden Preis profilieren möchte. Ich brauche jemand, der zuverlässig seinen Job erledigt und mich nicht mit wilden Spekulationen und Dampfplauderei von meiner Arbeit abhält. Ich brauche jemand, der mir Arbeit abnimmt! Sind Sie so jemand?"

Lina starrte ihn verblüfft an. Mit dieser Wendung hatte sie nicht gerechnet.

„Hallo?" Hauptkommissar Seidel wedelte mit der Hand vor ihren Augen herum. „Haben Sie mir zugehört?"

„Äh, ja!

„Und?"

„Natürlich können Sie sich auf mich verlassen. Ich will, dass der Fall so schnell wie möglich aufgeklärt wird."

„Ausgezeichnet." Seidel bleckte die Zähne – was offenbar seine spezielle Form eines Lächelns darstellen sollte. „Möchten Sie einen Kaffee?"

„Äh, ja, gerne", erwiderte Lina, überrascht von dem plötzlichen Themenwechsel.

„Gut. Der Automat steht in der zweiten Etage, gegenüber der Herrentoilette. Und bringen Sie mir auch einen mit – schwarz, ohne Zucker."

Zähneknirschend erhob sich Lina. Sie ahnte, dass die Zusammenarbeit mit diesem Mann eine ganz besondere Herausforderung werden würde. Aber sie war bereit, sich dem zu stellen.

Mit zwei dünnwandigen Plastikbechern in den Händen kehrte sie zurück. Der heiße Kaffee verbrühte ihr fast die Fingerkuppen.

„Bitte." Sie stellte einen der Becher auf die einzige freie Fläche des Schreibtischs, zwischen Tastatur und Aktenstapel. Mangels weiterer Ablagefläche stellte sie ihren Becher auf den Boden und setzte sich. „Wenn Sie sich das unter Unterstützung vorstellen, können Sie morgen gerne eine Privatsekretärin einstellen. Ich bin dann raus."

Thorsten Seidel machte sich nicht die Mühe zu antworten. Er schrieb mit grünem Stift *Mike Lörke* auf das Flipchart. „Sie kannten den Mann?"

„Ja, er wohnte mit meinem Bruder in einer WG."

„In der WG wohnen meines Erachtens nur Behinderte."

„Man sagt: Menschen mit Behinderung."

Der Hauptkommissar seufzte. „Ich bitte Sie, wir haben jetzt wirklich keine Zeit für Korinthenkackerei."

„Richtig. Aber wenn Sie wegen einer Oberschenkelfraktur mit einem Gips hier säßen, würde ich Sie ja auch nicht als Beinbruch bezeichnen. Sie würden das vermutlich als eine unangemessene Reduzierung Ihrer Person ansehen."

„Gut, also: Menschen mit Behinderung. Das bedeutet, Ihr Bruder ist auch behindert?"

„Theo hat Kongenitale Muskeldystrophie, eine chronisch degenerative Muskelerkrankung."

„Ist er geistig eingeschränkt?"

„Er studiert im vierten Semester Psychologie. Was hat das mit dem Fall zu tun?"

„Immer der Reihe nach. Was wissen Sie über die Behinderung von Mike Lörke?"

„Er hatte Amyotrophe Lateralsklerose, kurz ALS. Das ist eine chronisch degenerative Erkrankung des Nervensystems, die zu spastischer Lähmung und Muskelschwund führt."

Thorsten Seidel nickte. „Diese Erkrankung ist tödlich, nicht wahr?"

„Ja, aber die Lebenserwartung ist sehr unterschiedlich. Der Astrophysiker Stephen Hawking, einer der bekanntesten ALS-Erkrankten, lebte nach dem Ausbruch seiner Erkrankung noch fünfundfünfzig Jahre."

„Aber die Krankheit schritt bei Mike Lörke rascher voran?"

„Das ist richtig."

„Woran sterben diese Menschen?"

„Meist an Atemversagen", erwiderte Lina.

„Laut des vorläufigen pathologischen Befundes ist auch Mike Lörke daran gestorben."

Lina hatte das Gefühl, als würde ihr der Hauptkommissar einen lauernden Blick zuwerfen. Sie lächelte schmallippig. „Wenn der Fall so einfach wäre, würden wir jetzt nicht in diesem Büro sitzen, oder?"

Der Blick des Hauptkommissars schien sich in sie hineinzubohren. „Nach meinem Informationsstand ist der Arzt ursprünglich von einer natürlichen Todesursache ausgegangen. Doch dann revidierte er dieses Urteil und schrieb *Todesursache unbekannt* in den Totenschein. Was mag ihn dazu bewogen haben, seine Meinung zu ändern?"

Es war dünnes Eis, auf dem Lina sich bewegte. Wenn herauskam, dass sie Druck auf Dr. Behrends ausgeübt hatte, würde man schnell auf die Bilder kommen, die sie ihm gezeigt hatte, und das würde weitere Fragen nach sich ziehen, die sehr unangenehm werden konnten, vor allem für Theo. Also zuckte sie lediglich mit den Achseln und fragte: „Was sagt denn die Gerichtsmedizin?"

„Sie sind hier, um mir zu helfen, nicht umgekehrt. Erinnern Sie sich?"

„Wie soll ich Ihnen helfen, wenn ich keine Informationen bekomme?"

„Einfache Regel", knurrte Thorsten Seidel. „Ich stelle die Fragen – Sie antworten."

„Natürlich." Sie lächelte.

Der Kriminalhauptkommissar starrte sie eine Weile mit undeutbarem Gesichtsausdruck an. Dann seufzte er und fragte: „Sie waren am Morgen nach dem Tod des Mannes in der Wohneinrichtung?"

„Ja."

„Warum?"

„Die Zentrale hatte uns dort hingeschickt."

„Ausgerechnet Sie? Merkwürdiger Zufall, oder?"

„Eigentlich nicht. Wir fahren oft in dieser Gegend Streife und waren gleich um die Ecke. Warum stellen Sie diese Fragen? Glauben Sie, ich habe etwas mit dem Tod von Mike Lörke zu tun?"

„Ich sammle Informationen", erwiderte Thorsten Seidel emotionslos. Er hatte mittlerweile etliche Stichpunkte auf das Flipchart gekritzelt, leider so unleserlich, dass Lina kaum etwas entziffern konnte. „Im Protokoll Ihres Kollegen steht, dass Ihr Bruder von Anfang an eine unnatürliche Todesursache vermutet hat. Warum?"

„Vor allem, weil sich ein weiterer Mitbewohner, ein junger Mann mit Autismus, sehr auffällig verhielt."

„Verhalten sich Autisten nicht oft auffällig?"

„Das mag so sein, aber wenn man die Person gut kennt, kann man durchaus Rückschlüsse auf die Ursache ziehen."

„Und was war in diesem Fall die Ursache?"

„Mein Bruder ist davon überzeugt, dass jemand dort war in dieser Nacht. Keno, also der Autist, nennt ihn *den Taucher*. Dieser Jemand muss etwas mit Mikes Tod zu tun haben."

„Und was denken Sie?", bohrte Thorsten Seidel nach.

„Ich glaube, dass mein Bruder mit seiner Vermutung recht haben könnte", erwiderte Lina vorsichtig.

„Wer soll dieser ominöse Taucher sein?"

„Ich weiß es nicht", gestand Lina.

Torsten Seidel seufzte, rieb sich über die Augen und massierte sich die Nasenwurzel. „Kommen wir zu den Fakten", sagte er und ergriff einen blauen Stift. „Laut vorläufigem Bericht der Pathologie wurde Mike Lörke vor seinem Tod Pentobarbital verabreicht, und zwar intravenös und in kleinen Schüben, über einen Zeitraum von mindestens einer Stunde."

„Und –", setzte Lina an, doch Thorsten Seidel fuhr fort: „Es handelt sich dabei um ein Barbiturat, das früher als Schlafmittel eingesetzt wurde. Aufgrund diverser Risiken wird es in der Humanmedizin allerdings kaum noch verwendet. Nur in begründeten Fällen kommt es in Deutschland als Mittel bei epileptischen Anfällen zum Einsatz ..."

„Mike war kein Epileptiker!", entfuhr es Lina.

Thorsten Seidel nickte. „Das ist auch unser Wissensstand. Das Problem ist, dass dieses Medikament in bestimmten Fällen zu einer Atemlähmung führen kann. Nach Einschätzung unseres Arztes wurde Mike Lörke zwar keine Überdosis verabreicht, aber in Kombination mit der Erkrankung des jungen Mannes kam es dennoch zu Lungenversagen. Daraufhin versuchte jemand, den Toten mittels Herz-Lungen-Wiederbelebung zu retten – und scheiterte. Es kam sogar der vor Ort befindliche Automatisierte externe Defibrillator zum Einsatz." Er blickte Lina in die Augen. „Das sieht nicht nach Mord aus, Frau Marquardt."

„Gibt es Fingerabdrücke?", fragte Lina.

„Es sind Dutzende von Fingerabdrücken auf dem Gerät."

Lina schwieg, und der Hauptkommissar fuhr fort: „Wenn Sie mich fragen, deutet alles auf ein Versagen des Pflegepersonals hin. Soweit wir wissen, war in der fraglichen Nacht eine Leasingkraft der Firma Mediflex als Nachtwache vor Ort. Der Mann, ein gewisser Marek Michalowski, ist polnischer Staatsbürger. Als ich bei der Leasingfirma anrief, teilte man mir mit, dass der Mann am nächsten Tag nicht zur Arbeit erschienen sei und sich weder gemeldet noch auf Anrufe reagiert habe. Daher sei ihm fristlos gekündigt worden. Hier", Seidel nahm eine dünne Akte von einem der Stapel auf seinem Schreibtisch, „das ist alles, was wir über ihn wissen." Er drückte Lina die Mappe in die Hand. „Und das ist Ihr Auftrag, Frau Marquardt: Finden Sie Marek Michalowski. Wenn wir ihn haben, haben wir auch diesen Todesfall geklärt." Er entblößte die Zähne zu einem humorlosen Lächeln. „Wahrscheinlich werden Sie dann feststellen, dass dieser Typ der geheimnisvolle Taucher ist, von dem der Behinderte ständig spricht."

Lina hatte das Gefühl, gleich platzen zu müssen. „Finden Sie nicht, dass das ein bisschen zu simpel ist?", entfuhr es ihr.

„Die Wahrheit ist meist angenehm schlicht."

„Na ja, vielleicht sollten wir es uns nicht ganz so einfach machen. Soweit ich weiß, ist niemand in der WG Epileptiker."

Thorsten Seidel nickte gelangweilt.

„Woher stammte dann dieses Medikament?", bohrte Lina nach.

Der Hauptkommissar schob das Flipchart in eine Ecke des Raums. „Tja...", brummte er.

Lina knirschte innerlich mit den Zähnen. „Sie sagen, dass dieses Pentobarbital in der Humanmedizin eigentlich nicht mehr verwendet wird. Das ist eine merkwürdige Formulierung. Soll ich daraus schließen, dass es in der Tiermedizin zum Einsatz kommt?"

„Laut unserer pathologischen Abteilung werden damit Tiere eingeschläfert."

„Ziemlich skurril, finden Sie nicht?"

Der Kriminalist zuckte die Achseln.

„Außerdem haben Sie gesagt, dass das Medikament in Deutschland nur in seltenen Fällen bei Epilepsiepatienten verwendet wird. Daraus schließe ich, dass es in anderen Ländern nicht so ist."

„Es findet bei aktiver Sterbehilfe Verwendung, die in Deutschland bekanntermaßen verboten ist", erwiderte der Hauptkommissar.

„Ist es wirklich so abwegig, dass jemand Mike umbringen wollte?"

„Warum sollte er dann eine Herz-Lungen-Wiederbelebung durchführen?"

„Vielleicht hat ihn plötzlich das schlechte Gewissen gepackt?"

Thorsten Seidel schürzte die wulstigen Lippen. „Ziemlich wilde Theorie."

„Das ist keine Theorie", knurrte Lina. „Das sind nur Fragen, die wir uns vielleicht stellen sollten, bevor wir voreilige Schlüsse ziehen."

Der Hauptkommissar öffnete die Tür. Zum ersten Mal war sein Lächeln echt. „Finden Sie Marek Michalowski, und Sie bekommen auch die Antworten auf Ihre Fragen." Sein Lächeln erstarb. „Und jetzt verlassen Sie bitte mein Büro. Ich habe zu tun."

Wütend stand Lina auf.

„Vergessen Sie Ihren Kaffee nicht."

Sie schnappte sich den Becher und rauschte aus dem Zimmer. Kriminalhauptkommissar Thorsten Seidel hatte etwas an sich, das ihren Blutdruck steigen ließ. Sie würde alles dafür tun, um die Wahrheit herauszufinden. Würde es nicht darum gehen, Mike Gerechtigkeit zukommen zu lassen, würde sie es allein deshalb tun, um diesem arroganten Fleischklops das selbstgerechte Grinsen aus der Visage zu wischen. *Und wahrscheinlich war genau das seine Absicht*, ging es ihr durch den Kopf, als sie zum Aufzug stapfte.

Herr Schmidt-Wachtel
und das verlorene Handy

Lina steckte ihr altes, ausrangiertes Smartphone griffbereit in die Außentasche ihrer Jacke und wich einer Gruppe junger Touristen aus, die johlend auf ihren E-Rollern über den Bürgersteig jagten. Die Firmenzentrale der Mediflex GmbH hatte ihren Sitz in der Tauentzienstraße, unweit des KaDeWe. Eine noble Adresse.

Die Räumlichkeiten selbst waren allerdings weniger beeindruckend und hatten den Charme einer in die Jahre gekommenen Zahnarztpraxis. Der Linoleumboden war zerkratzt und fleckig, der offensichtlich unbesetzte Empfangstresen aus blassem Furnierholz bot nicht wesentlich mehr Platz als der Bauchladen eines Bratwurstverkäufers. Schräg gegenüber, in einer Art Warteraum, kaute eine Frau Mitte fünfzig nervös an ihren Fingernägeln, während sich ein junger Mann mit dem Bartflaum eines Teenagers entspannt auf seinem Stuhl fläzte und stumpf auf sein Handy stierte.

„Hallo?" Lina lugte hinter den Tresen und entdeckte eine vollschlanke Dame im beigefarbenen Hosenanzug, die sich unter ihrem Schreibtisch an den Anschlusskabeln ihres Computers zu schaffen machte. „Irgendwann schmeiß ich den ganzen Mist noch aus dem Fenster..."

„Hallo!", machte sich Lina etwas lauter bemerkbar.

Die Frau zuckte zusammen und stieß sich den Kopf an der Schreibtischplatte. „Autsch!"

„Tut mir leid." Lina zuckte entschuldigend die Achseln.

Die Frau rappelte sich auf, rieb sich den Hinterkopf und starrte mit großen Augen auf Linas Polizeiausweis. „Ist irgendetwas passiert?"

„Ja, wir ermitteln in einem Todesfall."

Die Dame am Empfang atmete erschrocken ein.

„Ach du meine Güte!", hörte Lina die Frau im Warteraum flüstern.

„Ist einer unserer Mitarbeiter verstorben?", fragte die Empfangsdame und schlug sich die Hand vor den Mund.

„Nein. Ich würde gerne den Personalleiter dieses Unternehmens sprechen", sagte Lina etwas leiser.

„Sie meinen, Herrn Schmidt-Wachtel?"

„Möglicherweise", bemerkte Lina und bemühte sich um Geduld. „Ist er für das Personal verantwortlich?"

„Er ist der Geschäftsführer und kümmert sich um alles. Wir sind ein sehr kleines Unternehmen, müssen Sie wissen."

„Sehr schön. Ich finde ihn dort drüben?" Lina deutete auf die einzige weitere Tür, die infrage kam. Über der anderen hing ein Schild mit der Aufschrift „WC".

„Ja... Aber Herr Schmidt-Wachtel ist noch im Gespräch..."

Noch während sie das sagte, wurde die Tür geöffnet. Ein hagerer Mann um die vierzig mit schütterem roten Haar trat heraus. „Jetzt nicht mehr", sagte er, lächelte der Sekretärin kurz zu und reichte Lina die Hand. „Schmidt-Wachtel, Sie wollten zu mir?"

„Äh, ja."

„Kommen Sie rein." Seine Hand legte sich auf Linas Rücken.

Es fühlte sich nicht angenehm an, aber Lina ließ es zu.

„Herr Schmidt-Wachtel", meldete sich die Sekretärin zu Wort, „das ist Frau Marquardt. Sie ist –"

„Das kann Sie mir ja gleich selbst erzählen", unterbrach sie der Geschäftsführer barsch. Er schloss die Tür.

„Nehmen Sie Platz."

Lina setzte sich.

„So, Frau Marquardt, dann wollen wir gleich mal zur Sache kommen. Ihren Bewerbungsbogen haben Sie ausgefüllt?"

„Nein, ich –"

„Dann holen Sie das bitte gleich im Anschluss nach."

Lina hob amüsiert die Brauen. Das versprach ein interessantes Gespräch zu werden.

Herr Schmidt-Wachtel setzte sich an seinen Computer. „Ich habe heute leider nicht viel Zeit. Kommen wir am besten gleich zu den Essentials. Auf wie viel Pflegeerfahrung können Sie zurückgreifen?"

„Ich kümmere mich um meinen körperbehinderten Bruder, seit ich zwölf Jahre alt bin", erwiderte Lina freundlich.

Der Geschäftsführer lächelte fahrig. „Erfahrung im privaten Bereich ist notfalls ausreichend. Schön wäre auch, wenn Sie berufliche Erfahrungen in diesem Bereich vorweisen könnten. Also, wie lange haben Sie bislang in der Pflege gearbeitet?"

„Noch gar nicht", erwiderte Lina wahrheitsgemäß.

Er musterte sie von oben bis unten. „Aber Sie haben schon eine qualifizierte Ausbildung, oder?!"

„Natürlich."

„Dann müssen Sie doch wenigstens Pflegepraktika absolviert haben."

„Bedauerlicherweise Nein."

„Ja, was haben Sie denn dann für eine Qualifikation?"

„Ich bin Polizeiobermeisterin."

Herr Schmidt-Wachtel riss die Augen auf. „Polizei...?" Er stieß gegen seine Kaffeetasse, die daraufhin zu Boden polterte, wobei sich ihr Inhalt über einen Stapel Papiere ergoss.

„Verflixt!" Er zerrte eine Packung Taschentücher aus dem Sakko und tupfte auf den durchnässten Blättern herum. „Was zum Henker machen Sie dann hier?"

Lina hob die Kaffeetasse auf und deponierte dabei ihre illegale Informationsquelle sorgfältig unter dem Schreibtisch. „Ich habe ein paar Fragen."

Der Geschäftsführer warf das durchnässte Taschentuch in den Papierkorb. „Warum sagen Sie das nicht gleich?"

„Sie haben mir eine Frage gestellt, und ich habe geantwortet." Lina lächelte. „Übrigens fand ich das Gespräch sehr lehrreich. Sie stellen also auch unqualifiziertes Personal ein?"

„Ja, für Hilfsarbeiten. Aber deshalb sind Sie ja wohl kaum hier."

„In der Tat." Sie zog ein Foto von Mike Lörkes Leichnam aus der Tasche und legte es auf den Schreibtisch. „Dieser junge Mann ist in der Obhut eines Ihrer Angestellten, Marek Michalowski, zu Tode gekommen. Sie sollten großes Interesse daran haben, dass dieser Fall so rasch wie möglich aufgeklärt wird. Also, wo finde ich Herrn Michalowski?"

Herr Schmidt-Wachtel schob seine Brille zurecht. Sein Blick streifte das Foto nur kurz, bevor er Lina fixierte. Sein hageres Gesicht war gerötet. „Ich habe Ihrem Kollegen bereits alles gesagt, was ich weiß."

„Dann erzählen Sie es mir noch einmal, bitte." Lina setzte ihr bezauberndstes Lächeln auf.

„Ich hab zu tun", erwiderte er lahm. „Sie haben doch gesehen, was da draußen los ist."

„Ja, das habe ich", erwiderte Lina und verkniff sich jegliche Ironie. „Ich werde Ihre Zeit nicht länger als nötig in Anspruch nehmen. Das verspreche ich."

Er seufzte. „Also gut. Aber viel gibt es da nicht zu erzählen. Ich habe Marek Michalowski erst vor Kurzem eingestellt.

Die Wohneinrichtung in der Mohrenstraße war sein zweiter Einsatzort. Er war zum Nachtdienst eingeteilt. Gleich bei seinem ersten Dienst verstarb der junge Mann. Seitdem habe ich nichts mehr von Herrn Michalowski gehört. Er erschien nicht zum Dienst und reagierte auf keinen unserer Anrufe. Was soll ich da machen?" Er hob die Schultern. „Ich habe ihm die schriftliche Kündigung per Einschreiben zugeschickt, aber sie wurde nicht von ihm entgegengenommen. Offenbar ist er an seiner Meldeadresse nicht mehr anzutreffen." Er lächelte müde. „All das habe ich auch schon Ihrem Kollegen erzählt. Ich habe ihm sogar die Personalakte zukommen lassen."

Lina nickte. „Richtig, die Akte." Sie zog den dünnen Papphefter aus ihrem Rucksack. „Ich habe sie gelesen. Sie ist nicht besonders ergiebig."

„Das ist wohl kaum ein Verbrechen", erwiderte Herr Schmidt-Wachtel.

Lina stellte fest, dass sie sein Lächeln nicht besonders mochte. „Außer einem Bewerbungsschreiben auf Deutsch und einem tabellarischen Lebenslauf konnte ich keine Unterlagen finden, die etwas über seine Qualifikation aussagen."

Herr Schmidt-Wachtel hob die Brauen. Er schien zunehmend an Selbstsicherheit zu gewinnen. „Was wollen Sie damit andeuten?"

„Mich interessiert nur, wie Sie die Qualifikation Ihrer Mitarbeiter überprüfen. Schließlich haben Sie dem Träger die vollen Kosten für eine pädagogische Fachkraft mit medizinischer Zusatzausbildung in Rechnung gestellt."

„Und damit war ich noch großzügig", erwiderte der Geschäftsführer. „Herr Michalowski ist ausgebildeter Erzieher und Krankenpfleger."

„Und das wissen Sie, weil er es in seinen Lebenslauf geschrieben hat?"

„Er hatte die Originalzeugnisse bei seinem Vorstellungsgespräch dabei."

„Sie können Polnisch?"

„Ich nicht, aber meine Mitarbeiterin. Sie hat alles geprüft."

„Warum haben Sie keine Kopien angefertigt?"

Herr Schmidt-Wachtel beugte sich in seinem Stuhl vor. „Weil wir von Herrn Michalowski eine offizielle und beglaubigte Übersetzung angefordert haben, damit alles seine bürokratische Ordnung hat. Dafür müssten Sie als Beamtin doch Verständnis haben." Er grinste.

Nun beugte sich Lina in ihrem Stuhl vor. „Wissen Sie was, Herr Schmidt-Wachtel? Ich als Beamtin bin komplett humorlos, wenn ich das Gefühl habe, verarscht zu werden. Vielleicht komme ich mit ein paar Kollegen vorbei und wir schauen uns hier mal ganz genau um, was halten Sie davon? Möglicherweise entdecken wir noch mehr Mitarbeiter, die ihre Unterlagen nachreichen müssen."

Das Grinsen auf dem Gesicht des Mannes verblasste. „Hören Sie sich um. Es ist nicht unüblich, dass Unterlagen nachgereicht werden, wenn Fachkräfte aus anderen EU-Ländern eingestellt werden. Aber Sie können sich gerne umschauen... wenn Sie einen Durchsuchungsbeschluss haben. Ich habe nichts zu verbergen."

Lina hob zweifelnd die Brauen.

„Ich gehöre zu den Guten!", fuhr Schmidt-Wachtel lautstark fort. „Der Fachkräftemarkt ist leer gefegt. Ohne Leasingfirmen wie unsere würde die Betreuung mancherorts komplett zusammenbrechen!"

Lina zwang sich zu einem Lächeln. „Tut mir leid, aber Fragen zu stellen, ist nun mal mein Job."

„Schon gut", knurrte er, irritiert durch ihren plötzlichen Stimmungswandel. „So gerne ich Ihnen auch helfen würde – ich habe Ihnen alles gesagt, was ich weiß." Er stand auf. „Und jetzt entschuldigen Sie mich bitte. Ich kann die Bewerber nicht länger warten lassen."

„Natürlich." Lina erhob sich ebenfalls und schüttelte seine Hand. „Ich wünsche Ihnen noch einen erfolgreichen Tag." In der Tür drehte sie sich noch einmal um. „Bis bald, Herr Schmidt-Wachtel."

Sie verließ den Raum. Hinter sich hörte sie den Mann irritiert fragen: „Bis bald? Wieso bis bald?"

Sie schloss die Tür hinter sich, lächelte der Frau am Tresen freundlich zu und verließ das Gebäude.

Wenig später saß sie ein paar Seitenstraßen weiter in einem Café, nippte an ihrem Cappuccino und rief ihren neuen Chef an.

„Seidel", meldete sich eine barsche Stimme.

„Hier ist Lina Marquardt. Ich habe soeben ein interessantes Gespräch mit dem Geschäftsführer von Mediflex geführt."

„Und?"

„Es wäre schön, wenn wir einen Durchsuchungsbeschluss bekommen könnten."

„Aha, und warum?"

„Ich habe den Verdacht, dass Herr Schmidt-Wachtel unqualifiziertes Personal beschäftigt."

„Ha!", stieß der Kommissar zynisch hervor. „Da ist er wohl kaum der Einzige. Manchmal wundere ich mich, wer in unserem eigenen Laden so alles mitmischen darf."

„Herr Seidel, es geht darum, dass die Mediflex GmbH Laien als medizinisches Personal einstellt..."

„Wir sind die Mordkommission. Schattenwirtschaft interessiert mich nicht. Melden Sie Ihren Verdacht gerne den zuständigen Kollegen. Für mich ist nur eins wichtig: Haben Sie Marek Michalowski ausfindig gemacht?"

„Nein."

„Dann erledigen Sie Ihren Job!"

Er legte auf.

Lina steckte das Smartphone wieder ein. Sie hatte nichts anderes erwartet, aber einen Versuch war es wert gewesen. Sie trank ihren Cappuccino aus. Nun war es an der Zeit zu überprüfen, ob sich das Staubaufwirbeln gelohnt hatte.

Fünf Minuten später stürmte sie erneut in die Räumlichkeiten der Mediflex GmbH.

Die Dame am Tresen riss die Augen auf.

„Sorry!", rief Lina. „Ich habe etwas vergessen." Sie eilte auf die Bürotür zu.

„Moment, wo wollen Sie –" Weiter kam die Frau nicht. Lina war schon ins Büro gestürmt.

Nach einem kurzen Schreckmoment sprang Herr Schmidt-Wachtel auf. „Sie schon wieder?!"

„Tut mir leid. Es muss mir vorhin heruntergefallen sein."

Der junge Typ saß vor dem Schreibtisch. Er hatte noch immer einen Ohrstöpsel im Ohr und beobachtete mit offenem Mund, wie Lina vor ihm in die Knie ging.

„Jetzt reicht's aber!" Der Geschäftsführer sprang auf. „Sie können hier nicht einfach hereinplatzen..."

Lina lugte unter den Schreibtisch. „Ah! Da ist es ja!" Sie schnappte sich ihr altes Handy.

Mit hochrotem Kopf baute sich der Geschäftsführer vor ihr auf. „Verlassen Sie sofort –"

„Entschuldigen Sie die Störung", unterbrach Lina ihn. „Ich hatte mein Handy verloren. Tut mir leid." Sie winkte mit dem Gerät und verließ den Raum so rasch, wie sie ihn betreten hatte.

Die Empfangsdame wich erschrocken zur Seite.

„Auf Wiedersehen!", flötete Lina.

Eine Viertelstunde später saß sie auf einer Parkbank und hörte die Aufnahmen ab, die sie mithilfe der Diktiergerät-App ihres alten Smartphones gemacht hatte. Sie spulte vor bis zu der Stelle, an der ihr Gespräch mit dem Geschäftsführer endete.

Schritte erklangen. Eine Tür fiel ins Schloss.

„Blöde Kuh!", knurrte die Stimme von Herrn Schmidt-Wachtel.

„Was war das eben?", fragte die Stimme der Empfangsdame. „Was wollte die Polizistin?"

„Komm rein!", blaffte Schmidt-Wachtel.

Leise klackend wurde eine Tür geöffnet und wieder geschlossen.

Lina musste auf volle Lautstärke stellen, um noch etwas verstehen zu können.

„Hast du noch mal irgendetwas von diesem Michalowski gehört?", fragte der Geschäftsführer gedämpft.

„Nein."

„Gut. Hoffen wir, dass es so bleibt."

„Der hat sich abgesetzt, ganz sicher", sagte die Frau.

„Die Überweisung ist raus?"

„Ja, schon längst."

„Okay." Schritte waren zu vernehmen, dann das Knarren des Schreibtischstuhls. „Wir sollten uns noch mal die Einsatzpläne vornehmen", sagte Schmidt-Wachtel. „Ich will sicherstellen, dass alles korrekt ist, falls die Polizei tatsächlich mit einem Durchsuchungsbeschluss zurückkommen sollte."

„Natürlich, Norbert. Ich fang gleich damit an."

„Interessant", murmelte Lina. Das Gespräch der beiden warf einige neue Fragen auf. Vor allem diese ominöse Überweisung interessierte sie. Doch zuallererst würde sie Marek Michalowskis offizieller Meldeadresse einen Besuch abstatten.

„One Billion" und die Heimaufsicht

„Nein, nein." Theo kicherte. „Die *Big Five* haben ganz und gar nichts mit afrikanischem Großwild zu tun. Zumindest nicht in meinem Studiengang. Sie sind Bestandteil des Fünf-Faktoren-Modells in der Persönlichkeitspsychologie."

Sarah grinste ein wenig verlegen. „Tja, da hätte ich in Psychologie wohl besser aufpassen sollen. Aber ganz ehrlich: Mein Dozent war die personifizierte Schlaftablette. Schon nach den ersten drei Sätzen war ich kurz davor, ins Koma zu fallen."

Die junge Frau mit dem Nasenpiercing und den blau gefärbten Haaren war immer ein wenig neben der Spur und kam nie pünktlich, aber dafür begegnete sie den Bewohnern mit echter Wertschätzung. Theo mochte ihre unkonventionelle Art. Sie war in sein Zimmer gekommen und hatte ihn gefragt, woran er gerade arbeitete, und er hatte sich gerne unterbrechen lassen.

„Ich vermute, in deiner Ausbildung zur Heilerziehungspflegerin hast du dich eher weniger mit Persönlichkeitspsychologie beschäftigt", bemerkte Theo.

Sie zuckte die Achseln. „Um ehrlich zu sein, habe ich mich in der Theorie eher durchgemogelt. Für mich waren vor allem die Praktika spannend."

„Das glaube ich gerne ..."

Sie wurden vom Klingeln an der Wohnungstür unterbrochen.

„Erwartet ihr irgendjemand?", fragte Sarah.

„Nicht, dass ich wüsste", erwiderte Theo.

„Na, ich schau mal nach."

Doch offenbar war jemand anderes schneller gewesen. „Sarah?", rief Helene. „Hier sind irgendwelche Uffseher. Die wolln watt von dir."

Neugierig verließ Theo den Schreibtisch und fuhr hinaus in den Flur. Keno stand an seiner gewohnten Stelle vor dem Aufenthaltsraum, schaukelte sanft vor und zurück und ließ eine CD geschickt durch die Finger gleiten. Er liebte es, wenn die silberne Scheibe das Licht der Halogenlampe auf vielfältigste Weise reflektierte.

Vor der Tür stand ein breitschultriger Mann in dunkelgrauem Anzug und hielt Sarah einen Ausweis vor die Nase. Neben ihm stand eine hagere Frau in hellem Mantel. Helene quetschte sich an Theo vorbei, um zu ihrem Zimmer zu gelangen. „Sachma, haste noch welche von die leckeren Karamellbonbons?", raunte sie ihm im Vorbeigehen zu.

„Nein, tut mir leid. Du hast sie aufgegessen."

„Mist!", brummte Helene und legte auf ihrem Weg in ihr Zimmer noch einen Zwischenstopp in der Küche ein.

„... verantwortliche Mitarbeiterin?", sagte der Mann gerade zu der jungen Heilerziehungspflegerin.

„Na ja, ich bin nur zur Aushilfe hier."

„Soll das heißen, es ist niemand vom Stammpersonal anwesend?", fragte der Mann.

„Ja, ich bin allein."

„Nun ja, man hat Sie sicher ordentlich eingewiesen." Er steckte den Ausweis wieder ein. „Sie wissen doch, dass auf Veranlassung des LaGeSo aktuell vermehrt unangemeldete Kontrollen durch die Heimaufsicht erfolgen?"

„Na ja..."

„Als Erstes möchten wir uns einen Überblick über die Pflegedokumentation verschaffen. Das Büro ist dort drüben?"

„Äh, ja."

Die beiden gingen rasch durch den Flur. Im Vorbeigehen nickte die Frau Keno zu. Der Mann brummte: „Guten Tag."

Der Autist reagierte nicht.

Theo erwiderte die Begrüßung der beiden, und diese verschwanden im Büro. Gerade der Mann erschien Theo optisch etwas zu aufgemotzt für seinen Job, aber vielleicht fühlte er sich so wohler oder er wollte die Damenwelt beeindrucken. Auf Sarah schien er allerdings wenig Eindruck gemacht zu haben. Sie zuckte mit den Achseln und wollte den beiden gerade ins Büro folgen, als sie abrupt innehielt.

Keno hatte einen lauten Schrei ausgestoßen. Er zog sich den Ausschnitt seines Pullovers über den Kopf, wippte hektisch vor und zurück und schrie erneut.

Sarah ging zu ihm hinüber. „Keno, was ist los?"

Der Autist wurde immer hektischer. Er schrie, schlug sich mit der flachen Hand gegen den Schädel und wiederholte in stetig lauter werdendem Tonfall: „Ist er nicht... ist er nicht... ist er nicht!"

„Hey, beruhige dich." Sarah bemühte sich um einen ruhigen Tonfall, doch in ihrer Stimme schwang Unsicherheit mit. Keno schien sie überhaupt nicht zu registrieren. Immer heftiger schlug er sich mit der Hand gegen den Kopf. Sarah wollte ihn festhalten.

„Das würde ich nicht tun", mischte sich Theo ein.

Die junge Frau wandte sich zu ihm um. „Aber er verletzt sich doch!"

„Er ist in Panik, Sarah. Du kannst einem Ertrinkenden nicht das Schwimmen beibringen. Versuch, ihn in sein Zimmer zu schieben. Vielleicht hilft ihm das."

Sarah nickte. Behutsam legte sie ihre Hand auf den Rücken des jungen Mannes. „Komm, Keno. Ich bring dich in dein Zimmer!"

Der Autist beachtete sie nicht und schlug sich weiter gegen den Kopf. „Ist er nicht ... ist er nicht ... ist er nicht!"

Sarah drückte etwas kräftiger. „Geh in dein Zimmer, Keno. Dort bist du sicher."

Er ließ sich ein paar Schritte vorwärtsschieben. Dann schrie er plötzlich auf, stürmte in sein Zimmer und knallte die Tür hinter sich zu. Die Wand erzitterte, und ein Bild polterte zu Boden.

„Meine Fresse", murmelte Sarah. Sie war eine Spur blasser geworden.

Die Tür gegenüber wurde geöffnet. Paulas Kopf erschien im Türspalt. Trotz der Kopfhörer, die sie trug, fühlte sie sich offenbar gestört. „Macht nicht so'n Lärm hier!", blaffte sie und knallte die Tür wieder zu.

Sarah zuckte erneut zusammen.

Die hagere Frau erschien in der Bürotür. „Haben Sie das hier noch unter Kontrolle?", wandte sie sich an die Betreuerin. „Oder sollen wir die Polizei rufen?"

„Die Polizei? Quatsch, natürlich nicht!", entfuhr es Sarah. Dann schien sie sich zu erinnern, wen sie vor sich hatte. „Äh, ich meine, ist nicht nötig. Keno ist Autist. Offenbar hat es ihn etwas überfordert, dass Sie so plötzlich hier hereingeplatzt sind."

Die Frau runzelte die Stirn. „Was wollen Sie damit andeuten?"

„Ich will gar nichts andeuten", erwiderte Sarah. „Ich mein doch nur ..." Sie verstummte. Ihre Wangen röteten sich. Sie war wütend und verunsichert, und sie tat Theo leid.

„Autisten haben Schwierigkeiten mit Veränderungen", sprang er Sarah ungefragt bei. „Offenbar hat Ihr plötzliches Auftauchen ihn sehr aufgeregt."

„Sonst schreit der junge Mann nie?", fragte die Frau, ohne Theo zu beachten.

„Doch, schon ...", erwiderte Sarah.

„Also ist das offenbar ein Aspekt seiner Beeinträchtigung. Deshalb lebt er ja auch in einer betreuten Einrichtung. Es ist Aufgabe des Personals, solche Krisen zu bewältigen. Haben Sie die Situation jetzt so weit deeskaliert, dass Sie zu uns ins Büro kommen können?"

Durch die geschlossene Tür war Kenos Stimme noch deutlich zu hören, aber er hatte sich etwas beruhigt.

Unwillkürlich blickte Sarah zu Theo hinüber. Er lächelte ihr zu und nickte kaum merklich.

„Alles okay. Ich komme." Sarah folgte der Frau.

Theo wartete, bis die beiden im Büro verschwunden waren, und fuhr dann den Flur entlang bis zu Kenos Tür. Die Stimme des jungen Mannes drang durch das dünne Holz. „Ist er nicht... ist er nicht!", murmelte er immer wieder, und dann: „Der Taucher..." Plötzlich brüllte er: „WO IST ES?" Und gleich darauf wiederholte er fast panisch: „Ist er nicht... ist er nicht!"

Theo lief ein Schauer über den Rücken. Am liebsten wäre er in Kenos Zimmer gefahren und hätte ihn gefragt, was ihn so dermaßen aufregte. Welche Verbindung gab es zwischen dem Besuch der Heimaufsicht und den Ereignissen in der Nacht von Mikes Tod? War es lediglich der Umstand, dass Keno jemanden gesehen hatte, der ihm unbekannt war?

Theo schloss die Augen und versuchte zu rekapitulieren, was eben geschehen war. Die beiden Mitarbeiter der Heimaufsicht hatten an der Tür geklingelt. Erst hatte Helene mit ihnen gesprochen, dann Sarah. Keno war die ganze Zeit im Flur gewesen. Dass ihn schon das Auftauchen dieser fremden Personen nervös gemacht hatte, hatte er in keiner Weise angedeutet. Auch als sie ihn gegrüßt hatten, war er ruhig geblieben. Genau genommen hatte er erst reagiert, als sie bereits an ihm vorbeigerauscht waren. War das schlicht und ergreifend eine verzögerte Reaktion gewesen oder hatte die ganze Aufregung gar nichts mit den beiden zu tun?

Theo nagte an der Unterlippe. Sein Gefühl sagte ihm, dass beides nicht zutraf. Irgendetwas übersah er. Er atmete tief ein und aus und versuchte sich daran zu erinnern, was er selbst wahrgenommen hatte. Die beiden waren auf ihn zugekommen, der Mann in einem eleganten Anzug, die Frau etwas schlichter gekleidet. Sie hatten kurz gegrüßt, ohne Augenkontakt aufzunehmen – ein Umstand, der für Keno vermutlich eher angenehm gewesen war. Dann waren sie an ihnen vorbeigegangen, und Theo hatte spontan das Gefühl gehabt, der Mann sei overdressed. Irgendetwas hatte diesen Eindruck verstärkt.

Er ließ die Erinnerung wie in Zeitlupe ablaufen, und plötzlich fiel es ihm wie Schuppen von den Augen. Natürlich! Es war ganz simpel! Der Mann hatte eine Duftwolke nach sich gezogen wie ein Komet seinen Schweif. Ein markantes Männerparfüm war in Theos Nase gedrungen und hatte seinen Eindruck verstärkt, dass dieser Mann es in Sachen Eleganz ein wenig übertrieb. Offenbar hatte auch Keno diesen Duft gerochen. Erst das hatte die krasse Reaktion bei ihm ausgelöst.

Theo hatte das Gefühl, auf der richtigen Fährte zu sein. *Kein Sinn ist so eng mit der Gefühlswelt und den Erinnerungen eines Menschen verknüpft wie der Geruchssinn. Er hat eine direkte Verbindung ins limbische System und ist somit unseren Erinnerungen und der emotionalen Bewertung besonders nahe.* Er hatte von einer Studie gelesen, der zufolge Gerüche die stärksten Auslöser posttraumatischer Belastungsstörungen waren. Mehrere Bundeswehrsoldaten, die in Afghanistan im Einsatz gewesen waren, berichteten, dass der Geruch von Grillfleisch regelrechte Panikattacken bei ihnen auslöse, weil sie dieser Geruch an die schrecklichen Anschläge erinnere, die sie während ihres

Einsatzes erlebt hätten. Und diese Erinnerungen seien so erschreckend lebendig und eindrücklich, dass sie das Gefühl hätten, das alles noch einmal zu erleben.

Was, wenn Keno durch den Geruch emotional zurück in die Vergangenheit katapultiert worden war? Was, wenn sein verzweifeltes „Ist er nicht!" sein Versuch war, diese Erinnerung rational zu bewältigen? Er hatte etwas gerochen, das ihn an jemand oder etwas erinnerte, und nun versuchte er, seine Panik zu dämpfen, indem er sich immer wieder sagte, dass die jetzige Situation beziehungsweise dieser fremde Mann nichts mit dem schrecklichen Ereignis aus der Vergangenheit zu tun hatte. Das Parfüm des Typen von der Heimaufsicht musste irgendwie mit „dem Taucher" verbunden sein, der Keno diese unglaubliche Angst einjagte.

Theo nahm sein Smartphone zur Hand und wählte. Einige Sekunden später klingelte das Telefon im Büro. Niemand ging ran, und der AB meldete sich. *Mist. Noch mal.* Wieder wurde er ignoriert. Dann eben ein drittes Mal.

„Scheint dringend zu sein", hörte er Sarahs Stimme. Gleich darauf meldete sie sich am Telefon.

„Ich bin's, Theo. Bitte sag jetzt nichts und leg nicht auf. Es geht um Keno und es ist wichtig."

Einen Moment lang herrschte Schweigen. Dann sagte Sarah: „Gut. Schieß los."

„Das klingt jetzt bestimmt etwas schräg –", begann Theo.

„Bitte fass dich kurz", unterbrach Sarah ihn.

„Ich glaube, Keno hatte eben einen olfaktorischen Flashback. Deshalb ist er so ausgerastet und –"

„Ich versteh kein Wort", unterbrach sie ihn erneut.

„Okay." Theo holte tief Luft. „Keno war dabei, als Mike starb. Er hat irgendetwas beobachtet, was ihm große Angst macht. Und das Parfüm dieses Typen, mit dem du gerade im Büro sitzt, hat ihn daran erinnert. Du musst ihn unbedingt fragen, wie es heißt."

„Das ist jetzt nicht dein Ernst?", platzte es aus Sarah heraus.

„Doch! Mein voller Ernst! Es ist wichtig! Vertrau mir... BITTE!"

Eine kurze Pause entstand, und Theo fürchtete schon, sie würde einfach auflegen. Doch dann fragte sie leise: „Und wie soll ich das anstellen?"

„Dir fällt schon was ein. Improvisier einfach."

„Echt jetzt?", fragte sie ungläubig.

„Na ja... Bei ihm zu Hause einzubrechen und sein Badezimmer zu durchsuchen, ist vermutlich die kompliziertere Variante."

Sie stieß einen leisen Fluch aus. Dann brummte sie: „Ich werde sehen, was ich tun kann", und legte auf.

Theo fuhr zurück in sein Zimmer, behielt aber die Tür im Auge. Es fiel ihm schwer, sich auf seine Arbeit zu konzentrieren. Es gelang den *Big Five* nicht, seine Aufmerksamkeit zu fesseln. Endlich hatte er eine Spur. So unbedeutend sie auch sein mochte. Kenos olfaktorischer Flashback war ein wichtiges Indiz dafür, dass sein Taucher nicht nur ein Hirngespinst war.

Theo hörte, wie eine Tür ins Schloss fiel. Er fuhr ein Stück vom Schreibtisch weg und linste hinaus in den Flur. Doch es war nur Scott, der entspannt in Richtung Gemeinschaftsküche tappte.

„Mist!"

Theo fuhr zurück zum Schreibtisch. Mindestens zehn Minuten lang starrte er auf den wissenschaftlichen Artikel, den er eigentlich hatte durcharbeiten wollen, ohne zu bemerken, dass er immer wieder dieselben drei Zeilen las. Schließlich drang erneut ein Geräusch aus dem Flur in sein Zimmer. Er fuhr zur Tür und spähte hinaus.

„Auf Wiedersehen", sagte der Mann gerade. Er ergriff Sarahs Hand mit beiden Händen und drückte sie sanft. Die Frau hingegen verabschiedete sich mit einem wortlosen Kopfnicken. Allerdings nicht ohne einen langen und, wie es Theo schien, vorwurfsvollen Blick in Sarahs feuerrotes Gesicht zu werfen.

Als sich die Tür hinter den beiden schloss, stieß die junge Frau sichtbar erleichtert die Luft aus. Dann wandte sie sich um und kam auf Theo zu. Ihre Augen blitzten.

Theo räusperte sich. „Lief wohl eher suboptimal?", fragte er vorsichtig.

Ihre Miene war wie versteinert.

„Gab's Probleme mit der Dokumentation?", hakte Theo nach.

Sarah schüttelte den Kopf.

Theo wagte den Versuch eines aufmunternden Lächelns, gab unter ihren eisigen Blicken jedoch schnell wieder auf.

„Ey, das war so was von schweinepeinlich!", platzte es schließlich aus ihr heraus. „Weißt du, dass du mich in eine total bescheuerte Situation gebracht hast? Das war der letzte Gefallen, den ich dir getan habe, das schwör ich dir!"

„Was ... ist passiert?", fragte Theo vorsichtig.

„Was passiert ist? Ich hab improvisiert. So wie du gesagt hast!"

Theo enthielt sich eines Kommentars und wartete ab.

„Ich habe ihn gefragt, was für einen Duft er trägt. Daraufhin hat er mich so komisch angesehen, und ich habe schnell ergänzt, dass der Duft mich an irgendetwas erinnert. Dann fragte er natürlich nach, und mir fiel nichts Besseres ein als: an einen Urlaubsflirt. Na ja ..." Ihr Gesicht, das zuvor etwas blasser geworden war, wurde erneut tomatenrot. „Die Frau dachte natürlich sofort, ich wolle mit dem Typen flirten. Aber noch viel schlimmer war: *Er* dachte das auch!" Sie hob abwehrend die Hand. „Ich werde dir jetzt nicht erzählen, was er mich daraufhin alles gefragt hat!" Fassungslos schüttelte sie den Kopf. „Als ob ich irgendetwas von so einem Typen wollte!"

„Warum hast du nicht einfach gesagt, dass du den Eindruck hattest, Keno habe darauf reagiert?"

„Was glaubst du wohl?", fauchte Sarah. „Weil es mir nicht eingefallen ist! Das war wie in einer Prüfung. Ich hatte eine Art Blackout und hab einfach das Erstbeste rausgehauen, was mir eingefallen ist."

„Und das war ausgerechnet ein Urlaubsflirt?", entfuhr es Theo.

„Mann, Theo!", fauchte Sara. „Warum hast du nicht einfach selbst gefragt?"

„Weil man die Fragen von Behinderten in der Regel nicht ernst nimmt", erwiderte Theo.

Sarah presste die Lippen zusammen.

„Hast du denn eine Antwort bekommen?"

„‚One Billion‘ von Paco Garmendia."

„Danke. Vielen Dank!" Theo lächelte. „Ich bin dir was schuldig."

„Allerdings!" Sarah nickte grimmig. „Und ich fürchte, diese Schuld wirst du bis an dein Lebensende nicht abtragen können!", fügte sie mit düsterer Stimme hinzu.

„Tja, äh, ich werd dann mal wieder..." Er nickte Richtung Schreibtisch. „Die Arbeit ruft."

Sarah schnaufte wortlos.

Theo beschloss, dass jetzt der falsche Moment war, um die Angelegenheit ausführlicher zu diskutieren. Er fuhr zurück in sein Zimmer und schloss behutsam die Tür hinter sich. Dann nahm er sein Smartphone zur Hand und rief seine Schwester an.

Sie nahm nicht ab. Also hinterließ er ihr eine Nachricht auf der Mailbox.

Die WG

Es dämmerte bereits, als Lina den U-Bahnhof Innsbrucker Platz verließ. Dichte Wolken bedeckten den Himmel, und es war düster wie an einem Novembertag. Sie überquerte die Hauptstraße und bog in die Martin-Luther-Straße ein.

Vor einem Altbau mit schmutzig-grauer Fassade blieb sie stehen. Die Lampe über dem Eingang flackerte, was es ihr nicht gerade leichter machte, die Namen auf den Klingelschildern zu entziffern, zumal diese mit allerlei handschriftlichen Ergänzungen versehen waren. Schließlich klingelte sie bei „Scholz, R. und S. Piepke" und einem Gekritzel, das möglicherweise „Michalowski" heißen sollte, im dritten Obergeschoss des Hinterhauses. Nach einer halben Minute summte der Türöffner. Eine Gegensprechanlage gab es nicht.

Etliche knarrende Holzstufen später klopfte sie an eine dunkelbraun lackierte Tür, an der ein vergilbter *Free-Tibet*-Aufkleber prangte.

Schritte waren zu vernehmen. „Ja?", fragte eine müde Stimme.

„Hier ist Polizeiobermeisterin Marquardt, wir haben telefoniert."

Ein Riegel wurde zurückgeschoben. Die Tür öffnete sich. Eine groß gewachsene hagere Frau um die fünfzig blickte auf Lina herab. Sie trug Jeans und T-Shirt und sah aus, als käme sie gerade aus der Dusche. Ihre von grauen Strähnen durchzogenen braunen Locken waren feucht, und sie war ungeschminkt.

„Guten Abend. Frau Sybille Scholz?"

Die Frau nickte. „Kommen Sie rein."

„Soll ich die Schuhe ausziehen?", fragte Lina, als sie sah, dass die Frau barfüßig war.

„Ja, bitte."

Lina zog die Schuhe aus und registrierte erleichtert, dass ihre Socken keine Löcher hatten. Die Frau ging voran. „Am besten, wir gehen in die Küche. Möchten Sie einen Tee?"

„Gerne, wenn es keine Umstände macht."

Im Vorbeigehen klopfte Sybille an eine Tür. „Kommt ihr? Die Polizei ist da."

Eine Männerstimme brummte etwas. Es klang wie: „Ja, gleich."

Lina sah sich im Flur aufmerksam um und betrat dann die großzügige Essküche. „Schön geräumig haben Sie es hier."

„Na ja, für vier Personen passt es." Sybille stellte seufzend schmutziges Geschirr in die Spüle und füllte den Wasserkocher. „Setzen Sie sich." Sie deutete auf die Sitzbank hinter dem riesigen Esstisch. Lina registrierte etliche Krümel und noch feuchte Ränder, die von Kaffeetassen herzurühren schienen. „Haben Sie gerade erst gefrühstückt?", fragte sie verblüfft.

„Die Zwillinge haben einen etwas ungewöhnlichen Tagesrhythmus", erwiderte die Frau. „Das hat den charmanten Vorteil, dass wir uns selten in die Quere kommen. Ich schätze, sie sind erst vor drei oder vier Stunden aufgestanden. Ich hingegen bin seit vier Uhr auf den Beinen und habe einen Zehn-Stunden-Arbeitstag hinter mir."

„Wo arbeiten Sie?"

„Im Helios-Klinikum Berlin-Buch. Ich bin Krankenschwester."

Lina nickte. „Wenn ich mich nicht verzählt habe, leben Sie mit vier Personen in einer Dreizimmer-Wohnung?"

„Ja." Sybille gab Tee aus einer kleinen Blechdose in ein Sieb. „Man muss nehmen, was man kriegen kann. Die Mieten sind seit der Sanierung exorbitant gestiegen. Seit mein Mann beschlossen hat, mit seiner fünfzehn Jahre jüngeren Assistentin seinen dritten Frühling zu erleben, kann ich mir die Wohnung nicht mehr leisten. Umziehen ist auch keine Option, weil kleinere Wohnungen bei Neuvermietung in der Regel noch teurer sind. Also habe ich beschlossen, eine WG zu gründen."

„Das ist bestimmt nicht so einfach", bemerkte Lina.

Die Frau zuckte die Achseln. „Na ja, es ist ein bisschen wie früher, als meine Kinder noch zu Hause wohnten." Sie warf einen Blick auf die Uhr und verdrehte genervt die Augen, bevor sie hinaus in den Flur trat. „Meine Güte, wie lange dauert das denn noch?"

„Ey, chill mal, wir kommen ja gleich", antwortete eine Frauenstimme.

Sybille kam zurück in die Küche und goss den Tee auf. „Genau genommen ist es nicht nur ein bisschen so wie früher", seufzte sie. Anschließend wischte sie den Tisch sauber. „Entschuldigen Sie die Unordnung."

Schritte waren zu vernehmen, und gleich darauf betraten ein kräftiger junger Mann mit Vollbart und eine junge Frau die Küche. Er trug ein Tablet unter dem Arm. Sie hatte den Blick auf ihr Smartphone gerichtet und tippte mit geschmeidigen Bewegungen etwas ein.

„Guten Abend", sagte Lina etwas lauter als nötig. Der junge Mann grinste, und seine Schwester zuckte erschrocken zusammen.

Sie stellten sich als Ronja und Sören Piepke vor. Sie studierte Grafikdesign und er Medienmanagement.

Als alle am Tisch saßen und mit Tee versorgt waren, begann Lina, ihre Fragen zu stellen. „Vielen Dank, dass Sie sich Zeit nehmen. Wir ermitteln in einem Todesfall und müssen dringend mit Ihrem Mitbewohner Marek Michalowski sprechen. Wissen Sie, wo er sich zurzeit aufhält?"

Sybille schüttelte den Kopf.

„Absolut keinen Schimmer", erwiderte Ronja.

„Wir hatten nicht viel mit dem zu tun", ergänzte Sören.

„Wann haben Sie ihn das letzte Mal gesehen?", fragte Lina.

„Keine Ahnung", brummte Sören. „Vor 'ner Woche ungefähr."

„Nee, das ist erst so fünf Tage her, da hat der mitten in der Nacht 'ne halbe Ewigkeit das Bad besetzt, und als er endlich rauskam, hat er kein Wort gesagt."

Lina hob die Brauen. „Vor fünf Tagen, sagen Sie?"

Die junge Frau nickte.

Das war exakt jene Nacht, in der Mike gestorben war. „Mitten in der Nacht?", bohrte Lina nach.

„Ja. Ich lag noch im Bett und musste dringend pinkeln."

„Denken Sie noch mal genau nach. Es kann nicht nachts gewesen sein. An diesem Tag hatte Marek Michalowski Nachtdienst. Wie spät war es?"

Sie zuckte mit den Achseln. „Keine Ahnung, so sechs oder sieben Uhr morgens, schätze ich."

„Das nennen Sie ‚mitten in der Nacht'?"

„Na ja, ich stehe normalerweise frühestens um elf Uhr auf."

„Und seit diesem Tag haben Sie ihn nicht mehr gesehen?", hakte Lina nach.

Ronja nickte.

„Haben Sie sich nicht gewundert?"

„Warum sollten wir?", entgegnete ihr Bruder an ihrer Stelle. „Wir haben den Typ auch sonst kaum gesehen. Der war viel unterwegs, und wenn er hier war, hat er sich in seinem Zimmer vergraben."

Lina blickte zu Sybille hinüber. „Und wann haben Sie ihn zum letzten Mal gesehen?"

„Am Abend zuvor. Ich klopfte an seine Tür und wies ihn darauf hin, dass dem Käse in seinem Kühlschrankfach mittlerweile ein Pelz gewachsen war. Er versprach, ihn zu entsorgen."

„Und, hat er es getan?"

„Nein. Das habe ich dann gemacht, zwei Tage später."

„Sie haben ihn also auch seit fünf Tagen nicht gesehen. Haben Sie sich nicht gewundert?"

Die ältere Frau schürzte die Lippen. „Eigentlich nicht. Er war die meiste Zeit im Schichtdienst tätig und hier verbrachte er die ganze Zeit in seinem Zimmer."

„Der hat stundenlang Battle of Doom gezockt", ergänzte Sören.

„Woher wissen Sie das?"

„Hat er mir mal erzählt. Sein Spielername ist Boruta, das ist irgendeine polnische Sagengestalt."

„Ich dachte, er hat vielleicht 'ne Freundin gefunden oder so", ergänzte Ronja.

„Es ist also gut möglich, dass er seit fünf Tagen nicht mehr hier war?"

„Ja."

„Und niemand weiß, wo er momentan sein könnte?"

Unisono schüttelten die drei den Kopf.

Lina seufzte. „Was wissen Sie sonst noch über ihn?"

„Nicht viel. Er wohnte ja nur einen Monat hier", sagte Sybille.

„Ich glaube, er hat mal Jura studiert", bemerkte Ronja. „Jedenfalls hat er mir das erzählt."

„Ach?" Lina runzelte die Stirn. „Und von einer Krankenpfleger- oder Erzieherausbildung hat er nichts gesagt."

Die junge Frau schüttelte den Kopf.

„Der und Krankenpfleger?", schnaufte Sören. „Wohl kaum."

„Warum?", hakte Lina nach.

„Ich hab mir mal an 'ner Thunfischdose den Finger aufgeschlitzt. Da ist der gleich ganz blass geworden und hat gesagt, er kann kein Blut sehen."

„Tatsächlich?", horchte Lina auf.

„Wenn der Krankenpfleger ist, bin ich Maurermeister", erwiderte Sören.

„Interessant", bemerkte Lina. „Fällt Ihnen sonst noch etwas ein?"

„Eigentlich nicht."

Ronja schüttelte den Kopf.

„Dürfte ich mal sein Zimmer sehen?"

Die ältere Frau zuckte die Achseln. „Von mir aus."

Sie stand auf und Lina folgte ihr rasch.

Hinter sich hörte sie Sörens leise Stimme: „Braucht die dafür nicht einen Durchsuchungsbeschluss oder so was?"

„Ist mir doch egal", erwiderte seine Schwester.

Lina sagte nichts. Natürlich hatte Sören recht. Vor Gericht wären Erkenntnisse, die sie heute gewann, nicht verwertbar. Aber einen kurzen Blick in das Zimmer zu werfen, konnte auf jeden Fall nicht schaden. Im Zweifelsfall konnte sie noch immer den offiziellen Weg gehen.

Als Sybille die Tür öffnete, war Lina enttäuscht. Der Raum war bis auf die Möbel komplett leer. Das Bett war nicht gemacht, die Schranktür stand halb offen. Es wirkte, als habe Marek Michalowski sein Zimmer recht hastig verlassen.

Lina stieß die Schranktür mit dem Ellenbogen auf. Alle Fächer und die Kleiderstange waren leer. Auch der Schreibtisch war leer geräumt.

Lina blickte sich aufmerksam um, entdeckte jedoch nichts. Selbst unter dem Bett schaute sie nach. Im Papierkorb lagen ein Dutzend benutzte Taschentücher, aber bedauerlicherweise kein zerknüllter Notizzettel, der irgendeinen Hinweis auf das Privatleben von Marek Michalowski enthalten hätte. Der junge Mann hatte in nahezu perfekter Anonymität gelebt. War das Zufall oder Absicht gewesen?

Egal – irgendetwas stimmte nicht mit diesem Marek.

Lina fischte Stift und Zettel aus der Tasche. Sie schrieb ihre Privatnummer auf. „Bitte rufen Sie mich an, falls Ihnen noch irgendetwas einfällt", bat sie Sybille.

„Mach ich."

Auch den Zwillingen gab sie ihre Nummer.

„Haben die bei der Polizei nicht einmal mehr Geld für so'ne Kärtchen?", erkundigte sich Sören.

Lina ignorierte die Frage. „Geben Sie mir bitte Bescheid, wenn Marek Michalowski sich noch einmal melden oder hier auftauchen sollte."

„Geht klar", vermeldete Ronja.

Lina verabschiedete sich. An der Tür wandte sie sich noch einmal um. „Ach so, eine Frage noch: Könnte es sein, dass er ‚One Billion' von Paco Garmendia benutzt?"

„Was soll das denn sein?", fragte Sören.

„Ein ziemlich teures Herrenparfüm."

„Nee!", erwiderte Sören im Brustton der Überzeugung.

Ronja lachte. „Ich bezweifle ehrlich gesagt, dass der überhaupt 'nen Deo benutzt hat."

Auch Sybille schüttelte den Kopf. „Ein solch teures Parfüm – das wäre uns aufgefallen."

„Okay, trotzdem danke."

Enttäuscht trat Lina hinaus auf die Straße. Sie hatte sich von diesem Besuch mehr versprochen. Andererseits wäre es vielleicht klug, erst ein wenig nachzudenken, bevor sie ihrer Frustration freien Lauf ließ.

Anstatt zurück zum Bahnhof zu gehen, wandte sie sich nach Norden. Ein wenig Bewegung würde ihr jetzt guttun. Kurz bevor sie das Rathaus Schöneberg erreichte, auf dessen Vorplatz John F. Kennedy die berühmten Worte „Ich bin ein Berliner" in die Menge gerufen hatte, bog sie nach links ab. Dort erstreckte sich der Rudolph-Wilde-Park, einer von Berlins grünen Gürteln, der in den Stadtpark Wilmersdorf überging. An sonnigen Wochenenden lagen die Berliner hier vor allem auf der Wiese rund um den goldenen Hirschen dicht an dicht nebeneinander und brieten in der Sonne. Doch an diesem düsteren Abend war der Park bis auf ein paar Jogger und Hundebesitzer weitgehend leer.

Schotter knirschte unter ihren Sohlen, während sie durch den dunklen Park ging. Marek Michalowski hatte sich offenbar nicht lange in der Stadt aufgehalten. Er hatte Battle of Doom gespielt und wenig Kontakt zu anderen Menschen gehabt. Nach der Nachtschicht, in der Mike gestorben war, war er noch einmal nach Hause gegangen, hatte seine Sachen gepackt und war verschwunden. Die kleine Episode, von der sein Mitbewohner gesprochen hatte, war interessant. Ein Krankenpfleger, der kein Blut sehen konnte, wäre schon äußerst ungewöhnlich. Alles deutete darauf hin, dass Marek Michalowski seinen Lebenslauf gefälscht hatte und in Wahrheit eine ungelernte Aushilfskraft war.

Hatte Mike wegen eines überforderten Betrügers sterben müssen, so wie Kommissar Seidel es vermutete? Auf den ersten Blick schienen die Indizien darauf hinzudeuten. Auf den zweiten Blick allerdings war das Ganze deutlich weniger überzeugend: Wäre jemand, der kein Blut sehen konnte, in der Lage, einem Patienten einen Venenkatheter zu legen – so wie es offensichtlich bei Mike geschehen war? Das erschien Lina höchst unwahrscheinlich, und es bestärkte sie in dem

Verdacht, dass in jener Nacht noch eine zweite Person dort gewesen sein musste. Aber wer sollte das gewesen sein? Ein Kollege? Es hatte niemand sonst Dienst gehabt! Marek Michalowski war neu und zudem eine Leasingkraft gewesen, er hatte keine befreundeten Kollegen, die ihm zuliebe hätten dableiben können.

Vielleicht hatte er einer unbefugten Person Zutritt gewährt? Das konnte nicht von vornherein ausgeschlossen werden. Aber warum sollte dieser Fremde Mike einen Venenkatheter legen, um ihm Pentobarbital zu verabreichen? Das alles ergab doch überhaupt keinen Sinn!

Frustriert fuhr sich Lina durch die Haare. Irgendwie hatte sie das Gefühl, auf einer völlig falschen Fährte zu sein. Sie griff in die Jackentasche und zog ihre Kopfhörer heraus. Zeit, sich mit ein wenig klassischem Bluesrock das Hirn durchzupusten. Während Stevie Ray in seiner unnachahmlichen Art seine Fender Stratocaster zum Singen brachte, folgte Lina mit langen Schritten den gewundenen Pfaden des Parks Richtung Wilmersdorf.

Durch die dicht belaubten Bäume warf der Mond fleckige Muster bleichen Lichts auf den Weg unter ihren Füßen. Ein kleiner Schatten flog in seltsam unstetem Flug über sie hinweg. Erste Fledermäuse machten sich auf die Jagd. Linas Augen versuchten, dem Tier zu folgen. Dabei bemerkte sie hinter sich eine dunkle Silhouette. Ein groß gewachsener Mann folgte ihr. Sie ging weiter, hielt aber ein paar Minuten später an einer lang gestreckten Wiese inne und tat so, als würde sie irgendetwas in ihr Handy eingeben. Der Mann hinter ihr verlangsamte seine Schritte und blieb schließlich etwa zwanzig Meter von ihr entfernt ebenfalls stehen.

Lina wandte sich um und ging schneller. Der Mann hielt den Abstand. Als sie gleich darauf einen Laut hörte, den sie nicht zuordnen konnte, schaltete sie die Musik aus. Der Laut wiederholte sich nicht, stattdessen vernahm sie Schritte, die näher kamen. Sie sah sich nicht um und begann schneller zu gehen. Der Verfolger kam näher. Als der Pfad eine Kurve machte, suchte sie hastig hinter dem breiten Stamm einer Kastanie Deckung.

Sie hörte schwere Schritte und keuchenden Atem. Als der Schatten auf ihrer Höhe war, streckte sie ein Bein aus. Der Mann stolperte, fiel zu Boden und rollte sich laut fluchend ab.

Lina trat hinter dem Baum hervor. Als ihr Verfolger sich schnaufend aufrappelte, leuchtete Lina ihm mit der Taschenlampe ihres Smartphones direkt ins Gesicht. „Stehen bleiben, Poli–" Sie brach mitten im Wort ab. Ihre Augen wurden groß. „Du?"

Verwirrung

„Was machst du denn hier?"

„Ich liege auf dem Boden, überprüfe, ob ich mir irgendetwas gebrochen habe, und nebenbei frage ich mich, ob deine charmante Art der Begrüßung System hat."

Es war Bastian, der in verschwitzten Joggingklamotten vor Lina auf dem Boden hockte, ins Licht ihrer Taschenlampe blinzelte und seinen Knöchel betastete.

„Gib's ruhig zu, du liebst es, wenn die Männer dir zu Füßen liegen."

„Sehr witzig", schnaufte Lina. „Warum verfolgst du mich?"

„Das Gleiche könnte ich dich fragen." Bastians Lächeln erlosch und seine Stimme klang verärgert. „Du hast zu mir Kontakt aufgenommen. Schon vergessen? Bei unserem ersten Treffen hattest du nichts Besseres zu tun, als mich aufs Kreuz zu legen, und nun tauchst du plötzlich auf meiner üblichen Joggingstrecke auf, und schon wieder liege ich im Dreck. Erklär mir mal, wie ich das interpretieren soll!"

„Du ... joggst hier regelmäßig?", fragte Lina.

„Dreimal die Woche. Ich wohne um die Ecke in der Kufsteiner Straße. Deshalb war ich auch etwas überrascht, als du auf einmal hier aufgetaucht bist."

„Du hast mich aus der Ferne erkannt? In der Dunkelheit?"

„Na ja, du bist ... also ... ich habe zumindest geglaubt, dich erkannt zu haben. Ich habe auch deinen Namen gerufen. Aber du hast nicht reagiert, und auf einmal warst du verschwunden."

Er grinste schief. „Offenbar, um mich hinterrücks zu Fall zu bringen."

Lina spürte, wie ihre Wangen sich leicht röteten. „Tut mir leid." Sie reichte ihm die Hand und half ihm auf. „Alles okay?"

„Na ja." Bastian klopfte seine Laufhose ab. „Mein letzter Rest Würde liegt im Staub, aber sonst scheint alles in Ordnung zu sein."

„Tut mir wirklich leid", sagte Lina. „Ich dachte, du wärst jemand anderes."

„Ich hab doch geahnt", grinste Bastian, „dass das deine übliche Masche ist."

Lina schüttelte den Kopf und sah sich um. Von dem groß gewachsenen Mann war nichts zu sehen. „Ich dachte, dass mich jemand verfolgen würde."

Bastian wurde schlagartig ernst. „Kanntest du den Typen?"

„Nein. Aber seine Statur war auffällig – ziemlich groß und breitschultrig."

„Moment", Bastian hob die Brauen, „du dachtest, dass dich ein groß gewachsener Typ verfolgt, und dann gehst du allein in einen dunklen Park, um dich hinter einem Baum zu verstecken und ihm ein Bein zu stellen? Das ist eine etwas ungewöhnliche Vorgehensweise – um es vorsichtig auszudrücken."

Lina konnte sich ein Kichern nicht verkneifen. „Nein, so war das nicht. Ich hatte hier etwas Dienstliches zu erledigen."

„Im Park? Hast du illegale Pilzsammler beschattet?"

„Nein, eine Zeugenbefragung in der Martin-Luther-Straße."

„Oh. Hat das etwas mit Mikes Tod zu tun?"

„Wie kommst du darauf?", fragte sie scharf.

„Na, du bist doch Polizistin", erwiderte er. „Ich dachte, du arbeitest an dem Fall."

Sein Gesicht war im Schatten nur teilweise zu erkennen, aber ihre aggressive Gegenfrage hatte ihn offenbar verblüfft.

„Ja, das stimmt ... Aber ich darf nicht darüber reden."

„Natürlich nicht." Er nickte verständnisvoll.

Eine kurze Pause entstand.

„Musst du morgen früh raus?", fragte er.

„Äh, geht so ... Warum fragst du?"

„Ich wohne hier gleich um die Ecke. Darf ich dich auf einen Cappuccino einladen?"

Lina warf ihm einen überraschten Blick zu.

„Ich hätte noch Milch, Kamillentee und frisches Leitungswasser im Angebot", ergänzte er.

„Das ... ist natürlich sehr verlockend", sagte Lina.

„Prima." Bastian lächelte strahlend und bot ihr galant seinen Arm. „Gehen wir?"

Lina hakte sich schmunzelnd bei ihm ein. „Gehen wir."

Bastian wohnte im ersten Stock eines Hinterhauses.

„Es ist ein bisschen düster, aber ruhig, und für heutige Verhältnisse ist die Miete gerade noch okay", sagte Bastian, als er die Tür aufschloss. Die Dielen der Altbauwohnung waren abgezogen. Die Garderobe bestand aus einigen in die Wand geschlagenen Nägeln. Einige Schuhpaare reihten sich auf dem Boden.

„Was willst du trinken?"

„Fürs Erste hätte ich gerne ein Wasser."

„Kommt sofort."

Die Küche war winzig und bestand aus mehreren Möbeln, die nicht recht zusammenpassen wollten.

Bastian füllte ein Glas mit Leitungswasser und führte Lina in das einzige Zimmer. Dort stellte er das Glas auf einen Holztisch, warf hastig eine Tagesdecke über das ungemachte Bett und klaubte schmutzige Wäsche vom Boden. „Mach's dir gemütlich. Ich muss nur rasch duschen. Bin in fünf Minuten wieder da." Er hastete ins Bad.

Lina nippte an ihrem Wasser und sah sich um. Das Bett war halb versteckt hinter einem Kleiderschrank. In der Ecke lehnte eine Gitarre. An den Wänden hingen einige Kohlezeichnungen, den überwiegenden Teil des Raums nahmen jedoch Bücher ein. Neugierig betrachtete sie die Einbände.

Neben einiger Fachliteratur, die offenbar mit seinem Studium zu tun hatte, fanden sich etliche Biografien, aber auch geschichtliche und philosophische Werke. Lina schürzte die Lippen. Wenn Bastian die alle gelesen hatte, musste er ein kluger Kopf sein. Gedankenverloren nahm sie ein Buch zur Hand, das ziemlich zerlesen aussah. *Bekenntnisse* – Augustinus.

Auch einige Bücher über den arabischen Frühling hatte er offenbar des Öfteren zur Hand genommen.

Im Regal daneben befand sich Genreliteratur, hauptsächlich Thriller, Dystopien und Science-Fiction-Romane.

Interessant. Sie hätte ihn nicht unbedingt für eine Leseratte gehalten.

Ihr Blick wanderte zu der verglasten Balkontür. Einen grünen Daumen schien er hingegen nicht zu haben. Sie ging hinüber, öffnete die Tür und trat hinaus auf den winzigen Balkon. Zwei traurige Blumenkästen waren an der Brüstung befestigt. Sie bildeten eine karge Steppenlandschaft ab, in der neben einigem verdorrten Gestrüpp ein paar dürre Grashalme ein trauriges Dasein fristeten. Die Blumenerde schien noch aus der Zeit vor der Wende zu stammen und war so trocken wie ein drei Jahre altes Toastbrot.

„Wow", erklang es hinter ihr.

Sie drehte sich um. Bastian stand in Jeans und T-Shirt im Zimmer und starrte sie an.

„So gerne habe ich noch nie auf meinen Balkon hinausgeguckt."

„Na ja." Lina trat einen Schritt zur Seite und deutete auf die Blumenkästen. „Angesichts dieser naturgetreuen Nachbildung mongolischer Steppenlandschaften ist das nicht weiter verwunderlich. Jeder Müllsack, der diesen Anblick verdeckt, wäre eine ästhetische Verbesserung."

„Na toll", brummte Bastian. „Da will ich dir gerade ein richtig tolles Kompliment machen, und du machst einen Müllsackvergleich daraus."

Lina kicherte und hob ihr Glas. „Kompliment ist angekommen. Vielen Dank, dass du mich für attraktiver hältst als vierzig Jahre alte Balkonkästen aus Beton. Ist da noch Asbest drin?"

Bastian schüttelte grinsend den Kopf. „Keine Ahnung, die habe ich von meinem Vormieter geerbt. Aber sicherheitshalber würde ich dir davon abraten, Löcher hineinzubohren."

„Na gut, dann nicht. Obwohl es mir schwerfällt." Sie trat zurück ins Zimmer und schloss die Balkontür.

„Hast du Hunger? Ich kann uns eine Pizza in den Ofen schieben."

„Klingt verlockend."

„Salami oder Thunfisch?"

„Salami."

„Einen Moment, kommt sofort."

Wenig später saßen sie bei leicht angeschwärzter Tiefkühlpizza und romantischem Teelicht am Tisch.

„Hast du die Bücher alle gelesen?", fragte Lina und deutete mit einem Kopfnicken auf die Regale.

„Die meisten."

„Hätte nicht gedacht, dass du so eine Leseratte bist. Nach dem, was Theo mir erzählt hat, bin ich davon ausgegangen, du verbringst deine Freizeit an der Spielkonsole."

„Das mache ich auch, hin und wieder. Zum Lesen bleibt

trotzdem noch genug Zeit. Bücher sind immer noch die besten Freunde für lange Abende und einsame Nächte."

„Keine Freundin?", rutschte es Lina heraus.

„Seit zwei Jahren Single", erwiderte Bastian lächelnd.

Lina spürte erneut, wie ihr das Blut in die Wangen stieg, und biss sich innerlich auf die Zunge. Womöglich dachte er jetzt, sie wollte etwas von ihm. „Schmeckt übrigens gut, die Pizza", lenkte sie vom Thema ab. „Ich habe nur ein bisschen Angst um meine Zähne."

„Also, ich finde, wenn man die schwarzen Stellen großzügig wegschneidet, dann geht's."

Einige Minuten lang war nur das Klappern des Bestecks zu vernehmen. Dann fragte Bastian: „Und du?"

„Ich finde auch, dass Kohle kulinarisch überbewertet wird."

Er lächelte. „Hast du einen Freund?"

„Nicht mehr, seit letztem November."

„Was ist schiefgegangen?"

„Findest du nicht, dass das eine ganz schön persönliche Frage ist?"

„Doch, aber ich kann ja den ersten Schritt machen und von mir erzählen." Er räusperte sich und fuhr fort: „Meine Freundin hat mich betrogen, bevor sie mich verließ. In unserem letzten Gespräch teilte sie mir mit, dass ich sie in eine Affäre getrieben hätte und alles meine Schuld sei."

„Oh…"

„Sie warf mir vor, dass ich mich verändert hätte, dass wir kaum noch Gemeinsamkeiten hätten und dass ich eine richtige Spaßbremse geworden sei." Bastians Blick wurde nachdenklich. „Möglicherweise hatte sie recht. Ich hatte mich tatsächlich verändert. Mir waren andere Dinge wichtig geworden. Zum ersten Mal in meinem Leben wollte ich mein Studium ernst nehmen. Und ich hatte mir meinen Job nicht nur gesucht, um meinen Kontostand aufzubessern. Ich glaube, sie ekelte sich ein wenig vor meiner neuen Arbeit." Ein sanftes Lächeln trat auf seine Lippen. „Nun ja, möglicherweise hätte ich ihr nicht erzählen sollen, dass einer meiner Klienten unter chronischen Obstipationen litt und ich daher zu digitalem Ausräumen gezwungen war."

„Zu was?"

Er winkte ab. „Das willst du nicht wissen."

„Natürlich", widersprach Lina. „Jetzt hast du mich neugierig gemacht."

„Hey, ich habe aus meinen Fehlern gelernt. Die erste Lektion lautet: Übersetze niemals ‚digitales Ausräumen' beim Essen." Er nahm einen Schluck Wasser und fuhr fort. „Auf jeden Fall hatte sie recht, als sie meinte, wir würden einfach nicht mehr zueinander passen. Ich hatte ihr den Bastian genommen, den sie kannte. Er war unwiederbringlich verloren, und da sie keinerlei Interesse daran hatte, sich ebenfalls zu verändern, war die Trennung eine logische Konsequenz. Ob dazu allerdings unbedingt eine Affäre nötig gewesen wäre ..." Er zuckte mit den Achseln.

Lina stellte fest, dass er ohne jede Bitterkeit gesprochen hatte. „Hast du sie geliebt?", fragte sie.

Er nickte langsam. „Ich glaube, schon." Ein sanftes Lächeln umspielte seine Lippen. „So gut ich es damals konnte."

„Was hat dich so sehr verändert?"

„Ich versuche es mal so zu formulieren: Ich habe erkannt, dass ich erst dann zu mir selbst finde, wenn es nicht mehr um mich geht."

„Wie meinst du das?"

„Vielleicht lässt es sich mit einem Beispiel am besten erklären: Niemand, der mit allen Mitteln versucht, etwas Besonderes zu sein, wird es jemals werden. Originalität ist kein

Selbstzweck. Wer unbedingt anders sein will als die anderen, wird am Ende so etwas wie ein Schattenbild, eine Art Antikopie, aber er wird nicht originell. Erst wenn er anfängt, eine Sache um ihrer selbst willen zu lieben, ganz egal, was andere davon halten, begibt er sich auf den Pfad, der ihn irgendwann zu einem Original werden lässt. Genauso werde ich mich nicht finden, wenn sich mein Leben nur um mich selbst dreht."

Lina schürzte nachdenklich die Lippen. „Ein interessanter Gedankengang. Also ist Altruismus dein Selbstfindungskonzept?"

Bastian schüttelte lächelnd den Kopf. „Nein, es geht weder um das eine noch um das andere. Beides sind gewissermaßen nur Nebeneffekte. Aber", er wurde nachdenklich, „ich bin ja erst ganz am Anfang einer Reise, mehr nicht. Und um ehrlich zu sein: Es fällt mir sehr schwer, das genauer zu beschreiben, ohne in Klischees zu verfallen." Er verzog das Gesicht. „Und ich hasse Klischees!"

„Vielleicht", fügte er nach einer kurzen Pause hinzu, „sollte ich es so ausdrücken: Ich fange an, auf jemanden zu vertrauen, von dem ich bis vor Kurzem gar nicht wusste, dass es ihn gibt."

Lina hob die Brauen. Aber Bastian gab ihr keine Chance nachzuhaken. „Jetzt bist du dran", sagte er mit einem Schmunzeln auf den Lippen. „Wie kommt es, dass eine Frau wie du Single ist?"

Lina zuckte die Achseln und schob sich ein großes Stück Pizza in den Mund. Das verschaffte ihr ein wenig Zeit. Nachdem sie sehr sorgfältig gekaut hatte und auf Bastians Lippen ein spitzbübisches Lächeln erschien, schluckte sie den Bissen herunter. „Ich würde sagen: Ich habe es versucht, aber irgendwie hat es nicht geklappt."

Bastian hob die Brauen und wartete.

„Vielleicht... bin ich einfach nicht der Typ für eine Beziehung."

„Bist du glücklich?", fragte er.

Lina senkte den Blick. „Was soll denn jetzt diese Frage?"

„Na ja, es wäre ein Indiz. Wenn du Single und glücklich bist, gehörst du vielleicht zu den eher seltenen Exemplaren unter uns Menschen, die dafür gemacht sind, allein zu sein."

Nein, ich bin nicht glücklich, lag es ihr auf der Zunge. *Ich bin einsam und fühle mich im Stich gelassen. Irgendetwas in mir sagt mir, dass ich selbst schuld daran bin. Eine leise Stimme murmelt mir ständig zu: Versagerin. Aber gleichzeitig empfinde ich das Ganze als schrecklich ungerecht, und dann packt mich die Wut, und ich tue Dinge, die ich später bereue.* Doch all diese Worte kamen nicht über ihre Lippen. Stattdessen verschränkte sie die Arme vor der Brust und fragte: „Hast du diese psychologischen Taschenspielertricks im Studium aufgeschnappt oder sind die aus der Fernsehzeitung?"

Bastian schwieg einen Moment, dann grinste er und nickte ergeben. „Das habe ich wohl verdient. Entschuldige meine Aufdringlichkeit."

Lina biss sich innerlich auf die Zunge. Sie hatte ihn verletzt, und das nur, weil sie Angst davor hatte, sich zu öffnen. „Mir tut es leid", sagte sie rasch. „Ich bin manchmal ein bisschen ... ruppig. Mein kleiner Bruder meinte einmal, in der zwischenmenschlichen Kommunikation gebe es vier Grundtypen, die Lerche, die Fledermaus, den Leitwolf und den Lemming ..."

„Interessant, und welcher davon bist du?"

„Der Vorschlaghammer."

Bastian kicherte. „Und, hat er recht?"

„Ich glaube, ich sollte jetzt gehen."

Bastians Lächeln verblasste und er nickte. „Ich fand's schön, dass du noch mitgekommen bist."

Lina ging in den Flur und zog ihre Schuhe an.

Höflich hielt Bastian ihr die Tür auf. Der Blick, mit dem er sie betrachtete, verursachte ein Kribbeln auf ihrer Haut.

Als sie schon fast an ihm vorbeigegangen war, hielt sie inne und schlang die Arme um ihn. Überrascht beugte er sich ein Stück zu ihr herab. Ganz sanft berührten ihre Lippen die seinen. Ehe er reagieren konnte, war sie wieder zurückgewichen. Sie warf ihm ein flüchtiges Lächeln zu. „Ich fand's auch schön." Sie ging zum Treppenabsatz. „Gute Nacht!"

„Gute Nacht", stammelte Bastian. Aus seinem Blick sprach Verwirrung.

Das macht nichts, befand Lina, während sie mit klopfendem Herzen die Stufen hinabeilte. Schließlich war sie nicht weniger verwirrt.

Gestalten im Nebel

Der Mann ohne Namen schloss den Reißverschluss seiner Windjacke und schlug den Kragen hoch. Die Sonne war schon vor einigen Stunden untergegangen, und in der sternenklaren Nacht wurde es empfindlich kalt. Er war müde, und es wurde Zeit, dass er in sein Quartier kam.

Vor einigen Tagen war er in die Stadt gekommen, getrieben von dem Verlangen, sich endlich erinnern zu können. Seit seiner Gefangenschaft kam er sich nackt und verletzlich vor. Sie hatten etwas mit ihm gemacht, dort in diesem Raum aus einer anderen Zeit. Irgendwie hatten sie in seiner zerstörten Erinnerung gebohrt und Dinge aus den Tiefen seines Unterbewusstseins ans Tageslicht gezerrt. Blitzlichtartige Bilder spukten seitdem durch seinen Geist und ließen ihm keine Ruhe.

Da sind dichter Nebel und ein fernes Rauschen. Gesichter blicken ihn an, aber in den wabernden Schwaden sind sie nur undeutlich zu erkennen. Er versucht, den Nebel zu durchdringen, doch statt Menschen steigen bizarr geformte Krüppelkiefern und vereinzeltes Buschwerk aus dem Dunst wie Kobolde, die aus den Tiefen der Erde kriechen. Er sieht eine Gestalt reglos im Nebel stehen. Er hört das Krachen von Schüssen und einen lauten Schrei. Und dann wird alles schwarz …

Schwindel überkam ihn und er lehnte sich an die mit Graffiti beschmierte Betonmauer einer S-Bahn-Brücke. In der Ferne heulte eine Polizeisirene. Aus den Augenwinkeln nahm er dunkle Gestalten wahr, doch er achtete kaum auf sie.

Warum?, fragte er sich selbst. *Warum bin ich hier?* Als diese Typen in seinen Erinnerungen gewühlt hatten, war etwas in ihm wach geworden. Etwas von dem Mann, der er einst gewesen war. Dieser Mann hatte ihn nach Berlin geführt. Aber warum? Was suchte er hier?

Vor zwei Tagen war er durch den Tiergarten spaziert, die älteste Parkanlage der Stadt. Wie erstarrt war er vor einer Statue stehen geblieben. Sie zeigte den Dichter Theodor Fontane, einen der bedeutendsten deutschen Schriftsteller des 19. Jahrhunderts. Irgendetwas hatte dieser Anblick in ihm wachgerufen. Es war ein regelrechter Schock gewesen. Sein Herz hatte schneller geschlagen, und er hatte eine seltsame Mischung aus Angst und gespannter Erwartung verspürt. Schließlich war er zur Amerika-Gedenk-Bibliothek gefahren und hatte sich die Werke Fontanes vorgenommen. Doch nichts, was er las, hatte irgendeine Erinnerung in ihm geweckt. Es war ihm nicht gelungen, den Schleier zu lüften. Die Fragen blieben und ließen ihm keine Ruhe.

„Hey", durchdrang eine männliche Stimme seine kreisenden Gedanken. „Haste mal 'ne Zigarette?" Der Namenlose achtete mehr auf den Klang der Stimme als auf den Inhalt der Worte. Es lag eine durch Drogen und Adrenalin aufgepeitschte Aggressivität darin, die ihn in Alarmbereitschaft versetzte. Er schüttelte entschuldigend den Kopf, stieß sich von der Wand ab und ging weiter.

„Ey! Ich rede mit dir!"

Er hörte Schritte hinter sich, es mussten vier oder fünf Leute sein, die ihm folgten. Dann vernahm er ein Geräusch und zog instinktiv den Kopf ein. Etwas traf ihn hart an der Schulter, prallte zu Boden und zersplitterte – eine Bierflasche. Er wandte sich um. „Keine Zigaretten", sagte er und zog die leeren Hände aus den Jackentaschen.

„Oh, es kann sprechen!", grinste einer der jungen Männer, ein Glatzkopf mit einem von Aknenarben gezeichneten Gesicht. Neben ihm ging ein muskelbepackter Südländer mit Kinnbart – gefährlicher als der Sprücheklopfer, aber nicht der Anführer.

„Du lügst!", knurrte ein junger, nervöser Kerl mit rot umränderten Augen. Der Typ war höchstens sechzehn, und er hatte einige Tüten Gras zu viel geraucht. Die Hand in seiner Jackentasche hielt sicherlich ein Messer umklammert. Er war der Neuling, er würde sich beweisen wollen.

Der Namenlose wich einen Schritt zurück. Glassplitter knirschten unter seinen Sohlen. „Sehe ich aus, als könnte ich mir Zigaretten leisten? Was ich finde, rauche ich selbst."

„Gute Worte", knurrte eine kalte Stimme. „Früher mal Anwalt oder so?" Der Sprecher war älter als die anderen und hatte nur wenig getrunken. Er hatte den Arm um eine betrunkene Punkerin gelegt. Sie nuschelte etwas, als er sie grob mit sich zog. Seine Hände waren groß und schwielig – Boxerhände. Das war der Anführer!

„Aber heute kein Anwalt mehr", sagte der Anführer und offenbarte eine Zahnlücke, als er lächelte. „Heute Opfer. Wenn wir nicht können rauchen Zigarette, wir rauchen dich."

„Cool!" Der Aknenarbige zückte sein Handy und begann zu filmen, während der kleine Kiffer ein Butterflymesser aus der Jacke zog und damit in der Luft herumfuchtelte.

Der Mann ohne Namen spürte, wie sein Herz schneller schlug. Erinnerungen streiften sein Bewusstsein, so unstet und flatternd wie Schmetterlinge.

Der Bewaffnete sprang vor und der Namenlose wich einen Schritt zurück. Wie von selbst hoben sich seine Hände, als wüssten sie, was sie zu tun hatten.

„Cool, der Penner will kämpfen", jubilierte der Narbige.

Der Bursche mit dem Butterfly sprang erneut vor, die wirbelnde Klinge zielte auf das Gesicht des Namenlosen. Dessen Körper reagierte blitzschnell. Er fing den Arm des Angreifers ab. Der Südländer stieß einen wütenden Schrei aus und griff an. Von diesem Moment an übernahm das Unterbewusstsein des Namenlosen die Kontrolle. Es lief beinahe wie in einem Film ab. Er attackierte, blockte ab, ließ Gegner ins Leere laufen und wandte ihre wütenden Attacken gegen sie selbst.

Eine halbe Minute später lagen drei seiner Angreifer stöhnend auf dem Boden, und er kniete auf dem Brustkorb des Anführers und hielt das scharfkantige Glas einer abgebrochenen Bierflasche an dessen Kehle.

Nun stand Angst in den kalten Augen des Mannes. Wie ein warmer Schauer durchfuhr den Namenlosen das Gefühl von Macht. Er drückte die Flasche ein klein wenig tiefer. Blut rann in feinen Rinnsalen zu Boden. Der Mann stieß ein ängstliches Wimmern aus.

„Tu es!", drang die verwaschene Stimme der Punkerin an sein Ohr. Sie starrte mit Augen voller Hass auf den osteuropäischen Mann. „Stech das Schwein ab!"

Der Namenlose wusste genau, was er tun musste und wie viel Kraft er benötigte.

Der Osteuropäer fing an zu betteln. Aber der Namenlose hörte nicht zu. Etwas anderes ließ ihn zögern. Es war, als würde sich eine unsichtbare Hand über seine Finger legen und ihn zurückhalten.

„Bring das Schwein um!", krächzte das Mädchen. „Er hat es verdient!"

„Vielleicht", sagte der Mann ohne Namen und riss die Flasche zurück, um im nächsten Moment mit der Handkante gegen den Hals des Gegners zu schlagen. „Und vielleicht hätte ich es noch mehr verdient." Der Kerl war bewusstlos.

Der Namenlose stand auf, ging hinüber zu dem Aknenarbigen und zerstörte dessen Handy.

Polizeisirenen hallten durch die Nacht. Ohne den Bewusstlosen oder das Mädchen noch eines Blickes zu würdigen, wandte der Mann ohne Namen sich ab und hetzte davon. Er flankte über ein geparktes Auto, durchdrang niedriges Buschwerk und rannte an der Außenmauer eines verwahrlosten Industriegeländes entlang, weg von der Straße. Über ein paar Abfalltonnen kletterte er auf eine niedrige Mauer und sprang hinab in den verwahrlosten Hof eines alten Industriegebäudes. Schwindel überkam ihn, und ihm war speiübel. „Ich bin zu alt für diesen Mist", schnaufte er, an der Mauer lehnend. Und während er darauf wartete, dass sein rasender Herzschlag sich beruhigte, fragte er sich, wer der Mann war, der tief in ihm hinter dem Schleier des Vergessens lauerte. Warum konnte er es mit vier Typen aufnehmen, die halb so alt und darüber hinaus auch noch bewaffnet waren? Instinktiv hatte er gewusst, was er tun musste, und beinahe hätte er jemanden getötet. Ein Schauer lief ihm über den Rücken. Er war ganz kurz davor gewesen, das spürte er genau. Doch dann hatte derselbe Schatten der Vergangenheit, der wie eine gnadenlose Kampfmaschine vier Mann außer Gefecht setzte, plötzlich gezögert.

Er schüttelte den Kopf und stieß sich ächzend von der Mauer ab. War es möglich, sich vor sich selbst zu fürchten?

Oh ja. Es war sogar möglich, sich in Albträumen selbst zu verfolgen.

Als der Namenlose im Schatten der Mauer auf eine rostige Metalltür zuging, spürte er den aufkommenden Muskelkater. Schon morgen würde ihm jede Bewegung Schmerzen bereiten.

Er trat ein und zog die Tür ins Schloss. Dunkelheit hüllte ihn ein wie ein Mantel. In einer Nische ertastete er eine

Taschenlampe. Er stieg eine Treppe aus unverputztem Backstein hinunter, bis er zu einer schweren stählernen Tür gelangte. Auch sie ließ sich lautlos öffnen. Die Backsteinwände wichen grauem Beton. Der Raum gehörte zu einem privaten Luftschutzbunker, der 1941 durch den einstigen Fabrikbesitzer erbaut worden war. An der rechten Wand befand sich in Hüfthöhe das Ende eines metallenen Schachts, der mit einem stabilen Gitter verschlossen war. Darauf lagen eine Isomatte und ein zerschlissener Schlafsack. Das Belüftungssystem des Bunkers war schlicht, aber genial. Ein verwinkelter Schacht führte hinab zur U-Bahn. Die ständig vorbeifahrenden Züge drückten regelmäßig Luft nach oben.

Er hockte sich auf den Boden und zog Jacke und Pullover aus. Der Geruch nach ungewaschenem Menschenkörper war selbst für seine abgestumpften Sinne unangenehm. Eine Dusche wäre keine schlechte Idee.

Das Messer seines Angreifers hatte einen stark blutenden Schnitt hinterlassen. Er wusste, was er zu tun hatte. *Vielleicht,* schoss es ihm in den Sinn, als er die Nadel aus seiner Tasche kramte, *vielleicht war ich früher Arzt oder Sanitäter?* Er desinfizierte die Nadel mithilfe seines Feuerzeugs. Die Flamme verschwamm vor seinen Augen. Er war so müde. Aber er wusste, dass diese Müdigkeit möglicherweise auch auf den Blutverlust zurückzuführen war. Er biss vor Schmerz die Zähne zusammen, als er die Nadel durch den blutigen Hautlappen stach. Das fühlte sich eher nach Fleischer als nach Arzt an. Zwischendurch wurde ihm schwarz vor Augen. Er lehnte sich für ein paar Atemzüge gegen die kalte Wand, dann riss er die Augen wieder auf und machte weiter. Er durfte nicht ohnmächtig werden.

Schließlich war es geschafft. Er goss ein paar Schlucke von seinem Hochprozentigen auf die Wunde, um sie zu desinfizieren. Dann nahm er selbst einen tiefen Zug, um den Schmerz zu vergessen. Anschließend streifte er mühsam seine stinkenden Klamotten wieder über und kroch in den Schlafsack. Als er die Taschenlampe ausschaltete, legte sich schwarze Finsternis über ihn.

Klar wie Kloßbrühe

Die Seeschlacht von Trafalgar war faszinierend. Nicht nur als historisches Ereignis, sondern auch als 3000-Teile-Puzzle – vor allem, wenn man versuchte, es gemeinsam mit Keno zu puzzeln.

Theo war der Ansicht, dass sein Mitbewohner einen unnachahmlichen Stil hatte. Er selbst versuchte, wie die meisten Menschen, stets erst den Rand fertigzupuzzeln, bevor er sich dem eigentlichen Bild widmete. Solch strategisches Vorgehen kannte Keno nicht. Er nahm scheinbar willkürlich irgendein Puzzleteil in die Hand, drehte es ein paarmal zwischen den Fingern und legte es dann an die passende Stelle. Dabei bearbeitete er nicht nur mehrere Stellen parallel, er schien auch kaum hinzusehen. Es erweckte fast den Eindruck, als würde er überall hinsehen, nur nicht auf das Puzzle.

Das war aber nicht der Fall. Theo war sich ziemlich sicher, dass Keno zumindest phasenweise eine bestimmte Form von Hyposensitivität aufwies. In seinem Fall wirkte sich das so aus, dass seine optische Wahrnehmung im Zentrum verschwommen, in der peripheren Sicht jedoch gestochen scharf war. Er sah also am besten, wenn er die Puzzleteile nicht zentral fixierte. Dabei war sein räumliches Wahrnehmungsvermögen so ausgeprägt, dass er nur solche Teile aufnahm, die er bereits zuordnen konnte.

Theos mühsames Vorgehen über Versuch und Irrtum war deutlich ineffektiver. Er schätzte, dass er maximal zu einem

Zehntel zu dem bisherigen Ergebnis beigetragen hatte. Hin und wieder kam es sogar vor, dass der Autist seinem Gegenüber ein Teil aus der Hand nahm, um es, begleitet von einem ungeduldigen Zungenschnalzen, an der richtigen Stelle zu platzieren.

Wenn er ehrlich war, kam Theo sich beim Puzzeln chronisch überflüssig vor. Dass er sich dennoch immer wieder darauf einließ, hing damit zusammen, dass Keno es liebte, einen Puzzlepartner an der Seite zu haben. Es war für ihn eine angenehme und „ungefährliche" Form, Gemeinschaft zu erfahren. Er konnte gemeinsam mit einem anderen Menschen etwas tun, was ihm Spaß machte. Dabei gab es keine komplizierten sozialen Interaktionen und unvorhergesehenen Ereignisse. Niemand verlangte von ihm so etwas Unberechenbares und offenkundig Sinnloses wie Small Talk. Puzzeln war ein hervorragend strukturierter Prozess mit einem klar definierten Ende. Sobald das Puzzle fertig war, räumte man es wieder ein und verließ den Tisch – so einfach war das.

Theo griff sich ein Randstück. „Hm, ist das eine Wolke oder Schaum auf den Wellenkronen?"

Keno nahm ihm das Stück aus der Hand. „Pulverdampf." Er platzierte es an der richtigen Stelle und schien dabei zu den anderen Mitbewohnern hinüberzuschauen, die es sich im Gemeinschaftsraum auf dem Sofa gemütlich machten und den Fernseher einschalteten.

Theo hatte den Eindruck, als wären sich Paula, Helene und Scott nicht ganz einig, was sie schauen sollten. Paula hielt eine DVD in der Hand und plädierte für *Sturm der Liebe*.

„Kommt jarnich inne Tüte", protestierte Helene. „Jetzt kommt *Deutschland sucht den Superstar*."

„Du bist hier nicht die Bestimmerin."

„Aber ick hab mehr Ahnung", behauptete Helene. „Außerdem kannste deine Videos imma gucken. Aber *Deutschland sucht den Superstar* is live. Wenn de dit jetzt nich gucken tust, isset weg."

„Quatsch, da gibt's 'ne Wiederholung. Und außerdem hast du nicht so viel Ahnung wie ich. Ich bin nämlich Schauspielerin!"

„Na und? Ick bin Verpackerin!"

Dieses Argument brachte Paula für einen Moment zum Schweigen. Dann platzte es aus der jungen Frau heraus. „Hä? Was hat denn das damit zu tun?"

„Warum sollten Verpackerinnen nich jenauso viel Ahnung haben wie Schauspielerinnen?", gab Helene zurück.

Indessen hatte Scott sich unauffällig die Fernbedienung geschnappt und zappte durch die Programme. Bei irgendeinem Actionfilm stoppte er. Ein schwarz gekleidetes Spezialeinsatzkommando bereitete sich gerade auf einen gefährlichen Einsatz vor. Zwischendurch wurde immer wieder das ängstliche Gesicht einer jungen Frau eingeblendet, die in einem schmutzigen Keller gefangen gehalten wurde. Verzerrte Gitarren und ein treibender Rhythmus heizten die Stimmung an. Scott wirkte sehr zufrieden, als er seine 2,19 Meter in die weichen Polster des Sofas sinken ließ.

„... Verpackerinnen haben Ahnung von Verpackungen und Schauspielerinnen haben Ahnung von Filmen!", klärte Paula gerade ihre Kontrahentin auf.

„Ick will ja übahaupt keenen Film gucken!", ereiferte sich Helene. „Weißte, wie viel Schauspieler bei *Deutschland sucht den Superstar* mitmachen? Null Komma null, mein Frollein! Dit ist nämlich 'ne ... Dingsbums ... na ... wie heißt dit nochma? Ne Castingshow!"

Paulas hitzige Antwort entging Theo, denn er musste feststellen, dass Keno immer unruhiger wurde. Der Oberkörper des jungen Mannes wippte vor und zurück. Er war ganz blass geworden und hatte die Augen zu engen Schlitzen zusammengekniffen. Seine Lippen bewegten sich unaufhörlich, ohne dass Theo verstehen konnte, was er sagte. Das deutlichste Alarmsignal war jedoch das zerknickte Puzzleteil in Kenos Faust. Der Autist hasste schon die kleinste Beschädigung eines Teils, denn es sorgte dafür, dass das Gesamtbild nicht mehr perfekt war. Und ein unperfektes Puzzle, das nicht mehr repariert werden konnte, war besorgniserregend. Nein, für Keno war es mehr als das – es war Angst einflößend!

Nun aber schien Keno das Puzzleteil überhaupt nicht zu interessieren. Er hatte die Hände so fest zu Fäusten geballt, dass die Knöchel weiß hervortraten.

„Immer willst du nur das machen, was du willst!", schimpfte Paula. „Man muss auch mal nachgeben können."

„Leute!", meldete sich Theo zu Wort.

„Na, dann jib doch nach!", schlug Helene vor, Theos Wortmeldung ignorierend. „Ick halt dir nich uff!"

Scotts Actionfilm trug nicht zur Beruhigung der Situation bei. Das Spezialeinsatzkommando hatte inzwischen Nachtsichtgeräte aufgesetzt und stürmte ein dunkles Gebäude. Schüsse krachten und Männer schrien.

„Leute, jetzt seid doch mal ruhig! Seht ihr denn nicht –"

„Misch dich nicht ein!", fauchte Paula in Theos Richtung.

Einen unartikulierten Schrei ausstoßend, sprang Keno auf. Er presste sich beide Fäuste gegen die Schläfen. Sein Gesicht war panikerfüllt.

Erschrocken hielten die beiden Kontrahentinnen inne.

„Mann, Keno, chill mal!", sagte Paula. Aber sie war erkennbar eingeschüchtert.

Mit einem Mal riss der Autist die Augen weit auf. Er schien Theo anzustarren. „Der Taucher!", kam es verzweifelt über seine Lippen. „Der Taucher! Der Taucher! Der Taucher!"

„Jetz mach doch ma die Glotze aus, Scott!", rief Helene.

Auf dem Bildschirm war gerade ein Angreifer in Großaufnahme zu sehen. Dann erlosch er.

Keno schrie auf, drehte sich abrupt um und rannte aus dem Raum. Ein Stuhl fiel polternd zu Boden. Paula sprang zur Seite, als Keno an ihr vorbeistürmte. Wenig später krachte die Tür seines Zimmers so laut ins Schloss, dass der Boden vibrierte.

Einige Atemzüge lang rührte sich keiner der vier Zurückgebliebenen.

„Na ja, vielleicht warn wa 'n bisschen laut", gab Helene zu.

„'n bisschen", stimmte Paula zu.

Scott rieb sich verlegen die Hände.

Theo starrte auf den ausgeschalteten Fernseher. „Der Taucher", murmelte er.

„Jetzt fang du nicht auch noch damit an", brummte Paula.

Theo gab keine Antwort. Er fuhr mit seinem Rollstuhl hinüber zum Couchtisch, nahm die Fernbedienung in die Hand und schaltete den Fernseher wieder ein.

„Momentchen", meldete sich Helene zu Wort. „Wir haben noch nicht ausjemacht, wat wir gucken."

„Nur einen Moment!", bat Theo.

„Na gut, aber nicht länger", bestimmte Paula.

Theo konzentrierte sich auf den Film. Als die Spezialkräfte in Großaufnahme zu sehen waren, drückte er die Pausentaste. Dann nahm er sein Smartphone zur Hand und fotografierte das Bild ab.

„Wat'n jetze?", brummte Helene. „Schießt du dir Erinnerungsfotos oder wat?"

„So etwas Ähnliches." Theo lächelte grimmig. „Fällt euch etwas auf?"

„Ja", erwiderte Paula. „Solche Ballerfilme sind ätzend langweilig..."

„Kommt druff an", relativierte Helene. „Bruce Willis mag ick eijentlich janz jerne."

„Leute", unterbrach Theo, „wie sehen diese Typen aus?"

„Na ja, mit diesen schwarzen Hauben auf dem Kopf kann man nicht viel von ihnen erkennen." Paula kniff die Augen zusammen. „Aber der da ist ganz süß."

Helene blähte die Wangen.

„Leute", mahnte Theo, „mit diesen schwarzen Anzügen und diesem Ding vor den Augen sehen die doch irgendwie aus wie..."

„Taucher", meldete sich die tiefe Stimme von Scott.

„Genau!", rief Theo aus.

„Ich weiß nicht", zweifelte Paula. „Die haben ja gar keine Schwimmflossen."

„Angenommen, du gehst arglos nachts aufs Klo –"

„Ich gehe nachts nie aufs Klo!", widersprach Paula.

„Dann eben zum Kühlschrank..." Als Paula ansetzte, erneut zu widersprechen, fuhr Theo rasch fort: „Es ist doch nur ein Beispiel. Also, du bist nachts unterwegs, und auf einmal siehst du so einen Typen! Du kriegst einen Mordsschreck und versuchst, das irgendwie einzuordnen. Um zu beschreiben, was dir passiert ist, nimmst du das erste Bild, das dir durch den Kopf schießt!"

„Watn? Willste damit sajen, so'n Typ ist hier bei uns aufjetaucht und Keno hat den jesehn?", hakte Helene nach.

„Zumindest würde ein Typ mit Nachtsichtgerät mehr Sinn ergeben als ein Taucher, oder?"

„Jo." Helene nickte. „Bei uns isses ja eher dunkel als nass."

„Die entscheidende Frage ist, wie wir das am besten verifizieren."

„Wat für'n Ding?"

„Entschuldige, ich meine: Wie kriegen wir heraus, ob Keno tatsächlich einen Mann mit Nachtsichtgerät gesehen hat?"

„Na, wir fragen ihn", erwiderte Paula.

Theo wollte seiner Mitbewohnerin erklären, dass Keno wahrscheinlich traumatisiert war, abgesehen davon, dass die Kommunikation mit ihm kompliziert war und prädestiniert für Missverständnisse. Doch ehe er ein Wort herausgebracht hatte, nahm Helene ihm das Handy ab. „Jib mal her, ick mach dit." Entschlossen stapfte sie auf Kenos Zimmer zu.

„Helene, warte!" Theo fuhr ihr hinterher, doch es war zu spät. Sie hatte bereits die Zimmertür ihres Mitbewohners geöffnet.

„Keno, ick bin's, Lene." Sie sprach langsam und ruhig. „Ick wees, dass da neulich mitten inne Nacht so'n Typ uffjetaucht is, der dir 'n Mordsschrecken einjejagt hat." Ihre Stimme hatte einen beinahe hypnotischen Klang. „Du broochst keene Angst ham. Wir sind da und passen uff dich uff. Aba jetz müssen wa wissen: Sah der Typ aus wie eena von die Jungs hier?"

Ein leises Wimmern erklang.

Helenes Stimme wurde ganz sanft. Selbst Theo, der draußen im Flur stand und eigentlich gar nicht angesprochen war, spürte, wie er bei ihren Worten ruhiger wurde. „Keene Angst, Keno, niemand kann dir watt tun. Kieck dir dit Bild eenmal an, dann isset vorbei, und ick zisch wieder ab – vasprochen!"

Das Wimmern wurde lauter, dann vernahm Theo ein „Der Taucher, der Taucher, der Taucher!"

Obwohl es die gleichen Worte waren, die Keno schon Hunderte Male voller Angst ausgesprochen hatte, spürte Theo, dass diesmal noch etwas anderes in ihnen lag. Es war eine Bestätigung.

„Danke, Keno. Dit war echt mutig von dir."

Die füllige Frau verließ das Zimmer des Autisten und schloss die Tür hinter sich. Sie zwinkerte Theo zu und reichte ihm sein Handy.

„Lene, du bist der Hammer!" Theo nahm das Gerät entgegen.

„Ick würd sajen, dit ham wa gentrifiziert."

„Verifiziert", korrigierte Theo intuitiv.

Helene nickte zufrieden. „Richtich. Der Keno hat jenau so 'nen Typen jesehn. Dit is mal klar wie Kloßbrühe."

Theo nickte langsam. „Und damit ist auch klar wie Kloßbrühe, dass es einen zweiten Mann gab."

„Ach ja?", fragte Paula, die neugierig hinzugekommen war. Scott folgte ihr.

„Wieso 'n ditte?", fragte Helene.

„Weil Marek wohl kaum schwarze Klamotten angezogen und ein Nachtsichtgerät aufgesetzt hätte, um Mike eine Spritze zu verpassen." Er schaute in die Gesichter seiner Mitbewohner.

Scott nickte ernst.

„Da haste recht!", bestätigte Helene.

„Und jetzt gucken wir *Sturm der Liebe*", bestimmte Paula.

Geheimnisse

„Hier." Hauptkommissar Thorsten Seidel reichte Lina über seinen Schreibtisch hinweg einen verschlossenen Briefumschlag. „Die Kollegen aus Swiecko haben unserem Amtshilfeersuchen stattgegeben und Erkundigungen eingeholt."

Lina riss den Umschlag auf und las den in knappem Amtsdeutsch verfassten Brief. Frustriert ließ sie ihn wieder sinken.

Seidel hob die Brauen.

„Offiziell ist Marek Michalowski nicht wieder in Polen eingereist. Seine aktuelle Meldeadresse ist noch immer die Martin-Luther-Straße in Berlin." Sie faltete das Schreiben zusammen und schob es zurück in den Umschlag. „Na großartig! Und was sagt uns das?"

Der Hauptkommissar lächelte schmallippig.

Lina seufzte. „Sie wollen, dass ich Vorschläge mache?"

„Betrachten Sie es als interne Fortbildung."

Lina zuckte die Achseln. „Theoretisch wäre vieles möglich, zum Beispiel, dass die Behörden zu langsam arbeiten oder Michalowski sich mit seiner Anmeldung Zeit lässt. Ich gehe allerdings fest davon aus, dass er irgendwo untergetaucht ist."

„Ach, tun Sie das?", unterbrach Seidel sie. „Vielleicht haben auch seine Mitbewohner gelogen und er wohnt noch immer in Berlin. Oder er ist verreist. Er könnte auch obdachlos sein oder tot. Es gibt tausend Möglichkeiten!" Er deutete auf das Papier in Linas Hand. „Dieser Brief verrät uns nur eines: dass Marek Michalowski nicht offiziell in Polen gemeldet ist."

Linas Smartphone klingelte.

Der Hauptkommissar runzelte die Stirn.

Hastig drückte sie den Anruf weg. „Dieser Brief ist ja nicht alles, was wir haben", fuhr sie fort.

„Ach, was haben wir denn noch?"

„Das hier." Sie fischte ihr altes Handy hervor, öffnete die gespeicherte Audiodatei und legte das Handy auf den Schreibtisch.

„*Hast du noch mal irgendetwas von diesem Michalowski gehört?*", war der Geschäftsführer der Mediflex GmbH zu vernehmen.

„*Nein*", antwortete die Frauenstimme.

„*Gut. Hoffen wir, dass es so bleibt.*"

„*Der hat sich abgesetzt, ganz sicher*", sagte die Frau.

„*Die Überweisung ist raus?*"

„*Ja, schon längst.*"

„*Okay... Wir sollten uns noch mal die Einsatzpläne vornehmen. Ich will sicherstellen, dass alles korrekt ist, falls die Polizei tatsächlich mit einem Durchsuchungsbeschluss zurückkommen sollte.*"

„*Natürlich, Norbert. Ich fang gleich damit an.*"

Die Augen des Kommissars hatten sich eine Spur geweitet. Nun richteten sie sich mit neuem Interesse auf Lina. „Woher haben Sie das?"

„Das ist ein Gespräch zwischen Herrn Schmidt-Wachtel, dem Geschäftsführer der Mediflex GmbH, und seiner Sekretärin."

Er nickte knapp. „Und woher haben Sie diese Aufnahme?"

„Die ist nach meinem Besuch dort entstanden."

„Sie haben die beiden illegal abgehört."

„Ich habe mein Handy in seinem Büro vergessen", verteidigte sich Lina.

Der Hauptkommissar schürzte die Lippen. „Sie wissen schon, dass dieses Beweismittel vor Gericht nicht verwendbar ist?"

„Vor allem weiß ich jetzt, was wir als Nächstes tun müssen", erwiderte Lina.

„Nämlich?"

„Wir müssen eine Kontoabfrage durch die Staatsanwaltschaft beantragen, und zwar aus zwei Gründen. Zum einen können wir auf diese Weise in Erfahrung bringen, wo und wann Marek Michalowski das letzte Mal Geld abgehoben hat. Daraus können wir Rückschlüsse über seinen Aufenthaltsort ziehen. Zum anderen wüsste ich gerne, ob in den letzten Tagen eine ungewöhnliche Zahlung auf seinem Konto eingegangen ist, und, falls ja, woher sie stammt."

Der Hauptkommissar nickte bedächtig. „Es dürfte nicht ganz einfach werden, das durchzusetzen, ohne die Aufnahme ins Spiel zu bringen. Aber", ein Lächeln huschte über seine Lippen, „ich kümmere mich darum."

Überrascht blickte Lina ihn an. Sie hatte mit mehr Widerstand gerechnet. „Danke!"

„Da gibt es nichts zu danken. Das ist mein Fall." Er nickte ihr zu. „Gute Arbeit! Aber werden Sie nicht übermütig."

„Ich werde mir Mühe geben …" Erneut klingelte Linas Handy. Der Hauptkommissar wirkte genervt.

Hastig stellte sie es aus und fragte: „Wann wollen wir Mediflex unter die Lupe nehmen?"

„Gar nicht", erwiderte Seidel. „Eine Durchsuchung der Firma wäre zum jetzigen Zeitpunkt nicht klug. Wir müssen Prioritäten setzen und dürfen bei der dünnen Beweislage die Staatsanwaltschaft nicht überfordern."

„Aber dieser Schmidt-Wachtel hat Dreck am Stecken!", fuhr Lina auf. „Ich bin mir hundertprozentig sicher, dass er mit unqualifiziertem Personal jede Menge Geld scheffelt und nicht einen Gedanken an die Patienten und Heimbewohner verschwendet, die darunter möglicherweise leiden müssen."

Er winkte ab. „Sie haben einen Verdacht, mehr nicht. Aber wir wollen den Mörder von Mike Lörke finden. Und von diesem Ziel dürfen wir uns nicht ablenken lassen." Er stand auf.

Lina fasste das als Signal auf, sich ebenfalls zu erheben.

„Warten wir die Ergebnisse der Kontoabfrage ab, dann sehen wir weiter. Bis dahin gehen Sie zurück auf Ihre Dienststelle und erledigen Ihren Job. Ich melde mich dann bei Ihnen."

Lina nickte knapp und wandte sich ab.

„Frau Marquardt?"

Sie blieb stehen.

„Keine Alleingänge! Ist das klar?"

Lina stöhnte innerlich auf und murmelte eine Art Bestätigung.

Seidel schnaufte. „Jetzt hören Sie endlich auf, hier herumzupubertieren. Sie haben Potenzial. Beweisen Sie mir, dass ich mich nicht in Ihnen täusche, oder schieben Sie meinetwegen für den Rest Ihrer beruflichen Laufbahn als Objektwache Dienst. Und jetzt raus hier!" Er schob sie zur Tür hinaus und knallte sie hinter ihr zu.

Lina stand für einen Moment verblüfft im Flur und fragte sich, ob er sie gerade beleidigt, bedroht oder ihr ein Kompliment gemacht hatte. Kopfschüttelnd stapfte sie den Gang entlang zum Treppenhaus. Wahrscheinlich von allem etwas.

Zurück in ihrer Dienststelle, erwartete sie jede Menge Schreibarbeit. Kurz vor Feierabend kam Ben herein. „Hi. Schön, dich zu sehen." Er schien aufrichtig erfreut.

Linas Empfindungen waren zwiespältiger. Sie mochte Ben wirklich, aber im Moment... hätte sie lieber ihre Ruhe gehabt. „Hi." Sie lächelte ihm kurz zu und konzentrierte sich dann wieder auf ihren Bericht.

Ben lehnte sich an ihren Schreibtisch und verschränkte die Arme vor der Brust. Sie spürte seinen Blick, beschloss jedoch, ihn zu ignorieren. „Alles okay mit dir?", fragte er schließlich.

„Alles bestens", erwiderte Lina, ohne aufzusehen.

„Sieht so aus, als wäre dein kleiner Abstecher zur Mordkommission beendet."

„Das täuscht", erwiderte Lina.

Ben seufzte. „Wie lange willst du noch an mir vorbeisehen und so tun, als würdest du weiter an deinem Bericht schreiben? Habe ich dir irgendetwas getan? Oder bin ich dir nicht mehr gut genug, seit dieser Seidel deine Mitarbeit angefordert hat?"

Lina atmete tief durch und rückte vom Schreibtisch ab. „Natürlich nicht." Sie blickte auf. Ben betrachtete sie auf eine seltsame Art und Weise. Alles Mögliche schien in seinem Blick mitzuschwingen. Es fiel ihr schwer, es einzuordnen. „Tut mir leid. Ich habe gerade den Kopf voll ..."

„Verstehe." Ben zog einen Stuhl heran und setzte sich ihr gegenüber. „Erzähl's mir."

„Ach, Ben, ich habe zu tun."

„Kein Problem, ich helfe dir."

„Du bist ganz schön anstrengend, weißt du das?"

Ben grinste. „Das gehört zu meinen besonderen Stärken."

Lina verdrehte die Augen. „Der Fall ist kompliziert ... Dieser Marek ist wie vom Erdboden verschwunden. Seit jener Nacht, in der Mike Lörke starb, ist er nicht mehr bei sich zu Hause aufgetaucht. Aber er ist auch nicht offiziell nach Polen zurückgekehrt. Und mit der Firma, für die er gearbeitet hat, stimmt etwas nicht."

„Inwiefern?", bohrte Ben nach.

„Ich glaube, die beschäftigen ungelerntes Personal, kassieren aber für Fachkräfte ab. Und ich glaube, sie versuchen etwas zu vertuschen. Sie gehen davon aus, dass Marek untergetaucht ist, und sie haben heimlich Geld an ein Offshore-Konto überwiesen, das ganz sicher nicht für legale Zwecke gedacht ist."

„Glaubst du das oder weißt du das?"

„Wir können noch nichts beweisen."

„Verstehe", sagte Ben.

Lina kniff die Lippen zusammen. Was wollte er damit andeuten?

„Das klingt durchaus plausibel", fügte Ben beschwichtigend hinzu. Offenbar hatte er ihren Blick richtig gedeutet. „Aber das ist doch nicht alles, oder?"

Lina seufzte. „Nein. Es gibt Hinweise auf einen zweiten Mann. Mike bekam ein Medikament namens Pentobarbital gespritzt, das schließlich zum Atemstillstand führte. Dieses Medikament war dort allerdings nicht vorrätig."

„Könnte dieser Marek das nicht besorgt haben?"

„Nicht auszuschließen, wobei mir weiterhin die Frage nach seinem Motiv Kopfschmerzen bereitet. Entscheidend ist daher die Beobachtung, die Keno gemacht hat."

„Der Autist?"

Lina nickte.

„Und du glaubst, dass er etwas gesehen hat, weil dein Bruder das so einschätzt?"

„Nicht nur er. Auch Kenos Einzelfallhelfer ist sich sicher, dass man seine Aussage unbedingt ernst nehmen muss."

„Ah, dieser Bastian, nicht wahr?" Ben verzog die Lippen zu einem seltsamen Lächeln.

„Ja, warum sagst du das so?"

„Das ist doch der Typ, mit dem du dich im Skatepark getroffen hast, richtig?"

Lina verschränkte die Arme vor der Brust. „Richtig."

„Was weißt du eigentlich über ihn?"

Eine ganze Menge, ging es Lina durch den Kopf. *Ich weiß zum Beispiel, dass er keinen grünen Daumen hat, dass er stark und verletzlich zugleich ist und dass es sich gut angefühlt hat, ihn zu küssen.* „Ich bin nicht blöd, Ben", schnaufte sie. „Nun spuck's schon aus. Du willst mir doch die ganze Zeit schon etwas sagen."

„Ich mache mir Sorgen um dich, Lina."

„Aha."

Er holte tief Luft. „Gut, ich sag's dir einfach, wie es ist: Dieser Bastian ist kein unbeschriebenes Blatt. Er ist mehrfach vorbestraft und saß zwei Jahre im Jugendknast wegen Cyberkriminalität, Drogendelikten und schwerer Körperverletzung."

Lina starrte ihn an.

„Ich weiß, dass schwere Jungs, aus welchen Gründen auch immer, eine besondere Anziehungskraft auf Frauen haben." Er grinste schief. „Aber ich rate dir als Freund: Überleg dir gut, mit wem du dich einlässt."

Eine halbe Minute lang sah Lina ihn einfach nur schweigend an. „Was genau meinst du mit ‚einlassen'?"

„Das weißt du selbst am besten! Du hast dich mehrmals mit ihm getroffen, und irgendetwas sagt mir, dass es dabei nicht nur um berufliche Dinge ging."

„Beobachtest du mich?", fragte Lina.

„Ich mache mir Sorgen!"

Sie biss die Zähne so fest zusammen, dass es knirschte. Dann presste sie hervor: „Raus!"

Verdutzt sah er sie an. Dann lachte er ungläubig. „Das hier ist ein Gemeinschaftsbüro."

„Verschwinde!", schrie Lina.

Zwei Kollegen, die sich in der anderen Ecke des Raums unterhielten, schauten irritiert zu ihnen herüber. Doch das war Lina egal.

Ben presste die Lippen zusammen. „Wie du meinst." Er ergriff seinen Rucksack, zog eine dünne Mappe hervor und knallte sie auf den Schreibtisch. „Vielleicht solltest du das mal lesen!" Er stapfte hinaus und knallte die Tür hinter sich zu.

Lina spürte das Pochen ihrer Halsschlagader. Sie war so wütend, dass sie am liebsten ihren Bürostuhl aus dem Fenster geschleudert hätte, und gleichzeitig krampfte sich ihr Magen zu einem harten Klumpen zusammen. *Bastian – ein Krimineller?* Verschiedene Szenen gingen ihr durch den Kopf und hinterließen ein schales Gefühl: Der Skatepark in Neukölln, die Drogendealer, die plötzliche Distanz, als sie sich als Polizistin geoutet hatte, das vermeintliche Partyleben, von dem er sich angeblich abgewendet hatte – all das erschien ihr plötzlich in einem völlig neuen Licht. War sie wirklich gerade dabei, sich in einen Kriminellen zu vergucken?

Was hatte Ben gesagt? *Ich weiß, dass schwere Jungs eine besondere Anziehungskraft auf Frauen haben.* Lina ballte die Hände zu Fäusten. Wenn ihr aufdringlicher Kollege glaubte, er könnte sich in ihr Leben einmischen, dann hatte er sich geschnitten. Und wenn Bastian versuchte, sie an der Nase herumzuführen, konnte er sich ebenfalls auf etwas gefasst machen.

Unwillkürlich fiel ihr Blick auf die dünne Akte neben der Computertastatur. Sie schnaufte wütend und fegte sie vom Tisch.

Hinter ihr erklang ein Räuspern. Sie fuhr herum. „Was?!"

Rolf Müller, ein freundlicher Kollege Ende fünfzig, streckte ihr den Telefonhörer entgegen. „Ein Anruf für dich." Er lächelte entschuldigend. „Dein Bruder."

Lina seufzte und streckte die Hand aus.

„Ich gebe dich weiter", sagte Rolf in den Hörer und reichte ihn Lina.

„Hi, Lina, warum gehst du nicht an dein Handy?"

„Ganz schlechter Zeitpunkt, Theo. Ganz schlechter Zeit-punkt."

„Wenn du willst, kann ich später anrufen. Aber es gibt Neuig-keiten zu Mikes Mörder."

„Okay. Schieß los!"

Eine Hypothese

„Pass auf", hörte Lina die Stimme ihres Bruders durchs Telefon. „Ich war gerade mit Keno beim Puzzeln, als –"

„Schau, was er geschrieben hat", unterbrach ihn eine Frauenstimme.

„Pst!", zischte Theo, und die Stimme wurde etwas leiser. „Okay", fuhr er fort, „also, wie gesagt, ich saß mit ihm an einem Puzzle, und im Hintergrund lief ein Actionfilm. Auf einmal war Keno total aufgeregt ..."

Der Rest seiner Worte ging im dröhnenden Seufzen einer Frau unter. „Ach, Lucy, wie soll ich ihn nur je wieder aus meinem Herzen kriegen?"

„Paula!", schimpfte Theo. „Mach leiser!"

„Ruhe, ich versteh nix!", erwiderte seine junge Mitbewohnerin erbost.

„Kannst du mir mal erklären, was da im Hintergrund bei dir los ist?", fragte Lina.

„*Sturm der Liebe*", schnaufte Theo. „Einen Moment, ich fahre rüber in mein Zimmer."

Lina verdrehte die Augen und wartete. Im Hintergrund hörte sie über das Quietschen von Theos Reifen hinweg den leiser werdenden Dialog zweier Frauen.

Das Surren einer elektrischen Tür erklang, und Theo sagte: „Eigentlich wollte ich nicht in mein Zimmer, weil hier gerade eben gewischt wurde, und ich finde es so unhöflich, wenn man die Arbeit der Reinigungskräfte –"

„Theo, jetzt komm zur Sache! Ich habe hier zu tun!", unterbrach ihn Lina brüsk.

„Okay, tut mir leid. Ich weiß jetzt, wer der mysteriöse Taucher ist, der Keno solche Angst eingejagt hat."

„Oh ... Du hast meine volle Aufmerksamkeit."

„In dem Actionfilm war ein Trupp Kommandosoldaten mit Nachtsichtgeräten unterwegs. Es besteht kein Zweifel: Keno hat in der Nacht, in der Mike starb, einen Mann mit Nachtsichtgerät gesehen. In Kombination mit Sturmhauben haben diese eine gewisse Ähnlichkeit mit Tauchermasken. Zumindest war das Kenos Assoziation, als dieser Typ ihm nachts über den Weg lief."

Lina seufzte. „Ich weiß nicht, Theo ..." Es gelang ihr nicht, ihre Enttäuschung zu verbergen. „Das klingt ziemlich abgedreht, um ehrlich zu sein. Zu einem Taucher gehört doch eine ganze Menge mehr als nur eine Art Tauchermaske im Gesicht."

„Du vergisst, dass Keno Autist ist. Er nimmt die Dinge anders wahr als wir. Intuitiv fokussiert er sich auf Details, während wir als neurotypische Menschen zuerst nach dem Zusammenhang suchen. Und in einer Ausnahmesituation ist das noch viel ausgeprägter."

Lina stellte sich vor, wie sie mit dieser Aussage im Gepäck zu Kommissar Seidler ging. Es kostete sie nicht allzu viel Fantasie, sich seine Reaktion auszumalen. „Theo, sei mir nicht böse, aber kann es nicht sein, dass du da ein bisschen zu viel hineininterpretierst? Keno kann sich über die kleinsten Kleinigkeiten furchtbar aufregen. Bist du dir sicher, dass er sich das alles nicht nur eingebildet hat?"

Einige Atemzüge lang war es still am anderen Ende der Leitung. Dann fragte Theo mit leiser Stimme: „Du meinst, nur weil ihn Dinge verunsichern, die wir als lächerlich ansehen würden, kann man auch alles andere nicht ernst nehmen, was er sagt?"

Lina spürte den Schmerz in der Stimme ihres Bruders. „Das habe ich nicht gesagt, Theo, und das würde ich niemals tun!"

„Es stimmt, du hast es nicht gesagt, Lina. Aber du verhältst dich so, als würdest du genau das denken. Wenn jemand zu dir käme und dir erzählen würde, er habe einen Raubüberfall gesehen, du wüsstest aber, dass er Angst vor Spinnen hat – würdest du deshalb seine Aussage in Zweifel ziehen?"

„Nein, natürlich nicht, aber –"

„Warum nicht?", unterbrach Theo sie. „Es gibt in Deutschland keine gefährlichen Spinnen. Hierzulande Angst vor Spinnen zu haben, ist absolut lächerlich. Wer sich so irrational verhält, kann doch nicht ernst genommen werden. Wahrscheinlich hat er sich den Raubüberfall nur eingebildet."

„Ich ... verstehe, was du meinst, Theo. Es tut mir leid! Ich habe nur daran gedacht, was Seidler sagen würde."

Einen Moment lang herrschte Schweigen, dann fragte Theo: „Vertraust du mir?"

„Ja, natürlich", erwiderte Lina rasch.

„Vertraust du mir wirklich? Oder nur dann, wenn dein eigenes Empfinden zufällig mit meinem übereinstimmt oder ohnehin unwiderlegbare Beweise für meine Glaubwürdigkeit vorliegen? Vertrauen, wenn sowieso alles klar ist, hat diese Bezeichnung nämlich nicht wirklich verdient."

„Theo, es gibt keinen Menschen, dem ich mehr vertraue als dir." Und noch während sie das sagte, wurde Lina klar, dass sie es genau so meinte.

„Danke." Theo räusperte sich. „Ich kenne Keno seit vier Jahren. Er ist mein Freund. Es macht ihn nervös, wenn jemand sich auf seinen Stuhl setzt, und wenn jemand aus seiner Tasse trinkt, gerät er in Panik, aber er hat diesen Typen gesehen! In der Nacht, in der Mike starb, war ein Mann mit Nachtsichtgerät in unserer Wohnung!"

„Okay." Lina nickte langsam. „Okay, Theo, ich glaube dir. Aber du musst verstehen, dass Kenos Aussage aus der Sicht eines Staatsanwalts nur bedingt von Bedeutung ist. Er steht unter gesetzlicher Betreuung, und seine Art, sich auszudrücken... nun ja... weicht doch gravierend von einer üblichen Zeugenaussage ab."

Theo kicherte leise. „Da könnte etwas dran sein. Aber für mich zählt erst einmal nur, dass du Keno glaubst."

„Ich glaube ihm. Er hat einen Mann mit Nachtsichtgerät gesehen. Da stellt sich nun die Frage: Wer war der Typ? Warum war er dort? Und was ist in jener Nacht geschehen?"

„Ich hätte da eine Hypothese."

„Schieß los."

„Der Mann war ein Auftragsmörder."

Lina seufzte. „Theo, findest du nicht, dass du da ein bisschen viel hineininterpretierst?"

„Hast du eine bessere Erklärung? Warum hätte Marek oder irgendein anderer Mitarbeiter im Dunkeln mit einem Nachtsichtgerät herumlaufen sollen? Nur für einen Außenstehenden, der sich heimlich in die Wohnung schleicht, ist eine solche Ausrüstung sinnvoll."

„Vielleicht war er ein gewöhnlicher Dieb?"

„Mit einer Spritze und einem tödlichen Medikament im Rucksack?!", schnaufte Theo.

„Ich gebe zu, das klingt tendenziell unglaubwürdig", brummte Lina. „Aber warum sollte jemand einen Auftragsmörder auf Mike hetzen?"

„Gute Frage..." Theo verstummte. „Vielleicht sollten wir versuchen, ganz rational an die Sache heranzugehen, und uns fragen, wer von Mikes Tod profitiert?

„Tja, wer soll das sein? Jemand, der einen WG-Platz sucht?" Lina schnaufte ironisch.

„Es gibt zwar eine Warteliste, aber die Entscheidung darüber, wer den Platz bekommt, richtet sich nicht unbedingt nach dem Listenplatz. Insofern könnte niemand wissen, ob ihm Mikes Tod wirklich etwas bringt."

„Theo, du hast das doch jetzt nicht wirklich ernst genommen?"

„Vielleicht geht es um Geld?", fuhr ihr Bruder fort, ohne auf die Frage einzugehen. „Erinnerst du dich, dass Mikes Eltern kurz nach seinem Tod plötzlich hier auftauchten und sein Zimmer durchwühlten? Die haben nach etwas ganz Bestimmtem gesucht. Sie sagten, das seien sie Vanessa schuldig."

„Mikes Schwester?"

„Exakt."

„Und Mikes Eltern haben dir gesagt, dass sie sein Zimmer durchsuchen müssten, weil sie das Vanessa schuldig seien?", hakte Lina nach.

„Nicht ganz. Sie haben sich darüber unterhalten… Recht laut."

„Du hast also gelauscht!"

„Hey, es geht hier um ein Kapitalverbrechen", verteidigte sich Theo.

„Schon gut, was hast du noch gehört?"

„Mikes Mutter fragte so etwas wie: *Glaubst du wirklich, dass er eins hat?* Und als sie etwas gefunden hatten, fragte sie: *Ist das echt?* Sag, was du willst, aber für mich klingt das eindeutig danach, als hätten sie sein Testament gesucht –"

„Worauf willst du hinaus?", unterbrach Lina ihn.

„Na ja… was wäre, wenn… nun ja, wenn Mikes Eltern jemand beauftragt haben, ihren Sohn unauffällig aus dem Weg zu räumen und das Testament sicherzustellen, das irgendwo im Zimmer versteckt war?" Jetzt, da er es aussprach, klang der Gedanke auch für seine eigenen Ohren völlig absurd.

Dementsprechend fiel auch Linas Reaktion aus. „Du schaust zu viele Krimis, Theo. Glaubst du wirklich, dass Mikes Eltern ihren eigenen Sohn haben umbringen lassen?"

„Vielleicht... vielleicht sahen sie es nicht als Mord, sondern eher als eine Art... Sterbehilfe?"

„Ernsthaft?"

„Mir schien, dass sie nicht besonders gut mit Mikes Behinderung klarkamen. Vielleicht haben sie sich eingeredet, dass sie ihm damit eine Menge Leid ersparen? Vielleicht hat aber auch Vanessa ihren Bruder ermorden lassen?"

Lina seufzte. „Ich weiß nicht."

„Das sind zumindest die einzigen Hypothesen, die logisch klingen. Sherlock Holmes hat mal gesagt: *Wenn man alle Alternativen ausgeschlossen hat, muss das, was übrig bleibt, die Wahrheit sein, so unwahrscheinlich sie auch klingen mag.*"

„Sherlock Holmes ist eine Romanfigur", erwiderte Lina, „und das korrekte Zitat lautet: *Wenn man das Unmögliche ausgeschlossen hat, muss das, was übrig bleibt, die Wahrheit sein, so unwahrscheinlich sie auch klingen mag.* Ich bin mir allerdings keineswegs sicher, dass ein Mordauftrag von Mikes Eltern die einzig nicht-unmögliche Erklärung von Mikes Tod ist."

„Okay, vielleicht hast du recht", gab Theo zu. „Fällt dir etwas Besseres ein?"

„Im Moment nicht", stellte Lina nach kurzem Zögern fest. „Aber trotzdem... Ich kann mir das nicht wirklich vorstellen."

„Ich ja auch nicht. Aber hast nicht du selbst mir mal gesagt: Es gibt nichts, was es nicht gibt? Die Leute begehen die grausamsten Verbrechen, und nicht selten geschieht dies in der eigenen Familie."

Lina seufzte. Theo hatte recht. Es gab genug Beispiele dafür, dass genau solche Dinge immer wieder geschahen. Es war nur so unglaublich schwer nachvollziehbar, wenn so etwas im eigenen Bekanntenkreis geschah. „Okay, denken wir in diese Richtung weiter."

„Gut, gehen wir also rein hypothetisch davon aus, dass Mikes Eltern ihren Sohn unauffällig aus dem Weg räumen wollten –"

„Was dann allerdings nicht besonders gut geklappt hat", warf Lina ein.

„Letztlich wären sie beinahe erfolgreich gewesen. Vergiss nicht, dass Mikes Leichnam ohne unser Eingreifen wahrscheinlich schon unter der Erde wäre. Aber, ja, du hast recht. Es lief nicht ganz nach Plan. Das Problem für den Täter war, dass Marek irgendwann sein Pflichtbewusstsein wiederentdeckte. Ich vermute, er machte eine Runde durch die Zimmer, sodass der Mörder sich zurückziehen musste. Dabei entdeckte Marek den toten Mike und versuchte, ihn zu reanimieren."

„Okay, nehmen wir mal an, dass deine Annahme zutrifft. Warum verschwand Marek anschließend?"

„Da fallen mir verschiedene Optionen ein. Zum einen könnte er aus Angst vor unangenehmen Konsequenzen untergetaucht sein. Schließlich vernachlässigte er seinen Job, und ein ihm anvertrauter Mensch kam zu Tode. Zum anderen können wir auch nicht ausschließen, dass er etwas von dem Einbrecher mitbekam und aus Furcht floh. Oder aber... er wurde ebenfalls umgebracht."

Lina nagte nachdenklich an der Unterlippe. „Ich gebe zu: Das scheint auf den ersten Blick schlüssig zu sein. Aber nicht alles passt ins Bild. Diese Leasingfirma Mediflex hat auch irgendetwas zu verbergen. Sie gehen davon aus, dass Marek abgetaucht ist. Außerdem haben sie irgendeine mysteriöse Überweisung in Auftrag gegeben..."

„Vielleicht stecken sie da auch mit drin. Möglicherweise wurden sie von Mikes Eltern bestochen."

„Aber warum?" Lina schüttelte den Kopf. „Das passt nicht zusammen."

„Okay, wir haben noch nicht alle Rätsel gelöst", gab Theo zu. „Aber wir haben eine brauchbare Hypothese. Die Frage ist: Was machen wir jetzt?"

„Du machst gar nichts! Dafür ist die Polizei zuständig."

„Unsinn, Mike war mein Freund. Ich stecke da voll mit drin."

„Theo!", sagte Lina in warnendem Tonfall.

„Schon gut, ich misch mich nicht in deinen Job ein. Ich mache nur das, was ein Freund eben tut."

„Und zwar?"

„Ich versuche herauszufinden, was Mike kurz vor seinem Tod beschäftigt hat."

Lina setzte zu einer Ermahnung an, schwieg dann aber. Im Zweifelsfall konnte Theo genauso stur sein wie sie. Und je mehr sie ihm verbot, desto mehr würde er heimlich erledigen, und das wollte sie nicht riskieren. „Okay, recherchiere ein bisschen. Aber halte mich auf dem Laufenden."

„Mach ich." Eine kurze Pause entstand. „Wie läuft's eigentlich mit Bastian?"

„Wieso Bastian?", entfuhr es Lina. „Wie kommst du jetzt auf Bastian? Gar nichts läuft da, oder hat er dir etwa etwas anderes erzählt?"

„Hm."

„Was soll das heißen – hm? Da gibt's nichts zu hmn!"

„Dir ist schon klar, dass du gerade kommunikationspsychologisch betrachtet eine lupenreine inkongruente Nachricht übermittelt hast?"

„Keine Ahnung, wovon du redest", schnaufte Lina.

„Du sagst, da läuft nichts, aber dein Tonfall und die Vehemenz, mit der du das vermitteln möchtest, sprechen eine andere Sprache. Genau genommen sind diese nonverbalen

Aspekte deiner Kommunikation deiner getätigten Sachaussage diametral entgegengesetzt."

„Aha", knurrte Lina. „Dann sage ich dir jetzt lupenrein kongruent: Misch dich nicht in Dinge ein, die dich nichts angehen! Sonst vermittle ich dir nonverbal, welche Konsequenzen es hat, wenn man seiner großen Schwester mit hobbypsychologischem Geschwafel auf den Senkel geht. Und ich verspreche dir, diese Erfahrung wird deinem natürlichen Streben nach Wohlbefinden diametral entgegengesetzt sein. Habe ich mich klar genug ausgedrückt?"

Theo kicherte. „Grüß ihn von mir. Ich finde, ihr passt super zusammen!"

„Tschüss!" Lina legte auf. Kleine Brüder konnten einfach unglaublich anstrengend sein. Nicht zum ersten Mal wünschte sie sich, Theo hätte Maschinenbau studiert, oder Kulturwissenschaft – auf jeden Fall irgendetwas, das seine Eigenart, sie mit sophistischen Bemerkungen auf die Palme zu bringen, nicht noch zusätzlich verstärkte.

Ihr Blick fiel auf den dünnen Ordner neben ihrem Schreibtisch. Mit einem Seufzer bückte sie sich und hob ihn auf. Bastian war ein wunder Punkt, und wie es aussah, schien dieser wunde Punkt sich gerade zu entzünden.

Weder Name noch Aktenzeichen standen auf dem Pappdeckel. Ein unangenehmes Kribbeln machte sich in ihrem Bauch breit. Sie hatte den Eindruck, dass sie etwas Wichtiges übersah. Das Empfinden verstärkte sich, als sie behutsam den Aktendeckel aufschlug. Es hatte irgendetwas damit zu tun, was Theo gesagt hatte.

Vernehmungsprotokoll vom 23.06.2013 stand darin. Zu diesem Zeitpunkt war Bastian noch minderjährig gewesen.

Vernehmung des Beschuldigten Bastian Samuel Schell las Lina weiter. Ihr Magen zog sich schmerzhaft zusammen.

Fleischermeister

„Bitte ..." Das Gesicht des jungen Mannes ist blass, ein Schweißtropfen perlt von seiner Stirn. „Bitte, ich habe Ihnen alles gesagt, was ich weiß."

„Das glaube ich nicht." Die kalte Stimme, die dem verzweifelten Mann antwortet, ist seine eigene. Es fühlt sich falsch und unwirklich an, als ob jemand Fremdes von ihm Besitz ergriffen hätte, aber tief in sich spürt er, dass er sich selbst belügt. Er ist es, der da spricht, und es sind seine Finger, die sich um die Kehle des jungen Mannes legen. „Ich rate dir dringend, zu kooperieren. Denn ich verspreche dir: Das, was dein Schweigen unweigerlich zur Folge hat, wird dir nicht gefallen."

Die Augen des jungen Mannes weiten sich vor Furcht.

„Rede!"

Etwas durchbrach die beklemmende Situation; etwas, was nicht hierhergehörte. Ein seltsames, eintöniges Geräusch und ein Gefühl, das ihn fortzurufen schien. Feuchtigkeit rann über seine Stirn. Seine Augenlider flatterten.

Der Mann ohne Namen schlug die Augen auf. Um ihn herum war es stockdunkel. Ein Wassertropfen zerplatzte auf seiner Stirn. Mühsam richtete er sich auf. Schwindel packte ihn. In seiner Schulter pochte ein brennender Schmerz. Ihm war heiß.

Ungeschickt krabbelte er unter einer schweren Decke hervor und zog den Mantel aus. Schweißnass klebte das Hemd auf seiner Haut. Wasser plätscherte. Die Dunkelheit schien undurchdringlich.

Wo war er?

Wasser tropfte zu Boden. Er spürte, wie sich seine Nackenhaare aufstellten. Das Gefühl, eingesperrt zu sein, presste ihm die Brust zusammen. Erinnerungen stiegen auf. *Dunkelheit, eine karge Zelle, hallende Schritte auf nacktem Beton, ein Schieber, der krachend zurückgezogen wird, und ein schemenhaftes Gesicht, das ihn schweigend beobachtet.*

Er presste die Finger gegen seine Schläfen. Seine Haut schien glühend heiß zu sein. Er hatte Fieber. „Denk nach!", befahl er sich selbst. „Denk nach!" Seine Stimme klang heiser und seine Zunge kratzte an seinem wunden Gaumen. Er hatte schrecklichen Durst.

Bewusst konzentrierte er sich auf die Wahrnehmung seines Körpers, so unangenehm dies auch war. Es half ihm, die wirren Bilder, die wie Eiter aus seinem Unterbewusstsein hervorkrochen, zurückzudrängen. Ein vertrautes Rauschen drang an seine Ohren, und er stieß erleichtert die Luft aus. Die U-Bahn! Das Versteck! Er war noch immer „zu Hause", wenn man das so nennen konnte.

Mühsam konzentrierte er sich auf seine Gedanken. Der Akku seines Notlichts hielt vierundzwanzig Stunden. Die absolute Dunkelheit um ihn herum war kein gutes Zeichen. Er musste länger als vierundzwanzig Stunden geschlafen haben. Der Schmerz in seiner Schulter war eindeutig. Die Wunde hatte sich entzündet, und er hatte starkes Fieber. Wahrscheinlich war er dehydriert.

Er tastete nach seinem Rucksack. Sterne tanzten vor seinen Augen, und für einen kurzen Moment glaubte er, ohnmächtig zu werden. Dann ging es wieder. Mit zitternden Fingern ergriff er eine Flasche. Dem Gewicht nach war sie noch zu einem Viertel voll. Er schraubte den Verschluss ab. Der Duft von billigem Schnaps stieg in seine Nase. Wasser wäre in seiner aktuellen

Situation sicherlich hilfreicher. Aber diese Alternative stand ihm leider nicht zur Verfügung. Er trank, bis die Flasche leer war.

Taumelnd richtete er sich wieder auf. Er musste hier raus und sich Hilfe suchen, bevor er wieder das Bewusstsein verlor. Es gefiel ihm nicht, sich in die Hände anderer zu begeben. Aber einsam und unter Schmerzen in einem dreckigen Kellerloch zu verrecken, war eine noch weniger verlockende Alternative.

Tastend suchte er sich seinen Weg hinaus und stand schließlich im blassen Licht des dämmernden Morgens. Dampf stieg von seinen durchgeschwitzten Klamotten auf. Schwindel packte ihn.

„Besser, ich bleibe in Bewegung", murmelte er. Einen Schritt vor den anderen setzend, taumelte er weiter. Als er das einsame Industriegelände hinter sich gelassen hatte, begegneten ihm Menschen auf ihrem Weg zur Arbeit. Die meisten hasteten einfach vorbei, sie hatten ihren Blick auf ihr Smartphone gesenkt oder schienen in Gedanken ganz woanders zu sein. Die wenigen, die ihn bewusst wahrnahmen, machten einen großen Bogen um ihn. Er konnte es ihnen nicht verübeln. Hin und wieder stieg ihm ein Geruch in die Nase, der ihn an halb verwesten Fisch erinnerte, und er argwöhnte, dass er selbst es war, der dieses Aroma verströmte.

Eine Zeit lang ging er am Ufer der Spree entlang. *Dort hinten muss der Volkspark Rehberge sein*, schoss es ihm durch den Kopf. Aber er hatte keine Ahnung, woher er das wusste. Genauso wenig, wie er erklären konnte, warum seine Füße ihn zielsicher zu einer vielbefahrenen Straße Richtung Nordosten führten. Schließlich erreichte er einen hellen Altbau mit rundem Torbogen. *Rudolf Virchow Krankenhaus* stand in gotischer Fraktur darüber.

Er taumelte über das Kopfsteinpflaster, ließ das Eingangsgebäude hinter sich, ohne auf die angeekelten Blicke der anderen zu achten. Die Notaufnahme befand sich in der Nordstraße. Zuallererst suchte er die Toilette auf und trank frisches Leitungswasser. Dann schleppte er sich in den Wartebereich und ließ sich auf einen der Sitze fallen. Wenig später saß er ganz allein auf der Bank. So konnte er sich ein wenig ausruhen. Langsam sackte er zur Seite. *Nur kurz die Augen schließen ...*

„Hallo?", drang eine Stimme wie durch dichten Nebel zu ihm. Er vernahm ein Klatschen und spürte ein leichtes Brennen auf der Wange. „Hallo, hören Sie mich?"

Verschwommen erkannte er eine Frau. Sie trug einen Mundschutz und einen grünen Arztkittel.

Er nickte und verspürte im selben Moment ein starkes Schwindelgefühl. Hätte er nicht bereits auf einer Liege gelegen, wäre er vom Stuhl gekippt.

„Bitte, sprechen Sie mit mir. Wie heißen Sie?"

Ein glucksendes Lachen entrang sich seiner Kehle.

„Das hat doch keinen Zweck. Der ist total besoffen", vernahm er eine männliche Stimme, die irgendwo von links kam.

Er wandte den Kopf, um zu sehen, wer da gesprochen hatte.

„Halt die Klappe, Björn", zischte die Ärztin. Dann schnipste sie mit den Fingern. „Hallo, sehen Sie mich an!", befahl sie ihrem Patienten.

Er versuchte, sie zu fixieren. Aber ihr Gesicht verschwamm immer wieder vor seinen Augen.

„Wie heißen Sie?", fragte sie erneut.

„Ich ... habe ... nicht die leiseste Ahnung", kam es nuschelnd über seine Lippen.

„Welchen Tag haben wir heute?"

„Montag?"

„Wir haben Mittwoch", meldete sich die männliche Stimme.

Der Mann ohne Namen stöhnte leise. Diese Fragerei war anstrengend, und er war so müde.

„He, bleiben Sie bei mir!", befahl die Frau. Sie packte seine Schulter.

Er schrie auf vor Schmerz.

„Oh, tut mir leid. Was ist passiert?"

„Messer", brachte er mühsam hervor.

„Schnell, gib mir die Schere", befahl die Ärztin.

Kurz darauf spürte er, wie ein kühler Hauch seine Wunde streifte.

Die Ärztin schnalzte mit der Zunge. „Ich habe schon mal hübschere Wunden gesehen. Wer hat Sie denn zusammengenäht? Ein Fleischermeister?"

„Ich", murmelte der Namenlose.

„Okay, das kriegen wir hin. Ich gebe Ihnen eine Spritze und dann flicken wir Sie wieder zusammen."

Er wollte noch etwas erwidern, doch der Nebel schlug über ihm zusammen, und er wurde hinabgezogen in fiebrige Schwärze.

Er sitzt auf einer Bank. Der Ausblick ist wunderschön. Hohes Gras, sandige Dünen und dahinter das Tosen der Ostsee. Er weiß, dass er nicht wirklich an diesem Ort ist, aber er will gar nicht woanders sein, denn hier verspürt er so etwas wie Frieden.

„Nun, mein alter Freund", dringt eine Stimme in sein Bewusstsein. Sie ist ruhig, beinahe sanft. Und dennoch spürt er, wie sein Herzschlag sich beschleunigt.

„Entspann dich", sagt die Stimme leise.

Doch sein Herz will nicht gehorchen, immer schneller pocht es. „Nein...", stöhnt er.

„Pst, alles ist gut", säuselt die Stimme. „Dir wird nichts geschehen. Sag mir einfach nur: Wo ist es?"

„Nein! NEIN!"

Er riss die Augen auf. Über ihm war eine hell gestrichene Decke. Er sah einen Ständer und einen Infusionsbeutel mit einer klaren Flüssigkeit. Ein Schlauch war mit seinem Arm verbunden. Er lag in einem Krankenhausbett.

„Wer is'n Theo?", vernahm er eine männliche Stimme neben sich.

Erschrocken fuhr er herum.

Ein übergewichtiger Mann lag im Nachbarbett und lächelte ihm beruhigend zu. Sein rechtes Bein steckte in einem Gips und sein Arm war verbunden. „Tach Kollege, ick bin Herbert. Wollte 'ne Glühlampe wechseln." Er schielte auf sein Bein. „War wohl nich eene meiner besten Ideen."

„Offensichtlich", murmelte der Namenlose.

„Sachmal, wer is'n Theo?", hakte sein Bettnachbar nach.

„Woher soll ich das wissen?"

„Weil de im Schlaf ständig seinen Namen jesacht hast."

„Tatsächlich?"

„Ick hab mir dit Been jebrochen, aber hörn kann ick jut", erwiderte der Dicke.

Der Namenlose schloss die Augen. *Theo* … Er versuchte, in sich hineinzuhorchen. Aber in ihm waren nur wirre Traumbilder und eine große Müdigkeit. Wahrscheinlich war es reiner Zufall, dass er diesen Namen gesagt hatte, oder aber der Dicke hatte sich verhört.

Sein redseliger Bettnachbar sprach weiter, aber er achtete nicht darauf. Er würde sich noch ein klein wenig ausruhen, und dann würde er verschwinden, bevor er zu viel Aufmerksamkeit erregte und *SIE* ihn fanden.

Soli Deo gloria

Theos Finger huschten über die Tastatur.

1234567… Passwort… letmein…

Jedes Mal wurde ihm der Zugriff verweigert. Mike hatte seinen E-Mail-Account offensichtlich besser geschützt als erhofft.

Schade, aber es wäre auch zu einfach gewesen. Vielleicht der Geburtstag?

100996…

Erschrocken zuckte er zusammen, als die Tür plötzlich aufgerissen wurde. Sein schlechtes Gewissen pochte, als wäre er bei einem Verbrechen ertappt worden. *Blödmann*, schalt er sich selbst. *Hast du vergessen, für wen du das machst?* Er widerstand dem Impuls, den Bildschirm hastig zu sperren, und wandte sich der Tür zu.

Paula stapfte herein und hielt ihm mit empörtem Gesichtsausdruck ihr Smartphone hin. „TikTok geht nicht!"

Angesichts ihrer offensichtlichen Entschlossenheit hatte es wenig Sinn, sie auf später zu vertrösten. „Hallo, Paula." Er lächelte sanft. „Kann es sein, dass du meine Hilfe möchtest?"

„Natürlich." Sie hielt ihm ihr weißes Smartphone mit der glitzernden Schutzhülle unter die Nase. „Ich kann keine Videos mehr hochladen."

Theo nahm das Smartphone entgegen und runzelte die Stirn. „Du weißt schon, dass diese App nicht ganz ungefährlich ist?"

„Wieso, beißt die?" Paula kicherte.

„Was du da hochlädst, können alle Leute sehen."

„Theo", sie verdrehte die Augen, „ich bin nicht blöd. Deshalb mach ich das doch."

„Aber du hast keine Kontrolle darüber, wer das sieht. Das können auch echt fiese Typen sein, zum Beispiel Leute, die sich über dich lustig machen."

Sie zuckte mit den Achseln. „Die haben keine Ahnung. Ich kann gut tanzen."

„Oder es sind Leute, die sich als jemand anderes ausgeben und dich zu etwas überreden wollen, was du gar nicht willst. Da könnte zum Beispiel jemand behaupten: Hi Paula, ich bin Marcel, neunzehn Jahre alt und finde dich total toll. Und in Wirklichkeit ist der Typ neunundfünfzig, heißt Klaus-Dieter und will dir etwas Böses antun. Verstehst du?"

„Ja, das nennt man Zeibergruming. Das haben wir im Theater stundenlang mit der Anja durchgekaut."

„Wer ist Anja?", fragte Theo.

„Na, unsere Sozialtante. Theo, ich bin nicht blöd. Ich mach mich nicht für irgend so'n Trottel nackig. Ich will nur, dass TikTok wieder funktioniert."

„Äh, okay." Theo spürte, wie seine Wangen sich röteten. „Entschuldige, ich wollte nicht den Oberlehrer spielen."

„Haste aber", erwiderte Paula ungerührt.

„Ich hab mich ja schon entschuldigt." Theo startete ein Update.

„Geht's wieder?"

„Warte einen Augenblick." Rasch prüfte er, ob das Betriebssystem aktualisiert war. „Alles klar. Jetzt müsste es laufen!"

„Hammer!" Paula nahm ihm hastig das Handy aus der Hand. „Danke." Sie beugte sich vor und gab ihm einen Kuss auf die Wange. „Du bist süß."

„Äh, gern geschehen."

Paula drehte sich schwungvoll um, warf ihr langes Haar über die Schulter zurück und stolzierte aus dem Zimmer.

Kopfschüttelnd wandte sich Theo wieder Mikes E-Mail-Account zu. Er probierte weitere Passwortkombinationen aus.

fcbayern... lewiforever... sesamoeffnedich... 7654321...

Zwanzig Minuten später musste er sich eingestehen, dass er mit Standardpasswörtern nicht weiterkam. *Du musst nachdenken. Was war typisch für Mike, aber nicht jedem bekannt?* Er tippte *schokokussbrötchen...* Wieder nichts! Theo erinnerte sich, dass Mike einmal erwähnt hatte, was sein Lieblingstier war. *Es hat lange, dürre Beine, ist bucklig und beschäftigt sich ständig mit dem Tod – genau wie ich.* Er tippte *marabu...* Wieder ein Fehlschlag. Nachdenklich nagte er an der Unterlippe. Eine dumpfe Erinnerung regte sich in seinem Unterbewusstsein. Er war überrascht gewesen, als er seinen Mitbewohner vor einiger Zeit in dessen Zimmer besucht hatte.

Theo schloss die Augen. Er war in Mikes Zimmer gefahren und hatte dort eine besondere Atmosphäre gespürt – aber was war der Grund gewesen? An ihrem belanglosen Gespräch hatte es nicht gelegen. *Die Musik!*, kam es ihm in den Sinn. Sie hatte ihn ziemlich überrascht. Er gab *j.s.bach* ein – wieder nichts. Auch etliche Schreibvarianten brachten ihn nicht weiter. Nach einem weiteren Moment des Grübelns tippte er *solideogloria...* und der Account wurde freigegeben. Überrascht hob er die Brauen. „Wer hätte das gedacht?"

Er begann zu suchen. Die meisten Menschen, vor allem jene unter dreißig, betrachteten E-Mails als veraltetes Kommunikationsmittel, das allenfalls im beruflichen Kontext noch eine größere Bedeutung hatte. Mike allerdings hatte seinen E-Mail-Account in den letzten Monaten intensiver genutzt. Das lag vermutlich daran, dass er zunehmend Schwierigkeiten mit der Feinmotorik hatte und sein Handy kaum noch bedienen konnte. Damit fielen auch WhatsApp und andere Messenger weg.

Theo fiel auf, dass Mike in letzter Zeit mehr Kontakt zu seiner Schwester gehabt hatte. Insbesondere die letzten drei Mails waren sehr interessant.

24. Juni, 23.10 Uhr

Hi Mike,

sorry, dass ich dir nicht gleich geantwortet habe. Ich bin momentan echt im Stress. Dieser Viebig glaubt, außer seinem bescheuerten Fach hätten wir überhaupt nichts zu tun. Hätte ich Mathe bloß abgewählt!!!

Egal, irgendwie werde ich schon durchs Abi kommen, und dann will ich sowieso nicht studieren.

Du wolltest doch meine Meinung wissen, ob du sie über deine Pläne informieren sollst. Ich finde, ja. Wahrscheinlich werden sie erst mal ausrasten, aber dann werden sie es verstehen... Na ja, zumindest ein bisschen. Schließlich haben sie sich nie mit der Krankheit abfinden können.

Mach's gut.
Ciao, Vanni

Die Mail warf einige Fragen auf. *Wer sind SIE und was sollen sie verstehen?* Theo hatte eine Ahnung. Gebannt las er die nächste Mail.

Hi Mike,

tja, das ist wohl nicht so gut gelaufen. Tut mir echt leid. Ich hätte niemals gedacht, dass Papa dermaßen ausklinkt. Dass er behauptet, das habe irgendetwas mit mir zu tun, finde ich voll daneben. Schließlich ist es dein Geld, und du kannst damit machen, was du willst.

Ich hätte wirklich Bock, dich mal wieder zu treffen, aber im Moment kriege ich's einfach nicht gebacken. Chemie steht an, und bislang habe ich ehrlich gesagt null Check.

Lass dich nicht ärgern.
Ciao, Vanni

Theos Verdacht erhärtete sich. Mike hatte einen Streit mit seinen Eltern gehabt, bei dem es ganz offensichtlich um Geld gegangen war.

29. Juni, 22.58 Uhr

Hi Mike,

sorry, ich kann seit gestern nicht mehr telefonieren. Mama hat mein Handy einkassiert, weil sie denkt, ich hänge zu viel bei Insta ab. Dabei brauch ich das, um mal kurz zu chillen. Ich kann nicht die ganze Zeit nur pauken! Wirklich, ich glaub, es hackt! Im Knast kann es auch nicht schlimmer sein.

Vielleicht solltest du lieber noch mal zum Anwalt gehen oder so. Papa kriegt sich gar nicht mehr ein. Man könnte echt glauben, du hättest 'ne Bank überfallen. Dabei willst du doch nur Gutes tun.

Ich hab noch mal über das nachgedacht, was du mir neulich erzählt hast. Du weißt schon, die Gespräche mit deinem Mitbewohner über Gott und so. Ich finde das irgendwie cool. Bisher habe ich mir nie Gedanken darüber gemacht, ob es einen Gott gibt oder nicht. Für Mama und Papa hat das nie eine Rolle gespielt, und für meine Freunde auch nicht. Aber die Vorstellung, dass es kein reiner Zufall ist, dass ich existiere, ja dass ich vielleicht sogar gewollt bin – das berührt mich irgendwie. Auf jeden Fall finde ich es ziemlich krass, dass dir der Gedanke, sterben zu müssen, nicht mehr so viel Angst macht. Ich würd's cool finden, wenn du mir beim nächsten Mal noch ein bisschen mehr darüber erzählst.

Ciao, Vanni

Das war die letzte E-Mail. Theo schluckte. Er fühlte sich traurig und getröstet zugleich. Es tat gut zu wissen, dass Mike ihn nicht falsch verstanden hatte, dass er Trost in seinen Gedanken über Gott gefunden hatte. Und zugleich war es traurig, dass so unglaublich vieles ungesagt geblieben war.

Er schickte dieses chaotische Paket aus widersprüchlichen Emotionen in einem stummen Gebet zum Himmel. Mehr konnte er nicht tun.

Anschließend konzentrierte er sich wieder auf seine Recherche und stöberte in den gesendeten Nachrichten. Aber er fand nur eine Mail, sie fiel in die Zeit zwischen Vanessas erster und zweiter E-Mail.

Hi Vanni,

die Stiftung hat sich gemeldet. Es ist möglich, die Zweckbestimmung auf die Forschung einzugrenzen. Ich bin mir inzwischen ziemlich sicher, dass ich das machen werde. Vater ist übrigens ziemlich ausgerastet, als ich ihm davon erzählt habe. Er hat mich angeschrien, dass ich das nicht machen könne. Ich hätte eine Verantwortung der Familie und vor allem dir gegenüber. Ehrlich gesagt erschien er mir fast panisch. Dass er nicht begeistert ist, hatte ich erwartet. Aber dass er so ausklinkt, verstehe ich nicht. Schließlich lebe ich ja noch. Aber wenn ich ehrlich bin, habe ich ihn noch nie verstanden. Insofern war es vielleicht doch nicht so überraschend.
 Wollen wir zusammen ein Eis essen gehen?

Liebe Grüße
Mike

PS: Danke, dass du zu mir stehst.

Theo atmete tief durch. *Schließlich lebe ich ja noch.* Mikes Worte spukten in seinem Kopf herum.

War es wirklich möglich, dass Mikes Eltern ihren Sohn wegen seines Vermögens hatten ermorden lassen? Die Befürchtung, dass er mit diesem Verdacht recht haben könnte, ließ Übelkeit in Theo aufsteigen. Das eigene Kind ermorden – aus Habgier? Er schüttelte langsam den Kopf. Irgendwie erschien ihm das unvorstellbar. Wer war zu so etwas fähig?

Vielleicht jemand, der seinen Sohn nie wirklich akzeptiert hatte? Jemand, der sich durch die Behinderung seines Kindes um einen Nachkommen beraubt sah, auf den er stolz sein konnte? Nach deutschem Recht war die Abtreibung eines behinderten Kindes theoretisch bis zum neunten Monat straffrei möglich, auch dann, wenn das Kind außerhalb des Mutterleibes lebensfähig gewesen wäre. Für Menschen mit Behinderung galten demnach andere Regeln. Was wäre, wenn jemand diese Regel noch ein wenig weiter ausdehnte? War es wirklich ein so weiter Schritt?

Theo erschauerte. Er wollte nicht so denken, und er wollte auch niemandem ein solches Denken unterstellen.

Andererseits, kam es ihm in den Sinn, *ist nicht auch dein eigener Vater plötzlich verschwunden, kurz nachdem deine Behinderung diagnostiziert wurde?* Vielleicht waren Menschen mit einer Behinderung dazu verdammt, die seelischen Abgründe der vermeintlich Gesunden zutage zu fördern? Er biss die Zähne zusammen und schüttelte den Kopf. Das half ihm nicht weiter. Es ging um Mike und nicht um ihn. Und wenn er nicht ungerechtfertigte Hypothesen verfolgen wollte, brauchte er Beweise.

Entschlossen ergriff er sein Handy. Allein würde er an dieser Stelle nicht weiterkommen.

„Hallo, Theo."

„Hallo, Lina, ich –"

Seine Schwester unterbrach ihn, ehe er weitersprechen konnte. „Gut, dass du anrufst. Ich musste gerade an dich denken. Ich wüsste gerne deine Meinung."

„Okay", erwiderte Theo gedehnt. Etwas am Tonfall seiner Schwester irritierte ihn.

„Angenommen, du weißt nicht, ob du jemandem vertrauen kannst. Aber du würdest ihm gerne vertrauen. Doch nun sagt dir ein anderer, dem du bisher immer vertraut hast, von dem du allerdings inzwischen nicht mehr genau weißt, ob er wirklich vertrauenswürdig ist, dass er … sehr persönliche Informationen über den anderen hat, also über denjenigen, dem du gerne vertrauen würdest. Du ahnst aber, dass du das Vertrauen von dieser Person verlieren wirst, wenn du die Informationen ohne sein Wissen erlangst. Was würdest du tun?"

„Äh, ich bin mir nicht ganz sicher, ob ich dir folgen kann. Worum geht's denn eigentlich?"

„Na, genau um das, was ich gerade gesagt habe!", fuhr Lina ihn an. „Da ist jemand, dem du gerne vertrauen würdest, aber du weißt nicht, ob er wirklich vertrauenswürdig ist, und nun –"

„Schon gut, Lina", unterbrach Theo sie sanft. „Ich glaube, so schwer ist das gar nicht."

„Wie jetzt? Was meinst du damit?"

„Ganz einfach: Tu das, was richtig und fair ist."

„Das ist jetzt nicht dein Ernst, oder?"

„Ich könnte auch sagen: Handle so, wie du selbst behandelt werden möchtest", erwiderte Theo ungerührt.

„Manno!", knurrte Lina. Er hörte Papier rascheln und dann, wie eine Schublade zugeknallt wurde.

„Alles okay?", hakte er vorsichtig nach.

„Nein!", bellte sie. „Gar nichts ist okay."

Er wartete.

Ein paar Atemzüge später fauchte Lina: „Kann sein, dass du recht hast."

„Ich habe immer r–"

„Sag es nicht!", unterbrach ihn Lina. „Besserwisserei kann ich momentan nicht ertragen."

„Geht klar. Ich schweige."

„Nein, du verrätst mir jetzt, warum du eigentlich angerufen hast."

„Ich fürchte, der Verdacht gegen Mikes Eltern erhärtet sich."

„Wie kommst du darauf?"

„Ich habe Mikes E-Mails gelesen. Es sieht ganz so aus, als wollte Mike sein Geld nach seinem Tod einer Stiftung vererben, und seine Eltern haben das nicht gut aufgenommen. Insbesondere sein Vater ist wohl ausgerastet."

„Wie bist du an Mikes E-Mails gekommen?"

„In einem Mordfall dürfte es keine große Hürde sein, den Laptop des Opfers zu beschlagnahmen und nach Hinweisen zu suchen."

„Okay, Theo. Ich kümmere mich darum. Und ... danke!"

Theo lächelte. „Gern geschehen."

Gestorben, bevor der Tod kam

Lina war überrascht, wie effektiv die Kollegen gearbeitet hatten. Vor zwei Tagen hatte sie mit Seidel gesprochen, und nun stand sie hinter dem Einwegspiegel eines Verhörraums und betrachtete die verkniffenen Gesichter von Herrn und Frau Lörke.

Hauptkommissar Thorsten Seidel betrat den Raum. Er begrüßte die beiden höflich und nahm Platz, legte die Unterarme auf den metallenen Tisch und lächelte. „Herr und Frau Lörke, Sie haben ein wirklich schönes Haus. Ich war vor Ort und konnte mich persönlich überzeugen. Einen Fitnessraum haben ja viele Leute im Keller. Aber dieser Pool mit Gegenstromanlage ist wirklich ein Traum! So einen hätte ich auch gerne."

Frau Lörke lächelte verkniffen. Ihr Mann presste die Lippen zusammen und starrte an die Wand.

„Ich kann mir vorstellen, dass es sehr hart für Sie war, als Sie erfuhren, dass Ihr Sohn mit gerade einmal sechzehn Jahren an amyotropher Lateralsklerose erkrankt war."

Auch die kleinste Spur eines Lächelns verschwand aus Frau Lörkes Gesicht. „Sie haben nicht die leiseste Ahnung."

„Ihr Sohn war als Kind und Jugendlicher ein herausragender Sportler", fuhr Seidel ungerührt fort. „Mit zwölf Jahren lief er seinen ersten Halbmarathon und er spielte sehr erfolgreich Golf. Soweit ich weiß, war er sogar Berliner Vizejuniorenmeister. Sie müssen sehr stolz auf ihn gewesen sein."

Lina konnte sehen, wie die Kiefermuskeln von Herrn Lörke arbeiteten.

„Dann kamen die ersten Ausfallerscheinungen. Mike brachte nicht mehr die gewohnten Leistungen, er war oft müde und verlor an Ausdauer. Plötzlich traten feinmotorische Probleme auf. Er konnte den Golfschläger nicht mehr richtig halten. Hatte sogar Schwierigkeiten, sich die Schnürsenkel zu binden. Sie gingen mit ihm zum Arzt. Möglicherweise dachten Sie an einen hartnäckigen Grippevirus oder etwas Ähnliches. Aber so einfach war es leider nicht. Jede Menge Untersuchungen wurden durchgeführt, und dann kam die erschütternde Diagnose: Amyotrophe Lateralsklerose."

„Was soll das?", fuhr Herr Lörke auf. „Warum wühlen Sie in unserer Vergangenheit herum?"

Lina betrachtete das Gesicht von Frau Lörke, es war wie versteinert.

Hauptkommissar Seidel fuhr ungerührt mit seinen Ausführungen fort. „Die Diagnose kam einem Todesurteil gleich. Ihr Sohn war unheilbar krank. Schritt für Schritt würden die Motoneuronen in seinem Gehirn und im Rückenmark absterben. Sein gesamter Bewegungsapparat würde nach und nach aussetzen. Er würde nie wieder Sport treiben. Ganz im Gegenteil, er würde das Laufen verlernen, irgendwann würde er seine Hände nicht mehr benutzen können und schließlich würde ihm auch das Sprechen nicht mehr möglich sein. Ihr Sohn atmete zwar noch, aber im Grunde war er schon tot."

Lina schluckte. Hauptkommissar Seidel hatte sich ohne Zweifel gut auf das Verhör vorbereitet, allerdings war die Art und Weise, wie er den Eltern diese Fakten um die Ohren schlug, nur schwer zu ertragen. Natürlich war das Teil der Strategie. Es ging darum, die Verdächtigen zu provozieren und sie zu unbedachten Äußerungen zu verleiten. *Du musst bereit sein, dich zum Hassobjekt zu machen*, hatte er Lina erklärt. *Sie müssen die Kontrolle verlieren, koste es, was es wolle. Das ist deine*

Chance auf die Wahrheit. Sollten sie sich als unschuldig erweisen, wirst du feststellen, dass jegliche Entschuldigung nur wenig bringen wird. Sie werden dich weiterhin hassen. Aber das ist nun mal der Preis für ein erfolgreiches Verhör.

Lina hatte das Gefühl, dass Seidel ziemlich gut darin war, sich zum Hassobjekt zu machen. Er schien diese Vorgehensweise vollkommen verinnerlicht zu haben. Sie war sich nur nicht ganz sicher, ob sie seiner Methode tatsächlich eine universelle Gültigkeit zusprechen wollte.

„Mit der Diagnose ALS haben Sie von einem Moment auf den anderen Ihren Sohn verloren. Alles, worauf Sie stolz gewesen waren, all Ihre Zukunftshoffnungen, Ihre Pläne lösten sich von einer Sekunde zur nächsten in Staub auf."

„Kommen Sie auf den Punkt", knurrte Herr Lörke. „Worum geht es eigentlich in diesem absurden Gespräch?"

„Ihr Sohn wurde Ihnen fremd. Sie erkannten ihn nicht wieder. Nicht nur sein Körper, auch seine Persönlichkeit veränderte sich. Anfangs taten Sie alles, um ihn zu unterstützen: Sie nahmen Kontakt zu Experten auf, meldeten ihn für innovative Therapien an, finanzierten zusätzliche Ergotherapie- und Physiotherapiestunden. Für Ihre jüngere Tochter blieb kaum noch Zeit, aber Mike dankte es Ihnen nicht. Stattdessen saß er teilnahmslos in seinem Zimmer und starrte die Wand an. Es fällt mir nicht schwer, mir die hilflose Wut auszumalen, die Sie empfunden haben müssen."

„Malen Sie sich aus, so viel Sie wollen", erwiderte Frau Lörke in emotionslosem Tonfall. „Sie wissen gar nichts –"

„Alles vollkommen normale Vorgänge", unterbrach Herr Lörke seine Frau. Er starrte den Hauptkommissar finster an. „Was uns widerfahren ist, nennt man im Fachjargon ‚kritisches Lebensereignis'. Es löst bestimmte psychische Prozesse aus. Ist in jedem einschlägigen Ratgeber nachzulesen."

Seidel lächelte schmallippig. „Es muss ein Befreiungsschlag gewesen sein, als Mike beschloss auszuziehen. Ich kann mir vorstellen, dass Sie regelrecht aufgeatmet haben, nachdem Sie sein Elend nicht mehr jeden Tag vor Augen hatten."

Frau Lörke presste die Lippen zusammen und ihr Mann verschränkte die Arme vor der Brust.

„Endlich hatten Sie wieder Zeit, sich Ihrer Tochter zu widmen und Ihre eigenen Träume zu verfolgen. Da kommt es Ihnen sicher nicht ungelegen, nun eine nicht unerhebliche Erbschaft antreten zu dürfen."

„Soweit ich weiß, ist Erben kein Verbrechen", brummte Herr Lörke.

„Natürlich nicht." Der Hauptkommissar lächelte. „Ihr verstorbener Bruder, Frau Lörke, verfügte über ein beachtliches Vermögen. Er war ein sehr erfolgreicher Investmentbanker. Ihm verdanken Sie ein Erbe von knapp einer Million Euro. Ihre Kinder erbten ebenfalls jeweils eine Million Euro."

„Worauf wollen Sie hinaus?", knurrte Herr Lörke.

„Das Geld kommt gerade rechtzeitig, um die umfangreichen Baumaßnahmen zu finanzieren, mit denen Sie Ihr Traumhaus realisiert haben. Denn letztendlich waren die Kosten dann doch etwas höher, als Sie ursprünglich veranschlagt hatten. Wir haben uns die Rechnungen angesehen. Allein das Untergeschoss hat schlappe 1,3 Millionen gekostet. Die kleine Souterrain-Wohnung, der Wintergarten und die bautechnisch notwendige energetische Sanierung haben deutlich mehr Geld verschlungen als ursprünglich veranschlagt. Insgesamt haben Sie fast zwei Millionen Euro investiert. Sie mussten auf das Geld Ihrer Tochter zurückgreifen, obwohl Sie eigentlich dazu verpflichtet waren, es mündelsicher anzulegen."

Frau Lörke warf ihrem Mann einen kurzen Seitenblick zu. Irrte Lina sich oder hatte der Hauch eines Vorwurfs darin gelegen?

„Eine Immobilie ist eine äußerst sichere Geldanlage!" Herrn Lörkes Nasenflügel bebten.

„Die gesetzlichen Vorschriften sind da meines Erachtens äußerst streng. Und was ist, wenn Ihre Tochter mit achtzehn Jahren das Geld zur Verfügung haben möchte und nicht nur einen Anteil an der elterlichen Stadtvilla?"

„Vanessa wird Ihr Geld bekommen!"

„Ach ja? Und woher wollen Sie das nehmen? Sie haben keine Ersparnisse mehr, und im Job läuft es schon seit Längerem nicht mehr gut für Sie. Ganz im Gegenteil. Weiß Ihre Frau eigentlich, dass Sie Ihren Job vor drei Monaten verloren haben?"

Herrn Lörkes Wangen röteten sich. Frau Lörkes Blick wanderte erst zu ihrem Mann und dann zu Seidel. „Ich weiß Bescheid", sagte sie leise. Auf Lina allerdings machte sie den Eindruck, als wäre diese Information noch ziemlich frisch für sie.

„Wie auch immer", fuhr der Hauptkommissar leichthin fort. „Es muss doch sehr ärgerlich gewesen sein, dass eine Million Euro auf Mikes Konto vor sich hin dümpelten und langsam, aber sicher abschmolzen. Denn natürlich musste er bei diesem Vermögen selbst für die Kosten seines WG-Platzes aufkommen. Es war immerhin ein mittlerer vierstelliger Betrag, der dort Monat für Monat verschwand. Also, ich an Ihrer Stelle wäre da richtig sauer geworden. Die anderen Behinderten, die nichts für die Gesellschaft leisten, kriegen das Geld in den Hintern geschoben. Und Mike Lörkes Vermögen – Geld, das Ihre Tochter so viel besser gebrauchen könnte – verschwindet auf Nimmerwiedersehen im Nirwana des Sozialstaats."

„Ich weiß nicht, worauf Sie hinauswollen", sagte Herr Lörke mit heiserer Stimme. „Wir haben das Geld unseres Sohnes nie angerührt!"

„Natürlich nicht. Solange er lebte, hatten Sie keine Chance, daranzukommen."

Frau Lörke schnappte hörbar nach Luft.

„Jetzt reicht es aber!", brüllte ihr Mann.

Seidel schien sich daran nicht im Mindesten zu stören. Er blätterte in seinen Notizen und nahm anschließend einen Zettel zur Hand. „Was sagt Ihnen der Name Garm Security?"

Frau Lörke blickte den Kommissar verständnislos an. Herr Lörke schwieg.

„Herr Lörke? Wollen Sie behaupten, Sie hätten diesen Namen noch nie gehört?"

„Meines Erachtens sind das Partner, mit denen unsere Firma kooperierte, wenn wir geschäftlich im Mittleren Osten und Nordafrika unterwegs waren."

„Ihres Erachtens, Herr Lörke?" Seidel hob die Brauen. „Sie selbst haben die Verträge mit dieser Firma ausgehandelt! Eine Zeit lang standen Sie ständig in Kontakt mit diesen Leuten."

„Äh … ja, natürlich gab es einen entsprechenden Schriftverkehr, und wir haben ein paar Telefonate geführt. Garm Security war für die Sicherheit unserer Mitarbeiter zuständig."

„Ich habe Erkundigungen eingezogen. Garm Security ist schon seit Längerem im Visier der Staatsanwaltschaft. Das ist keine harmlose Security-Firma, Herr Lörke, das sind Söldner – ehemalige Elitesoldaten der Bundeswehr, Fremdenlegionäre und Kriminelle. Menschen, die das Töten nicht lassen können."

Herr Lörke schnaubte und erwiderte irgendetwas, doch Lina achtete nur auf den Gesichtsausdruck seiner Frau. Diese wurde so blass wie die weiß getünchte Wand des Verhörraums.

„Wissen Sie, Herr Lörke, dank der forensischen Ergebnisse steht es außer Frage, dass Ihr Sohn Mike ermordet wurde, und es gibt einen Augenzeugen, der einen Mann mit einem

Nachtsichtgerät im Gesicht gesehen hat, wie es üblicherweise von Militärs verwendet wird."

„Das reicht!", schrie Herr Lörke und sprang auf.

„Setzen Sie sich!", donnerte Seidel.

Ein ungläubiger Ausdruck zeichnete sich auf dem Gesicht von Frau Lörke ab.

Das war der Moment, auf den Lina gewartet hatte. Sie klopfte an die Tür und betrat den Verhörraum. „Tut mir leid, dass es so lange gedauert hat", sagte sie zu niemand Bestimmtem. „Frau Lörke, wenn Sie bitte mitkommen würden?"

„Was? Aber...", polterte Herr Lörke.

Lina ignorierte ihn und lächelte seine Gattin freundlich an.

Die völlig überrumpelte Frau erhob sich.

„Sie können doch nicht einfach...", ereiferte sich Herr Lörke.

„Kommen Sie, Frau Lörke." Lina führte die Frau aus dem Raum.

„Jetzt reicht's aber! Sabine, du bleibst hier!"

„Herr Lörke!", bellte der Hauptkommissar streng. „Wir entscheiden, wer in unseren Verhörräumen sitzt und wer nicht."

Lina schloss die Tür, und die Stimmen der beiden Männer waren nicht mehr zu hören. Anschließend führte sie Frau Lörke in einen zweiten Verhörraum. „Nehmen Sie bitte Platz." Sie deutete auf einen bequemen Polsterstuhl. „Möchten Sie Kaffee oder Tee?"

Frau Lörke schüttelte den Kopf.

„Ein Wasser vielleicht?"

„Ja... Ein Wasser wäre nett."

„Gerne."

Lina stellte ein Glas Wasser auf den Tisch, setzte sich an die Seite des Tisches und schlug entspannt die Beine übereinander. Im Plauderton klärte sie Frau Lörke nochmals über ihre Rechte auf und schaltete das digitale Aufnahmegerät ein.

„Frau Lörke, wussten Sie, dass Sie sich mit den Baukosten für Ihr Haus übernommen hatten?"

„Ja." Sie nickte langsam. „Seit ein paar Wochen. Ich habe mich zuvor nie sonderlich darum gekümmert, müssen Sie wissen."

„Das war die Aufgabe Ihres Mannes, nicht wahr?"

„Finanzen haben ihm immer mehr gelegen als mir."

„Wie geht es eigentlich Ihrer Tochter Vanessa?"

„Wie soll es ihr gehen?" Sie zuckte mit den Achseln. „Sie ist geschockt, genauso wie wir."

„Hatte sie einen guten Draht zu ihrem Bruder?"

„Im Grunde genommen schon. Sicherlich gab es hin und wieder Streit und Eifersüchteleien. Wie das eben so ist unter Geschwistern. Sie musste oft zurückstecken, nach... nachdem..."

„Nachdem die Erkrankung ihres älteren Bruders zutage getreten war", ergänzte Lina.

„Ja. Aber sie hat ihren Bruder immer geliebt, immer!"

„Frau Lörke, ich weiß, wie das ist. Ich habe selbst einen Bruder mit einer Behinderung. Für Geschwister ist es oft nicht leicht. Alles dreht sich um das Sorgenkind der Familie. Die anderen müssen einfach funktionieren, am besten so schnell wie möglich erwachsen werden."

Frau Lörke schniefte und schüttelte langsam den Kopf. „Wir haben so viel falsch gemacht."

„Wissen Sie, ich glaube, in einer solchen Lebenssituation ist es gar nicht möglich, Dinge *nicht* falsch zu machen. Wir alle machen Fehler."

Frau Lörke verzog die Lippen zu einem humorlosen Lächeln. „Offensichtlich."

„Entscheidend ist, dass man diese Fehler erkennt und korrigiert."

„Aber das haben wir doch!", sagte Frau Lörke hastig, fast so, als wolle sie sich selbst überzeugen. „In den letzten Jahren haben wir Vanessa all die Aufmerksamkeit gegeben, die ihr zuvor fehlte."

Ein Übermaß an Aufmerksamkeit beider Elternteile ist nicht unbedingt das, was ein Teenager sich von Herzen wünscht, ging es Lina durch den Kopf, aber sie beschloss, diesen Gedanken nicht zu äußern.

„Alles, was wir getan haben, haben wir für Vanessa getan."

„Ich verstehe." Lina nickte freundlich. „Wann hat Ihr Mann Ihnen gesagt, dass er seinen Arbeitsplatz verloren hat?"

„Das war ... gestern."

„Haben Sie jemals mitbekommen, dass Ihr Mann Kontakt zu Garm Security hatte?"

Frau Lörke schüttelte vehement den Kopf. „Mit diesen geschäftlichen Dingen hatte ich nie etwas zu tun. Ich habe diesen Namen heute zum ersten Mal gehört."

„Sagt Ihnen die Firma Mediflex etwas?"

Frau Lörke schürzte nachdenklich die Lippen. „Es kann sein, dass ich diesen Namen schon mal gehört habe. Aber ich weiß nicht mehr, in welchem Zusammenhang. Warum fragen Sie?"

„Ihr Mann hat vor zwei Wochen fünfzehntausend Euro von seinem Konto abgehoben. Wofür war das Geld?"

Frau Lörke schlang die Arme um sich, als fröstele sie.

„Eine Summe in gleicher Höhe wurde von der Mediflex GmbH auf ein Offshorekonto überwiesen. Wollte Ihr Mann damit einen Zeugen bestechen, Frau Lörke?"

„Was? Nein! Oliver ... also, mein Mann, brauchte das Geld für die Handwerker ..." Sie lächelte verlegen. „Es ist günstiger, wenn man bar zahlt."

Lina nickte. Angesichts der prekären finanziellen Lage des Ehepaars ergab es durchaus Sinn, dass sie Handwerker an der Steuer vorbei bezahlten. „Haben Sie Ihren Arzt beauftragt, die Totenschau bei Mike durchzuführen?", wechselte sie das Thema.

„Dr. Behrends war Mikes behandelnder Arzt. Wer sonst hätte das tun sollen?"

„Der Beerdigungstermin war ungewöhnlich kurzfristig angesetzt."

„Wir wollten einfach nur, dass es vorbei ist. Können Sie das nicht verstehen?"

„Doch, ich verstehe das. Und ich verstehe auch, warum Sie kurz nach Mikes Tod sein Zimmer durchsucht haben, um sein Testament verschwinden zu lassen. Sie haben das nur für Ihre Tochter getan, nicht wahr?"

Frau Lörkes Gesicht wurde so blass, dass es den wächsernen Hautton einer Toten annahm. Sie öffnete den Mund, sagte aber nichts und schüttelte stattdessen nur den Kopf.

„Frau Lörke", Linas Stimme wurde sanft, „wir haben auf dem Rechner Ihres Sohnes den fertigen Entwurf eines Testaments gefunden. Darin vermacht er sein gesamtes Vermögen der Charcot-Stiftung zur Förderung der medizinischen Forschung auf dem Gebiet der ALS. Es gibt einen glaubwürdigen Zeugen, der bestätigen kann, dass Sie Mikes Zimmer durchsucht haben. Er hat gehört, wie Sie Ihren Mann fragten, ob er wirklich glaube, dass Mike ‚eins hat'. Ich bin mir sicher, dass sich dies auf sein Testament bezog. Ihr Mann meinte, dass Sie es Vanessa schuldig seien, ganz sicherzugehen. Dann fanden Sie ein Dokument und fragten, ob es echt sei."

Frau Lörke schnappte nach Luft wie ein gestrandeter Karpfen.

„Versuchen Sie jetzt bitte nicht, sich irgendwelche hanebüchenen Geschichten auszudenken, Frau Lörke. Damit machen Sie alles nur noch schlimmer."

„Ich ... ich will einen Anwalt sprechen."

„Natürlich, Sie haben das Recht dazu. Aber auch ein Anwalt kann nichts daran ändern, dass alle Beweise gegen Sie sprechen. Sie, Ihr Mann und Ihre Tochter sind die Einzigen, die von Mikes Tod profitieren."

„Vanessa hat nichts damit zu tun!", stieß Frau Lörke hervor.

„Womit?" Linas Stimme wurde hart. „Womit hat Vanessa nichts zu tun, Frau Lörke?"

„Wir ... wir wollten doch nur ..." Die Frau rang nach Atem. „Ja, es gab ein Testament und wir ... haben es verschwinden lassen. Damit Vanessa nicht unter unseren Fehlern leiden muss. Das verstehen Sie doch?" Ihre Augen flehten um Nachsicht.

Lina schwieg.

„Aber was Sie da sonst noch andeuten", fuhr Frau Lörke mit zitternder Stimme fort, „ist ... ist völlig absurd. Wir haben doch nicht unseren eigenen Sohn ... Wir hätten Mike niemals etwas antun können!"

Lina presste die Lippen zusammen und nickte langsam. Sie glaubte der Frau. Ungünstigerweise reduzierte das den Kreis der Verdächtigen auf ihren Mann.

Lageanalyse und Keksgeschosse

„Komm rein." Theo fuhr ein Stück zurück und ließ seine Schwester herein. Sie sah müde aus, und ihr Begrüßungslächeln bestand aus einem kurzen Zucken des rechten Mundwinkels.

„Danke, dass du gekommen bist. Willst du etwas trinken? Cappuccino, Espresso, Cola, einen Energiedrink?"

Ein Grinsen huschte über Linas Gesicht. „Sehe ich so fertig aus?"

„Ich formuliere es mal so: Hinsichtlich Hautfarbe und Muskeltonus bist du praktisch nicht mehr von komatös zu unterscheiden", erwiderte Theo.

„Hat dir schon mal jemand gesagt, wie ungeheuer charmant du bist?"

„Eigentlich höre ich nichts anderes", erwiderte Theo.

„Blödmann", schnaufte Lina.

„Also ein Energiedrink?"

„Das Zeug schmeckt widerlich."

„Ich hab's dir ja auch nicht wegen des Geschmacks angeboten."

Lina gähnte. „Meinetwegen."

Wenig später saßen sie sich gegenüber, eine Schüssel mit Keksen und zwei Getränkedosen auf dem kleinen Tisch zwischen sich. Theo spürte ein Kribbeln in der Magengegend. Aufgeregt beugte er sich vor. „Und?"

Seine Schwester nippte an ihrer Brause und verzog angewidert das Gesicht. „Grässlich."

„Lina!", drängelte Theo.

„Du weißt schon, dass ich über laufende Ermittlungen nicht sprechen darf?"

„Ohne mich gäbe es diese Ermittlungen gar nicht!", schnaufte Theo. „Also, was ist bei den Verhören herausgekommen?"

Die Tür öffnete sich, ohne dass vorher ein Klopfen zu hören gewesen wäre, und ein rundes Gesicht erschien im Türspalt. „Tachchen, Lina, jibs watt Neuet?"

Lina warf Theo einen vorwurfsvollen Blick zu, doch er zuckte nur mit einer Geste der Unschuld mit den Achseln.

„Hallo, Lene."

„Ick darf doch rinnkomm, oder?", fragte Theos kugelrunde Mitbewohnerin, obwohl sie bereits neben dem Tisch stand. „Also, watt is nu Stand der Amittlungen?", fragte sie und schielte dabei unauffällig auf die Kekse.

„Lene, darüber darf ich nicht sprechen."

„Ick will ja nur wissen, wer den armen Mike amordet hat."

„Genau darum geht es doch", erklärte Lina geduldig. „Dazu darf ich nichts sagen."

„Nun sei doch nich so", brummte Helene. Dann griff sie in die Keksschüssel. „Den hier brochta doch bestimmt nich mehr, oder? Der is ja schon anjeknakst."

„Na klar", erwiderte Theo. Er blickte zu seiner Schwester. „Bitte."

„Die Eltern von Mike wurden heute verhört, zuerst ohne Anwalt, dann mit Anwalt, und das über zehn Stunden lang."

Helene nickte fasziniert und schob sich zwei weitere Kekse in den Mund.

„Kein Problem, bedien dich ruhig", seufzte Theo.

„Und, watt is bei die janze Sache bei rausjekomm?", bohrte Helene nach.

„Lene, ich –", setzte Lina an, wurde jedoch von einer weiteren Stimme unterbrochen.

„Das waren bestimmt die Eltern!", meldete sich Paula von der Tür her zu Wort.

„Was wird das hier?", empörte sich Lina.

„Du sagst uns einfach, wer's war", erklärte Paula.

Die Tür öffnete sich ein drittes Mal und Scott duckte sich bedächtig unter dem Türrahmen hindurch. Mit großen Augen blickte er Lina erwartungsvoll an.

„Leute, so geht das nicht!", wehrte sich die junge Polizistin. „Warum denn nicht?", fragte Paula verwundert. „Wir haben doch die ganze Zeit schon mitgemacht."

„Sie hat recht", sprang Theo ihr bei. „Wir haben den Stein ins Rollen gebracht. „Du bist uns eine Antwort schuldig."

„Jenau, eene Hand schrubbt die andere", bemerkte Helene mit vollem Mund.

„He, lass mal was übrig", beschwerte sich Paula und fischte rasch zwei Kekse aus der Schüssel.

Helenes Augen verengten sich zu Schlitzen. „Nu is ma jut!"

„Wieso?", beschwerte sich Paula. „Du mampfst hier die ganze Zeit. Ich will auch was abhaben."

„Also –", meldete sich Theo beschwichtigend zu Wort, wurde jedoch unverzüglich von Helene unterbrochen, die ihre Mitbewohnerin anfauchte: „Du broochst keene Kekse. Du bist Schauspielerin."

„Was hat denn das damit zu tun?", fragte Paula, nicht gänzlich unberechtigt.

Lina sank ermattet in ihrem Sessel zurück und schloss die Augen.

„Es reicht jetzt!", rief Theo. Aufgrund der eingeschränkten Kontraktionsfähigkeit seines Zwerchfells übertönte sein Ruf allerdings nur marginal das wütende Schnaufen von Helene, die im selben Moment die Schüssel mit den Keksen ergriff und an ihren üppigen Busen drückte. „Schauspieler leben von Applaus und Möhrchen. Aba ick nich! Ick hab Kohldampf, vastehste?!"

„Dann mach dir doch eine Leberwurststulle!", schimpfte Paula. „Die Kekse sind für alle da!" Sie griff nach der Schüssel.

„Hört sofort damit auf!", rief Theo, musste jedoch feststellen, dass er bei seinen beiden Mitbewohnerinnen auf taube Ohren stieß, da sie sich voll und ganz auf ihren Streit fokussierten. Er war sich nicht sicher, ob sie seine Gegenwart überhaupt wahrnahmen.

„Weg mit die Griffel!", fauchte Helene.

„Lass du doch los!"

Ein wildes Gerangel entstand. Von Scotts traurigen Augen beobachtet, ruckte die Schüssel mal zur einen, mal zur anderen Seite. Ein Keks landete auf dem Boden, ein weiterer verfing sich in Helenes Ausschnitt. Dann rutschten Paulas Finger ab. Helene verlor angesichts des plötzlich nachlassenden Widerstandes den Halt und taumelte wild mit den Armen rudernd nach hinten. Kekse flogen wie Schrotkugeln durchs Zimmer und zerstoben an Wänden und Möbeln.

Eine Teppichfalte beendete Helenes Kampf gegen die Schwerkraft. Sie stolperte, die Schüssel krachte zu Boden und zersplitterte, während Helene unsanft auf Linas Füßen landete. Ein feiner Duft von Schokolade und Vanillearoma lag in der Luft.

Für einen langen Atemzug herrschte Stille im Raum.

Paula hob anklagend den Finger und deutete auf Helene.

„Kein Wort!", sagte Theo mit eisiger Stimme. „Ich will KEIN WORT HÖREN."

Die junge Frau zuckte zusammen und senkte den Blick.

Scott ging zu Helene hinüber. Mit seiner und Linas Hilfe rappelte sich Theos übergewichtige Mitbewohnerin ächzend auf. Das schlechte Gewissen stand ihr ins Gesicht geschrieben. „'tschuljiung", schnaufte sie.

„Tut uns leid", wisperte Paula.

Theo atmete tief ein und aus. „Wir haben uns hier getroffen, um einen Mord aufzuklären", sagte er leise. „Es geht um unseren Freund Mike. Lina ist nach einem langen Arbeitstag hergekommen, obwohl sie mit Sicherheit lieber nach Hause gefahren wäre, um sich auszuruhen. Ich wollte sie gerade davon überzeugen, dass sie uns vertrauen kann. Ich wollte ihr klarmachen, dass wir ihr eine echte Hilfe bei den Ermittlungen sein können. Dass wir möglicherweise den Unterschied ausmachen und dass sie uns jedes Geheimnis anvertrauen kann. Weil wir verantwortungsvoll damit umgehen werden. Und was... macht... ihr?"

„Ähm, na ja...", Helene räusperte sich.

Paula erwiderte seinen Blick mit großen, unschuldigen Rehaugen.

„Ihr habt nichts Besseres zu tun, als euch um eine Schüssel Kekse zu streiten und mein Zimmer in ein Schlachtfeld zu verwandeln???"

Helene fischte sich verlegen einen Kekskrümel aus dem Ausschnitt.

Paulas Rehaugen füllten sich mit Tränen.

„Schon gut", sagte Lina.

„Gar nichts ist gut!", schimpfte Theo. Er funkelte Helene und Paula an. „Damit diskreditiert ihr euch selbst! Merkt ihr das denn nicht?"

„Äh, watt für'n Ding?", fragte Helene und schob sich irritiert den Kekskrümel in den Mund.

„Du darfst nicht so mit uns schimpfen. Wir haben uns schon entschuldigt", merkte Paula an.

„Leute, ihr... ihr bestätigt alle Vorurteile, die die Menschen über euch haben, und –"

„Theo, lass es gut sein", sagte Lina. „Ich habe keine Vorurteile. Zumindest hat sich nichts an meiner Meinung über euch geändert."

„Siehste!" Paula verschränkte die Arme vor der Brust.

Theo schloss für einen kurzen Moment die Augen, dann seufzte er ergeben. „Verrätst du uns, was bei dem Verhör herausgekommen ist?", wandte er sich an seine Schwester.

Lina nickte langsam. „Aber alles, was ich euch erzähle, dürft ihr niemals weitersagen."

„Klaro!" Paula reckte den Daumen.

„Machen wa nich!", sagte Helene.

Scott nickte.

Aus den Augenwinkeln sah Theo, dass Keno im Türrahmen stand und sanft vor und zurück wippte. Es sah aus, als würde er aus dem Fenster schauen, aber Theo hatte keinen Zweifel, dass er genau zuhörte.

„Also, ich versuche mal, das Ganze kurz zusammenzufassen", begann Lina. „Vor einigen Jahren hat die Familie Lörke eine recht große Erbschaft gemacht. Als Frau Lörkes Bruder verstarb, vererbte er seiner Schwester und deren Kindern jeweils eine knappe Million Euro."

„Krass!", warf Paula ein. „Dann war Mike ja Millionär."

„Dass der so viel Schotter hatte, hätt ick nich jedacht", bemerkte Helene.

„Ja, offenbar ist Mike sparsam mit seinem Vermögen umgegangen. Ganz im Gegensatz zu seinen Eltern. Die haben sich beim Ausbau ihres Hauses mächtig verspekuliert und nicht nur ihr eigenes Geld, sondern auch das ihrer Tochter Vanessa ausgegeben. Hinzu kommt, dass Herr Lörke offenbar seinen Job verloren hat. Ihnen stand das Wasser bis zum Hals."

„Das nenne ich mal ein starkes Motiv", warf Theo ein.

Lina nickte.

„Wieso Wasser?", fragte Paula.

„Damit ist gemeint, dass Theos Familie dringend Geld brauchte", erklärte Lina. „Geld, dass sie erben würden, sobald Mike stirbt. Allerdings nur, wenn Mike es nicht jemand anderem vererbt, was er ganz offensichtlich vorgehabt hat."

„Oh, krass."

„Ja", fuhr Lina fort. „Deshalb waren Mikes Eltern kurz nach seinem Tod hier. Sie haben sein Zimmer durchsucht, das Testament gestohlen und es vernichtet."

„Ick gloobs nicht." Helene war ganz blass geworden. „Soll dit wirklich heißen, dass der arme Mike von seene eigene Eltern umjebracht wurde?"

„Die Familie gibt an, zum Tatzeitpunkt zu Hause gewesen zu sein", erklärte Lina. „Und ich glaube ihnen. Vanessa halte ich für unschuldig. Mikes Mutter traue ich ebenfalls keinen Mord zu. Sie hat lediglich geholfen, das Testament ihres Sohnes verschwinden zu lassen. Mikes Vater allerdings ..." Sie verstummte nachdenklich.

Theo zupfte sich nervös an der Lippe. „Nun lass dir doch nicht alles aus der Nase ziehen! Was ist mit ihm?"

„Er hatte beruflich Kontakt zu einer dubiosen Firma namens Garm Security. Wir haben ein bisschen recherchiert. Der Begründer der Firma, Andreas Borowski, ist ein ehemaliger NVA-Offizier, dem Verbindungen zur rechten Szene nachgesagt werden. Der Name Garm geht übrigens auf den Höllenhund der nordischen Mythologie zurück. In Borowskis Firma werden ehemalige Bundeswehrsoldaten und Fremdenlegionäre beschäftigt. Einsatzgebiet ist überwiegend der Nahe Osten. Angeblich geht es um Sicherheitsdienstleistungen in gefährlichen Regionen. Aber das Bundeskriminalamt hegt den Verdacht, dass die Dienstleistungen noch deutlich darüber hinausgehen."

Theo schluckte trocken. „Auftragsmorde?"

Lina hob die Schultern. „Möglicherweise."

„Also dit is echt übel", bemerkte Helene.

„Gibt es Beweise?", fragte Theo.

„Bislang nicht. Außerdem frage ich mich die ganze Zeit, was Mediflex damit zu tun hat."

„Die Leasingfirma für Pflegekräfte?" Theo hob die Brauen.

„Ja", erwiderte Lina, „die haben irgendetwas zu verbergen. Oder findet ihr es nicht merkwürdig, dass deren Angestellter Marek Michalowski seit der Nacht, in der Mike starb, verschollen ist? Und nicht nur das: Unsere IT-Spezialisten haben herausgefunden, dass die Firma zur selben Zeit fünfzehntausend Euro auf ein Offshorekonto in Übersee überwiesen hat. Von dort aus lief es über zwei weitere Konten und wurde dann in Bitcoins umgesetzt."

„Watt isn ditte?", fragte Helene.

„Das ist Geld, das man nur im Internet verwenden kann. Besonders spannend ist allerdings, dass Herr Lörke ungefähr die gleiche Summe in bar von seinem Konto abgehoben hat. Angeblich, um die Baufirmen schwarz zu bezahlen."

„Wie, hat der sich als Schornsteinfeger verkleidet oder watt?", hakte Helene nach.

„Nein, das sagt man, wenn jemand das Finanzamt um die Steuern betrügt", erklärte Theo.

„Mein Chef hat ihn daraufhin noch mal gehörig in die Mangel genommen, bis der Bursche dann einige Details preisgab. Angeblich war das Geld für einen polnischen Fliesenleger, der die ganzen Arbeiten privat erledigt hat, während er offiziell krankgeschrieben war. Allerdings sei die Firma inzwischen ohnehin pleitegegangen und der Mann sei in seine Heimat zurückgereist. Angeblich kennt Herr Lörke nicht mal den Nachnamen des Kerls. Er habe ihn immer nur Bartosz genannt."

Theo hob die Brauen. „Okay, ich gebe zu, das klingt ziemlich... na ja, praktisch für Herrn Lörke. Du glaubst also, in Wahrheit ging das Geld an Mediflex, die irgendwie als Vermittler fungierten?"

Lina nickte und unterdrückte ein Gähnen.

„Aber glaubst du wirklich, dass Marek ein Killer ist?", fragte Theo nach einem Moment des Nachdenkens. „Auf mich wirkte er eher wie ein Nerd oder besser gesagt: wie ein Zocker. Der hat es nicht eine Stunde ausgehalten, ohne Battle of Doom zu checken."

Lina zuckte die Achseln. „Ich fürchte, keinem Mörder steht sein Handwerk auf der Stirn geschrieben."

„Und was jetzt?", fragte Paula. „Wird jetzt irgendjemand verhaftet?"

Lina zuckte die Achseln. „Nein. Im Moment kommen wir nicht weiter."

Theo nickte nachdenklich. „Okay, es wäre möglich, dass Marek Mike getötet hat, aber vielleicht war er auch bloß ein Zeuge, der es mit der Angst zu tun bekommen hat und untergetaucht ist?"

„Oder er wurde zum Schweigen gebracht", ergänzte Lina.

„Wie denn ditte?", fragte Helene. „Mit 'nem Konsequenzplan oder so?"

„Eher mit einer Pistole", erwiderte Theo düster.

„Oha."

Lina verzog das Gesicht und stemmte sich aus dem weichen Sessel. „Wie auch immer, Leute, ich bin hundemüde. Ich muss dringend ins Bett."

„Klar." Theo lächelte. „Danke, dass du hergekommen bist."

„Wir bringen dich noch zur Tür", erklärte Paula.

„Nein", widersprach Theo, „ich bringe Lina zur Tür. Ihr beide räumt das Chaos auf, das ihr hier verursacht habt."

„Manno", schmollte Paula.

„Na ja, wo er recht hat, hatta recht", brummte Helene. „Wer die Suppe einjebrockt hat, musse auch ausschlürfen." Sie fischte einen halben Keks vom Regal und schob sich ihn ungeniert in den Mund. „Jar nich so übel."

„Eigentlich hab ich nichts gemacht", beschwerte sich Paula. „Ich habe die Schüssel gar nicht mehr berührt, als du sie heruntergeschmissen hast."

„Paula!", sagte Theo streng.

Sie verdrehte die Augen. „Ist ja gut, ich mach's ja."

Theo fuhr seiner Schwester hinterher, hinaus in den Flur. Plötzlich sah er sich Keno gegenüber. Der Autist fixierte ihn mit einem eigenartigen Blick. Theo spürte die Intensität, mit der ihm sein Mitbewohner etwas vermitteln wollte, etwas, was er nicht in Worte kleiden konnte.

Theo schluckte. Im Regelfall mied Keno jeglichen Blickkontakt. Es war ein wirklich außergewöhnlicher Moment.

„Der Taucher", sagte Keno mit leiser Stimme. Dann nickte er bedeutungsvoll und starrte Theo so lange an, bis auch der langsam nickte. Erst dann wandte er sich ab und stapfte mit langen, wiegenden Schritten den Flur entlang zu seinem Zimmer.

„Theo, kommst du?", drang Linas müde Stimme an sein Ohr.

„Klar." Er fuhr zur Tür. Dort schaute er zu seiner Schwester auf und lächelte. „Danke!"

„Weißt du, du hattest recht. Ohne euch gäbe es diesen Fall nicht", erwiderte Lina. Dann beugte sie sich vor und gab ihm einen Kuss auf die Stirn. Sie musste wirklich sehr müde sein.

„Gute Nacht, Lina."

Sie gähnte. „Gute Nacht, kleiner Bruder."

Als die Tür sich hinter ihr geschlossen hatte, fuhr er nachdenklich zurück zu seinem Zimmer. Keno war nicht zu sehen, aber sein eindringlicher Blick schien Theo zu verfolgen. Er schien zu sagen: *Denk nach, Mann, denk nach! Du hast etwas übersehen. Etwas Entscheidendes!*

Als er an der Wohnküche vorbeifuhr, fiel sein Blick auf den verschlossenen Medikationsschrank. Er war eindeutig gekennzeichnet und nur mit einem simplen Schloss gesichert. Mit jedem Buttermesser hätte man die Tür aufhebeln können. *Warum Pentobarbital?*, schoss es ihm durch den Kopf. Hier im Schrank befanden sich genug Medikamente, die in erhöhter Dosis ebenfalls tödlich waren, zum Beispiel Tavor zur Behandlung massiver Panikattacken für Keno oder die Betablocker gegen Helenes Bluthochdruck. Warum also extra ein Medikament besorgen?

Er hielt an und scrollte die Liste seiner Kontakte auf seinem Smartphone durch. Bei Luisa Martens hielt er inne. Er hatte die junge Medizinstudentin in der Bibliothek getroffen. Sie hatte ihm geholfen, Bücher aus den Regalen zu fischen, und sie waren ins Gespräch gekommen. Dabei hatte Theo den Eindruck gewonnen, dass die junge Frau äußerst kompetent war.

Und sie hatte ein ausgesprochen nettes Lächeln, kam es ihm ungefragt in den Sinn.

Er öffnete seinen Messenger und schrieb:

Hi Luisa, entschuldige, dass ich dich noch einmal mit meinen Fragen behellige. Aber ich muss etwas über ein Medikament namens Pentobarbital wissen. Ich weiß, dass es in der Humanmedizin überwiegend als Schlafmittel Anwendung fand, inzwischen jedoch fast nur noch zum Einschläfern von Tieren verwendet wird. Meine Frage ist: Gibt es möglicherweise noch ein anderes Einsatzgebiet – vielleicht auch

eher ungewöhnlicher Art? Es wäre supercool, wenn du mir diesbezüglich weiterhelfen könntest.
Vielen Dank!

Liebe Grüße
Theo (der rollstuhlfahrende Psychologiestudent von vorletzter Woche)

Als Theo in sein Zimmer fuhr, bot sich ihm ein interessanter Anblick. Lene hatte beschlossen, nichts verderben zu lassen, und sich darauf spezialisiert, alle Kekse, die irgendwo auf diversen Möbeln gelandet waren, ihrem intrinsischen Verwendungszweck zukommen zu lassen.

Scott hatte mitgedacht und einen Besen organisiert. Nun versuchte er, die Scherben zusammenzukehren. Paula sah ihre Aufgabe eher im Coaching und gab gezielte Anweisungen, die nicht unwesentlich dazu beitrugen, Scott vollends zu verwirren. „Doch nicht so! SO musst du das machen!" Sie gestikulierte wild mit den Händen. „Soho! Mit beiden Händen! Ja, im Grunde wie beim Laserschwert, nur umgekehrt, also oben nach unten die Finger und unten nach oben... genau, und jetzt wegwischen..."

Scott wischte. Ein Keramiksplitter zischte nur Millimeter an Helenes Fuß vorbei und zerbarst an Theos Bettgestell. Helene hatte davon offenbar nichts mitbekommen, vermutlich weil ihr Blick eher auf andere Dinge konzentriert war. Sie fischte ein Bruchstück des Gebäcks von Theos Bücherregal. „Am besten find ick die Dinga mit Marmelade."

Ein weiteres Trümmerstück der Schüssel schoss wie eine Granate durch den Raum und prallte am rechten Vorderreifen von Theos Rollstuhl ab.

„Leute!", entfuhr es Theo.

„Nicht so doll!", schimpfte Paula.

„Freunde, es reicht!"

„Aba wir sind noch nich fertich!", nuschelte Helene.

„Doch, ihr seid fertig! Und ich bin es auch", fügte er leiser hinzu. „Raus jetzt. Zeit, schlafen zu gehen. Wir müssen morgen alle früh raus."

„Stimmt ja gar nicht", widersprach Paula. „*Wir* müssen früh raus. Du bleibst hier und hängst den ganzen Tag nur vorm Computer."

„Paula, ich studie–" Mitten im Wort hielt er inne. Ihm war ein Gedanke gekommen.

Er scheuchte seine Mitbewohner mehr oder weniger charmant aus dem Zimmer und setzte sich an seinen Computer. Unvermittelt war ihm in den Sinn geschossen, was er selbst zu seiner Schwester gesagt hatte: *Marek war ein Zocker.* Dieser Typ hielt es nicht aus, längere Zeit offline zu sein. Das war seine Achillesferse. Mit entsprechender Fachkompetenz sollte es möglich sein, dieses Wissen zu nutzen.

Und Theo wusste auch schon, wer ihm dabei behilflich sein konnte.

Überraschung aus Hohenwutzen

Lina konnte die Stimme des Mannes schon hören, bevor sie vom Treppenhaus in den Flur trat. „Eine bodenlose Unverschämtheit ist das … Haben Sie überhaupt eine Ahnung, was ich durchmachen musste?"

Als Lina die Tür öffnete, kam ihr ein drahtiger Mann in elegantem Zweiteiler entgegen. Dicht hinter ihm folgte Herr Lörke, der mit hochrotem Kopf in Richtung Büro wetterte: „Anstatt den wahren Täter zu suchen, lassen Sie Ihren Frust an den Angehörigen aus!"

Hauptkommissar Seidel lehnte am Türrahmen. Er hatte die Arme vor der Brust verschränkt und schien den Wutausbruch seines Verdächtigen mit stoischer Gelassenheit zu ertragen.

Herr Lörke blieb stehen. „Wissen Sie was? Ihre erbärmliche Stümperei wird Konsequenzen haben!" Er stach mit seinem Zeigefinger in die Luft, als versuche er, einen imaginären Schmetterling aufzuspießen. „Sie haben demnächst eine Dienstaufsichtsbeschwerde am Hals. Darauf können Sie sich verlassen!"

„Kommen Sie, Herr Lörke, wir wollen Ihre Familie nicht länger warten lassen." Der Mann im Anzug, bei dem es sich offenbar um Herrn Lörkes Anwalt handelte, legte seine Hand beruhigend auf den Arm des Tobenden und führte ihn Richtung Ausgang. Als Herr Lörke Lina entdeckte, verengten sich seine Augen zu Schlitzen. „SIE!"

Lina lächelte der fast körperlich spürbaren Bugwelle aus Aggression entgegen. „Guten Morgen, Herr Lörke." Sie wandte sich an den Anwalt. „Und Sie sind?"

„Patrik Hutmann." Er reichte ihr die Hand. „Ich bin der Anwalt von –"

„Ich weiß nicht, wie Sie das angestellt haben", unterbrach ihn die schrille Stimme von Herrn Lörke, „aber ich weiß, dass Sie und Ihr Krüppelbruder hinter diesen ganzen ungerechtfertigten Vorwürfen stecken. Und Sie werden das noch bereuen, das verspreche ich Ihnen."

Der Anwalt zuckte beinahe schmerzhaft zusammen, als er die hasserfüllte Beschimpfung des Mannes hörte, doch ehe er reagieren konnte, sagte Lina mit ruhiger Stimme: „Mein Krüppelbruder war der beste Freund, den Ihr Sohn hatte. Darüber sollten Sie einmal nachdenken. Und vielleicht ist Ihr Anwalt so freundlich und erklärt Ihnen, dass eine Entlassung aus der Untersuchungshaft kein Freispruch ist. Ob Sie wirklich so unschuldig sind, wie Sie sich hier geben, wird sich am Ende unserer Ermittlungen herausstellen. Bis dahin rate ich Ihnen, mit Drohungen und Beschimpfungen sehr zurückhaltend zu sein."

„SONST?", schrie Herr Lörke.

„Herr Lörke", sagte der Anwalt beschwichtigend.

„Sonst haben Sie zusätzlich eine Anzeige wegen Beamtenbeleidigung und Nötigung am Hals", erwiderte Lina.

„Ha!", blaffte Herr Lörke.

„Es reicht jetzt!" Zum ersten Mal ergriff Hauptkommissar Seidel das Wort. „Herr Lörke, Sie halten sich zu unserer Verfügung."

„Ich lasse mir von Ihnen nicht vorschr–"

„Auf Wiedersehen!", blaffte Seidel. Während er sich umwandte, fügte er hinzu: „Marquardt, Sie kommen mit in mein Büro."

Der Anwalt drängte seinen Klienten durch die Tür ins Treppenhaus, und Lina folgte der Anweisung ihres Chefs.

„Tür schließen!" Seidel saß hinter seinem Schreibtisch und wies Lina mit einem scharfen Blick an, Platz zu nehmen. Der Hauptkommissar wirkte nur selten entspannt. Heute allerdings hatte Lina das Gefühl, man hätte sie mit einem ausgehungerten und ausgesprochen übellaunigen Bullterrier in einer Besenkammer eingesperrt.

„Man sieht es diesem Anwalt nicht an, aber er ist gut", sagte Seidel mit trügerisch sanfter Stimme. „Er hat unsere Haftgründe in der Luft zerrissen. Wir hatten nicht den Hauch einer Chance." Er bleckte die Zähne. „Und das, Oberwachtmeisterin Marquardt, bringt mich zu der Frage: Wie weit sind Sie?"

„Äh..." Lina räusperte sich. „Was genau meinen Sie?"

Seidels Bullterrierblick taxierte sie wie eine Dose Hundefutter. „Wenn ich mich nicht irre, hatte ich Ihnen einen klar umrissenen Auftrag gegeben: Finden Sie Marek Michalowski."

„Aber... Sie wissen doch über den Stand der Dinge Bescheid", erwiderte sie verblüfft. „Er ist untergetaucht. Die polnischen Behörden haben keine Ahnung, wo er sich aufhält –"

„Ja, und?", blaffte Seidel. „Soll das heißen, dass Sie nun die Hände in den Schoß legen?"

„Die Hände in den Schoß legen?", entfuhr es Lina. „Ich habe in der letzten Woche jeden Tag zwölf Stunden gearbeitet!"

„Es ist mir scheißegal, wie viele Stunden Sie in Ihren Arbeitszeitnachweis eingeben. Mich interessieren nur Ergebnisse!"

„Hauptkommissar Seidel, wir haben doch gerade erst gemeinsam das Ehepaar Lörke vernommen. Ohne mich wüssten Sie nicht über Mediflex Bescheid –"

„Ich weiß immer noch nichts über Mediflex", unterbrach er sie. „Dank Ihrer illegalen Abhöraktion habe ich vage Hinweise auf eine schwer nachvollziehbare Überweisung. Das ist

Bullshit, sonst nichts! Finden Sie Michalowski, und zwar gestern."

„Verstanden." Lina erhob sich. „Dann mache ich mich mal besser an die Arbeit." Sie wollte sich abwenden, doch der Hauptkommissar bellte: „Ich bin noch nicht fertig. Dieser Lörke hat nicht unrecht. Lassen Sie Ihren Bruder aus der ganzen Sache raus und halten Sie sich an die Regeln! Wir brauchen eine professionelle und juristisch absolut wasserdichte Ermittlung. Ich will nicht, dass Sie noch einmal irgendwelche illegal ermittelten Informationen hier anbringen. Sonst ziehe ich Sie von diesem Fall ab und sorge dafür, dass Ihre Karriere bei der Mordkommission beendet ist, bevor sie angefangen hat. Ist das klar?"

Lina nickte steif.

„Haben Sie mich verstanden?"

Sie unterdrückte den Impuls, die Augen zu verdrehen. „Was wollen Sie hören? Yes, Sir?"

Seidel starrte sie an. Für einen Wimpernschlag glaubte sie, ein winziges Zucken um seine Mundwinkel zu bemerken. Dann knurrte er: „Machen Sie die Tür hinter sich zu."

Den Rest des Tages verbrachte Lina am Computer. Sie stellte Anfragen an die Deutsche Bahn, alle relevanten Fernbuslinien und diverse Mitfahrportale. Es war eine ermüdende und überaus frustrierende Tätigkeit. Die Tür zum Büro öffnete sich, als sie gerade wütend mit der Faust auf den Tisch schlug.

„Sorry, ich komme wohl ungelegen", meldete sich Bens Stimme.

Lina fuhr herum und stieß dabei mit dem Ellenbogen gegen ihre Kaffeetasse. Etwa zweihundert Milliliter lauwarmer Latte Macchiato ergossen sich schwungvoll über Tastatur, Computerausdrucke und Notizen. „Verflixt!"

Ben sprang vor und zog rasch den USB-Stecker der Tastatur aus dem Rechner. Wortlos holte er eine Handvoll

Papierhandtücher aus dem WC und half ihr, das Chaos so gut es ging zu beseitigen. Hellbraune Flüssigkeit tropfte von der Schreibtischplatte hinunter. Lina kroch unter den Schreibtisch und wischte hastig einige Tropfen von der Steckerleiste ab.

„Pass bloß auf, dass du dir keinen Schlag holst", meinte Ben. „Das wäre im Unfallbericht etwas schwer zu erklären."

Als der gröbste Schaden beseitigt war, ließ sich Lina seufzend auf ihren Schreibtischstuhl sinken.

„Läuft wohl gerade eher suboptimal?", meinte Ben.

Lina winkte ab.

„Ich..." Er fuhr sich verlegen durch die Haare. Diese verletzliche Geste hatte etwas unerwartet Attraktives an sich, fand sie. „Ich bin eigentlich nur vorbeigekommen, um mich zu entschuldigen."

Überrascht hob sie die Brauen.

„Es war nicht okay von mir, mich in dein Privatleben einzumischen. Es geht mich wirklich nichts an, mit wem du dich in deiner Freizeit triffst." Erneut huschte ein verlegenes Lächeln über seine Lippen. „Und auch gegenüber diesem Bastian war es nicht ganz fair. Ich meine... schließlich hat jeder eine zweite Chance verdient. Aber jetzt, wo du... na ja, wo du alles weißt, wird es dir schwerfallen, ihm noch unbefangen zu begegnen."

Lina schwieg.

Ben lächelte wehmütig. „Ich besorg dir mal eine neue Tastatur. So kannst du ja nicht weiterarbeiten."

Etwa zehn Minuten später hatte er die Tastatur ausgewechselt und angeschlossen. „Dann lass ich dich mal weitermachen." Er ging zur Tür.

„Warte!", sagte Lina.

Ben blieb stehen.

„Danke!" Sie lächelte.

Sein ernster Blick entspannte sich etwas.

„Bist du gerade beschäftigt?", fragte sie hastig, ehe er sich erneut abwenden konnte.

„Es gibt immer etwas zu tun. Warum fragst du?"

„Nun ja... Zwei Gehirne haben mehr Ideen als eines."

„Okay." Er zog einen Stuhl heran. „Worum geht's?"

Sie schilderte es ihm.

Er nickte langsam. „Wenn ich dich richtig verstehe, geht ihr davon aus, dass dieser Marek Michalowski sich auf dem schnellsten Weg nach Polen abgesetzt hat."

„Ja. Falls er noch lebt", ergänzte Lina.

„Alles klar." Er schürzte die Lippen. „Also, wenn ich an seiner Stelle wäre und so schnell und unauffällig wie möglich nach Polen müsste, dann würde ich mit dem Bus zum Polenmarkt nach Hohenwutzen fahren. Das ist der kürzeste Weg nach drüben."

„Ich habe bei allen Buslinien Anfragen gestellt", sagte Lina.

Er winkte ab. „Das Ticket kann man sich problemlos vor Ort besorgen. Er kann ohne Schwierigkeiten anonym dort rübergefahren sein und sich dann im Gewühl abgesetzt haben."

„Verflixt!" Lina schlug wütend auf die Armlehne ihres Schreibtischstuhls. „Wir haben überhaupt keine Chance!"

„Entspann dich, ich bin ja noch nicht fertig", erwiderte Ben. „Habe ich schon mal erwähnt, dass ich aus dem Osten komme?"

„Geht's auch ohne autobiografischen Exkurs?", fragte Lina ungeduldig.

„Ich bin in Bad Freienwalde aufgewachsen", fuhr Ben ungerührt fort. „Das ist da gleich um die Ecke. Und ich habe noch ein paar Freunde dort. Einer von ihnen jobbt drüben in Polen an der Tankstelle, direkt neben dem Parkplatz, auf dem auch die Fernbuslinien halten."

„Was soll das bringen? Es gibt dort Tausende von Touristen,

er wird sich wohl kaum an diesen Marek erinnern, selbst wenn er ihn gesehen hat."

„Er nicht, aber vielleicht eine der Überwachungskameras."

Lina spürte, wie ihr Herz schneller schlug. „Ben, du bist genial!" Dann allerdings fiel ihr etwas ein. „Mist, es ist zu lange her. Nach drei Tagen müssen die Aufnahmen gelöscht werden."

Er grinste. „Bleib locker, Kollegin. In dem Laden sieht man das mit dem Datenschutz etwas entspannter. Wann wurde Marek zum letzten Mal gesehen?"

„Vorletzten Freitag, gegen sieben Uhr morgens."

Ben zog sein Handy hervor. „Okay, dann wollen wir mal sehen. Der erste Bus fährt um neun Uhr an der Allee der Kosmonauten ab. Das wäre locker zu schaffen. Demnach müsste er um 10.20 Uhr auf dem Polenmarkt gelandet sein. Hast du ein Foto von Marek?"

„Natürlich."

„Schick es mir mal aufs Smartphone."

„Mach ich."

Die Tür öffnete sich und zwei Kollegen betraten den Raum.

„Ich geh dann mal telefonieren", sagte Ben und zwinkerte ihr zu.

Lina musste sich ganze drei Stunden gedulden, ehe Ben sich per Messenger meldete. Seine Nachricht lautete schlicht: *Ist er das?* Ein Foto war angehängt.

Es war das Standbild einer Videokamera, das einen jungen Mann mit Basecap zeigte, der sich ein eingeschweißtes Sandwich kaufte. Linas Herz schlug schneller. *Er ist es!* Sie ballte die Hand zur Faust. Endlich ein Erfolg.

Ihr Smartphone klingelte. Sie nahm den Anruf entgegen, während sie das Foto ausdruckte. „Das hast du absolut großartig gemacht! Du bist ein Genie!"

„Äh, vielen Dank", meldete sich eine Stimme, mit der sie ganz und gar nicht gerechnet hatte. „Aber du weißt ja noch gar nicht, was ich dir erzählen will."

Lina spürte, wie ihr das Blut in die Wangen schoss. „Bastian?", krächzte sie.

„Ja."

Die Kollegen warfen Lina befremdliche Blicke zu. Hastig wandte sie sich ab. Wahrscheinlich glühte sie mittlerweile wie eine Baustellenampel. „Äh, hallo … das ist ja … eine Überraschung."

„Allerdings", erwiderte Bastian. „Lina, ob du es glaubst oder nicht, wir haben es geschafft!"

„Äh, wer genau ist *wir*, und was … habt ihr geschafft?"

„Theo und ich haben Marek Michalowski gefunden!"

Lina blinzelte und versuchte, die Information irgendwie zu verarbeiten. „WAS?"

„Am besten, du kommst zu Theo, dann erklären wir dir alles."

Lina legte auf. Erst dann murmelte sie: „Alles klar. Bis gleich." Sie sprang auf, riss ihre Jacke vom Haken und stürmte an ihren verdutzten Kollegen vorbei.

Match Point Birdie

Als die Tür sich öffnete, lächelte Lina ein rosafarbenes Etwas mit zwei Zöpfen, Schulterpolstern und weitem Reifrock entgegen.

„Äh…"

„Hi, Lina, cool, dass du auch mitkommst", erwiderte das Wesen in Rosa mit Paulas Stimme. „Wir haben einen megacoolen Skin für dich ausgesucht."

„Tatsächlich?", brachte Lina zustande.

„Klaro. Ich helfe dir beim Umziehen."

„Ich glaube, vorher würde ich gerne mal mit meinem Bruder sprechen!"

„Ist in seinem Zimmer", sagte Paula.

Lina stieß die Tür zu Theos Zimmer auf. „Was ist hier los?" fragte sie.

Ihr Bruder und Bastian blickten überrascht vom Bildschirm auf.

„Hi, Lina", kam es von Theo.

Bastian sprang auf. „Schön, dass du da bist. So bald hatten wir gar nicht mit dir gerechnet." Er lächelte – ehrlich erfreut, wie es schien – und kam auf sie zu.

Lina verschränkte die Arme vor der Brust. „Kann mir mal jemand erklären, warum Paula aussieht wie ein wandelndes Sofakissen und mir erzählt, sie wolle mir beim Umziehen helfen?"

Bastian hielt inne. Er hob die Hand und ließ sie wieder sinken. „Tja, äh, es ist so: Wir, äh…" Sein Lächeln zerrann unter

Linas eisigen Blicken zu einem zerknitterten Grinsen. „Das erklärt dir Theo", beendete er den Satz hastig.

„Wir brauchen die Skins zur Tarnung", sagte Theo in einer Beiläufigkeit, die Lina misstrauisch machte.

„Was sind Skins?"

„Du bist wirklich nicht up to date, Schwesterchen. Mit einem Skin kannst du deiner Spielfigur ein bestimmtes Aussehen verpassen. Bei Battle of Doom sind die einfachen Skins kostenlos. Die ausgefalleneren kann man sich erspielen, aber für die coolsten muss man auch eine ordentliche Summe Coins auf den Tisch legen."

„Okay, und was hat das mit meinem Fall zu tun? Ich bin hier, weil ihr mir erzählt habt, ihr hättet Marek Michalowski gefunden. Wenn ich mich nicht irre, habt ihr an keiner Stelle einen Kostümball erwähnt."

Theo räusperte sich. „Es ist so: Wir wissen so gut wie nichts über Marek, abgesehen davon, dass er mit großer Leidenschaft Battle of Doom spielt und dass sein Charakter Boruta heißt."

„Ich weiß, schließlich habe ich das selbst herausgefunden, aber was soll uns das bringen?"

„Battle of Doom ist nicht nur ein Onlinespiel, es ist auch eine Art Community. Man trifft sich online mit seinen Freunden und zockt zusammen. Also haben wir uns an ihn herangepirscht und online Kontakt zu ihm aufgenommen ... Na ja, eigentlich nicht wir, sondern White Widow."

„Wer ist das schon wieder?

„Der Name unseres Charakters", erklärte Bastian. „Wir dachten, auf eine weibliche Spielerin reagiert er vielleicht entspannter."

„Also haben wir eine hochbegabte Anfängerin ins Rennen geschickt", fuhr Theo fort. „Bedauerlicherweise blieb Boruta sehr zurückhaltend, aber wir haben festgestellt, dass er einen

Kumpel hat, mit dem er ständig zusammen zockt. Der Typ nennt sich Moray, und wie sich herausstellte, ist er wesentlich offener. Er zeigte sich allerdings nicht nur von White Widows Können begeistert. Irgendwann sprach er sie auf das Profilfoto an und ..."

„Foto?", unterbrach Lina, plötzlich misstrauisch geworden. „Was für ein Foto?"

„Wir wollten nicht das Risiko eingehen und ein Bild aus dem Internet verwenden, also haben wir einfach ein Urlaubsfoto von dir –"

„Was für ein Urlaubsfoto?"

„Na ja, von unserem Portugalurlaub ..."

„Du hast ein Bikinifoto von mir ins Netz gestellt?", rief Lina.

„Mach dir keine Sorgen, es ist wirklich ein sehr ästhetisches Bild", warf Bastian beruhigend ein. „Man sieht den Bikini fast gar nicht."

„WAS?"

„Bastian will damit sagen, wir haben nur einen Ausschnitt verwendet", sagte Theo hastig. „Es ist mehr ein Porträt."

„Und ihr seid zu keiner Zeit auf den zugegebenermaßen sehr kasuistischen Gedanken gekommen, dass es möglicherweise angemessen sein könnte, mich vorher um Erlaubnis zu fragen?"

„Theo meinte, du hättest viel zu viel zu tun und wärst sicherlich damit einverstanden", sagte Bastian, während sein Blick unsicher zwischen den Geschwistern hin- und herwanderte.

„Ach, meinte er das?" Linas eisiger Blick senkte sich auf ihren Bruder.

Theo entblößte die Zähne zu einem gezwungenen Lächeln. „Na ja, zumindest war ich mir sicher, dass du es sehr schätzen würdest, wenn wir erfolgreich wären. Es stellte sich nämlich heraus, dass Moray anfing, im Chat mehr und mehr private

Fragen zu stellen. Er begann, mit White Widow zu flirten. Und irgendwann fragte er dann, ob sie ihm nicht noch ein Foto schicken wolle. Und genau darauf hatten wir gewartet."

„Ach, hattet ihr das?", fragte Lina mit einer Stimme, die direkt aus einer Gletscherspalte zu kommen schien.

„Äh, ja", erwiderte Theo. „Das war doch Teil der Strategie, denn nun kam Bastian ins Spiel."

„Unser Ziel war es, über Moray an Boruta alias Marek Michalowski heranzukommen. Dazu war es aber notwendig, Zugriff auf Morays Rechner zu erhalten. Ich schickte ihm ein Foto, in dem ich einen Trojaner versteckt hatte. Sobald er es heruntergeladen hatte, konnte ich auf seine Daten zugreifen und mittels eines kleinen, aber effektiven Programms auch die privaten Chatprotokolle lesen."

„Du hast dir mit einer illegalen Spionagesoftware Zugang zu seinem Rechner verschafft?", fragte Lina ungläubig.

„Na ja..." Bastian lächelte verlegen. „Theo hat mich darum gebeten, und ich dachte, ich tu das für dich, und damit sozusagen im Namen des Gesetzes..."

Empört schnappte Lina nach Luft.

„Es geht um Mord, Lina! Sei ehrlich: Wir würden es uns niemals verzeihen, wenn wir nicht alles tun, um die Wahrheit ans Licht zu bringen."

Sie presste die Lippen zusammen und schwieg. Natürlich hatte Theo recht. Aber das hieß noch lange nicht, dass sie das an dieser Stelle einfach so zugeben würde. Abgesehen davon war sie beunruhigt über Bastians Fähigkeiten. Einen Trojaner zu programmieren und fremde Computer auszuspionieren, war nichts, was man in der Schule lernte. Was hatte Ben gesagt? *Er ist mehrfach vorbestraft und saß zwei Jahre im Jugendknast wegen Cyberkriminalität, Drogendelikten und schwerer Körperverletzung.*

„Rate mal, was wir herausgefunden haben", fuhr Theo triumphierend fort. „Marek hält sich wieder in Deutschland auf."

„Was?" Lina klappte die Kinnlade herunter.

„BitExplorer, der Publisher von Battle of Doom, veranstaltet die erste internationale BoD-Meisterschaft, und zwar exklusiv auf der Gamevention in Hamburg. Das kann Marek sich unmöglich entgehen lassen."

„Das kleine Problem an der Sache ist, dass schon heute Abend das Finale stattfindet", ergänzte Bastian. „Uns bleibt also nicht viel Zeit."

„Deshalb haben wir uns auf dem Schwarzmarkt Karten besorgt." Theo grinste. „Wir machen einen kleinen WG-Ausflug! Einmal Hamburg und zurück. Spätestens um ein Uhr nachts sind wir wieder hier. Es ist alles mit Martha abgesprochen. Bastian fährt den Bus, und die ganze WG ist dabei, außer Keno. Dem läuft es schon bei der Vorstellung, sich unter Tausende verkleideter Fans mischen zu müssen, eiskalt den Rücken herunter. Es war zwar nicht so einfach, so kurzfristig die Kostüme zu besorgen, aber –"

„Moment mal", unterbrach Lina. „Ihr wollt eine polizeiliche Ermittlung zum Karnevalsausflug machen? Habt ihr völlig den Verstand verloren?"

Bastian räusperte sich. „So wie du es formulierst, klingt es in der Tat etwas ungewöhnlich."

„Ungewöhnlich?", fauchte Lina.

„Okay", sagte Theo. „Was willst du stattdessen machen?"

Lina stellte sich vor, wie Hauptkommissar Seidel reagieren würde, wenn sie ihm erklärte, woher sie wusste, dass sich Marek Michalowski bei diesem Zocker-Event in Hamburg aufhalten würde – nachdem er ihr gerade gesagt hatte, dass ihre Ermittlungen professionell und juristisch absolut wasserdicht sein mussten und sie ihren Bruder aus allem heraushalten sollte. Es wäre ihr berufliches Todesurteil. Wahrscheinlich wäre das Event längst vorbei, bevor er damit fertig war, sie zur Schnecke zu machen. „Also gut, ich gebe zu, dass es schwierig werden dürfte, meinen Chef von der Aktion zu überzeugen. Aber das heißt noch lange nicht, dass ihr alle mitkommt."

„Lina", erwiderte Theo sanft, „warst du schon mal auf der Gamevention? Hast du eine Ahnung, was da abgeht? Dieses Jahr werden allein am Finaltag zehntausend Besucher erwartet. Du bist nicht mit Marek verabredet, sondern mit Moray, der übrigens mit bürgerlichem Namen Jakub Kozlowski heißt. Wir wissen nur, dass Marek vor Ort sein wird. Ob die beiden sich dort treffen, ist völlig unklar. Du brauchst uns! Wir halten die Augen und Ohren offen, und sobald wir ihn gefunden haben, bist du an der Reihe. Wir mischen uns nicht in die Polizeiarbeit ein. Versprochen!"

Lina seufzte.

Ein breites Grinsen zeigte sich auf Theos Gesicht.

„Moment, ich habe nicht Ja gesagt!", knurrte sie.

„Wirst du aber noch. Ich kenne diesen Blick. Du wirst erst schimpfen, zetern und ein Drama veranstalten, und schließlich sagst du Ja, weil du weißt, dass ich recht habe."

„Manchmal bist du wirklich unerträglich." Sie seufzte erneut und knurrte: „Aber ich ziehe auf keinen Fall so ein bescheuertes Kostüm an."

„Die Kostüme sind die perfekte Tarnung!", widersprach Theo. „Marek würde niemals vermuten, dass sich hinter einer Gruppe verrückter BoD-Fans Polizeispitzel verbergen."

„Macht ihr, was ihr wollt. Ich weigere mich!"

„Äh, tut mir wirklich leid, Lina", meldete sich Bastian zaghaft zu Wort, „aber das geht leider nicht. Match Point Birdie ist dein Erkennungszeichen. Du hast das lang und breit mit Jakub besprochen. So kurzfristig können wir nicht davon abweichen. Das würde ihn vielleicht misstrauisch machen."

„Match Point Birdie?", entfuhr es Lina. „Was soll das denn sein?"

„Das ist ein epischer Skin!", erwiderte Theo. „Hier, ich zeig ihn dir." Er tippte etwas in sein Smartphone ein und drehte es dann zu Lina.

Ihre Augen wurden groß. „Okay", sagte sie mit trügerischer Ruhe. „Okay, wir ziehen das durch. Aber dann bringe ich euch um. Das ist ein Versprechen! Ich bring euch um!"

Kommando Messe

Sie hielten auf dem Parkplatz. Die Luft im Bus war abgestanden. Es roch nach Schweiß, Leberwurstbrot und Haarspray. Scharen von Battle-of-Doom-Fans pilgerten über die Zufahrtsstraßen. Ein Großteil von ihnen trug die ausgefallenen Kostüme der verschiedenen Skins.

Nervös fingerte Paula alias Pink Velvet an ihrer Frisur herum. Scott trug das Outfit von Baumbart und kratzte sich mit seinen knorrigen Rindenfingern unter dem dichten grünen Laub, das seinen Schädel zierte. Mit großen Augen starrte er aus dem Fenster auf die vorbeiziehenden Horden bunter Gestalten. Helene sah aus wie ein überdimensionierter SpongeBob und nahm in ihrem Cheese-Gunner-Kostüm zwei Sitze ein. Sie beruhigte sich mit einer Tüte Lakritzkonfekt. Neben ihr auf der Bank hockte Lina in ihrem mit lila Federn dekorierten, bauchfreien Tennisoutfit und warf finstere Blicke in die Runde, während Bastian sich bemühte, ihr aufmunternd zuzulächeln. Als Jungle Ranger in grüner Tarnkleidung wirkte er beinahe gewöhnlich gekleidet.

„Könnt ihr euch bitte einen Moment konzentrieren", bat Theo zum wiederholten Mal. Das Polyester seines Dark-Destroyer-Kostüms kratzte ihn am Hals und er schwitzte unter seinem Umhang.

„Ick bin hochkonzentriert", nuschelte Helene. „Von mir aus könnwa loslegen."

„Moment!" Paula fixierte eine Locke mit Haarspray. Scott hustete.

„Es ist gut, Paula", seufzte Theo. „Du siehst schick genug aus."

„Sagt der Typ, der von Mode null Check hat!", schnaufte Paula.

„Aber er hat recht", mischte sich Bastian ein. „Du bist perfekt!"

„Oh, danke!" Paula warf ihm eine Kusshand zu.

„Schön, dass wir das geklärt hätten", ergriff Theo wieder das Wort. „Euch ist hoffentlich klar, dass wir nicht zum Vergnügen hier sind. Wir sind Bestandteil einer wichtigen polizeilichen Ermittlung!"

„Jep", kommentierte Helene und warf sich eine weitere Handvoll Lakritze ein.

„Unsere Aufgabe ist es, Marek Michalowski zu finden. Hier, ich habe euch sein Foto noch einmal ausgedruckt." Er verteilte die Bilder. „Wir wissen nicht, ob er verkleidet ist, also haltet die Augen offen. Vermutlich wird er sich mit diesem Mann hier treffen." Er zeigte den Freunden ein weiteres Foto. „Sein Name ist Jakub Kozlowski. Er trägt ein Midnight-Warrior-Kostüm."

„Cool", bemerkte Paula.

„Wir gehen jetzt im Abstand von ein bis zwei Minuten rein. Ich habe Onlinetickets besorgt, ihr müsst euch also nicht an den Schaltern anstellen. Die Messe findet in den Hallen B1 bis B4 statt. Ich schlage vor, dass Lene und Scott sich Halle B1 vornehmen, Paula und ich gehen in B2, Lina in B3 und Bastian in B4. Einverstanden?"

Alle nickten, außer Paula. „Kann ich nicht mit Bastian ein Team bilden?"

„Wieso?"

„Na ja, wir haben ja schon gefährliche Operationen durchgeführt, aber Bastian ist ganz neu. Der hat noch nicht so viel Erfahrung."

Und außerdem sieht er besser aus als ich, ergänzte Theo in Gedanken ihre Argumentation. „Tut mir leid", sagte er. „Aber ich brauche dich als Unterstützung. Ich bin ja nicht so beweglich wie die anderen."

„Na gut, wenn's sein muss", maulte Paula.

„Da wir nicht wissen, ob und, falls ja, wie Marek verkleidet ist, wird es nicht einfach werden, ihn zu finden. Ich schlage daher vor, wir halten nach Typen im Midnight-Warrior-Kostüm Ausschau. Einer davon muss Jakub sein. Wenn wir Glück haben, ist Marek bei ihm. Wenn nicht, bleiben wir trotzdem an Jakub dran. Früher oder später wird er uns zu unserer Zielperson führen –"

„Momentchen mal, nich so schnell", unterbrach Helene. „Wer issn dit jetz schon wieda?"

„Die Zielperson?", fragte Theo verblüfft. „Na, Marek natürlich."

„Na, dann sach dit doch gleich!"

„Entschuldige. Sobald einer von uns Marek oder seinen Kumpel Jakub gefunden hat, werden alle anderen informiert. Ich habe für uns die Gruppe *Kommando Messe* eingerichtet. Dort meldet ihr euch per Text- oder Sprachnachricht. Lina entscheidet dann, wie es weitergeht. Keine Alleingänge! Ist das klar?"

„Klaro", erwiderte Paula.

„Türlich nich. Wir sind ja eh zu zweit", bemerkte Helene.

Lina warf Theo einen eisigen Blick zu, und dieser lächelte tapfer. „Sollten wir keinen der beiden entdecken, haben wir noch eine zweite Chance: Jakub ist mit Lina verabredet. Sie treffen sich um 12.30 Uhr in Halle B3 im Restaurant Kiel. Das ist in...", er warf einen Blick auf sein Smartphone, „einer Stunde und siebenundvierzig Minuten. Sollten wir Jakub bis dahin nicht gefunden haben, treffen wir uns um 12.15 Uhr am Durchgang zwischen Halle B3 und B4 – alles klar?"

Lene nickte abwesend. „Klaro", kommentierte Paula und zupfte konzentriert an einer Haarsträhne herum, die ihr ins Gesicht hing. Scott sah Theo mit großen Augen an.

„Schick einfach eine Nachricht, wenn es so weit ist", schlug Bastian vor.

„Okay. Habt eure Handys stets griffbereit!"

Fünfzehn Minuten später drängte sich Theo durch das Gewühl von Messebesuchern. Er nahm sich den südlichen Teil der Halle vor, während Paula den Norden absuchte. Musik wummerte an den Ständen und übertönte das Stimmengewirr. Ein Strom von Kostümierten rauschte an ihm vorbei, und die einzelnen Anbieter versuchten, durch grelle Werbung die Aufmerksamkeit auf sich zu lenken. Es war eine Kakofonie an Farben und Geräuschen, und Theo hatte das Gefühl, wenigstens für einen Augenblick nachempfinden zu können, was im Leben eines Autisten harter Alltag war.

Ihm fiel wieder ein, warum er solche Menschenmassen normalerweise mied: Ein Teil der Besucher übersah ihn schlicht und rannte ihn beinahe über den Haufen, dann gab es diejenigen, die ihn mitleidig anstarrten und wieder andere, die hinter vorgehaltener Hand abfällige Kommentare von sich gaben.

„Ey, Digga, haste den Spast gesehen?", fragte ein pickliger Jugendlicher gerade seinen Kumpel.

„Dark Destroyer im Spasti-Porsche, Alter. Das ist so was von sick, ey."

„Ey, ihr Assis", mischte sich ein Mädchen ein. „Lasst den Behinderten in Ruhe, der kann nix dafür."

Theo massierte sich die Nasewurzel und atmete tief durch. Eine übergewichtige junge Frau im Angry-Chicken-Kostüm lachte kreischend und schlug ihm mit ihrem gefiederten Schwanz das Headset vom Kopf, als sie sich für ein Selfie in Pose warf.

Theo bremste abrupt, um es nicht zu überfahren.

Etwas rummste von hinten gegen seinen Rollstuhl. „He, pass doch auf!"

„Tut mir leid", sagte Theo. „Wären Sie vielleicht so nett und –"

„Hält der einfach mittendrin an", beschwerte sich die Frau bei ihrem Begleiter. „Das gibt bestimmt einen blauen Fleck." Die beiden hasteten weiter.

„Entschuldigung", rief Theo einem Jungen zu, der ihn mit offenem Mund anstarrte. Doch der Bursche duckte sich weg und verschwand im Gewühl.

„Hallo, Sie?", wandte sich Theo an eine der Hostessen, die gerade vorbeikam. Sie drehte sich kurz um, konnte auf ihrer Augenhöhe jedoch niemanden entdecken, der sie angesprochen haben könnte, und eilte weiter.

„Sorry, ist das deins?", meldete sich die Stimme einer jungen Frau zu Wort. Sie hatte sich die linke Schädelseite kahl rasiert und die langen Haare auf der rechten Seite grün gefärbt. In ihren tätowierten Fingern hielt sie Theos Headset.

„Ja, vielen Dank!"

„Gern geschehen!" Ein Lächeln huschte über ihre gepiercten Lippen, und sie drückte ihm das Headset in die Hand.

In diesem Moment vibrierte Theos Handy. Hastig setzte er den Kopfhörer auf. „Schönen Tag noch!", rief er der jungen Frau hinterher. Doch sie war schon in der Menge verschwunden.

Paula hatte eine Sprachnachricht in den Chat geschickt. Er wollte sie gerade abhören, als sich eine Stimme hinter ihm beschwerte: „Muss der hier mitten im Weg stehen?"

Theo setzte sich in Bewegung und hörte die Nachricht ab.

„Ich hab ihn! Ich hab ihn! Er ist hier... auf... äh... fünf Uhr!"

Theo antwortete ihr ebenfalls mit einer Sprachnachricht. „Wen hast du? Und wo ist fünf Uhr?"

Die Antwort kam eine halbe Minute später. „Na, den Midnight Warrior natürlich. Der ist da drüben hinter der Bühne."

„Okay, behalte ihn im Auge. Ich bin unterwegs."

Eine Nachricht von Helene poppte auf. „Soll'n wa ooch kommen?"

Im gleichen Moment entdeckte Theo das charakteristische mitternachtsblaue Kostüm des Midnight Warriors. Er beschleunigte. „Ich sehe ihn!", schickte er in den Chat.

Ein übergewichtiger Nerd mit einer XXL-Portion Nachos trat in Theos Weg und sprang gleich darauf überraschend behände zur Seite. „He!" Dem Gesetz der Trägheit folgend, waren einige Nachos nicht ganz so schnell. Theo vermutete, dass ein oder zwei von ihnen in seiner Frisur gelandet waren. Zumindest deutete der aufdringliche Geruch nach Cheese-Dip darauf hin. Doch er hatte keine Zeit, sich um solche Nebensächlichkeiten zu kümmern. Das blaue Kostüm verschwand hinter einem überdimensionalen Controller aus Styropor. Theo umrundete mit quietschenden Reifen ein knutschendes Pärchen und bremste dann abrupt ab. Der Typ im Midnight-Warrior-Kostüm war nicht Jakub, sondern ein sommersprossiger Junge mit Zahnspange.

„Mist!"

„Theo, wo bleibst du?", meldete sich Paula. „Der ist immer noch hier."

„Bin unterwegs!" Theo wendete und fuhr Richtung Bühne. Das Gedränge wurde zunehmend dichter. Offenbar stand der nächste Showact unmittelbar bevor.

„'tschuldigung, darf ich mal vorbei?", bat Theo eine Gruppe Zombies, die sich scheinbar verlaufen hatten.

Anschließend umrundete er weitläufig einige johlende Teenager. Mehrmals musste er die Hup-App seines Handys verwenden, um sich Gehör zu verschaffen.

Schließlich hatte er den hinteren Teil der Bühne fast erreicht. Er duckte sich unter einem nachlässig geschwungenen Selfie-Stick hinweg und entdeckte Paula, die sich in einer Art und Weise durch die Halle schlich, die dem Begriff *unauffällig* diametral entgegengesetzt war. Sie huschte hinter eine schwer bewaffnete Banana-Booster-Pappfigur und gestikulierte wild in Theos Richtung. Selbst über eine Entfernung von dreißig Metern hinweg konnte Theo von ihren Lippen ablesen: „Da ist er! Dort drüben!"

Tatsächlich. Midnight Warrior stand vor der Herrentoilette an. Der Motor von Theos Rollstuhl surrte leise, als er sich an den Kerl heranpirschte. Ein halbes Dutzend Mal meldete sein Handy das Eintreffen einer Nachricht, doch er achtete nicht darauf. Geschickt schlich er sich von der deutlich längeren Schlange vor der Damentoilette aus an, bis er sich auf Höhe der Zielperson befand. Er linste an einem bunt kostümierten Bauch vorbei und konnte ein enttäuschtes Aufstöhnen nicht unterdrücken. Der Typ mit den fettigen schwarzen Haaren war mit Sicherheit nicht Jakub. Theo wandte sich um und sah gerade noch, wie Paula geduckt hinter einigen klappbaren Sitzgelegenheiten aus Pappe verschwand. Wenig später lugte sie hinter einem ausladenden Hinterteil hervor und sah ihn erwartungsvoll an. Theo schüttelte den Kopf, und sie kroch verärgert aus ihrem Versteck.

Sechs Nachrichten waren auf Theos Handy eingegangen.

Helene: „Ick hab ihn jefunden!"

Scott: „Wo?"

Helene: „Mist, doch nich."

Helene: „Aba jetze, drüben bei die Waffeln!"

Scott: „Waffeln?"

Helene: „Verflixt, dit is ja 'ne Frau."

Bastian: „Leute, ich habe hier schon mindestens sechs Midnight Warrior gesehen. Prüft erst mal nach, bevor ihr euch im Chat meldet."

Lina schickte ein Emoji mit rollenden Augen.

Theo zwang sich, der herbeitrottenden Paula ein aufmunterndes Lächeln zuzuwerfen. „Niemand hat gesagt, dass es leicht wird", sandte er in den Chat. „Wir bleiben einfach dran."

„Du hast da was in der Frisur", bemerkte Paula und zog mit leicht angeekeltem Gesichtsausdruck einen in Käsesauce getränkten Nacho aus seinen Haaren. „Wenn du so auffällig bist, ist es ja kein Wunder, dass wir die Typen nicht finden."

Eine Stunde und mindestens zwei Dutzend Fehlalarme später fiel es Theo schwer, seinen Frust zu unterdrücken.

Er lotste seine Mitstreiter zum Durchgang zwischen den Hallen B3 und B4.

Lina traf als Letzte ein. Sie warf Theo einen Hab-ich-es-dir-nicht-gesagt-Blick zu, den er geflissentlich ignorierte. „Okay, Leute. Offenbar haben sich jede Menge Besucher für ein Midnight-Warrior-Kostüm entschieden. Wir gehen einfach zu Plan B über und verlassen uns voll und ganz auf Linas Charme." Er lächelte zu seiner Schwester auf, die sich nicht die Mühe gab, darauf zu reagieren.

„Lina setzt sich ins Restaurant Kiel und wartet auf Jakub. Wir anderen verteilen uns so, dass wir die Umgebung beobachten können. Vielleicht haben wir Glück und Jakub kommt gemeinsam mit seinem Freund Marek. Wenn nicht, versucht Lina, einen Kontakt herzustellen. Sollte das nicht klappen, folgen wir ihm unauffällig und bleiben ihm so lange auf den Fersen, bis er sich mit Marek trifft."

Es dauerte eine Weile, bis sie sich auf die strategische Verteilung der Beobachterposten geeinigt hatten. Helene und Scott warteten an den jeweiligen Durchgängen zu den Nachbarhallen, um zu verhindern, dass Jakub ihnen entwischte. Paula, Bastian und Theo bezogen verschiedene Positionen rund um das Restaurant. Nun hieß es warten.

Lina hatte sich derweil an einen Zweiertisch gesetzt. Die Beine übereinandergeschlagen, wippte sie ungeduldig mit dem Fuß. Es war nicht zu übersehen, dass sie die Blicke etlicher männlicher Besucher auf sich zog.

Theo blickte ungeduldig auf die Uhr. Es war bereits 12.35 Uhr. Warum konnte dieser Nerd nicht pünktlich sein? Immer wieder beobachtete er den Strom vorbeiziehender Menschen, doch ausgerechnet jetzt war weit und breit kein einziges Midnight-Warrior-Kostüm zu sehen.

Indessen hatte sich eine Gruppe von drei kräftigen jungen Männern näher an Linas Tisch herangepirscht. Ihren aufgesetzten Gesten und dem lautstarken Lachen nach zu urteilen, hatten sie ein wenig zu tief ins Glas geschaut.

Bitte nicht, dachte Theo.

Ein breitschultriger Typ im Red-Falcon-Kostüm, offenbar der Anführer des Trios, trat dicht an Linas Tisch heran und sagte etwas. Sein breites Grinsen, das er vermutlich für ein charmantes Lächeln hielt, wurde bedeutend schmaler, als er Linas Antwort vernahm. Theo kannte seine Schwester gut genug, um zu wissen, dass ihre Abfuhr an Deutlichkeit mit Sicherheit nichts zu wünschen übrig ließ.

Fälschlicherweise interpretierte Red Falcon dies jedoch als Aufforderung, seinen Annäherungsversuchen mehr Deutlichkeit zu verleihen. Er ließ seinen massigen Körper auf den freien Stuhl an Linas Tisch plumpsen. Dann beugte er sich vor und glotzte ihr in den Ausschnitt, während er irgendetwas zu ihr sagte. Indessen hatte Bastian seinen Posten verlassen und quetschte sich durch die Menge in Richtung Restaurant. „Warte!", ermahnte Theo ihn, doch Bastian ignorierte sein Handy.

Indessen hatte der Typ seine Hand auf Linas Oberschenkel gleiten lassen.

Theo biss sich innerlich auf die Lippen. Lina packte die Hand des Mannes mit einem offensichtlich äußerst schmerzhaften Jiu-Jitsu-Griff. Der Typ schrie auf, sodass es bis zu Theos Beobachtungsposten hin zu hören war. Dann sackte er in die Knie und stieß sich das Kinn an der Tischplatte. Seine beiden Kumpel glotzten Lina an, als hätte sie sich vor ihren Augen in einen Alien verwandelt.

Bastian stürmte los, um ihr zu Hilfe zu eilen – unnötigerweise, wie Theo wusste. Im selben Moment nahm er aus den Augenwinkeln eine abrupte Bewegung wahr. Er wandte sich um und erkannte einen Mann im blauen Midnight-Warrior-Kostüm – Jakub! Ein Kerl in der schwarzen Verkleidung von Shadow Sniper packte ihn am Arm und schien aufgeregt auf ihn einzureden. Jakub deutete auf die Typen, die versucht hatten, Lina anzubaggern. Einer von ihnen hielt Linas Polizeiausweis hoch, der bei dem Gerangel offenbar zu Boden gefallen war, und rief: „Scheiße, Mann, die ist ein Bulle!"

Theos Blick huschte zurück zu den beiden Beobachtern. Der Typ im Shadow-Sniper-Kostüm hatte sich umgewandt, und Theo stockte der Atem – es war Marek! Er musste die anderen rufen, schnell! Seine Finger zitterten vor Aufregung, und anstelle des Mikrofons aktivierte er die Kamera. Leise schimpfend fingerte er einige kostbare Sekunden lang an seinem Smartphone herum.

Als es ihm gelang, die Nachricht „Er ist hier!" in den Chat zu senden, hatten sich die beiden schon abgewandt und zwängten sich durch die Menge Richtung Ausgang. „Schnell, sie fliehen Richtung Halle B4!"

Theo nahm die Verfolgung auf.

Verhörraum mit Haltegriffen

In halsbrecherischem Tempo jagte Theo durch die Gänge. „Sie sind Richtung Osten unterwegs", rief er in den Chat. „Beeilt euch!" Sein Rollstuhl schwankte bedenklich, als er einen Eisstand umkurvte und gleich darauf gegenlenken musste, um nicht mit einer Gruppe junger Frauen in Gucci-Raptor-Kostümen zu kollidieren.

„Ist der irre?!", kreischte eine von ihnen.

„He, die Klos sind dort drüben!", rief eine andere.

Theo ignorierte das Gekicher und hetzte weiter. Kurz sah er das Blau des Midnight Warriors aufblitzen, dann verschwand es im Rauschen der Farben. Verflixt, wo waren die beiden?

Da! Ein schwarzer Schatten huschte an einem Hot-Dog-Stand vorbei. Theo beschleunigte. Als er den Rollstuhl unter wilden Ausweichmanövern durch eine Gruppe von Schülern lenkte, sah er gerade noch, wie sich Marek und Jakub trennten. Midnight Warrior rannte nach rechts, während Shadow Sniper sich nach links orientierte.

„Achtung, die Zielperson steuert auf den nördlichen Ausgang zu. Ihr müsst ihr den Weg abschneiden!"

„Bin unterwegs!", meldete sich Bastian.

Und Lina sagte: „Ich sichere den Zugang zu den Tiefgaragen!"

Theo sah Bastian vorbeispurten und drosselte das Tempo.

Eine dritte Nachricht poppte auf. Zunächst war nur das asthmatische Keuchen von Helene zu hören, dann krächzte sie: „... Wohin ... soll'n ... wa ...?"

Theo stoppte den Rollstuhl und sah sich um. Nicht zum ersten Mal ärgerte er sich, dass sich sein Blickfeld in etwa auf Bauchhöhe der anderen Besucher befand. Im Kopf rief er sich den Lageplan vor Augen.

„Am besten, du sicherst zusammen mit Scott den Durchgang zwischen B3 und B4."

„Watt?", schnaufte Helene. „Bis... Halle... vier? Ick bin... hier noch... bei die Würstchenbude..."

„Scott, wo bist du?", fragte Theo.

„Bin da."

„Und was soll *ich* machen?", beschwerte sich Paula.

Ehe er antworten konnte, vernahm Theo durch den Lärm der Messehalle hindurch Bastians Stimme. „Bleib stehen!"

„Paula, sichere bitte den Ausgang zum Park."

„Null Problemo! Äh, und wo ist der?"

Theo sah sich um. „Direkt hinter dem großen Sony-Stand."

„Nun warte doch. Wir wollen nur reden!" Diesmal war es Linas Stimme, die zu ihm drang. In der Menge entstand Unruhe, eine schwarz gekleidete Gestalt stolperte durch ein Knäuel aufgeregter Asiaten. Es war Marek. Sein Gesicht war knallrot, Schweiß perlte von seiner Stirn. Es war nicht zu übersehen, dass es um seine Kondition nicht zum Besten bestellt war.

Nachdem er einen panischen Blick über die Schulter geworfen hatte, schlug er einen Bogen und rannte wieder in nördliche Richtung. Theo schien er gar nicht wahrzunehmen. Im nächsten Moment kam Lina angerauscht. Sie flankte über einen Stand mit Manga-Comics und schimpfte: „In diesem bescheuerten Kleid kann man sich überhaupt nicht bewegen."

„Er ist dort lang!", rief Theo ihr zu.

Sie nickte und rannte weiter. Im nächsten Moment war Bastian an ihrer Seite.

„Da lang!", rief Lina.

Theo folgte ihnen. An der Nordseite holte er die beiden ein. Sie waren stehen geblieben und sahen sich suchend um.

„Wo ist der Kerl?", fragte Lina.

Bastian zuckte ratlos mit den Schultern. „Keine Ahnung. Eben war er noch da." Er blickte Richtung Ausgang.

„Ich glaube nicht, dass er dort lang ist", warf Theo ein. „Der war kurz vor dem Zusammenbrechen."

Lina ging auf die nächstgelegenen Stände zu, doch Theo hielt sie zurück. „Warte mal." Er ließ seinen Blick umherschweifen. Die Toiletten waren nicht weit von ihnen entfernt. Die Schlange vor der Damentoilette reichte weit in den Gang hinein. Vor der Herrentoilette warteten zwei langhaarige Typen in Lederkluft. Sie sahen nicht so aus, als hätten sie gerade klaglos ein Vordrängeln über sich ergehen lassen. Vor der Toilette für Rollstuhlfahrer standen ein blondes und ein brünettes Mädchen, denen zwar keine Behinderung, dafür aber jede Menge Empörung anzusehen war.

„Ich glaube, ich weiß, wo er ist." Theo fuhr auf die Toilette zu. Das blonde Mädchen stellte sich ihm in den Weg.

„Ey, nicht vordrängeln! Wir warten hier schon die ganze Zeit."

„Kann es sein, dass gerade ein Mann im Shadow-Sniper–Outfit da drin verschwunden ist?", fragte Theo.

„Das Arschloch hat sich einfach vorgedrängelt."

„Erst hält da so eine Oma 'ne halbe Stunde lang ihre Sitzung ab", ergänzte die Brünette, „und als die endlich fertig ist, kommt der Typ und quetscht sich einfach an uns vorbei."

Theo winkte Bastian und seine Schwester zu sich. „Wir haben ihn!", rief er. „Leute", sandte er in den Gruppenchat, „wir haben ihn gefunden. Kommt alle zur Rolli-Toilette in Halle B4."

„Bist du dir sicher?", fragte Bastian.

„Hundertprozentig."

Lina trat vor und rüttelte an der Türklinke. „Mist, abgeschlossen. Was ist, wenn der durchs Fenster abhaut?"

Theo grinste. „Keine Bange. Ich bin seit zwanzig Jahren auf öffentliche Behinderten-WCs angewiesen. Die haben nie ein Fenster."

„Na gut, dann wollen wir mal." Lina ging zwei Schritte zurück. Sofort huschten die beiden Mädchen wieder an in die Poleposition.

„Zur Seite, Mädels!"

„Ich denke ja gar nicht daran", erwiderte die Blonde.

„Wir waren zuerst hier!", sagte die Brünette und verschränkte die Arme vor der Brust.

„Jetzt zischt ab, das ist ein Polizeieinsatz!", knurrte Lina genervt. Sie griff in ihre Rocktasche.

„Ach ja? Sieht aber irgendwie nicht danach aus."

„So'n Mist, ich hab den Ausweis verloren", zischte Lina. Sie warf erst Bastian einen wütenden Blick zu und fixierte dann die beiden Mädchen. „Und ihr seht nicht so aus, als hättet ihr eine Behinderung."

„Na und?", erwiderte die Brünette herausfordernd.

„Sollen wir uns etwa in die Hose pinkeln, nur weil die Behinderten hier eine Extrawurst kriegen?", schimpfte ihre blonde Freundin.

Lina holte tief Luft, doch ehe sie eine wütende Erwiderung vom Stapel lassen konnte, legten sich zwei riesige braune Hände auf die Schultern der Mädchen. Diese kreischten erschrocken auf und sprangen zu Seite. Scott lächelte von seiner hünenhaften Höhe beruhigend auf die beiden hinab. Zumindest ging Theo davon aus, dass dies der Plan seines Mitbewohners gewesen war. Allerdings hatte die Anstrengung der Verfolgungsjagd sein Baumbart-Make-up in einen beklagenswerten

Zustand versetzt, sodass sein Lächeln zu einer Furcht einflößenden Grimasse mutierte.

Die beiden wichen ängstlich zurück und gaben den Weg frei.

Lina holte Schwung.

„Halt!" Bastian trat ihr in den Weg. „Was hast du vor?"

„Die Tür eintreten, was sonst?"

„Warte mal." Bastian machte sich an der Tür zu schaffen. Kurz darauf klackte es, und er stieß die Tür auf. Sofort schlüpfte Lina durch den Spalt. Es rumpelte und man hörte einen Schmerzensschrei.

Nun schlüpfte Bastian ebenfalls in den Raum und Theo folgte ihm.

„Binschonda." Es war Paula, die schnaufend neben Scott stehen blieb und nach Atem rang.

„Super!" Theo nickte anerkennend. „Ihr beide passt bitte auf, dass niemand das Klo betritt, okay?"

Scott nickte, während Paula noch voll und ganz mit Luftholen beschäftigt war.

Als Theo in das WC fuhr, hörte er hinter sich eines der Mädchen sagen: „Komm, wir gehen. Die sind doch völlig bekloppt."

Auf dem gefliesten Boden lag ein halbes Dutzend lila Federn. Lina hatte Marek den Arm auf den Rücken gedreht und hielt ihn im Polizeigriff. Er wehrte sich verzweifelt und stammelte immer wieder: „Lasst mich gehen, bitte! Ich hab nichts gesagt."

„Nun hör endlich auf, so herumzuzappeln", schimpfte Lina. „Du tust dir noch weh!"

„Bitte! Ich schwöre, ich hab nichts gesagt!"

„Was hast du nicht gesagt?", fragte Theo.

Der Mann hörte auf zu kämpfen. Sein Kopf ruckte hoch und er starrte Theo an wie ein Gespenst. „Du?", stammelte er.

Einen Moment lang war Theo durch die Reaktion des jungen Mannes verunsichert. Dann sagte er mit ruhiger Stimme: „Ja, ich. Erkennst du mich wieder?"

Marek nickte. Seine Augen huschten furchtsam zu Bastian und dann zurück zu Theo. „Was ... was wollt ihr von mir?"

„Nur reden", sagte Lina.

„Reden ...", wiederholte Marek tonlos.

„Versprichst du, dass du aufhörst zu kämpfen und dass du nicht versuchst zu fliehen?", fragte Theo.

Der junge Mann sah Theo mit großen Augen an. Dann nickte er langsam.

„Lina, ich denke, du kannst ihn loslassen."

„Gerne", sagte Lina. Sie lockerte ihren Griff und band Mareks Handgelenk blitzschnell mit Kabelbindern am Haltegriff der Behindertentoilette fest.

„Denkst du wirklich, dass das notwendig ist?", fragte Theo.

„Allerdings", erwiderte seine Schwester und zupfte ihr Oberteil zurecht. „Dieses Outfit ist für Rangeleien extrem ungeeignet."

Marek ließ sich erschöpft auf den Boden sinken. Auf seinem Gesicht zeigten sich tiefrote Flecken und sein Atem ging keuchend. Er hatte sich völlig verausgabt.

„Du kennst mich, Marek. Ich bin Theo und wohne in der WG, in der du gearbeitet hast. Lina ist meine Schwester, und sie arbeitet bei der Polizei. Bastian ist ein Freund und der Einzelfallhelfer von Keno, der auch in meiner WG wohnt. Du brauchst keine Angst vor uns zu haben. Wir wollen dir nichts tun, wir haben nur ein paar Fragen."

Mareks Blick flackerte unsicher von einem zum anderen.

„Alles, was wir wollen, ist zu verstehen, was in jener Nacht geschah, in der Mike starb", sagte Lina. „Wirst du uns dabei helfen?"

„Ich ... ich kann nicht!", stammelte Marek. „Die bringen mich um!" Verzweifelt blickte er von einem zum anderen. „Versteht ihr das? Die bringen mich um!"

„Wer?", fragte Bastian. Er wirkte erschrocken angesichts der Verzweiflung des jungen Polen. „Wer will dich umbringen?"

Marek schüttelte den Kopf und senkte den Blick.

Bastian blickte ratlos zu Theo hinüber, und dieser räusperte sich. „Hast du Angst vor Mikes Vater?", wandte er sich behutsam an den Gefangenen. „Das brauchst du nicht, die Polizei –"

„Was?" Verwirrt blickte Marek zu Theo auf. Dann schüttelte er ungläubig den Kopf, bevor er wieder auf die Fliesen starrte.

Seine Reaktion brachte Theo aus dem Konzept. Offenbar hielt Marek die Frage für völlig absurd. Aber wenn es nicht Mikes Familie war, die er fürchtete, wen dann?

„Pass auf, Marek", ergriff Lina das Wort. „Du hast jetzt genau zwei Möglichkeiten. Entweder, du erzählst uns hier und jetzt ganz genau, was während jener Nachtschicht passierte, oder ich nehme dich mit aufs Revier. Dort wirst du dann offiziell vernommen, und der Staatsanwalt entscheidet, ob du in Untersuchungshaft kommst oder nicht. Wenn du Variante zwei wählst, garantiere ich dir, dass jede Menge Leute davon erfahren werden. Aber wenn du jetzt redest, hast du die Chance, dass es unter uns bleibt."

Der junge Mann erschauerte. Sein Kopf ruckte hoch. „Du wirst niemandem davon erzählen? Versprichst du mir das?"

„Das kann ich nicht, jedenfalls nicht, solange ich nicht weiß, was passiert ist. Aber ich verspreche dir, dass ich alles tun werde, um dich zu schützen. Ich kann es nämlich überhaupt nicht leiden, wenn irgendjemand glaubt, er stünde über dem Gesetz."

Eine Schweißperle rann über Mareks Stirn und tropfte zu Boden.

Er biss sich auf die Lippen. Dann nickte er hastig. „Gut … gut, ich mach's."

„Marek", sagte Theo sanft, „was ist in jener Nacht passiert?"

„Ich … ich war fast die ganze Zeit über im Büro. Die Leute haben gesagt, normalerweise passiert sowieso nichts in der Nacht. Also habe ich ein bisschen gezockt. Da waren Schritte auf dem Flur, aber ich habe nicht darauf geachtet. Und dann plötzlich stand da dieser Autist."

„Keno?", fragte Bastian.

Marek nickte. „Ja, ich glaube, so hieß er. Er war ziemlich aufgeregt, sagte immer wieder: *Der Taucher, der Taucher!* Er hat mich sogar am Arm gepackt. Da bin ich mit ihm in den Flur gegangen. Und dann habe ich gemerkt, dass er mich zu der Tür von dem Rollstuhlfahrer führen wollte, aber vor irgendetwas panische Angst hatte. Also habe ich versucht, die Tür zu öffnen, aber sie war abgeschlossen. *Komisch,* dachte ich. Ich hatte den Mann doch selbst ins Bett gebracht. Ohne Hilfe wäre der niemals in seinen Rollstuhl gekommen. Wie konnte da seine Tür abgeschlossen sein? Als ich mein Ohr an die Tür legte und lauschte, hörte ich eine Stimme. Sie sprach leise und ein bisschen so, wie ein Psychologe oder wie ein Hypo … Hypo …"

„Hypnotiseur?", fragte Theo.

„Ja genau. Aber die Worte konnte ich nicht verstehen. Also klopfte ich an die Tür. Niemand reagierte. Ich dachte mir: *Was soll's?!,* und wollte zurück ins Büro. Aber der Autist wurde immer aufgeregter. Er wimmerte und biss sich in die Hand. Schließlich stieß er das Wort *Toilette* hervor. Erst dachte ich, er müsste mal pinkeln, aber dann wurde mir klar, dass er etwas ganz anderes damit meint. In der WG teilen sich immer zwei Bewohner ein Bad. Also bin ich durch das Nachbarzimmer ins Bad gegangen. Dort lauschte ich an der Tür und hörte, wie eine Stimme immer wieder sagte: *Wo ist es? Erinnere dich. Du weißt es!"*

Linas Augen weiteten sich. Theo schluckte trocken, und Bastian murmelte: „Das gibt's doch nicht!"

„Hat er noch etwas gesagt?", fragte Theo.

Marek wischte sich mit dem Ärmel den Schweiß von der Stirn. Sein Blick war ins Leere gerichtet. „Ja, später…"

Theo empfing das Signal einer eingegangenen Kurznachricht und stellte rasch den Ton ab.

„Erzähl einfach der Reihe nach", sagte Lina.

„Ich habe die Klinke heruntergedrückt, ganz vorsichtig, ohne einen Laut, und als ich die Tür öffnete…", er erschauerte, „da blickte ich in den Lauf einer Waffe! Ein maskierter Mann zerrte mich in den Raum und befahl mir, keinen Laut von mir zu geben. Es war dunkel, ich konnte nicht viel erkennen. Aber ich spürte den Druck der Waffe an meiner Schläfe. Ich dachte wirklich… ich dachte: *Jetzt muss ich sterben!"* Marek schluchzte. Es schien, als würde er alles noch einmal erleben.

Lina legte eine Hand auf seine Schulter. Er zuckte zusammen. „Was ist dann passiert?", fragte sie sanft.

Marek wischte sich mit dem Ärmel über das Gesicht und schniefte: „Ich hatte Todesangst. Deshalb bekam ich nicht so viel mit, aber ich merkte, dass der Mann die ganze Zeit weitersprach, mit seiner tiefen, ruhigen Stimme. Er stellte dem Mann im Bett immer wieder die gleiche Fragen: *Wo ist es? Wo hat er es versteckt?"*

„Moment mal", unterbrach Theo. „*Wo hat er es versteckt?* Bist du dir sicher, dass er das gesagt hat?"

„Hundertprozentig", erwiderte Marek. „Es war eine total komische Situation. Ich dachte erst: *Warum spricht der mit einem Schlafenden?* Aber dann bemerkte ich, dass der Mann im Bett die Augen geöffnet hatte. Er war in einer Art Hypnosezustand und von Zeit zu Zeit murmelte er etwas. Aber das konnte ich nicht verstehen. Es schien nicht das zu sein, was der Bewaffnete hören wollte, denn er hörte nicht auf zu fragen. Erst nach einiger Zeit bemerkte ich, dass er den Mann im Bett an einen Tropf angeschlossen hatte."

Theo und Lina warfen sich einen fragenden Blick zu. Bastian schüttelte fassungslos den Kopf.

„Schließlich veränderte sich etwas. Der Schlafende reagierte gar nicht mehr und ich konnte seinen Atem nicht mehr hören. Der Mann mit der Waffe sagte mit kalter Stimme: *Das war's. Er kollabiert.* Dann nahm er den Infusionsbeutel ab und steckte ihn in seinen Rucksack." Marek erschauerte. „Und dann kam der Kerl ganz dicht an mich heran und sagte: *Ich verschwinde. Du hast mich nie gesehen. Ich war nicht hier. Wenn du die Polizei rufst, wenn du nur ein einziges Wort darüber verlierst, was du gesehen hast, dann werde ich dich finden und töten!*"

Theo lief ein Schauer über den Rücken.

„Das ist das Abgefahrenste, was ich je gehört habe", murmelte Bastian.

„Ich versteh das nicht", sagte Lina. „Das ergibt doch alles überhaupt keinen Sinn. Was wollte der von Mike?"

„Überhaupt nichts", erwiderte Marek, und seine angsterfüllten Augen richteten sich auf Theo. „Er wollte etwas von ihm!"

„Von mir?" Theo hatte das Gefühl, als würde eine eisige Hand nach ihm greifen. „Wieso von mir? Wie kommst du darauf?"

„Es war mein Fehler", erwiderte Marek. „Ich habe Mike und dich verwechselt. Ich habe ihm die Atemmaske aufgesetzt, auf der dein Name stand. Das war auch die einzige, die im Bad lag."

Theo nickte. Wahrscheinlich hatte der Frühdienst das Gerät nach dem Desinfizieren dort liegen lassen. Es wäre nicht das erste Mal. Mikes Atemgerät hingegen hatte sich vermutlich ordnungsgemäß in seinem Schrank befunden.

„Mike sollte gar nicht da sein", fuhr Marek fort. „Im Terminkalender war bei ihm ein Krankenhausaufenthalt eingetragen."

Theo erinnerte sich vage, dass davon die Rede gewesen war. „Aber der wurde schon vor Wochen verschoben", sagte er.

„Dann hat jemand vergessen, das wieder auszutragen."

„Mag ja sein, dass du dich getäuscht hast", warf Lina ein, „aber das heißt doch noch lange nicht, dass dieser Fremde die beiden verwechselt hat."

„Doch." Marek schluckte. „Denn das Letzte, was er zu mir sagte, war: *Im Büro hängt ein Defibrillator. Noch ist es nicht zu spät. Es liegt an dir, ob Theo leben oder sterben wird.*"

Theo hatte das Gefühl, als wäre die Luft plötzlich zu dick zum Atmen. *Ihm* hatte das alles gegolten? Aber warum? Was hatte der Typ von ihm wissen wollen?

Bastian blickte von einem zum anderen. „Jetzt versteh ich gar nichts mehr."

„Da bist du nicht der Einzige", stammelte Theo.

Lina war sehr blass geworden, aber ihre Stimme klang ruhig und beherrscht, als sie Marek fragte: „Was ist dann passiert?"

„Ich … ich hab versucht, Theo … ich meine, Mike zu retten. Bestimmt eine Stunde lang habe ich versucht, ihn zu reanimieren. Dann musste ich mir eingestehen, dass es vergebens war. Also habe ich alles weggeräumt, Mike den Schlafanzug wieder zugeknöpft und ihn zugedeckt. Ich war wie ferngesteuert und wollte alles wieder *normal* machen. Als wäre nichts geschehen. Die ganze Zeit über hatte ich das Gefühl, als würde der Typ die Waffe noch immer auf mich richten."

„Und … und wann kamst du zu mir?", fragte Theo.

„Das war danach. Keine Ahnung, wann genau."

„Ich habe da im Flur einen Schatten gesehen."

„Das war bestimmt der Autist", sagte Marek. „Er schlich die ganze Zeit durch die Gänge und konnte sich nicht beruhigen. Als der Frühdienst kam, bin ich sofort abgehauen. Ich sagte, ich sei krank, und wahrscheinlich sah ich auch so aus. Jedenfalls versuchte die Frau nicht, mich aufzuhalten. Zu Hause habe ich meine Sachen gepackt und mich auf schnellstem Weg nach Polen abgesetzt."

„Du bist nicht schuld an Mikes Tod", sagte Theo. „Der Typ hat ihn umgebracht, nicht du. Diese Last brauchst du deinem Gewissen nicht aufzuladen."

Lina nickte. „Ja, *diese* Last nicht." Ihr Blick bohrte sich in Mareks. „Wie ging es weiter?"

Marek sah zur Seite und zuckte die Achseln. „Nichts weiter, ich habe mich versteckt."

„Und wovon hast du gelebt?"

„Von Erspartem."

„Versuch nicht, mich für dumm zu verkaufen", sagte Lina streng. „Wann hast du bei Mediflex angerufen?"

Der junge Pole schluckte.

Draußen waren zornige Stimmen zu vernehmen. Paula gab jemandem eine hitzige Antwort. Niemand im Raum reagierte. Die junge Frau würde das schon hinbekommen.

Lina sah Marek streng an. „Hör auf, dich zu winden. Wir wissen ohnehin von dem Geld!", behauptete sie.

Marek senkte den Kopf. „Die Idee kam mir während der Busfahrt. Ich wusste, dass die betrügen und dass ich nicht der einzige Ungelernte bin, für den sie den Verrechnungssatz für Fachkräfte kassieren. Würde Mikes Tod mit ihnen in Verbindung gebracht werden, wäre das nicht nur das Ende der Firma. Dieser Schmidt-Wachtel müsste sich wegen Betrugs vor Gericht verantworten." Er lächelte fahrig. „Wir einigten uns auf fünfzehntausend Euro. Damit wollte ich einige Monate unter dem Radar bleiben, bis Gras über die Sache gewachsen war."

„Also hatten Mikes Eltern gar nichts mit der Sache zu tun?!", resümierte Theo.

Lina nickte. „Sie haben lediglich die Gelegenheit beim Schopf ergriffen und Mikes Testament verschwinden lassen."

„Puh", Bastian fuhr sich durch die Haare, „was für eine krasse Story."

Theos Handy vibrierte. Die erste Nachricht kam von Helene, die mitteilte, dass sie mittlerweile bis Halle B4 vorgedrungen sei. Die zweite Nachricht stammte von Luisa Martens, der Medizinstudentin, und war wesentlich interessanter.

Er öffnete sie und las:

Hi Theo, ich habe ein wenig recherchiert: Pentobarbital hat eine spannende Geschichte. Es wurde von verschiedenen Geheimdiensten als sogenanntes Wahrheitsserum verwendet. Der Arzt Stephen Horsley stellte als Erster fest, dass es einen entspannten Zustand zwischen Wachsein und Schlafen verursacht, wenn es sehr langsam intravenös verabreicht wird. In diesem Zustand ist es den Patienten kaum möglich, nicht auf die Fragen zu antworten, die ihnen gestellt werden, und sie geben alle möglichen Geheimnisse preis. Allerdings ist diese Methode inzwischen veraltet, und den Geheimdiensten stehen bessere Mittel zur Verfügung.

Ich hoffe, ich konnte dir weiterhelfen.
Liebe Grüße, Luisa

„Wartet mal, Leute, hört euch das an!" Er las vor, was Luisa herausgefunden hatte.

„Das macht die Situation nicht wirklich übersichtlicher", konstatierte Lina. „Oder hast du eine Ahnung, was ein Geheimdienst wohl von dir wissen will?"

Theo lächelte gequält. *Wo ist es?*, hatte der Unbekannte wissen wollen. *Wo hat er es versteckt?* Er hatte nicht die leiseste Ahnung, was diese Fragen bedeuten sollten, wie konnte er da die Antwort wissen?

„Und was machen wir jetzt?", fragte Bastian und blickte fragend zu ihrem Gefangenen hinüber.

Lina seufzte und zog ein Klappmesser aus ihrer Tasche.

Marek starrte sie mit großen Augen an, als sie sich zu ihm hinabbeugte. „Ich glaube dir." Sie schnitt den Kabelbinder durch. „Deshalb werde ich dich aus der Ermittlung heraushalten. Niemand wird erfahren, dass wir dich gefunden haben – unter zwei Bedingungen!"

Marek stand auf und rieb sich das Handgelenk. Hoffnung glomm in seinen Augen auf.

„Erstens: Du gibst uns die Möglichkeit, mit dir in Kontakt zu treten, sollten wir noch Fragen haben."

Er nickte. „Das ist kein Problem."

„Und zweitens wirst du eine hübsche fünfstellige Summe an eine gemeinnützige Organisation spenden."

„Ich hätte da auch schon eine Idee", sagte Theo. Er erinnerte sich an Mikes Pläne. „Die Charcot-Stiftung hätte mit Sicherheit eine gute Verwendung für dieses Geld."

Marek schluckte trocken. Dann nickte er mit verkniffenem Lächeln. „Okay."

Bastian war inzwischen zur Tür gegangen und hatte sie einen Spaltbreit geöffnet. „Ich schätze, wir sollten von hier verschwinden."

„Eine Unverschämtheit ist das!", schallte eine empörte Stimme zu ihnen herein.

„Wir sind nicht unverschämt, wir sind nett!", rief Paula gegen den Lärm an.

Bastian trat als Erster hinaus.

„Na endlich", knurrte jemand.

Dann folgten Lina und Marek.

„Wie viele sind das denn?", schnaufte eine weitere Stimme.

Als Letzter verließ Theo die Behindertentoilette.

Er blickte in mindestens ein Dutzend Gesichter. Einige waren zornesrot, andere eher angestrengt blass. Letztere gehörten zu insgesamt vier Rollstuhlfahrern, die anderen zu ihren Angehörigen und Betreuern.

„Ich hab doch gesagt, es ist eine schwierige Geheimoperation", verkündete Paula.

„Tut mir leid", murmelte Theo.

Eine Viertelstunde später hatten sie Helene eingesammelt und saßen wieder im Bus. Während seine Mitbewohnerinnen Lina und Bastian mit Fragen löcherten, starrte Theo stumm aus dem Fenster. Dunkle Wolken hatten sich über Hamburg zusammengebraut, und Wind kam auf. Er unterdrückte ein Schaudern und versuchte vergeblich, das Gefühl eines drohenden Verhängnisses von sich abzuschütteln.

Auszug aus *Aktion Licht,* dem zweiten Band der *Soko mit Handicap*-Dilogie

Zerschnittenes Licht fiel durch das vergitterte Fenster auf den kahlen Boden. Ein leichter Geruch nach fauligem Abfluss lag in der Luft; sie schmeckte muffig und feucht. Ein Schritt vom Bett zum Tisch, zwei Schritte zum Waschbecken, einer zur Kloschüssel, vier Schritte zum Fenster, einer zurück zum Bett. Der Kunststoff seines blauen Trainingsanzugs rieb unangenehm auf seiner Haut. Doch Robert Marquardt konnte nicht aufhören, den winzigen Freiraum zu nutzen, der ihm geblieben war.

Von Zeit zu Zeit hörte er Schreie und gebrüllte Befehle. Dann wieder Stille. Am schlimmsten waren die Kontrollgänge. Alle paar Minuten, zumindest kam es ihm so vor, hallten Schritte auf dem Gang vor seiner Zelle wider. Er hörte das Ratschen des Schiebers, zwei Augen starrten stumm auf ihn, den Gefangenen. Manchmal befahl ihm eine Stimme, sich zu setzen und die Hände auf die Knie zu legen. Eine völlig absurde Maßnahme, aber er hatte gelernt, dass es nicht klug war, sich dieser Anweisung zu widersetzen.

Beim ersten Mal hatte er sich geweigert. Als zwei Wachen mit Knüppeln hereingekommen waren, um ihn zu zwingen, hatte er sie niedergeschlagen. Kurz darauf war die halbe Wachmannschaft hereingestürmt. Selbst mit seinen außergewöhnlichen

Fähigkeiten hatte er keine Chance gehabt. Nun gab es kaum einen Körperteil, der nicht in irgendeinem Farbton zwischen Blau und Grün schimmerte. Auch nachts erfolgten die Kontrollen ohne Unterlass. Er musste auf dem Rücken liegen, die Hände auf der Decke platzieren.

Seit fünf Tagen hatte er kaum geschlafen. Alles tat ihm weh, und ein bohrender Schmerz hatte sich in seinem Schädel häuslich niedergelassen.

Hohenschönhausen – wie um alles in der Welt bin ich nur hier gelandet? Er fuhr mit den Händen über sein stoppelbärtiges Gesicht. Seit dem Unfall war es stetig bergab gegangen. Vielleicht war Hohenschönhausen nur der logische Schluss seines systematischen Niedergangs. Es war, als hätte er mit der Fähigkeit, in der bestausgebildetsten Elitetruppe der Nationalen Volksmarine zu dienen, auch seine Identität verloren. Zuerst hatte er getrunken, um den Schmerz zu betäuben, dann, um die Leere zu vertreiben. Es war verrückt, dass ein so harmlos klingendes Wort wie „Tauchuntauglichkeit" ein ganzes Leben zerstören konnte!

Er war durch alle Raster gefallen, und zum Schluss hatte er auf Vermittlung eines wohlwollenden Beamten hin eine Pförtnertätigkeit bei der kommunalen Wohnungsverwaltung erhalten – gähnende Langeweile und noch mehr Frust. Irgendeine der Dummheiten, die er im Suff begangen hatte, musste ihn hierhergeführt haben. Vielleicht dieser blöde Witz, den er an die Wand geschmiert hatte?

Er stoppte seinen unruhigen Lauf und starrte auf die Lichtflecken auf dem Zellenboden, sie waren grau und kalt wie Beton.

Das Einzige, was wirklich Licht in die Düsternis dieses Ortes brachte, waren die Erinnerungen an das Mädchen.

Die Sonne geht unter und legt einen purpurnen Schleier über die grauen Fassaden der Mietskasernen. Geschäftig eilen Menschen an ihm vorbei. Er bleibt stehen, hört das Quietschen der wegfahrenden Tram und ihm fällt auf, dass er eine Station zu früh ausgestiegen ist.

Plötzlich ist da ein Gesicht, braune Locken, sommersprossige Nase und ein Lächeln, das nicht von dieser Welt zu kommen scheint. Sie fragt ihn irgendetwas, doch er ist so gefangen von ihrem Lächeln, dass er nichts anderes tun kann, als dümmlich zurückzugrinsen.

Auf ihrer makellosen Stirn zeigen sich irritierte Falten.

„Willst du auch zum Jugendgottesdienst?", fragt sie erneut.

„Äh…" Er deutet ein Nicken an und erntet erneut dieses bezaubernde Lächeln.

„Ist gleich dort drüben." Sie weist mit ihrer Hand auf die nächste Straßenecke. „Wir können zusammen gehen, wenn du willst."

„Klar." Zusammen gehen hört sich großartig an, schießt es ihm durch den Kopf.

Von dem Gottesdienst bekommt er nicht allzu viel mit. Die Musik ist überraschend gut. Aber die Worte des Pastors rauschen an ihm vorbei. Größtenteils liegt es daran, dass dieses Mädchen neben ihm sitzt…

Das Quietschen eines Riegels riss ihn aus seinen Gedanken. Überrascht wandte er sich um. Die Tür ging auf.

„Hände auf den Rücken, Gesicht zur Wand!", bellte einer der beiden Wachmänner.

Robert gehorchte. Ihm wurden Handschellen angelegt.

„Mitkommen!"

Sie führten ihn durch leere Flure, und schließlich ging es in ein kleines, muffig riechendes Zimmer. Die Mustertapete an der Wand hätte auch bei seinen Eltern im Wohnzimmer hängen können. Die Vorhänge am Fenster waren nikotingelb verfärbt und die Auslegware war abgewetzt.

Ein kräftiger Mann mit schütterem Haar saß am Schreibtisch und machte sich Notizen. Annähernd zwanzig Minuten stand Robert stumm da und wartete. Dann sah der Mann plötzlich auf und lächelte so herzlich, als wären sie alte Bekannte.

„Setzen Sie sich, Herr Marquardt." Er wies auf den gepolsterten Stuhl.

Robert setzte sich, während der Mann eine ziemlich dicke Akte aus seiner Schreibtischschublade nahm und langsam aufschlug.

„Möchten Sie etwas trinken? Ein Bier vielleicht oder Wodka?"

Robert hob überrascht die Brauen. „Ein Bier wäre schön", erwiderte er.

Der Mann hinter dem Schreibtisch machte sich eine Notiz und blätterte in der Akte.

„Sie haben ein Alkoholproblem, Herr Marquardt."

Robert schwieg. Was hätte er auch sagen sollen? Vermutlich hatte der Mann recht.

Erneut wurden Seiten umgeblättert. Der Verhörspezialist studierte die Akte, als wäre Robert Luft, und genauso sollte er sich wahrscheinlich auch fühlen.

Plötzlich seufzte der Mann und richtete sich auf, faltete die Hände auf der Akte und starrte Robert ins Gesicht. „Unser Land hat Ihnen viel gegeben, Herr Marquardt. Sie haben eine hervorragende Ausbildung genossen. Man hat Ihnen Vertrauen geschenkt. Und dann missachten Sie einen Befehl und machen alles zunichte."

Ungerufen drangen Bilder vor Roberts inneres Auge.

Er sieht das aufgewühlte Meer, die lauernde Dunkelheit, das bleiche Gesicht des bewusstlosen Kameraden, spürt das Gewicht des schweren Körpers, das ihn in die Tiefe hinabzuziehen droht. Dann laute Rufe über ihm und Hände, die den reglosen Taucher

packen. Kälte zieht die Kraft aus seinen Gliedern. Zu schwach,
sich weiterhin gegen den Sog der Tiefe zu stemmen, sinkt er hinab,
Wogen schließen sich über ihm und trüben das Licht des Schein-
werfers. Dann trifft ihn die Explosion der Unterwassermine wie
eine gewaltige Faust.

Er biss die Zähne zusammen und schwieg.

„Man hat sich um Sie gekümmert, Ihnen Chance um Chance gegeben. Keine davon haben Sie genutzt. Dabei gibt es doch so viel schlimmere Schicksale, und manches lässt sich mit Humor besser ertragen. Haben Sie Humor, Herr Marquardt?"

Robert zuckte mit den Achseln.

„Ich fragte: Haben Sie Humor?"

„Ich denke, schon, manchmal", erwiderte Robert.

„Es geht doch nichts über einen guten Witz. Kennen Sie den schon? *Was ist der Unterschied zwischen Marx und Murks? – Marx ist die Theorie!*" Er lachte gekünstelt.

Robert verzog das Gesicht zu einem gequälten Lächeln. Genau diesen Spruch hatte er aus einer Laune heraus mit Kreide an eine Wand geschrieben. Dabei war er noch nicht einmal sonderlich politisch interessiert. Es war ihm nur darum gegangen, überhaupt irgendetwas zu spüren.

„Sie lächeln?!", fuhr der Mann ihn an. „Das ist eine Verhöhnung der sozialistischen Grundpfeiler unseres Staats!"

„Ich hatte getrunken. Es tut mir leid", sagte Robert. Beides war nicht gelogen. Er könnte sich in den Hintern beißen.

Wieder blätterte der Mann in der Akte. „Unser Land hat viel für Sie getan, sehr viel. Und Sie? Sie haben nichts zurückgegeben. Stattdessen finden Sie Gefallen an subversiven, konspirativen Tätigkeiten." Er blätterte weiter in der Akte, machte ein paar Notizen und hob dann wieder den Blick.

„Ich will ganz ehrlich sein: Es sieht nicht gut aus. Vier bis fünf Jahre Bauzen bringt Ihnen das allemal ein."

„Vier bis fünf Jahre?", fuhr Robert auf. „Für einen Witz?"

„Ach?" Der Mann lächelte. „Sie glauben, es geht hier um die paar Worte, die sie an die Wand gekritzelt haben, diesen albernen Dummejungenstreich?" Er schüttelte den Kopf, wurde schlagartig ernst und nahm einen Bogen Papier zur Hand. „Am 15. Mai 1988 haben Sie mit einer gewissen Mechthild Baumbach Kontakt aufgenommen, einem subversiven Element aus reaktionären Kirchenkreisen, die versucht, die Grundlagen unserer sozialistischen Gesellschaftsordnung zu unterminieren. Halten Sie das für klug, Herr Marquardt?"

„Ich habe diese Frau nur einmal gesehen und das rein zufällig. Ich weiß nicht einmal, wo sie wohnt. Es wird keinen weiteren Kontakt geben."

„Oh." Der Mann lächelte und beugte sich vor. „Aber ich *möchte*, dass es weiteren Kontakt zwischen Ihnen beiden gibt. Es ist mir sogar ein großes Anliegen."

Danksagung und Nachwort

Autoren erscheinen oftmals wie Einzelkämpfer – schließlich steht nur ein Name auf dem Buchcover. In Wahrheit jedoch haben viele Menschen zum Entstehen dieses Buchs beigetragen.

An erster Stelle stehst du, Anne. Ohne deine Ermutigung, deine Inspiration und Kritik wäre ich verloren. Dass du an meiner Seite bist, ist ein Geschenk des Himmels. Matthes und Malte, ihr macht mein Leben unendlich viel reicher, und ich danke euch dafür. Danke, Tina, dass du dir immer Zeit für mich nimmst, selbst wenn du unter Bergen von Akten fast erstickst. Du bist eine großartige Freundin und die beste Kollegin. Liebe Ma, vielen Dank, dass du dich auch dieses Mal beherzt für mich ins orthografische Getümmel gestürzt hast. Danke, Reiner, für deine großartige Wertschätzung und Unterstützung.

Lieber Johannes, danke, dass du auch dieses Experiment mit mir wagst. Dieser Roman ist unser erstes gemeinsames Projekt, liebe Caro. Es war eine sehr angenehme Zusammenarbeit. Ich freue mich sehr, dass die Reise weitergeht.

Mein Dank gilt auch all den wunderbaren, liebenswerten und bisweilen wundersamen Menschen, die mich zum Schreiben dieses Romans und insbesondere zu Theos Wohngemeinschaft inspiriert haben. Noch nie gab es eine so enge Verknüpfung zwischen meiner sozialpädagogischen und meiner schriftstellerischen Tätigkeit. Bei der Gestaltung der Figuren sind stellenweise biografische Details und Merkmale eingeflossen, die auf realen Begebenheiten beruhen. Die Charaktere selbst sind aber alle frei erfunden und spiegeln keine Personen aus meinem beruflichen oder privaten Umfeld wider. An dieser Stelle ist es mir besonders wichtig hervorzuheben, dass es falsch wäre, die Eigenarten der Figuren mit ihren jeweiligen Behinderungen gleichzusetzen. Nicht jeder Mensch mit Trisomie 21 ist wie Paula, nicht alle Menschen aus dem Autismus-Spektrum sind wie Keno – genauso wenig wie jeder durchschnittliche männliche Mitteleuropäer so ist wie ich.

Wenn es eines gibt, was ich mir wünschen würde, dann dass dieses Buch dazu inspiriert, Andersartigkeit als Bereicherung zu begreifen und jedem Menschen offen, wertschätzend und authentisch zu begegnen – im Grunde so, wie wir es uns auch für uns selbst wünschen. Ich glaube, so etwas hat Jesus gemeint, als er uns die Empfehlung gab: „Liebe deinen Mitmenschen wie dich selbst."

© 2020 Gerth Medien
in der SCM Verlagsgruppe GmbH, Dillerberg 1, 35614 Asslar

1. Auflage 2020
Bestell-Nr. 817662
ISBN 978-3-95734-662-9

Umschlaggestaltung: Grafikbüro Sonnhüter,
www.grafikbuero-sonnhueter.de
Umschlagfoto: Nadin3d, Irtsya, VTT Studio,
Mega Pixel, Manbetta, grejak
Lektorat: Carolin Kilian
Satz: Uhl + Massopust, Aalen
Druck und Verarbeitung: GGP Media GmbH, Pößneck
Printed in Germany

www.gerth.de